十朝

貳部曲 奇道

卷三 神龍擺尾

高容 GAO RONG 作品

須知海嶽歸明主
未必乾坤陷吉人

但教方
無諸
虎狼叢
也立

遼　皇都

燕　渤海

前晉　幽州

太原

歧　汴州

鳳翔

長安　後梁

前蜀　南平　揚州

成都　荊州　吳　錢塘

楚　潭州　吳越

閩　福州

大長和

交趾　南漢　番禺

大理

大羅

後梁勢力圖 公元 907-922 年

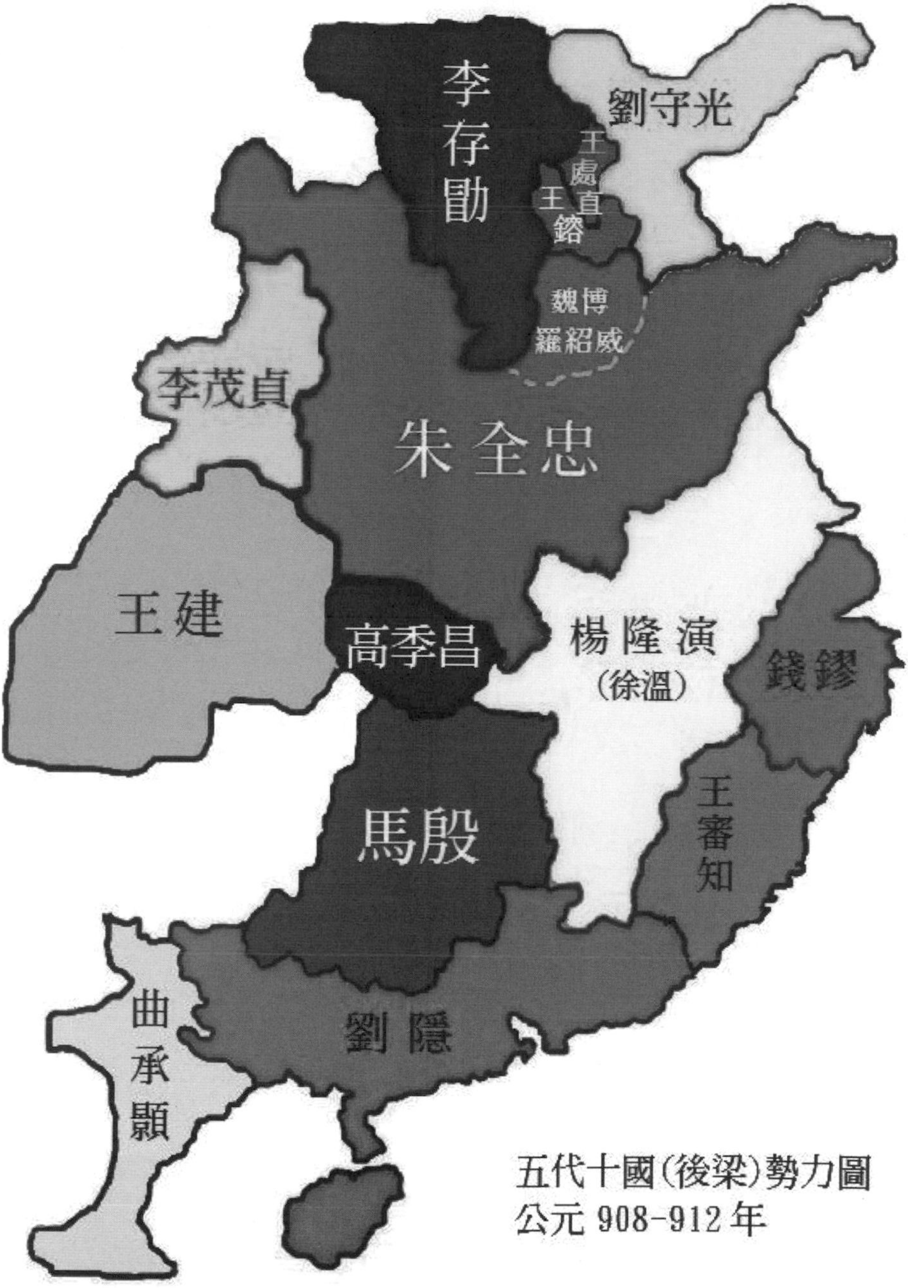

五代十國(後梁)勢力圖
公元 908-912 年

魏州 棗強、蓚縣 戰爭路線示意圖（公元912年）

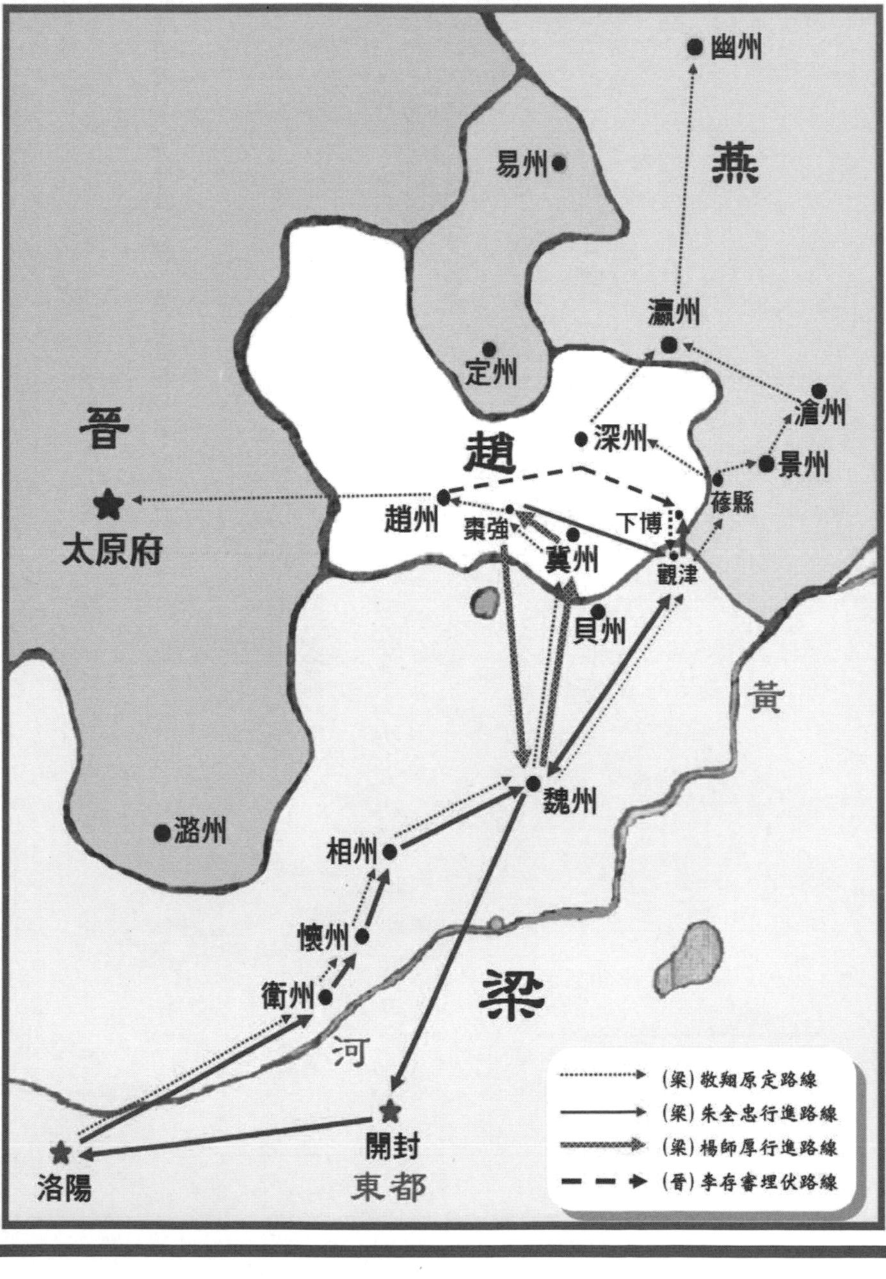

本書目錄以公元年為序號，章回名稱取自《李白詩選》

九一一・五　縱死俠骨香．不慚世上英

天祐中，劉守光署為幽州掾。守光引兵伐中山，訪于寮屬，道常以利害箴之，守光怒，寘于獄中，尋為人所救免。《舊五代史・馮道傳》

年關將近，大雪颯颯飄飛，將幽燕染得一片蒼白，臨近清晨，風雪卻忽然停了，馮道裹緊身上破舊的棉袍，拖著虛弱的病體從三笑齋出發，前往宮城去參加早朝。

大燕宮殿巍巍矗立在苦難的河北大地上，裝飾得金碧輝煌、奢華浮誇，與百里外草木荒涼、萬物不生，饑民連草根樹葉都撿拾不到的困迫情景，形成強烈的對比。

馮道望著眼前這座吞噬無數民脂民膏、良臣血淚的龐然巨物，心中不勝稀噓又有些忐忑，但知道自己絕不能怯懦逃避，一咬牙，便鼓起勇氣走進朝堂裡，只見文臣武將已排列得十分整齊，他心想：「看來在我生病的短短時間裡，劉守光已急促地建立起大燕王朝了！」

眾人見到馮道，紛紛頷首，以眼神關切他的病情，馮道也微然點頭，答謝同儕的關心。經歷孫鶴的慘事後，眾臣在朝堂上更加戰戰兢兢，不敢隨意說話，只無聲地交流。

馮道心中盤算著今日一定要奏稟劉守光，李存勖即將攻打幽燕，必須調出大安山軍隊，才有足夠的軍力去抵擋河東大軍，他不知道劉守光會不會答應，但這是他目前唯一能想到的法子了！

等了半個時辰，劉守光終於在親衛的簇擁下，大搖大擺地坐上皇帝寶座，威風凜凜地俯瞰下方群臣。眾臣連忙低下頭來，生怕他會點名自己，馮道心中正琢磨該如何開口，劉守光已朗聲問道：「馮參軍，你身子好啦？」

馮道告訴自己為了三笑齋的難民，一定要沉心隱忍，便恭謹道：「臣蒙聖威保祐，才得以迅速康復，臣叩謝天恩。」說罷便伏跪於地，行了拜見天子的叩首禮。

那日劉守光見馮道忽然暈倒，便懷疑他是不滿孫鶴被殺，才會一病不起，原本打算好好敲打他，卻見馮道態度恭敬且承認自己是天子，瞬間疑慮盡消，笑道：「起身吧！」待馮道謝恩站起後，又道：「你身子恢復得不錯，想來頭腦也清楚了！朕打算發兵攻打易、定兩州，先取下王處直的地盤，你以為這事該如何進行？你若能提出好主意，朕大大有賞，就算當個左相、右相的，也不成問題！」

新朝初立，劉守光自然希望展現一番新氣象，不只是建功立業，更要讓眾臣心服口服，但他剛剛以殘酷又暴烈的手段殺了孫鶴，壓制住群臣反對稱帝的聲浪，心中其實知道孫鶴在幽燕士林之首的位置太久了，眾人對孫鶴的景仰已經根深蒂固，他這一舉動，必有人心懷不滿，當務之急，就是找一個人來取代孫鶴，成為大燕新朝的士林之首，帶領所有文臣真正效忠自己！

他看得出幽燕士子多與馮道交好，只要馮道出聲，大多數文臣都會附和，他就不需要把場面弄得那麼血腥！馮道向來聰敏和順，不像孫鶴那般死硬脾氣，一定能明白自己的苦心，所以他一見到馮道回朝，便直接點名，希望馮道來當文臣的領頭羊！

馮道原本希望犯點小事，進入地牢救出劉仁恭，助他奪回主權，再勸劉仁恭投降李存勖，如此幽燕便可免去一場戰禍，他萬萬想不到劉守光竟想主動引戰，就算他現在立刻潛入地牢相救劉仁恭，也來不及阻止戰爭發生了！

面對劉守光的詢問，馮道瞬間陷入極大的掙扎：「劉守光是志在必行！他不惜以宰相之位攏絡我，就是要我當眾表明支持……」只要自己開口引導其他文臣附和，劉守光就會加快軍事行動，而飽受摧殘的幽燕百姓連喘息的時間都沒有，就要再一次陷入浩劫！

匆促之間，他實在想不出什麼法子來拖延劉守光，若是開口勸阻，孫鶴血淋淋的下場還歷歷在目，自己必要受千刀萬剮的酷刑了！

這一剎那，是此生最艱難的抉擇，孫鶴死諫的孤絕身影浮上心頭，令他既悲愴又恐懼，他曾經氣惱孫鶴為什麼要引火焚身，但內心深處卻生出極大的羨慕，欣羨孤鶴不與人合污的清高與勇氣，做了所有士子想做卻不敢做的事，換來求仁得仁、青史留名的結局！

他忍不住逼問自己：「我能不能像先生一樣，隨從本心，作一回烈士？」這一問，全身都激動火熱了起來：「文死諫、武死戰，乃是大丈夫氣節，方無愧聖賢之道！我豈能為了一己活命，就把幽燕百姓推向死地？我這一生總是與那些藩主虛與委蛇，從未做過真正的烈士，先生能為幽燕捨命，我為什麼不能？」

他忽然體會了一名儒士文臣是用怎樣的力量去支撐自己的理想：「我今次站出來反對劉守光，不是為了保住這個暴君的千秋大業，而是為了幽燕百姓！我來之前，早有覺悟，我既把一切後事都安排好了，也沒什麼可掛慮的了……」遂握緊雙拳，昂首朗聲道：「臣以為現在並非攻打定州的好時機！」語氣平和卻十分堅定。

劉守光稱帝，就是想逐鹿中原，一統天下，他想不到一向聰敏和順的馮道會出言反對，自己的雄心壯志一再被否決，心中憤恨至極：「為什麼沒有人理解我的才能？憑什麼李存勖那個沙陀蠻子可以開疆拓土，深入中原，我就該死守河北苦寒之地？我一心要建立功業，這幫蠢材為什麼都不明白？這幫士犢子就是死腦筋，真該千刀萬剮！」怒喝道：「來人！給我搬出斧鑕！」

眾臣一片驚愕，怎麼也不相信有人在目睹孫鶴的慘劇後，還敢出言反對劉守光，更想不到這個一向會幫眾人在劉守光面前調停解危，看似軟好人的馮道，竟敢以身試法，直攖逆鱗！

斧具很快搬來了，眾臣看著爍爍刀光，不由得臉色一片蒼白，身子瑟瑟發抖，連一句相挺或援救的話也說不出口。

馮道同樣感受著孫鶴臨死前被眾人棄絕的孤寂與蒼涼，為了幽燕百姓，他當然希望有人站出來支持自己，但身周空蕩蕩的，眾人情不自禁地往後微微退開，伏趴於地，獨留他一個人孤伶伶地站著，面對劉守光的滔天怒火！

但他心中沒有半點怨怪，他知道他們並非無恥之徒，只是太害怕了，倘若真有人在此刻挺身而出，也只是多個人陪葬，實在改變不了什麼，所以他又不希望有人站出來：「不是每個人都該當烈士，總要有人留下來照顧百姓……這世上只要多一個好人活著，就多一份光明力量！」

劉守光見眾臣嚇得臉色蒼白，心中很得意，又對馮道喝斥：「你有膽子就再說一次，朕到底能不能攻打定州？」

李小喜見馮道眼神堅定，不由得心中暗罵連連：「這小子是被孫老頭傳染了？也跟著發起瘋來！他不想當神仙，也別連累我！」急得出口打圓場：「陛下，馮參軍實在是病糊塗了，腦子燒壞了！他沒聽懂您的話，他的意思是……」

馮道插口道：「臣的意思很清楚！新朝初立，必有虎狼環伺，調軍防備都來不及，怎能分兵去攻打定州？絕對不行！」一字一句說得鏗鏘有力！

「你……」劉守光見馮道滿身無畏，一雙星眼炯炯清亮地望著自己，他最恨這種自命清高的文士，不由得勃然大怒：「朕早就知道你與孫賊勾結，卻一再容忍你，可你不感念皇恩，還當眾忤逆君命，簡直是大逆不道！朕非剮了你不可！來人——」

馮道但覺既可悲又好笑：「暴君果然是不可勸諫的，我竟還存了最後一絲奢望！以後我還是別做死諫這種傻事吧！除了賠上自己的性命，又有什麼好處呢？」

這轉念只是一瞬之間，他反應極快，為了保命，搶在劉守光下死令前，朗聲道：「臣自知得罪了主上，難以身免，但新朝初立，不宜見血光，還請陛下將我暫押入大牢，日後再施刑。」

劉守光一愕，但覺他的話有幾分道理，新朝初立，確實不宜見血光，又見馮道自己認錯，態度平和，並不像孫鶴那樣死硬地斥責自己，心中怒氣頓時消了幾分，朗聲道：「來人，先把他押入死牢，百日後再施極刑！」

李小喜連忙自告奮勇地召來幾名衛兵押住馮道，把他拖往殿外。

在熱血沖湧過後，馮道也冷靜下來了，回首望向華麗巍巍的大燕宮殿，暗道：「劉守光，我今日以死相勸，使大燕免於覆滅，讓你能繼續穩坐王位，也算對得起你的提拔，但你既不聽勸，非要自找死路，還賜我一死，從此之後，我的命在你手中算是結束了！你再也不是我的主上，我也不是你的臣子！」

清晨曙光微露，薄霧漫漫，三笑齋一如往昔寧和，千荷走出小齋外，準備打掃庭院積雪，忽然發現梅瓣上有字，驚呼：「姑娘，妳快來看，天生奇景！梅樹長字了！」

褚寒依輕斥道：「一大清早，這麼喳喳呼呼的，太陽都被妳吵醒了！」

千荷吐了吐舌，道：「姑娘真愛說笑！太陽可是全天下第一個醒的，怎能聽我一個小姑娘的呼聲就被吵醒呢？姑娘，妳快過來看看，這梅樹在一夜之間，竟然長出字了！」

褚寒依一邊從竹齋走出來，一邊道：「妳胡說什麼，梅樹怎麼可能生字呢？」

千荷笑道：「不只生字，還是『情』字呢！」

褚寒依道：「妳怎麼知道是情字？」

千荷指著一片寫著「情」字的花瓣，道：「姑娘妳瞧，這可不是一個『情』字？」

褚寒依走近千荷身邊，順著她指尖方向瞧去，見梅瓣上真的有一個「情」字，微微蹙眉道：「什麼人來我的梅樹上留字？」

「姑娘妳瞧！」千荷繞著梅樹東看西看，發現許多梅花瓣上都寫了一個字，零零落落地分佈在不同位置，遂指著其他幾片花瓣，又道：「原來不只有『情』字，還有『金』字、『春』字呢！」

褚寒依心中驚詫，道：「這人趁夜潛了進來，居然沒被發現，可見對這後山環境很熟悉！」

千荷驚呼道：「幸好這人沒有歹意，否則就完了！」

褚寒依哼道：「怕什麼？這人只敢偷偷潛入，想必沒什麼本事！」

千荷疑道：「這些字七零八落，散在不同地方，沒有依照規矩排列，究竟是什麼意思？」

褚寒依也感到奇怪：「這人為什麼要站在風雪夜裡，於小小的梅瓣上細細填字，如此大費周章？」

千荷問道：「姑娘，妳說這人要告訴我們什麼？」

褚寒依一時也看不出，道：「妳把那些字都抄下來，我研究看看。」說罷便回入竹齋。

千荷連忙拿紙筆抄寫，待抄寫完畢後，便進入竹齋，將紙條連同有字的梅花瓣一起擺放到桌案上，道：「姑娘，我算過了，總共有二十四個字。」

褚寒依對這猜謎來了興趣，就先把千荷抄寫的紙帖一個字、一個字地撕開來，成為二十四張方形的小紙片，再一一排列比對，沉吟道：「二十四個字……隨意排列變化，可有幾千幾萬種方式了……」

千荷咋舌道：「幾千幾萬種方式？只怕姑娘研究到蒼蒼老太婆，也研究不出來呢！這人可真會折騰，為什麼不直接告訴我們答案？萬一姑娘一輩子都解不出來，他想說的話豈不是永遠傳達不到了？」她推開小齋的窗扇，讓陽光灑了進來，又嘀咕道：「昨夜不知怎地，一到清晨，風雪就忽然停了，這花瓣上的字才沒融化，否則這信息也傳送不到！」

褚寒依聞言，抬首問道：「妳說清晨風雪忽然停了？」

千荷用力點點頭道：「我寅時醒了過來，原本想起身去屋外探看情況，見風雪還不止，便沒出去，後來曦光透出雲層，那風雪就忽然止了。」

褚寒依道：「看來那人是臨近清晨來的，妳若是出去，恐怕就要遇上他了！」

千荷拍拍自己的胸口，慶幸道：「還好我沒出去，萬一他是個惡賊，可就糟了！」

褚寒依哼道：「妳若出去才好，妳大聲呼叫，我便能一把逮住他，瞧瞧是什麼鼠輩，竟敢偷偷潛進來搗亂！」

千荷道：「這人當真奇怪！既要送信，又選這麼為難人的方式！他究竟是想還是不想讓我們知道呢？」

褚寒依微一思索，道：「妳說得對！他在風雪夜留字，字很容易消融，字謎又這麼難解，可見他根本就不想讓我們猜透！」

千荷不解道：「既不想讓我們猜透，為何還要冒著風雪夜來留字？」

褚寒依輕哼一聲：「他就是挑釁！他想炫耀自己能悄悄潛入我們的地盤，又能設計出我猜不透的謎題！哼！我非解開不可！」她自有記憶以來，並未解過字謎，不知為何，對這件事卻極感興趣，而且固執地認定對方就是要跟自己比賽，那種感覺彷彿是她失憶之前，就曾與這個人比過猜字謎，而這一次她絕不能輸了！她心中既存著爭勝的傲氣，又感到玩樂的趣味，因此就算有千萬種排列方式，她也沉迷其中，不肯放棄。

千荷瞧她研究得認真，不敢打擾，便去門外灑掃，過了好一會兒，又驚呼道：「姑娘！姑娘！梅瓣不只生了字，梅樹還掛了一封信！」

褚寒依被打擾了思緒，不耐道：「怎麼總是喳喳呼呼的？既然有信，拿進來就是！」

千荷笑嘻嘻地走進來，把信柬放到桌上，褚寒依沉迷於解題之中，連頭也不抬，只淡淡道：「妳猜猜，我多久可解出來？」

千荷聽她冷淡的語氣中透出一絲驕傲歡愉，驚呼道：「幾千幾萬種排列，難道姑娘這麼快就解出來了？」

褚寒依十指靈巧地在桌上移動紙片，快速排列著文句，微笑道：「他設的謎題也不難，只要多讀點書，懂得字詞之間的關聯，就能明白了！」

千荷睜大眼盯著桌面上的字，零零落落，支吾道：「這些字詞真有關聯嚒？我怎麼也瞧不明白……」

過了一會兒，褚寒依拍手笑道：「好啦！前半段已經出來了，再排後段就不難了！」

「姑娘真聰明！」千荷望著桌上排好的紙片，一字字唸道：「『金匱之盟，歷之春秋，紀於永世』……這是什麼意思呢？」

褚寒依沉吟道：「這意思似乎是……有一個盟約很珍貴，就像藏在金匱裡，經歷了千秋萬世也不改變，但究竟是什麼盟約，我也不明白。」她望著字句，漸漸感到震撼，那震撼是從內心極深之處，忽然突竄出來，慢慢、慢慢地擴散，最後傳遍全身。

千荷見她臉色微變，關心道：「姑娘怎麼啦？」

褚寒依不知怎麼回答，迷惘道：「這段句子……很熟悉！我似乎在哪裡聽過？」又問：「對了！妳方才說還有一封信？」

千荷笑嘻嘻道：「我知道是誰給姑娘留字了！」

褚寒依「咦」了一聲，道：「妳怎麼知道？」

千荷得意道：「我認得那人的筆跡！」

褚寒依好奇道：「快快說來，別賣關子！」

「誰會在風雪夜獨守寒梅，留『情』字給姑娘呢？」千荷把信遞給了她，微微一笑道：「除了那位癡情的馮郎，還能有誰？」

「是他？」褚寒依心中微微一震：「他說：『金匱之盟，歷之春秋，紀於永世』是什麼意思？」自與馮道相識以來，兩人從未聊過這些字句，但這段話卻像早就鐫刻在她內心深處，今日忽然被釋放出來，這樣的感覺令她心生悸動又百思不解。

千荷見她不像從前一聽到馮道的名字就喊打喊殺，反而陷入沉思，道：「姑娘，妳後半段的字還未排出呢！或許排出來之後，妳就明白馮郎君是什麼意思了。」

褚寒依聽到是馮道在梅瓣上留字，震悸之餘，漸漸回過神來，又心生厭煩，恨聲道：「這人當真是癡纏不休！我留他一條小命，不予計較，他倒是時時來招惹！這登徒子就想說些下流言語，還讓我費心去拆解他的字謎，當真無聊透頂！」手一揮，就把剛才排好的一張張小方紙片給打散了！

千荷見她翻臉比翻書還快，小心翼翼道：「其實我覺得馮郎君人挺好的，對姑娘是有些癡癲，但從未說過什麼下流話，姑娘這樣說，可真是冤枉他了！但姑娘究竟為什麼恨他，非要置他於死地不可呢？」

兩人之間種種事端，褚寒依只覺得千絲萬縷，難以言表、羞對人說，聽到千荷說馮道不曾下流，不禁想起大安山洞穴、桑乾河裡，馮道幾度輕薄，卻是把自己當成別的女子，並非真心相待，她頓時覺得滿腹委屈無人可訴，不由得眼眶一紅，幾欲掉下淚來。

千荷想不到她沒有發火，只神色黯然、眼神迷離，瞬間從一個凶巴巴的大小姐變成一個消沉小女子，連忙安慰道：「姑娘別難過，我再也不替馮郎君說話了！妳要殺他、要打他，我都幫著妳！」

褚寒依輕咬朱唇，美眸深深一閉，硬是將眼底淚水抿了去，道：「以後妳別再問了！」

千荷心中一嘆，不敢再多言，只吶吶道：「這信箋……妳還看不看？」

褚寒依原本不想再與馮道有什麼瓜葛，但心中實在好奇，便道：「妳看吧！倘若又是瘋言瘋語，就直接燒了！」

千荷打開信柬，臉色卻變了，顫聲道：「姑……姑娘！先生……死了！」

「妳說什麼？」褚寒依驚駭地一把搶過信柬，只看得憤怒交加、渾身哆嗦：「叔叔對幽燕鞠躬盡瘁，竟被劉守光這惡賊害死了！」她比千荷聰慧，一瞬間已意識到三笑齋不保了，也明白馮道為什麼冒著風雪夜來送信，她越想越顫慄，忍不住加緊速度把後半段的字排列出來。待全部排完時，她心口彷彿被大石重重一捶：「『此生雖無見日，此情卻無絕期』……這書呆子想做什麼？什麼叫『此生雖無見日』？難道他要一個人去對付劉守光？呆子果然就是呆子！他不知道這是去送死麼？」

千荷看她臉色瞬間變換了數回，急問：「姑娘，怎麼啦？馮郎君究竟是什麼意思？」

褚寒依想都沒想，便快速拿了針囊丟下一句：「我去救人！」就要出門去。

千荷心知情況不對，連忙拉住她問道：「救誰？馮郎君麼？」心想這一去，肯定是萬分危險，又問：「姑娘要去哪裡救人？」

褚寒依恨聲道：「自然是劉守光那裡！」

千荷更用力拉緊她，驚呼道：「不行！太危險了！咱們得從長計議，不能貿然前去！」

褚寒依急道：「來不及了，那呆子去送死！」

千荷道：「不然咱們去找一堆幫手！」

褚寒依哽咽道：「叔叔死得淒慘，大家都躲得遠遠的，妳去哪裡找幫手？只有我能救他了！我還要殺了劉守光，替叔叔報仇！」說到後來，美眸已浮滿淚水，只是她性子要強，硬是不肯讓淚水滑落。

千荷心知自己阻止不了她，急道：「姑娘不是要取馮郎性命嚒，怎麼還要救人？」

褚寒依微微一愣，又大聲道：「他的命是我的！只能死在我手裡！」用力一掙，想甩脫千荷的手，千荷急得雙臂大力抱住她，叫道：「馮郎讓妳照顧三笑齋的難民，妳全不管了嚒？咱們得配合他的行動，把難民移往大安山宮殿啊！」

褚寒依聞言，呆了半晌，終於鎮定下來，全身無力地頹然坐倒，三笑齋即將大難臨頭，她必須在兩者選擇其一，一時間她陷入最大的掙扎：「叔父不在了，不只三笑齋，還有阿爺阿娘，甚至是整個孫家，都有可能受到連累，我怎能棄他們於不顧？可我怎能眼睜睜看著他去送死？」

她心中湧上一陣陣驚濤駭浪，不斷迴盪：「我怎能看著他去送死？我怎能看著他去送死……」那恐懼的感覺幾乎要把她淹沒，她無法理解自己為何如此害怕，只覺得兩人生離死別的情景如此熟悉，不只是桑乾河畔那一次，彷彿更早之前，她就已經遭遇過。

千荷見她臉色蒼白，整個人似虛脫了般，連忙勸道：「姑娘，妳別著急，馮郎君很聰明，並不是找死的人，或許他真有辦法對付劉守光呢！」

褚寒依心亂如麻，抓了千荷的衣袖，顫聲道：「可是他說：『此生雖無見日』……那意思就是他鐵了心要去送死！他在風雪中留字，是沒打算讓我看見……他既沒打算讓我看見，就是真的，不是故意留字來嚇唬我的！」她越說越激動：「還有，叔叔太可憐了！我要替他報仇，所以我一定要去找劉守光！」說到後來，再也忍不住滿腔悲憤恐慌，開始抽抽噎噎地哭了起來。

千荷見她哭得像淚人兒，連忙抱住她安慰道：「劉守光手握幾十萬兵馬，咱們怎能對付他？妳要為明公和夫人著想，不能隨意赴死，妳瞧，馮郎君信末不也叮嚀妳要保重自己，他肯定是知道妳的脾性，才特意叮囑，倘若妳還不顧一切冒險，豈不是辜負了他一片苦心？」

褚寒依此刻已六神無主，勉強想要冷靜，腦中仍是一片混亂，就連淚水也停不下來，只茫然無助地問道：「可他……他去送死，我是說他是為了大家去送死，我怎能不去救他？千荷，妳說，我們該怎麼辦？」

千荷從未見過她如此慌張，心想：「姑娘向來聰明強悍，自有主張，就連刺殺劉仁恭也不膽怯，還將諸事安排得井井有條，這緊要當口，怎麼問起我來了？」

她先讓自己的心思沉定下來，溫言道：「姑娘是關心則亂，我瞧馮郎君很聰明，妳想想，馮郎君既然要我們配合計劃，就表示他還在運籌一些事，暫時不會有危險，不如咱們就先依他的法子行事。」仔細看了看信，又道：「馮郎君交代咱們要把老爺夫人，德州戶掾渚瀆夫婦、韓延徽的娘親、還有馮郎君的雙親，連同三笑齋難民全部一起先遷往開善寺，等待時機再遷往山頂宮殿。萬一馮郎君後來真的落難，咱們已經把大夥兒都安頓好了，心無後顧之憂，再救他也不遲。」

褚寒依不知千荷說得對不對，但心中沒了主意，只茫然地點點頭，喃喃道：「妳不明白，他平時看起來很滑稽、很軟弱，可是骨子裡卻很硬氣，他總是做著一些旁人不理解的事情，他留了『此生雖無見日』那句話，心裡肯定是有打算的……」

千荷道：「我自然不明白馮郎君，可姑娘跟他說不上兩句話，連面也不肯見人家，為什麼就覺得自己很瞭解他？」

褚寒依一愣，心中也問自己：「千荷說得不錯，為什麼我覺得自己很瞭解他？」朱唇一抿，逞強道：「因為我瞧得人多了，他那樣的人，一眼就能瞧出來！」

千荷卻不以為然，道：「我瞧馮郎君說那句話，也未必是要去送死的意思。」

褚寒依被反駁，也不生氣，反而覺得在黑暗中抓住一點希望，連忙問道：「何以見得？」

雖然此刻很悲傷、很緊迫，千荷卻忍不住好笑：「姑娘忘了，『此生永不相見』是妳送給人家的話，他總是真心換絕情，終於對姑娘心灰意冷了，才回了那句：『此生雖無見日』，或許等他勸劉守光撤走大安山駐軍，讓咱們把三笑齋難民都安頓好，他就要離開幽燕了！先生慘死，他對劉守光肯定痛恨到極點，他一身才華，哪個藩主不歡迎？又何必守著暴虐的劉守光？等他當了大官，自然有許多姑娘投懷送抱，又何必癡戀醜得天下無雙的孫姑娘？」

褚寒依低聲喃喃自語：「可是他還說：『此情無絕期』，這就表示他對我……他對我仍是……」

千荷問道：「姑娘妳說什麼？」

褚寒依臉上微微一紅，連忙轉了話題，道：「只要他不死就好！無論他去哪裡，就算天涯海角，我都能找到他！」

千荷奇道：「姑娘不是嫌他煩，還說『此生永不相見』，好不容易他要走了，妳還去找他？」

褚寒依怒道：「我說過了，他的命是我的，他休想當了大官，就和別的姑娘雙宿雙飛！」

千荷瞪大了雙眼望著她，不可思議問道：「姑娘可是吃醋了？」

褚寒依哼道：「吃什麼醋？我找他，自然還是要殺了他！」

千荷不禁噗哧一聲，笑了出來，褚寒依嗔道：「妳笑什麼？」

千荷道：「我笑這世上，再沒有比姑娘更逞強的人了！」

褚寒依正要呼斥她，竹齋外卻傳來一聲通報：「姑娘，有一位俊美公子、一位和尚和一位乞丐求見。」正是留在三笑齋幫忙管理難民的劇可久前來請示。

「公子、和尚和乞丐？」褚寒依和千荷相望一眼，都想：「這三種人怎麼會湊到一塊兒？難道是來求助的？但三笑齋已自身難保，又如何再接收苦難人？」

褚寒依道：「讓他們進來吧。」便趕緊拭了淚水，又轉進寢室，戴上面紗，整理衣飾。

劇可久出去領訪客過來，千荷先走出竹齋迎客，見到來人，驚喜地低呼出聲：「原來是劉公子！」

俊美公子不是別人，正是「三美公子」之一的劉昫，他一身素淨藍衫，不像先前總是華服玉飾，卻依然風姿瀟灑，一見到千荷，便微笑招呼：「多日不見，姑娘可好？」

千荷紅了臉，靦覥道：「小女子一切安好，多謝劉郎記掛。」

劉昫感激道：「多謝姑娘饋贈傷藥，在下才得以恢復，姑娘的體貼仁惠，劉某一直銘記於心。」

當日千荷得知他在刺殺劉仁恭的過程中受了傷，便託馮道帶了一些傷藥補品給他，想不到他還記得自己，心中萬分欣喜，卻更加羞赧，低聲道：「不過舉手之勞，劉郎不必在意。」

那乞丐插口道：「千荷姑娘，妳還記得我嚒？在下是龍敏！當日多謝姑娘招待茶水、小點，讓我得以飽餐一頓。」

自從劉昫出現，千荷一雙目光都在他身上，直到龍敏出聲，才恍然清醒過來，發覺來者都是舊識，連忙道：「龍郎和趙郎，你們都來了！但不知有什麼貴幹？我先去通知姑娘，順便為三位準備茶水。」

和尚正是為了躲避黔面酷刑，去開善寺出家的趙鳳，兩人齊聲道：「姑娘不忙！我們是受了馮兄之託，前來相幫的。」

千荷愕然道：「你們是受馮郎君之託？」

趙鳳合十道：「不錯！馮兄要我們幫忙孫姑娘，將三笑齋百姓移往大安山宮殿。」

劉昫補充道：「馮兄擔心孫公去世後，三笑齋會遭受迫害，又擔心姑娘要遷移這麼一大夥人，會應付不過來，因此讓我們來幫忙，姑娘有什麼需要，儘管吩咐，馮兄的事就是我們的事！」

褚寒依收拾好心情，整理好衣飾，便從小齋內走了出來，聽到這番話，不服氣道：「他自己小命不保，還說我沒本事應付！」

龍敏連忙打圓場：「孫姑娘自然是有本事的，只是馮兄心疼孫姑娘，怕妳太勞神。」

褚寒依悶哼了一聲，她以薄紗蒙著臉面，旁人瞧不出她是歡喜、羞臊還是生氣。劉昫三人從前被她設計參與刺殺劉仁恭，已知道她脾氣雖古怪，心腸卻俠義，因此對她這怪異的態度，也不以為忤。

趙鳳心思聰敏，聽褚寒依這麼一說，連忙問道：「姑娘為何說馮兄小命不保？」劉昫急問：「馮兄發生什麼事了？」

褚寒依冷哼道：「他並沒有告訴我什麼，但我知道他讓你們過來，不只是幫忙，還是來監視我，不准我貿然行動！」

千荷恍然明白為什麼褚寒依聽到他們受馮道之託前來幫忙，卻不高興，連忙向三人微微使了眼色，道：「我先去準備茶食、房舍，讓三位暫時安頓下來，大家再一起商量怎麼遷移三笑齋。」又呼喚道：「龍郎君，麻煩你過來幫我。」

龍敏正要過去相幫，劉昫卻搶先一步過去，笑道：「龍兄從遠處趕過來，腿腳還疲累，不如我來幫助姑娘，妳有什麼需要的，但說無妨，千萬別客氣！」說罷便大方地偕著千荷往前走去。

千荷心中暗喜，輕聲道：「多謝劉公子相助。」

劉昫微笑道：「姑娘別把我當貴公子，就當個好朋友吧！」

千荷柔聲道：「千荷只是個小婢，絕不敢失了禮數，又怎能與三美公子平輩論交？」

劉昫苦笑道：「三美公子只是朋友戲稱，自從幽燕幾番亂局，我劉家也算破落了，這亂世年間，連命都保不得，誰又能保一世富貴？你瞧瞧孫公，曾經顯赫一時，門下士子無數，一旦得罪主上，便屍骨無存，沒有人敢為他出聲！今日我是劉公子，誰知明日我不是劉奴才、劉砍頭？所以千荷姑娘，妳切莫妄自菲薄，咱們還能活著，都要互相珍惜才是！」

千荷心中感動：「劉郎不只出身世家、飽讀詩書，人也長得俊，心地還這麼好，是多有福氣的姑娘才能與他在一起？」又暗自感嘆：「他雖說不嫌棄我，願意視我為友，但我難道不知自己的身分嚒？三笑齋渡過危險之後，他定會另奔前程，到那時，我們就要分離了，或許從此再也不見……」她忽然體會了馮道那句「此生無見日」是多麼傷痛決絕，但心再痛，也不能改變兩人差距的事實：「雖然只有這麼一小段時間能陪著他，我也該心滿意足了！」便輕聲道：「多謝劉郎君的貴言，千荷會謹記在心，會珍視自己，也會珍惜劉郎君……還有大家患難相助的情誼。」

劉昫笑道：「這就對了！」想了想，又問：「我們來幫忙，孫姑娘似乎不太高興，還說我們是來監視她，這又是從何說起？」

千荷忙解釋道：「姑娘不是那個意思，劉郎君莫要多心了！」

劉昫倒是直爽，自顧自地說道：「孫姑娘那脾性，也只有馮兄受得了，馮兄家世雖然差了點，可是滿腹才學、聰慧無倫，將來前途不可限量！依我說，是孫姑娘配不上他，倒不知為何馮兄對她死心塌地？」

千荷驚訝道：「你也瞧出馮郎君的心意了？」

劉昫哈哈一笑，道：「誰瞧不出來呢？馮兄被設計去刺殺劉仁恭，在大安山上幾乎丟了性命，即使被我們責備，仍一力迴護孫姑娘，此番來拜託我們，除了幫忙照顧難民，對孫姑娘的安危更是千叮嚀萬交代，就怕她出了事，連我和趙兄這鐵錚錚的男子都感受其誠，反倒是孫姑娘，一個姑娘家，竟仍是一副鐵石心腸！」

千荷微笑道：「我說姑娘是在意馮郎君的！她方才知道馮郎君要進行一件危險的事，急得都哭了，可是她自己不承認。」輕輕一嘆，又道：「馮郎君也不知怎麼得罪了她，姑娘又固執，這事也只能馮郎君自己慢慢化解！」

劉昫又問：「馮兄到底要辦什麼事？」

千荷道：「我們也不知道，你們來之前，姑娘因為擔心馮郎君出事，心情壞透了，所以才怠慢了各位，我代替姑娘向劉郎賠罪了！」說罷輕輕福了一禮。

劉昫見她眉似青黛、眼如月波，心如玲瓏玉、人似碧綠荷，雖不是絕色佳麗，但對任何人都溫婉和悅、靈巧周到，彷如濁世中一朵清蓮，不惹春英妒，未似俗花艷，在群雄都忙著搜羅美人，群芳都爭奇鬥妍的亂世裡，這樣內心美善，舉止謙雅的姑娘反而難能可貴，劉昫一時動容，連忙伸手扶了她，道：「姑娘莫要再多禮了！」

千荷望著他牽扶自己的手，不禁羞得滿臉通紅。劉昫卻毫不在意，只微笑道：「姑娘雖是婢女，但性情溫柔，善體人意，比許多大家閨秀可親多了！」

千荷心中一愕：「他是在稱讚我嚒？」

劉眴輕輕一嘆，道：「倘若當時我們來求親的對象是千荷姑娘，就不至被捉弄得如此淒慘！」

千荷聽他批評孫無憂，連忙道：「姑娘心地是很好的……」

劉眴道：「我知道孫姑娘心地好，她樣貌雖然差了點，倒也無妨，但娶妻娶賢，除了心地善良之外，脾性也很重要，否則兩人如何白首偕老？千荷姑娘，妳說是不是？」

千荷聽他意有所指，一時不知該如何應答，只芳心小鹿亂撞，緊張得語無倫次：「其實你不知道……姑娘是絕頂人才……她的樣貌……她真是比千荷好了不知幾百倍……劉郎如此風采，和姑娘才是般配，我……我就是一個不起眼的小丫鬟……怎敢與姑娘相比？」

劉眴見她羞似彤霞，心中實在歡喜，深深凝望著她，低聲吟道：「『世間花葉不相倫，花入金盆葉作塵。惟有綠荷紅菡萏，卷舒開合任天真。此花此葉常相映，翠減紅衰愁殺人。』昔日我參與招親，選了這首詩來應付孫姑娘，當時我連她的樣子都沒見過，也不瞭解她的性情，我其實是因著妳的名字才有了靈感，也是看著妳的樣貌才聯想到這首詩，所以這首《贈荷花》原本就應該贈千荷！」輕輕牽起她的纖指，又道：「『千荷、千荷』，妳的名字、妳的人都清麗無倫、美如詩意！後來妳又托馮兄送來傷藥，我就一直念著妳！妳說，我們是不是很有緣分？」

千荷知道這首詩意指雙方有如荷花、荷葉相伴，是天造地設的一對，但願兩人白首偕老、長相廝守，她怎麼也不敢相信劉昫會對自己吟唸這首詩，更想不到自己就是那個有福氣的姑娘，一顆心激動地快要跳出來，身子卻動也不敢動一下，只怔怔望著劉昫，就怕美夢會瞬間破滅。

（註❶：「不惹春英妒，未似俗花艷」兩句出自任一仁詩作《頌此群蓮》。）

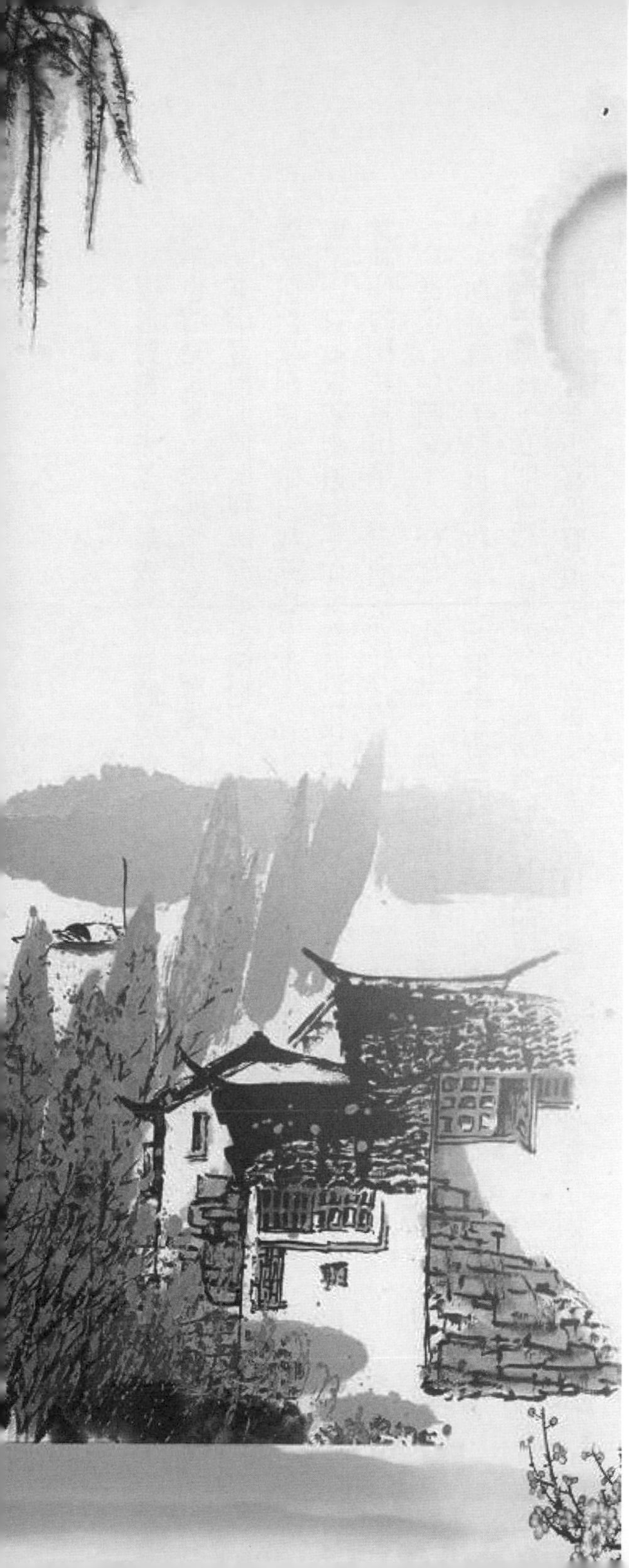

九一一・六

奈何青雲士・棄我如塵埃

馮道對劉守光盡了最後一次勸諫之義，心中對這個暴君已全然放下，一時豁然開朗，腦子也清楚起來，便開始思索該怎麼逃出百日後的死刑，又能救出劉仁恭以阻止戰禍。

李小喜指揮侍衛押解馮道走向地牢，一路上氣呼呼地斥責：「馮兄弟，你是燒壞腦子嚒？居然學那個老賊自找死路？你、你、你……」急怒之下，舌頭幾乎打了結，索性不再罵了，只狠狠威脅道：「你既然自己找死，做兄弟的也不留你了！但臨走之前，你趕緊把當神仙的秘訣說出來，否則有你好受的！」

馮道心中暗罵：「好你個小喜子，當真翻臉比翻書還快！敢情我若不說出當神仙的秘訣，你就會施手段折磨我了！」但李小喜的話卻給了他靈感，連忙向左右使了使眼色，李小喜也是機伶，立即會意，便命令押解馮道的士兵放開手，站遠一點。

馮道靠近李小喜低聲道：「小喜兄，小弟今日斗膽冒犯聖顏，實在是因為白鬍子神仙來找我了！」

「你說……」李小喜驚喜得張大了嘴，兩眼直愣愣地瞪著他，馮道用力點點頭，李小喜還是不敢相信，顫聲問道：「真的嚒？白鬍子神仙終於來了！」

馮道低聲一嘆：「我被先生的死嚇壞了，病得不輕……」

李小喜嘲笑道：「我說你膽子可真小！我去瞧過你幾回，瞧你整個魂都空了，以為你死定了，我才唉嘆我的神仙夢沒了，誰知你竟又活過來，你活過來也就罷了，竟又去惹怒陛下，你說你是不是找死？」

馮道說道：「若沒有神仙指引，我哪有膽子惹怒陛下？」

李小喜冷嘲道：「嘿嘿！我就想你平常那慫包樣，怎麼也不像挑事的人，今日是吃了熊心豹子膽，竟敢主動找死？原來是有神仙當靠山！」

馮道心想自己一腔熱血正義，卻被李小喜看成笑話，不由得暗暗一嘆：「小馮子，你平時太滑溜了，就算有朝一日真心要作烈士，也沒人相信！」又想：「既然我不是做烈士的料，又何必勉強自己？」

李小喜歡喜道：「你快說說那神仙是怎麼回事？」

馮道說道：「我原以為自己快病死了，朦朦朧朧中，忽然見到白鬍子神仙指示我說：『我知道你被大燕皇帝嚇得半死，這樣吧，你先進入大安山地牢，百日之內，我會出現，帶你升天做神仙！』」

李小喜驚顫道：「你是說神仙要去大……大安山地……地牢？」

馮道瞧他表情有些不對勁，連忙問道：「怎麼啦？大安山沒有地牢？」

「不……不是！」李小喜支支吾吾道：「你怎麼知道那個地方？」

「我方才不是說了，是白鬍子神仙的指示！」馮道說道：「我原本也懷疑大安山怎麼會有地牢？我在那裡監工許久，都沒瞧見過！看小喜兄這表情……」他小心翼翼地探問：「那裡確實有一座地牢了？」

大安山地牢極為隱秘，只有少數人知道，李小喜瞬間深信不疑，沉吟道：「看來真是神仙指示，否則諒你也沒本事知道地牢的事！但神仙為什麼要選那個地方？」

馮道說道：「大安山原本就是修仙之地，最接天庭之氣，所以老節帥才會選在那裡建造道觀。白鬍子神仙說不是所有人都有機緣升天，所以祂的出沒，並不想被其他凡夫俗子瞧見，免得惹來不必要的紛擾，但大安山駐軍太多，祂只好選在地牢內與我相會。」

李小喜「啊」了一聲，驚嘆：「原來如此！」又趕緊問道：「神仙說不是每個人都有仙緣，那我真能升天成仙嚒？馮小兄，咱們是好兄弟，我方才可是拼了命在聖上面前為你開脫，升仙這件事，換你得幫我！」

馮道說道：「放心吧！我早就跟白鬍子神仙說了，這次可千萬、千萬不能再落下我的好兄弟李小喜了！白鬍子神仙立刻拿起《登仙錄》把你的名字好好圈起來，還說：『本來李小喜還要再等個三十年，但看在你求情的份上，這一回，我就帶他一起去吧！』」

李小喜大力一拍他的肩，歡喜道：「馮小兄，你真夠意思！」

馮道笑道：「那是自然！一個人當神仙有什麼意思？總要有好兄弟一起逍遙樂和，才有趣味！」又道：「所以我才想要激怒陛下，讓他把我關進大安山地牢裡。」

李小喜搖搖頭，苦愁道：「但你犯這個事，只會關在幽州地牢，並不會去大安山。」

馮道求懇道：「小喜兄，你千萬得想個法子把我關入大安山地牢，到時你來探監，咱倆就可以一起當神仙！」

李小喜神情一下子嚴肅了起來，低聲道：「那幾乎不可能！」

馮道佯裝驚愕道：「這是為何？」

李小喜低聲道：「因為那裡關著老節帥！聖上不准任何人靠近，還派了重兵把守。」

馮道假裝驚呼道：「你說老節帥關在那裡？」

李小喜道：「是啊！所以誰都別想靠近！」

馮道又問：「我聽說老節帥的武功廢了，聖上還養一大批軍隊在山上，就為了顧守一個廢武老頭？」

李小喜吞吐道：「那自然不是了……」

馮道見他不肯吐實，苦著臉道：「你無法把我移到大安山地牢，咱倆如何當神仙？」

李小喜心想這次絕不能再錯過當神仙的機會，索性豁出去了，便低聲吐出實情：「老節帥有一個天大的秘密藏在大安山裡，誰都不肯說，當時的二公子也就是現在的聖上無意中得知這件事，就派我去大安山監工，為的就是查探那個秘密，可是我查了大半年，幾乎把大安山都翻遍了，始終沒有半點成果。後來聖上囚禁了老節帥，無論怎麼逼迫，老節帥也真是硬骨頭，說什麼都不肯吐露，兩父子就僵在那裡！」頓了頓又道：「如今大安山地牢是個禁地，知道的也沒幾人，聖上怎肯讓你關到那裡去？」

馮道試探問道：「老節帥的秘密究竟是什麼？」

李小喜道：「我其實也不是很清楚，聖上不肯說，只說老節帥把『那個秘密』藏在大安山的某個地方，一旦我找到那個地方，就會知道了！」

馮道蹙眉道：「連找什麼東西都不知道，真是難為你了！」嘆了口氣又道：「難道咱倆要放棄最後一次當神仙的機會？小喜兄也就罷了，最多繼續當聖上眼前的紅人，但小弟我就等著百日後被凌遲處死了！」

李小喜著急道：「如果能當神仙，誰願意伺候那個瘋狗！我瞧他真是越來越瘋了，你不知道我天天提心吊膽，生怕一句話說錯了，就像孫老頭那樣被凌遲處死！」

馮道不是第一次聽李小喜罵劉守光瘋狗，也不意外，但他原以為孫鶴的死，李小喜會幸災樂禍，想不到他竟有兔死狐悲的感受，竟是如此恐懼。

李小喜急道：「馮兄弟，你最多主意，你快想想怎麼辦才好？老哥哥全力配合！」

馮道想了想，道：「小喜兄可以建議聖上，說既然處了我死刑，不如把我關到大安山地牢，讓我套問老節帥的秘密，如果百日之內，我能辦好事情，就將功贖罪，否則就把我處以極刑！」

李小喜聞言，立刻變為大喜，哈哈笑道：「馮兄弟，你真了不起！我這就去稟告聖上。」

馮道又道：「但還有一件事，要請聖上准允，此計才萬無一失。」

李小喜道：「什麼事？」

馮道說道：「請聖上務必調走大安山的駐軍。」

李小喜愕然道：「這是為何？」

馮道說道：「白鬍子神仙雖然已經約好在地牢碰面，但祂畢竟喜歡清幽，如果大安山上一直有那麼多守軍，我怕祂一個不高興，便改變主意。」

李小喜連連點頭，道：「馮兄弟說得極是！你考慮真周到！但我要怎麼跟聖上說？」

馮道想了想，道：「如果聖上想攻打定州，王處直必會找李存勖撐腰，再加上王鎔，他們三鎮聯軍，我方肯定會吃不消，聖上應該把全部軍力集中起來對付敵人，而不是把一大票軍力空養在大安山上！」

李小喜蹙眉道：「你所言雖有道理，但陛下深信他是順天應命的真龍天子，既有天神庇祐，就算不調動大安山軍隊，也能取下定州！」

馮道問道：「你真認為陛下是真龍天子，有天神護祐，能百戰百勝嚒？」

李小喜狠狠呸道：「就那瘋狗才相信自己是真命天子！倘若他有天神護祐，那晉王豈不是天神本尊了？」

馮道聽到「晉王是天神本尊」從李小喜口中吐出，忍不住噗哧一笑，心想：「這傢伙一點都不像他外表看起來那麼渾噩，心眼挺通透的，我倒是小瞧他了！」蹙眉問道：「你既不相信，為何不勸聖上把所有軍力集中起來，對抗外敵？」

李小喜哈哈一笑，道：「還抵抗什麼外敵啊？馮小兄，你未免太天真了！我本來打算一旦三鎮聯軍攻來，先觀察形勢，李存勖若是個善主兒，我便舉旗投降，再撈個官位做做，憑我這拍馬功夫，還怕不能一路高升？倘若李存勖容不下幽燕臣子，我就逃之夭夭，到南方去樂和逍遙，反正這幾年，我也撈得夠了！既有好日子過，我又何必提腦袋去拼命？總之，我是不抵抗了！」看著馮道驚奇的臉色，又道：「畢竟孫老頭還是有幾分見識的，他的預言往往很準確，他說那瘋狗若是妄動，百日之內就會有大軍攻來，我自然得想好退路！這滿堂文武，誰不是這麼想的？就孫老頭自個兒想不開，還想拿命去拼！」

馮道心中更感淒涼：「原來貌似最忠心、最受寵的李小喜也想逃命，那整個大燕王朝還有誰會留下來？劉守光離覆亡只一步之距了，難怪先生急著把老節帥救出來，但隨著先生身死，一切皆已罔然，可嘆先生以身守節，卻無人同行，他最後的預言，百日之內，將有大兵攻至，依然神準，大燕滿朝皆相信，卻無人願意挺身而出！大燕徹底完了！唯獨劉守光昏懵不知，還妄想攻打定州！」

李小喜呸道：「我告訴你吧！你別看瘋狗此刻意氣風發地想攻打定州，倘若三鎮聯軍真的來了，第一個嚇得屁滾尿流、舉旗投降的，肯定是他自己！」想到劉守光屁滾尿流的樣子，忍不住哈哈一笑，又道：「既然神仙快來了，無論如何，咱倆一定要及時升天，等做了神仙，就不用天天想逃命了！」

馮道想了想，道：「這樣吧！你告訴聖上，大安山宮殿的珠寶已被搜刮一空，實在不需要那麼多守軍，他要的秘密也不可能在牢籠裡，派那麼多軍兵天天守著，能守出什麼？還不如咱們對老節帥施一個『臥底探問、欲擒故縱』之計！」

李小喜深覺有理，連忙問道：「什麼『臥底探問、欲擒故縱』之計？要如何實行？」

馮道說道：「我先潛入地牢去探問老節帥，他防備心極強，一定不會直接告訴我答案，但他受到刺激之後，很可能會想逃出牢籠，去尋找那個秘密。這時候，咱們必須欲擒故縱，先放任他出去，再悄悄跟蹤，就能找到秘密所在。要是他逃出牢籠後，發現大安山有那麼多守軍，他還肯去找秘密麼？只有放鬆戒備，他才會上當！」

李小喜驚嘆道：「馮小兄，你真有辦法，我們只會死死逼問老節帥，苦苦搜索大安山，全沒想到使這『臥底探問、欲擒故縱』之計！我這就去稟告聖上！」他命令押解的軍兵過來看住馮道，自己急匆匆地趕去見劉守光。

大燕王朝的內殿，李小喜將馮道的計劃全說成是自己設想出來：「陛下，反正馮參軍都要死，不如就利用他去探問老節帥的秘密。」

劉守光聽見「臥底探問、欲擒故縱」之計，對李小喜大大讚賞一番，笑道：「好小喜！虧你想出這個法子！你真是越來越靈光了！朕就暫且留他一命，將他移往大安山地牢，和老賊頭關在一起，百日之後，無論他能不能探出秘密，都是留不得了！」

李小喜道：「那是自然！」

劉守光想了想，又道：「大安山宮殿確實已成了一座廢墟，朕也需要更多軍力征戰四野，就讓大安山守軍歸入盧龍軍吧！」

「是！」李小喜欣然回應，又賊嘻嘻地笑道：「陛下，還有一件事……」

劉守光問道：「什麼事？」

「您還記得三笑齋吧？」李小喜奸惡的精光一閃，道：「臣以為應該要斬草除根！」

劉守光被這麼提醒，猛然想起，道：「你是說那個天下無雙的醜女救助流民的地方？」

李小喜當時替劉守光前往三笑齋求親不成，還被醜女追打，始終懷恨在心，趁著孫鶴垮台，自是要大大報復一番，便慫恿道：「陛下明明是勤政愛民、銳意圖治，我大燕王朝也早已國泰民安、歌舞昇平，她卻偏偏要大張旗鼓弄個救助難民的地方，這不是諷刺陛下昏庸失德嚒？」

劉守光怒道：「你說得不錯！這女子好大膽子，竟敢諷刺朕！」

李小喜微微激動道：「三笑齋敢這麼囂張，是因為有孫鶴撐腰！那醜女收容難民，其實是在為孫鶴博取清名，她假借招親名義召集士子，也是為孫鶴結黨營私！聖上明察秋毫，令孫賊伏誅，三笑齋又如何能留？」

劉守光越聽越怒，道：「想不到孫老賊竟瞞著朕幹那麼多惡事，我輕易處死他，倒便宜他了！」又對李小喜道：「朕忙著攻打定州，沒空掃蕩孫賊餘孽，明日你便帶著軍隊把三笑齋給掃平了！」忽又想起，道：「對了！如果有什麼美貌女子就帶回來！其他的，不管老弱婦孺、豬牛貓狗，一隻都不准留，什麼三笑齋，哼！朕就把它夷為平地，變成三哭齋，看她還笑不笑得出來？」

李小喜心想：「幽燕苦地早就餓到連馬兒都沒尾巴了，幾時還有豬牛貓狗的影子？」但私仇得報，仍是大大歡喜，連聲稱頌：「陛下英明！臣一定辦好這件事，將孫氏餘孽一網打盡！」

翌日，李小喜便帶了大批軍隊前往三笑齋、孫鶴府邸等地方，打算大肆血洗一番，卻見人去樓空，只能憾恨而歸。

在劉守光的授意下，衛兵押解著馮道前往大安山地牢，眾人一路登高往上，穿過叢叢樹林小徑，來到盤山迴廊的入口。

馮道心中暗驚：「一旦進入這石廊夾道，就會直通山頂宮殿，難道那地牢竟是藏在宮殿裡？如果真是這樣就糟了！劉守光再怎麼撤出大軍，也會留下少部份士兵看守地牢，我卻讓三笑齋遷移到宮殿裡，豈不是會被守兵發現了？」

幸好衛兵們並未進入盤山迴廊，只在洞口轉個大彎，就進入另一條林蔭小道。

這片森林巨樹參天，枝葉密密遮蔽，不透半點餘光，眾人彷彿走在黑暗迷宮裡，什麼都瞧不清楚，領路的牢獄長卻像瞎子摸熟了自家門庭般，一個勁地左彎右繞，繞得馮道心裡發慌：「幸好我有點本事，能分辨這彎彎繞繞的森林小路，否則就算逃出地牢，也要被困死在這片山林裡！」

牢獄長好不容易停下來，前方依然只有成排的巨樹和密密交織的樹藤，並沒有任何囚牢建築，馮道正感到納悶時，卻見牢獄長蹲下身子，從懷裡拿出一串鎖匙，穿入樹藤裡轉了幾轉，接著一手撥開樹藤，另一手用力拉起地面上的石蓋，馮道這才知道原來地牢竟是藏在樹藤後方的地底：「先生只告訴我地牢裡面的樣子，卻沒告訴我它是座地下囚牢，還藏得如此隱秘！看來沒人能找得到這地方來救我，只能靠我自己逃出去！」

地面洞口露出一段往下延伸的石梯，牢獄長領著眾人一步步往下，到了地底，又拿出另一支鎖匙打開一扇厚重的大鐵門，接著在狹窄的地道裡轉了幾個彎道，每個轉彎處都必須用不同的鎖匙打開鐵柵門，最後才來到囚籠真正的所在地。

牢獄長一把抓過馮道，自己押著他往前走，裡面有兩排囚籠，全都是空蕩蕩的，只有最裡邊的那一座，才蜷縮著一道陰暗人影。

馮道望著前方黑幽幽一片，心想：「這地方比淮南、河東、鳳翔的地牢都更麻煩，若沒有先生給的地圖和鎖匙，我肯定逃不出去……」他一路往前走，只覺得自己快要被這巨大可怖的黑暗吞噬了，不禁害怕起來，幾乎想出手打倒衛兵，轉身逃走。

「進去！」牢獄長挑選了最裡邊的另一座囚籠，打開鐵柵門，冷不防在馮道屁股上狠狠踢了一腳，令他狼狽地滾入囚籠裡，又快速關閉鐵柵門，上了鎖鍊，便快步向外走去，彷彿在這個幽暗地界裡，多待一刻也不願意。

馮道望了望這座牢房，見長寬約一丈半，四周地面都是堅厚的天然石壁，角落裡放著一只木製糞桶，他自己的木桶是新放的，還沒有穢物，但對面囚籠卻傳來陣陣臭氣混濁著地牢密室的霉氣，令人幾欲嘔吐。

即使他是刻意潛入，見到這樣黑沉沉、與世隔絕的情景，也不禁擔心自己是否能順利逃出去，因為孫鶴自始至終都沒有說出該如何脫出地牢，只給了一張地牢通道圖和一副鑰匙，那張通道圖就跟他剛才走進來的通道轉折一模一樣，除了讓他稍微熟悉地牢的形勢，並無任何作用。

孫鶴曾說劉仁恭自有辦法出去，就表示馮道除了依賴劉仁恭外，是無法脫困的。孫鶴刻意留這一手，是怕馮道進了地牢後，反悔不肯帶出劉仁恭，所以不把秘密全說出來，但孫鶴萬萬沒想到自己這麼快就死了，再也無法與劉仁恭裡應外合，更沒想到馮道在他死後，仍願意履行承諾；或許他也想到了，他知道自己天命已盡，知道自己的本事不如馮道，所以希望用自己的犧牲，來換取馮道信守承諾進入地牢，甚至脫險之後，仍願意繼續輔佐劉仁恭。

李小喜依照計劃，刻意將馮道的囚籠安排在劉仁恭對面，好方便打探消息。

劉仁恭衣衫破爛不堪，一頭散亂長髮披頭蓋臉，垂至胸腹，馮道看不見此刻他的神情是悲哀還是怨恨，只知道他蜷縮在囚籠角落裡，雙手雙腳都鎖上了長鐵鍊，與自己在淮南黑牢的可憐情景十分相似。

馮道覺得有些不對勁：「這地牢十分隱密，他又被關押許久，忽然見到有人被關進來，應該驚訝才是，可他卻一動也不動，究竟是什麼情況？我莫要貿然行事，先觀察一陣再說。」

折騰一天，他實在累了，心想先睡個飽覺，有什麼事明天再說，便倒頭睡去。到了半夜，朦朦朧朧間，忽聽得腳步聲響，竟有兩名獄卒進來，打開劉仁恭的囚籠，二話不說，就揮起長鞭狠狠抽打。

馮道被鞭打聲吵醒，微微睜開眼，見劉仁恭被打得全身鮮血淋漓，卻只咬緊牙關拼命忍耐，一聲不吭，不由得暗呼：「劉守光好狠的手段，這樣對待自己的父親，他究竟想逼出什麼秘密？」又怕獄卒也拿長鞭來對付自己，便假裝睡覺，連呼吸也不敢用力。

幸好兩名獄卒打了一陣就走了，劉仁恭只是受了皮肉傷，在鞭打過程中，雙方都閉口不語，直到獄卒臨走前，才丟下一句：「你什麼時候肯說，就什麼時候帶你出去！」

劉仁恭不甘示弱地回罵一句：「放你娘的狗臭屁！」

兩名獄卒頭也不回地離開，彷彿這是例行公事，也早就知道劉仁恭的回應。

劉仁恭咒罵道：「這天殺的賊崽子！等老子出去，定要將他碎屍萬段！」罵完便縮回角落裡，一忽兒就呼呼大睡，似乎對這番毒打已習以為常。

馮道有些訝異：「他寧可忍受毒打，也不肯離開地牢，為什麼？」回想起當初要救援李曄時，李曄因為感到前途無望，便不肯隨自己離開，暗忖：「看來我必須瞞住先生和劉守文的死訊，讓劉仁恭以為還有希望奪回軍權，他才肯出去！」見獄卒已離開，應該不會再進來，便悄悄起身，拿出藏在鞋底的鎖鑰，先打開自己囚籠的鐵柵門，接著打開對面囚籠，蹲到了劉仁恭身邊，輕輕推他，喚道：「節帥、節帥，你醒醒！」

劉仁恭正自好眠，忽聽見有人在耳畔呼喚，瞬間驚醒過來，乍見到一個死囚來到自己身邊，更是嚇得幾乎跳起，暴喝道：「你是誰？你做什麼？」他手腳並用，連連蹭退至角落裡，似乎馮道比打人的獄卒更可怕，口中一連串急呼：「你怎能進來？快出去！回到你的籠子去，否則我喊人了！」

馮道見自己嚇著他，連忙放輕聲音，安慰道：「節帥！你不用害怕，我是馮道，你還記得嚒？是孫公的手下。」

「孫公？」劉仁恭見他仍稱呼自己「節帥」，語氣輕緩，似乎沒有惡意，心神稍定，問道：「哪個孫公？」

馮道微笑道：「幽燕還能有哪個孫公？自然是河北第一謀士孫鶴了！」

劉仁恭雙目放光，欣喜道：「你真是孫鶴的手下？」馮道用力點點頭，劉仁恭疑道：「可孫鶴不是和守文待在滄州嚒？你既是孫鶴的手下，怎會被關入大安山地牢？」

馮道說道：「世子知道你被囚禁，已經帶兵從滄州打回來了，孫公在外頭等著接應節帥，所以派我潛進地牢來通知你。」

劉仁恭喜道：「守文已經帶兵攻進來了？我就知道他一定會來救我出去！」歡喜之後又喃喃咒罵：「孫鶴竟然花這麼久的時間才打進來，教本帥白白受那龜孫子的閒氣！」

馮道心中好笑：「劉守光是龜孫子，你自己豈不是龜兒子？」

劉仁恭又問：「他們雙方打得如何了？」

馮道溫言安慰：「節帥放心，孫公已經暗中買通幽州將領，等您出去後，他們立刻就會倒戈效忠於您，到時候，您帶著幽州將領與世子裡應外合，就能將劉守光驅趕出去！」

劉仁恭聞言，怒氣陡生，破口罵道：「幽州將領既已被買通，為何不直接殺了劉守光那賊崽子，盡快救我出去？這孫鶴究竟在搞什麼鬼？連個二楞子也搞不定，還能成什麼大事？本帥出去後，還不連降他三級！」

馮道一時語塞，暗罵自己這謊言說得真差，沒想到看似瘋癲的劉仁恭竟會如此精細，抓住了話語的疏漏，只好力圖解釋：「幽州將領只同意支持節帥，對世子是有疑慮的，所以請節帥盡快出去主持大局！」

劉仁恭不禁起了疑心，問道：「這大安山地牢十分隱秘，你是如何進來的？」

馮道答道：「自然是孫公安排的！」

劉仁恭點點頭，又問：「你既是孫鶴的人，那賊崽子怎會把你和我關在一起？」

馮道說道：「當初梁軍攻來，您被困在大安山，孫公就派我潛近劉守光身邊，勸他發兵營救節帥，我已取得他的信任，但想不到他打退李思安後，竟會囚禁您！孫公於是命我繼續留在他身邊，設法營救節帥。卑職無能，打聽許久，才知道您被囚禁在大安山地牢，我與孫公商量，他告訴我地牢結構，我便刻意犯了個死罪，讓劉守光把我下獄，又買通李小喜設法把我關進這裡，為的就是救您出去！」

劉仁恭疑道：「你為了救我，故意犯了死罪？」

馮道恭敬稱「是」，劉仁恭冷笑道：「你下的本錢可真重！」

馮道尷尬一笑，道：「是重了點！孫公說只要能見到節帥您老人家，您就能帶我出去，以後升官發財，那肯定是有的！」

劉仁恭不置可否，只微瞇著眼冷冷打量他，道：「你手中的鎖匙讓我瞧瞧！」

馮道恭敬地遞過去，劉仁恭瞄了一眼，罵道：「這只是囚籠的鎖匙！外邊的厚鐵門都已經換了鎖，還有重重守衛，我怎麼帶你出去？孫鶴到底是怎麼辦事的？」

馮道心中一沉：「先生說他有法子出去，難道不是真的？」又想孫鶴迫切地想救出劉仁恭，沒必要撒謊，他感到劉仁恭的眼神越來越懷疑，只好繼續說道：「外邊的軍隊都去打仗了，只剩幾個守衛。」

劉仁恭橫了他一眼，道：「可是我們無法打開厚鐵門。」

馮道一刻都不想待在這裡，微然思索，又道：「等下次獄卒再進來時，咱們就聯手打暈他們，搶下鎖匙逃出去？」

劉仁恭歡喜贊同：「好法子！就這麼辦！」又陰沉沉一笑：「他們每隔十多天，就要來抽一下老子的皮，那是個好機會！這段時間咱們先養足精神，等下一次，就換老子好好抽他們的皮！」

馮道如願被帶往大安山地牢，輕易說服劉仁恭出逃，劉守光也答應撤出大安山守軍，一切似乎都依照馮道的計劃順利進行著，唯一出人意料的是，一個小馮參軍的入獄，竟引來了天下震動——

河東太原晉王府內，李存勖收到探子回報，得知劉守光竟然當眾斬殺太原少尹李承勳，簡直氣沖牛斗、怒不可遏，直接拍案大罵：「我李存勖在此對天立誓，定要為李少尹報仇，討回斬使之辱！」便立刻召集部將過來商討攻打幽燕事宜。

正當太保們同仇敵愾，激烈發言時，外邊又傳來通報：「北平使者王都求見！」

李存勖聽王處直又派王都過來，心知必有要事，沉聲道：「讓他進來。」

王都三步、兩步地奔進，見了李存勖便叩首跪拜，著急求懇道：「啟稟盟主，劉守光派兩萬燕軍侵犯我易、定兩州，就快要打到『容城』了，郡王懇請您盡快發兵援救！」

眾太保一聽，更是義憤難平，你一言、我一語地咒罵起劉守光真不是東西，李存勖卻反而冷靜下來，一揮手教大家安靜，對王都道：「本王知道了！你先退下吧！」

王都見李存勖沒有當場答應，只臉色黑沉、英眉微鎖，不知他心意如何，心中甚是憂急，卻也不敢多問，只能恭敬退下。

李存勖問道：「周叔叔，咱們的兵馬準備得如何了？」

周德威道：「兄弟們隨時枕戈待旦。」

李存勖又問：「八哥，城中各部都安穩麼？」

李存璋答道：「百姓安居樂業，萬事井井有條。」

李存勖頗為滿意，又問：「大哥，你以為我們能攻打幽燕嚒？」

李嗣源道：「臣以大王為依歸，你說要打，大哥便為你做前鋒！」

李存勖得到三人的支持，很是高興，笑問張承業：「七哥，你覺得如何？」

張承業想起馮道的託付，緩緩說道：「劉守光殘暴不仁，原本就是天地不容，自取滅亡，但看中幽燕肥地者，也不獨我河東，大王如想拿下幽燕，就必須以仁德服人，最好是想出一套速戰速決的策略，莫要讓戰火擴大，拖延太久，免得河北百姓陷入更大的痛苦之中，而引發民怨。」

李存勖想道：「七哥沒有直言贊成，是顧忌那小子還待在幽燕，怕我們雙方會成了死敵。」又想：「我是一定要為父王和李少尹報仇的，若是那小子對幽燕還不死心，仍要輔佐劉守光，戰事只怕會拖延很久，到那時，前有燕、後有梁，兩頭夾殺，確實很難辦……」心念一動，笑道：「大哥！我有一件任務交予你。」

李嗣源道：「大王請吩咐。」

李存勖英眉一挑，得意道：「本王命你潛入幽州，勸馮道立刻歸降於我，若他不肯依從，就將人綁來！」他原本不想讓李嗣源太過接近馮道，但如果張承業都勸服不了馮道，那麼只剩李嗣源這個人選了。

此言一出，眾人盡皆愕然，尤其李嗣源更感為難，他心知馮道看似文弱，卻不是隨意屈附之人，又智計百變，自己就算武功高強許多，也未必應付得了他，更怕萬一馮道來到河東，仍不肯屈從，李存勖一怒之下會殺了他！

李嗣源一時猶豫，不敢直接接令，張承業更是心中一跳：「亞子這是要來硬的了！」連忙婉言勸道：「倘若那小子因為怕死才來，卻不是真心歸順，勉強留下他，也無法好好輔佐大王，只是浪費我河東米糧而已！」

李存勖道：「無論如何，一定要先扣下他！他若不能相助，至少也不能壞事，等本王拿下幽燕，他若是仍不肯歸附，我自會放了他！」精光一湛，又道：「只要他抵達河東，本王一定會讓他心服口服地留下來！」

李嗣源聽李存勖允諾不會隨意殺害馮道，心中稍安，便恭敬道：「臣這就起身前往幽州，一定完成大王命令，將人平安帶回！」

李嗣源領令之後，立即出發，甫抵達幽州城，就得到馮道被囚的消息，幾經確認之後，又火速趕回河東。

李存勖見李嗣源這麼快就回來了，以為事情順利，歡喜問道：「那小子呢？」

李嗣源稟報道：「臣有辱使命，沒有帶人回來。」

李存勖心中既失望又生氣，沉聲問道：「他是存心要與我作對了？這是為何？」

「那倒不是！」李嗣源搖搖頭道：「前些日子孫鶴因惹怒劉守光，被凌遲處死，馮道也被下到死牢，據說百日之後，就要處斬，如今算來，只剩下三十多日。我曾深入打探，始終不知他被囚在何處，幽燕百姓感念他，一聽說他被下獄，群情激憤，就連文臣也蠢蠢欲動，只不過他們手無寸鐵，一時還不敢發作，但未來會如何，目前無法掌握，總之，幽州城情況詭譎不明。」

李存勖想不到竟有這樣的事，英眉一挑，沉吟道：「一個小馮參軍入獄，竟引至幽州城動蕩？這傢伙真不簡單！那二愣子又如何應對？」

李嗣源道：「劉守光似乎並不在意，他此刻正在南郊祭天，為大燕和定州之戰祈福。」

李存勖聞言，忍不住哈哈大笑：「真是天助我也！劉守光這蠢材，有寶也不知珍惜，竟一連殺了孫鶴、囚禁馮道，真是暴殄天物！當他還在占卜大燕國祚年數時，本王早就取而代之了！」

既得到這好消息，李存勖自是抓緊機會，立刻命周德威擔任蕃漢馬步總管，率領三萬步騎從「飛狐口」出兵，正面攻打幽州，一為解救王處直，二為先王及李承勳報仇，另外又命李嗣源率領一支奇兵，避開所有火線，悄悄潛入幽州城，專為搶救馮道：「一旦搶到他，便馬不停蹄地秘密送往晉王府！」

當幽燕百姓失去孫鶴、馮道這樣的良臣支撐，又面臨萬物枯荒、帝王凶暴的艱困環境，幾乎活不下去時，河東大軍已踏著寒雪殘梅，衝出太原，直指幽州，為苦難的幽燕大地再添一場血禍！

卻說三笑齋難民幸得馮道提醒、褚寒依安排，早一步遷至開善寺，因而免去一場殺禍，但這一大幫人實在無法長久擠在寺廟裡。當流民們聽到三笑齋被掃平的消息，既慶幸逃過一劫，又感到惶惶不安，因為他們不知道未來是不是真能一直僥倖下去。

褚寒依等人一方面要籌措糧食供應難民，一方面要安撫他們的情緒，實是費心勞力，每個人都亟盼大安山守軍早早撤出，卻遲遲等不到消息。

這一日，褚寒依、劉昫等人正忙著安頓流民，劇可久匆匆奔了進來，急呼：「有消息了！有消息了！」

眾人都停下手邊工作，抬頭望向劇可久，只見他臉色沉重、滿頭大汗，劉昫性急，搶先問道：「怎麼啦？是大安山守軍不肯撤出麼？」

劇可久伸臂抹去臉上的汗水，大力搖頭道：「不是！都撤出了！」

眾人忍不住齊聲歡呼：「太好了！」

千荷見他氣喘吁吁，連忙去倒了茶水，道：「你跑得累了，快歇歇！」

褚寒依問道：「這是好消息，你怎麼還苦著臉？」

「可……」劇可久急得快哭出來：「馮郎君為了阻止劉守光攻打定州，被下到死牢，百日之後，處以凌遲極刑！」

眾人聽到這晴天霹靂，一時腦中嗡嗡轟響，臉色慘白，個個張大了口，卻沒人吐得出一句話來，因為劉守光不是他們惹得起的！

過了許久，褚寒依用一種極其冷靜的聲音說道：「馮郎君去找劉守光之前，早就抱著必死的決心，他知道阻止不了劉守光攻打定州，卻還是挺身而出，不只是為了幽燕百姓，也是為我們爭取時間，讓我們能順利移轉到山頂宮殿，我們絕不能辜負他，大家還是依計劃行事！」

千荷問道：「那馮郎君該怎麼辦？」

褚寒依毅然道：「距離百日極刑還有時間，你們負責遷移，我自己去救他！」自從她收到馮道在梅瓣上的留言，便知道這一日遲早會來，從一開始的震驚憂急，到後來的輾轉反思，經過了漫長的煎熬，她已經能夠沉定心思去面對眼前的危局。

千荷急道：「不行！姑娘怎能自個兒去犯險？」

劉昫、趙鳳和龍敏也齊聲附和：「姑娘莫衝動，不如我們隨妳去吧！」

褚寒依不想他們冒險，哼道：「你們一個個手無縛雞之力，怎麼行事？到時還拖累了我！」又拿出銀兩給劇可久道：「你去探探，看他被關在哪裡？」

劇可久去了兩日，終於回來，卻帶回一個令人沮喪的消息：「我試圖買通幽州地牢的牢頭，可他說馮郎君根本沒有被關進去！劉守光下令關押馮郎君，是在朝堂上大家都親眼所見，這件事絕不會錯，可他究竟被關到哪裡了，卻沒有人知道！」

眾人心下涼了半截：「這該如何救人？」

褚寒依原想自己潛入地牢救人，如今不知人在哪裡，這計劃也行不通了，她心中雖萬分沮喪、萬般焦急，但知道自己是眾人的支柱，不能隨意流露情緒，表面上仍力持鎮定，只忙著指揮眾人一批批遷往大安山宮殿。

這一日，眾流民終於在大安山宮殿安頓下來，他們在三笑齋學會了許多採果釀果的技術，可以保存糧食至來年春暖花開；他們還學了綿絲製衣，可以抵禦山上寒凍，以大安山這一大片森林，野果纍纍、游魚如雲、草藥興盛的情景，足以供養他們多年都不成問題，眾人能在此安居下來，都十分歡喜。

褚寒依、劉昫等人也終於能稍稍喘口氣，便開始設法營救馮道。

劇可久是個敏銳之人，往往能從蛛絲馬跡查探到事情的真相，但他探訪許久，始終查不到馮道關押的地方，眾人也就無法秘密營救，眼看百日期限一分分逼近，心中越來越擔憂，卻一籌莫展。

深夜中宵，褚寒依輾轉難眠，獨自站在大安山頂，望著滿天燦亮星斗交繪出一幅迷亂圖象，心中也好似這一片星子，有千百個問題無法解開：「百日時間已經過去大半了，你究竟在哪裡？你還活著嚒？劉守光為什麼要把你藏在一個隱密的地方？你口口聲聲說我們從前相識，你是我夢中的銀面公子嚒？如果不是，你又是誰？你都還沒解開我的疑惑，怎能就這樣消失了？你交代的事，我已經辦妥了，可你還欠我一個交代！馮道，你聽著，今生今世，你都欠了我！你憑什麼說『此生無見日』？這句話只能由我來說！就算你躲到天涯海角，我也會把你找出來，絕不讓你死在別人手裡！」她卻不知道馮道其實就藏在相距不到一里的大安山地牢內。

煦日初升，天色方亮，褚寒依心中再也無法忍耐，就去對劉昫等人說：「我要去找劉守光，逼他放人！」

千荷連忙阻止：「姑娘，這太危險了！」

褚寒依哼道：「連劉仁恭我都能刺殺，有什麼危險？」

千荷急道：「那一次老節帥並沒有防備，姑娘才能得手。劉守光可不一樣，他知道自己樹敵甚多，總是讓元行欽貼身保護，元行欽武功高強，一人衝入萬軍之中，也如入無人之境，世子不就是栽在他手裡，才弄得兵敗身亡嚒？姑娘這麼前去，實在是太危險了！」

褚寒依道：「劉守光貪好美色，我只要扮成美姑娘，就能潛近他身邊，威脅他放人！」

劉昫等人從未目睹褚寒依的真面目，以為她就是個醜女，聽她誇口說要扮成美姑娘，心中都覺得以她那麼醜陋的模樣，實在很難改扮，此計根本行不通，只有千荷急得快哭出來，望向劉昫，以眼神示意他阻止褚寒依的行動。

劉昫心想：「要扮美姑娘，我還比較有可能！」便道：「姑娘要去威脅劉守光，算我一份！反正我以前也扮過姑娘了，再扮一次也無妨！」他指的是大安山刺殺劉仁恭那一次，被褚寒依扮成女子。

千荷急得跺足道：「你怎麼也攪和進去？」

龍敏道：「也算我一份，敏任憑姑娘差遣。」

劉昫道：「既然大家都想出一份力，就一起前去！」見趙鳳沒有附和，問道：「趙和尚，你去不去？」

褚寒依見趙鳳沉思不語，似有退怯，便道：「趙郎已經出家為僧，不願介入俗事，也是人之常情，有誰不想冒險，盡可以說出，不必勉強！」

趙鳳回過神來，笑道：「姑娘是小瞧趙某了！我當和尚也是被劉氏父子逼迫，怎能算數？我只是不解大家明知是一死，為什麼還願意挺身救馮郎君？」

劉昫道：「他曾在大安山救過咱們，大丈夫當知恩圖報！更何況，我與他十分投契，早已視他為知己，自要傾力相救！」

龍敏道：「不只是救命之恩，他還視我為朋友，單憑這一點，就足以讓龍某為他兩肋插刀！」他自幼貧窮，即使滿腹學問，仍常遭欺辱，當時馮道的仗義執言、平等相待，一直令他銘感五內。

劇可久道：「馮郎君不只救了我們大安山做工的苦役，還待我如師如兄，教我許多學問道理，無論如何，我都要救他！」

趙鳳道：「趙某也一樣，不只受過馮郎君的恩惠，更重要的是，他為救幽燕百姓，殫精竭慮、宵衣旰食，到最後甚至不惜挺身對抗暴君，趙某敬重他的為人！」凝望眾人又道：「馮郎君從前幫助過許多人，我想他們應該也一樣，願意挺身而出，只是不知道該如何行事。既然咱們找不到馮郎君被關在何處，不如號召大家一起上書給劉守光，要求他放了馮參軍！」

龍敏驚詫道：「有人會響應嚒？當初孫鶴門下弟子無數，一旦出了事，沒人敢出一言。」

趙鳳道：「孫鶴的情況不一樣，他原本是劉守文的軍師，劉守光早就恨他入骨，所以沒有人敢為他出言。孫鶴脾性又倔硬，就算這次不死，也會有下一次，根本救不了他，一個無命客，自然不會有人想要出頭了！但馮郎君不一樣，他一向與人為善，劉守光心裡是喜歡他的，否則當初也不會屬意他來帶領文臣。」

龍敏道：「就算大家都想救馮郎君，可是一面對劉守光的酷刑，就沒人敢站出來了，這該如何是好？」

趙鳳又道：「劉守光再蠻橫，也需要文臣治理朝政，他總不能把所有文臣都殺了！如果這次士子們能團結一起，逼他放出馮郎君，就會形成一個典範，以後劉守光對待士子就會收斂些！」

劉昫激動道：「趙兄說得很有道理！只有文臣士子團結在一起，大家才有活路，我們必須讓這些軍武藩帥知道文臣不是好欺侮的！只有尊重文臣，他的王朝才會長治久安！我們這些士子也才會真正有前途！」

眾人議定，便分頭行事，都積極聯絡從前來往的士子文臣，一開始，其他人雖感念馮道的情誼，但真要站出來，仍是十分害怕。趙鳳等人於是將這次營救計劃定調為「文臣士子自救謀出路」，終於打動了他們，漸漸地，眾人一串十、十串百地串聯成一股不可忽視的力量，準備一起上書，逼劉守光釋放馮道！

九一二・一　四坐楚囚悲・不憂社稷傾

是時，天子播遷，中原多故，仁恭嘯傲薊門，志意盈滿，師道士王若訥，祈長生羽化之道。幽州西有名山曰大安山，仁恭乃於其上盛飾館宇，僭擬宮掖，聚室女艷婦，窮極侈麗。又招聚緇黃，合仙丹，講求法要。又以墐泥作錢，令部內行使，盡斂銅錢於大安山巔，鑿穴以藏之，藏畢即殺匠石以滅其口。《舊五代史．卷一三五》

卻說馮道窩在黑暗的大安山地牢裡，已過了十數日，他一邊蓄養精神，耐心等待獄卒前來鞭打劉仁恭的時機，一邊想著逃出地牢後，自己該何去何從？又想《星象篇》到底在哪裡？可他思來想去，始終毫無頭緒：「難道先生只是騙我進來救劉仁恭，並沒打算把《星象篇》交給我？」

劉仁恭不是蜷縮在角落裡，就是大呼大睡，對出逃計劃成敗如何，似乎毫不在意，對馮道也愛理不理。在這黑壓壓的小囚籠裡，實在沒有其他找樂子的方法，馮道窮極無聊時，只能揣度著各種問題，自問自答、自猜自解。

這一夜，兩個獄卒終於來了，劉仁恭一副事不關己，依舊縮在角落裡呼呼大睡。馮道遠遠聽見走道傳來腳步聲，連忙將自己囚籠的鐵鎖先打開，假裝扣著門，又回來佯裝睡覺，全身卻暗暗提氣：「能不能出去，就看這一回了！」

兩名獄卒不覺有異，先探望一眼馮道，見他安睡，便打開劉仁恭的牢門，一如既往的揮起長鞭，猛往劉仁恭打去！

「機會來了！」馮道趁他們專注鞭打劉仁恭時，悄悄起身，無聲地進入劉仁恭的囚籠裡，雙拳聚勁，對準兩獄卒的背心，打算狠狠衝力而出，劉仁恭忽然大喊：「有偷襲！」

馮道萬萬想不到劉仁恭會出賣自己，大吃一驚，雙臂稍稍停滯。獄卒也連忙閃身回頭，喝道：「你做什麼？」說話間已揮起長鞭，唰唰唰地一陣痛打。

馮道高舉的雙臂未及縮回，被長鞭打個正著，痛得他眼冒金星，連呼：「唉喲！」雙方只糾纏這麼一下，劉仁恭已趁機過來，以手臂上的鐵鍊圈繞住馮道的頸項，一個猛力扯緊，竟想勒死他！

劉仁恭雖然功力盡毀，但畢竟曾是一流高手，即使不運內力，也是動作敏捷，深知如何襲擊敵人的致命處，他一出手就令馮道幾乎窒息，而兩名獄卒武功雖低淺，但身材壯碩，孔武有力，忽被馮道偷襲，正是火冒三丈，見劉仁恭勒住馮道的頸項，立刻拳如雨下，拼命毆打！

劉仁恭大叫：「他想殺了你們逃獄，快殺了他！」

馮道空有「節義」步伐，苦於一開始咽喉就被扼住，身子無法動彈，對偷襲獄卒之事更是有口難辯，心中驚駭不解：「我好心救他，他為什麼要害我？」

情急之下，他只能雙手緊緊拉住頸上的鐵鍊，將全身內力灌入雙腿，向兩位獄卒飛踢過去，那兩名獄卒沒想到他貌似瘦弱，竟有這麼猛烈的一踢，一時站立不住，被踢得向後飛退，撞在石牆上。

馮道瞬間將內力往上移至雙臂，握住頸上鐵鍊用力往前一拉，喉間稍有空隙，急喊道：「我有百日之限，你們不能殺我！」他才喊完，劉仁恭又將鐵鍊猛力往後一扯，緊緊扼住，想勒死他，馮道拼命掙扎，雙方一時僵持不下。

兩獄卒聽到「百日之限」，你望望我、我望望你，都想：「小喜將軍確實交代過，不能弄死他！」一瞬間便反過來，一人一邊用力拉住劉仁恭的雙臂，企圖把他的鐵鍊拉開馮道的頸項。

劉仁恭死命加力，一副同歸於盡的姿態，頸項乃人身弱處，馮道的頸項被鐵鍊不斷扯磨，就算沒被勒死，也可能會被磨斷，他漸漸感到呼吸困難，劇痛難當，再也無力掙扎。

一名獄卒見情況危急，便拿鞭子狠狠抽打劉仁恭，又去勒劉仁恭的頸項，急喝道：「老賊頭，快放手！」另一名獄卒一手使勁扳開劉仁恭的手臂，一手拿起吹哨大力吹響，過不久，外邊又奔進來三名獄卒幫忙。

劉仁恭終究敵不過五人合力，漸漸被拉扯開來，馮道只累得全身虛脫伏倒在地，不停嗆咳，一名獄卒把他拖回原來的囚籠裡，又把鐵柵門緊緊鎖上，罵道：「再給老子搗鬼，便要你的命！」

幾名獄卒氣憤得將劉仁恭狠狠鞭打一頓，臨走前，不忘丟下一句：「你什麼時候肯說，就什麼時候帶你出去！」

劉仁恭一樣回罵：「放你娘的狗臭屁！老子偏不出去，你能奈我何？」獄卒們也不理會，只快步離開。

馮道休息一陣後，身子恢復了些，不由得怒從心起，道：「你剛剛是在做什麼？」

劉仁恭卻是哈哈大笑，得意道：「小子，就你那點把戲，還想在本帥面前耍弄？不給你一點顏色瞧瞧，你真當本帥好欺侮了！」

馮道怒道：「我受了孫公之託，好心潛入死牢來救你，你不知感恩便罷，竟還說我耍弄把戲？」

劉仁恭冷哼道：「如果你真是受孫鶴所託，又怎會對本帥如此不敬？」

馮道一愣，心想：「他受人吹捧慣了，所以忘了自身處境，而我心中對他不服，也忘了演恭敬！」

劉仁恭哼哼一笑，道：「你這小鬼是夠機靈了，滿口胡吹，說得煞有介事，連本帥都差點被騙了，只可惜你露了一個大破綻，卻不自知！孫鶴那窮鬼要錢沒錢，要武力沒武力，憑什麼買通幽州將領？」

馮道心中暗呼：「原來你也知道孫鶴很窮啊！」

劉仁恭似乎看透他心裡所想的，笑道：「孫鶴如果不窮，本帥怎麼可能信任他？」

「原來……」馮道一愣，心中若有所悟：「眾人以為孫鶴久居高位，必是富貴滿門，可偏偏他正是因為一貧如洗，才贏得劉仁恭的信任！這一點，只怕許多為官者都看不透！

就算有人看透了，也未必做得到，財富在前，誰不動心呢？只有打從心底視富貴如浮雲者，才可能做到！」

劉仁恭呸道：「你說孫鶴憑什麼買通幽州將領？憑老夫從前的威望？還是各憑忠義？嘿嘿！我自己都背叛了李克用，亂世忠義值幾分錢？」

馮道心中一嘆：「他如此輕視忠義，卻有個天下第一忠義的孫公死命追隨他，這又是什麼道理？」心知自己說錯話，已然弄巧成拙，只能盡力補救，道：「孫公能說服幽燕將領，不是憑什麼財利誘惑，實在是因為劉守光太殘暴了，所以大家特別懷念老節帥，希望您出來帶領大夥兒一起打敗劉守光。」

劉仁恭笑得更厲害了：「孫鶴是去哪裡找來你這樣一個笨蛋，讓我在這悶不透風的死牢裡多了幾分歡樂！」

馮道不知自己哪裡又說錯了，只能脹紅了臉，等他笑個夠。過了好半晌，劉仁恭才悠然說道：「劉守光那賊崽子如果很殘暴，依我對他們的瞭解嘛，該是逃得逃、跑得跑了！還等老夫出來？亂世豪雄這麼多，哪個藩主不能投靠，何必等我一個廢武老頭？」

馮道一時啞口無言，心想：「他說得不錯！憑什麼他一出現，就可以號令幽州將領倒戈？他看似瘋癲，其實很有自知之明，難怪一直躲在這裡不肯出去，說不定他根本沒有什麼秘密，只是假裝有個秘密，好讓劉守光不敢殺他，以保全老命……」念想及此，他一顆心不禁沉了下去：「我糊裡糊塗闖了進來，難道要陪他埋葬在這裡？」

事到如今，已沒有回頭路，馮道只能勉強說道：「亂世降將通常沒有好下場，再者，很多將領都是幽州人，未必想離開家鄉去投靠別的藩帥。如果孫公沒有買通幽州將領，卑職又何必冒死進來通知節帥？」

劉仁恭嘿嘿一笑：「那就要問你自己了！你究竟是孫鶴的人，還是劉守光的狗？」又哼道：「想不到賊崽子也學聰明了，竟懂得派人來臥底，他媽的！瞧你那滿身狗腿味，本帥還嗅不出來麼？只有賊崽子才會喜歡狗腿子！」

馮道大呼冤枉：「我幾時滿身狗腿味了？先生真的視我為腹心！」

劉仁恭哼道：「孫鶴如果真的相信你，為什麼不把秘密全告訴你？任你進來胡謅，弄得破綻百出？你說孫鶴允你升官發財，他自己窮巴巴的，有什麼本事允你發財？孫鶴能看重的人，必是一臉正氣的！他要你進來，只會對你曉以大義！」

馮道一時臉如死灰，心中連罵自己：「他說得不錯，先生從未以升官發財交換！小馮子，你這次糗大了！你見劉仁恭落魄邋遢，就輕視他，以為可以隨意應付，卻忘了他是唬人的老祖宗……」

劉仁恭得意道：「本帥就是胡吹的老祖宗，吹捧得李克用把土地、將士都雙手奉上，你有我這本事麼？既然沒有，還是安安靜靜等死吧，你達不成任務，劉守光不會放了你，老夫殺不了賊崽子，殺他身邊的一條狗，也是快意得很！」

馮道恍然明白：「原來他早就認定我是劉守光派來的臥底，這雖然不錯，但也不完全正確……」趕緊拿出孫鶴手繪的囚牢地圖，道：「您瞧，這是不是孫公的筆跡？還有這囚籠的鑰匙也是他交予我的，否則我怎能自由出入呢？」

劉仁恭笑道：「這地圖確實是孫鶴的手筆，鎖匙也是真的，就算你真是孫鶴派來，那又如何？孫鶴想救我出去，也不過是想保住自己的名聲地位！告訴你吧，只要本帥沒出去，孫鶴再有通天本領，也收服不了那幫悍將！如果沒有本帥的提拔，孫鶴連個屁都不是，現在還窩在草棚裡吃樹根呢！」

馮道見劉仁恭身處落魄，不知反省，還如此驕矜自誇，視忠臣熱血如糞土，心中實在為孫鶴不值：「先生究竟是以怎樣的心情在伺候這位主上？」但劉仁恭的一番話也提醒了他：「先生是窮光蛋，劉仁恭也只是個廢武老頭，為什麼他一出去，眾將領就會甘心倒戈呢？」忽然間，靈光一閃：「一定與他守護的秘密有關！」原本他只想救出劉仁恭，漸漸地，對那個秘密也生出好奇了。

接下來，兩人待在各自的囚籠裡，沉悶了十多天，直到獄卒又來鞭打劉仁恭，這一次，馮道不再多管閒事，只冷眼旁觀，劉仁恭非但不生氣，反而對自己的忍耐力感到十分驕傲。

馮道心想：「他們總是等劉仁恭傷口復原些，才過來行刑，下手也不重，可見劉守光真的很怕弄死他。劉仁恭也猜到兒子的心思，一心對抗到底，他父子這樣僵持不下，我究竟什麼時候才能離開？」又想：「外邊不知如何了？三笑齋有沒有安全轉移？李存勖打過來了嚒？」心中許多掛慮，都讓他想盡快離開這裡：「劉仁恭號稱『劉窟頭』，一定是在地牢裡留有逃生秘道，但他已不信任我，怎肯透露秘道所在？」

劉仁恭除了被拖出來痛打之外，其餘時間，都一直窩在囚籠的角落裡，雖然披頭散髮，卻怡然自得，絲毫不以為苦，有時還會自顧自地面露微笑，有時也會朝馮道拋來兩聲嘲笑，似乎馮道才是那個受苦之人。

當初馮道和李小喜約定好，一有消息，便會讓獄卒傳報，但時間一天天過去，百日之限迫在眉捷，卻始終沒有任何動靜，劉守光原本已等得有些不耐，忽然收到百多名士子、文臣聯名上書，要求釋放馮道，登時怒火沖發，再也按捺不住，立刻召來李小喜，把奏章狠狠擲在地上，斥罵道：「你瞧瞧這是什麼，這幫狗東西，是想造反嚒？」

李小喜連忙雙膝一跪，好聲好氣道：「誰惹陛下生氣了，小喜立刻帶人去把他們抄家滅族……」一邊說話一邊爬過去撿起奏摺。

劉守光氣吼道：「抄家滅族簡直太便宜他們了！不把他們剁成肉醬，難消朕心頭之恨！李小喜，朕命令你帶軍隊去把他們全抓了！」

李小喜仔細數算奏章上的名單，越看越心驚：「我大燕王朝……從上到下……從宰相到參軍……從士族到貧窮士子……全都在名單上！」

劉守光見李小喜並沒有馬上行動，更是生氣，大罵道：「李小喜，你還杵在這裡做什麼？」

李小喜顫聲道：「這……這……倘若全殺了，我大燕王朝就空了，沒人處理政事……」

劉守光罵道：「我不管！一定要刮了他們！這幫文人管個屁用！朕白養他們了，居然敢給我造反，朕手握三十萬大軍，還宰不了他們嚒？」

李小喜鼓起勇氣道：「可……把他們全殺了，就沒人向百姓收糧……咱們的軍隊要吃什麼？沒東西吃，只怕軍隊也要造反……」

劉守光一愣，但覺李小喜說得不錯，心中更加煩躁，怒斥道：「朕要打定州，還要打天下，給他們這麼一搞，怎麼成大事？把他們全殺了，換一批新官，就有人辦事了！朕絕不受他們威脅，否則聖威何在？」

李小喜低聲道：「把他們全殺了，只怕……沒人敢來當官了……」

劉守光罵道：「重賞之下必有勇夫，朕就不信沒人來！」

李小喜支支吾吾道：「咱們現在是苛扣文官和百姓來供應軍隊打仗，如果還要重賞文官，只怕軍糧就不夠了……」

一名文官雖然弱小，但一批文官卻是朝廷運作的基石，倘若滿朝沒有半個文官，即使有再強大的軍隊，也只是一批草莽土匪而已，絕不可能安治天下，這麼淺顯的道理，誰都明白，偏偏劉守光是不能理解的，李小喜深知自己的主子只在乎軍武力量，只能用軍糧一事來提醒文官的重要性。

劉守光氣恨道：「沒軍糧，就教百姓多交點糧！」

李小喜垂了首，更低聲道：「百姓現在都吃土過活，再交，也是泥土，不能給士兵吃的。」

劉守光想不到從大安山宮殿刮下的財寶，這麼快就用光了，他更想不到的是李小喜暗藏一大筆財寶據為己有，聞言怒火沖燒，口不擇言地一連串急吼：「要不是你沒用，在大安山大半年，都找不到老頭的祕密，朕何至於被威脅？總之你快想想辦法，給我好好整治他們，該殺該刮，一個都不能放過！朕要殺雞儆猴，看誰還敢作對！」

李小喜一愣，暗思：「為何找到老節帥的秘密，就不會受文官威脅？難道……」這麼一想，不禁心跳加劇，但怕被劉守光察覺自己神情有異，連忙狠狠搧了自己兩記耳光，以掩飾內心激動，又痛哭道：「都是小的不好！給陛下惹麻煩！」

劉守光見他兩片面頰高高腫起，紅得像壽桃，實在滑稽，怒火稍稍消退，又罵：「你是沒用，但最可恨的就是那個馮道！枉費朕一心提拔他，他居然糾眾結黨，教這幫士子來對付朕，簡直太可恨了！」

李小喜對劉仁恭的秘密起了極大的興趣，連忙勸道：「馮道罪該萬死，死不足惜，可他還在查探那個秘密……陛下不想破解秘密了嚒？」

劉守光恨聲道：「要不是為了那東西，我早就將他千刀萬刮了！你快快給我想出辦法，否則連你也一併刮了！」

李小喜嚇得打跌在地，顫聲道：「小……小喜立刻進去地牢查問情況，一定給陛下一個交代……」

劉守光一咬牙，又道：「那你說說，這幫混蛋逼著朕釋放馮道，應該怎麼處置？」

李小喜好聲好氣地勸道：「事緩則圓，他們現在是憑著一股意氣聚集在一起，陛下不妨先假裝答應他們，說馮道忤逆聖上，須給一個教訓，關他個百日，等時限一到，自會放人。他們等著等著，心中的衝勁慢慢就會消散了。到時就說馮道病死在獄中，把屍體還給他們，反正毒死病死，他們也分辨不出來，就算分辨得出又如何？馮道沒死，他們才鬧騰，人一旦死了，湊熱鬧的也就散了，又不是死了親爺娘，難道還真的造反？當官的，哪個不是人精？他們自然會想清楚，眼下能過好生活、舒心當官，才是最重要的，何必為一個不相干的死人瞎折騰？等事情過去，陛下再找藉口分批處置他們，處死了一批，咱們就提拔一批副官上來，這樣一批批輪流處置，就不會一下子震蕩整個朝廷了！」

劉守光聽他分析得井井有條，心中頗為讚賞，怒氣登時消了大半，又問：「倘若百日時限一到，馮道仍沒探出秘密，該怎麼辦？」

李小喜道：「百日時限一到，無論馮道有沒有探出秘密，都必須殺了！倘若真探不出來，這就表示『臥底探問、欲擒故縱』之計已不管用，咱們只好繼續跟老節帥磨耗下去，只要他不死，總有一天會鬆口的。」

「還得繼續磨耗？」劉守光見遲遲無法突破劉仁恭的防備，心情煩躁，揮揮手，道：「罷了！你快去地牢探探情況！順便安排幾個美人兒來給朕解悶！」

李小喜為劉守光安排了美女服侍之後，便火速趕往地牢，一路上，越想越氣恨：「這馮道盡給我惹麻煩，倘若這一次他不能讓神仙出來，我非整死他不可！」想起劉守光說的話，心口又不禁怦怦而跳：「老節帥的秘密居然能讓幽燕不再愁煩軍糧……可見那一定是個大寶物！我得使個雷霆手段逼老節帥吐出秘密，再一口氣了結他和馮道！我獨吞寶物之後，立刻逃之夭夭，等瘋狗發現時，李存勖正好打來，到那時，他自顧不暇，哪有時間追殺我？我只要找個地方躲藏幾年，待風頭過去，就算當不成神仙，也是快活似神仙！如果真能當成神仙，那更是全天庭最富有的神仙了！」他打定主意，無論如何，都要逼出劉仁恭的秘密。

趙鳳等人怎麼也想不到原本出於好意的救援行動，卻反而害了馮道！

李小喜首先進入馮道的囚籠，背對著劉仁恭。馮道一見到他眼神陰沉閃爍，直覺事情不妙：「如果劉仁恭見到李小喜來找我，更不會相信我了！」他連忙向李小喜霎霎眼，呶呶嘴向劉仁恭，希望李小喜能明白自己的意思。

李小喜果然擅於察言觀色，立刻就明白馮道的意思，便向獄卒要來長鞭，喝問道：「你這個逆賊，竟敢與孫老賊合謀造反，你們有什麼計劃，還不快從實招來？」接著將長鞭揚甩在空中，揮得唰唰作響，以掩蓋自己的低聲詢問：「神仙幾時會來？」

馮道低聲回答：「神仙還沒出現，須再過幾天！」

李小喜微微激動道：「你不是騙我吧？根本沒有什麼神仙？」

馮道見他臉上青筋暴突，顯然對等待神仙之事已失去信心，趕緊道：「如果沒有神仙許諾，我何必進入地牢找死？」

李小喜暫時壓抑怒氣，微微斜了斜眼，瞥向身後囚籠，意思是劉仁恭的祕密探出來了嚒？

馮道無奈地搖搖頭，李小喜急怒之餘，再顧不得馮道的臥底計劃，狠狠抽了一鞭，馮道見李小喜目光驟然變得凶狠，揮鞭毫不留情，吃了一驚，可他想不到還有更糟的事，李小喜惡狠狠地說道：「好你個馮道，我真被你耍得團團轉！你入獄之前，居然事先聯絡好士子們前來救你，還騙我說有神仙？」

馮道腦袋一懵，不解道：「什麼士子救我？小喜兄，你說什麼，我全然不明白。」

李小喜以為他裝傻，冷笑道：「倘若不是你事先與他們串通一氣，誰有這麼大的膽子，居然敢聯名上書救你？」

馮道一愣，漸漸明白了李小喜的意思，心中萬分感動：「我何德何能，竟讓他們冒著生命危險搶救？不！我絕不能讓他們陷入死圈裡……」他心知以劉守光自大又暴虐的性格，絕不會受人威脅，連忙低聲說道：「我真不明白你說什麼，我是來等神仙的，與士子有何相干？」

李小喜哼哼兩聲，道：「我不管你是真不知，還是假不知，總之這件事已經惹惱聖上了，本來聖上立刻就要將你剁成肉醬，是我跟他求情，讓你苟活幾日，倘若你再不能完成任務，就休怪我下手無情了！」

「完了！」馮道知道李小喜這話不是虛聲恫嚇：「倘若我不能完成任務，只怕連李小喜也不會放過我！」

更糟的是他一直隱瞞著孫鶴已死、劉守光登基的事，如今李小喜連連說出「聖上」兩字，他只能祈禱劉仁恭沒有聽見，否則他再沒有希望逃出生天。

原本劉仁恭臉上還掛著一抹冷笑，等看馮道因為達不成任務，被處死的好戲，聽到「聖上」兩字，不由得發出一道微微驚疑聲，隨即呸道：「這孽子派人來臥底還不夠，還他奶奶的派你這狗腿子來耀武揚威，一口一個『聖上』？我呸！他能當皇帝，我還是太上皇了！」

李小喜微眯了眼，緩緩轉過身去，冷聲道：「你死到臨頭了，還敢對聖上不敬？」

劉仁恭哼哼兩聲，冷笑道：「有什麼不敢的？一旦老子出去了，那逆子只會嚇得屁滾尿流，伏在地上舔我的腳趾兒！」

李小喜搖搖頭，「嘖嘖嘖」地連聲嘆道：「你只是一個階下囚，性命還捏在聖上手裡，他要你活，你才能苟延殘喘地待在這裡；他要你死，那也是一句話的事！你有什麼本事逃出去？就算真放你出去，如今全河北只尊崇大燕皇帝一人，你能有什麼盼頭？以為自己還能呼風喚雨嚒？」

劉仁恭一愣，指著自己的胸脯大聲道：「什麼大燕王朝？幽燕的主子就是我盧龍節度使劉仁恭，幾時有大燕皇帝了？那無膽小子想當皇帝，我呸！」

李小喜見劉仁恭不知死活，決定給對方當頭痛擊，便進入劉仁恭的囚籠，蹲了下來，從懷中拿出一包東西，緩緩打開包布，將裡面的東西遞到了劉仁恭眼前，冷笑道：「你說大燕皇帝是膽小鬼，你既然這麼大膽，那麼這東西，你敢不敢吃？」

劉仁恭見那是一塊黑血滿佈，散發噁臭的生肉，不由得皺了皺眉頭，喝道：「這是什麼噁心東西？你快拿開！」

李小喜陰惻惻一笑，道：「這是大燕皇帝賞賜給你的，孫鶴的血肉！你吃也得吃，不吃也得吃！今後你的伙食，就只有這個了！」

馮道聽到這裡，只覺得劉守光的殘忍暴虐，慘無人道，李小喜的助紂為虐也令人髮指，孫鶴慘死的那一幕瞬間又浮現心頭，他心中激動難已，忍不住全身都抽搐起來，又是一陣噁心嘔吐。

劉仁恭聽見馮道乾嘔的聲音，看著黑色的血肉，隱約猜到發生何事，全身不由得起了一陣顫慄，又不肯相信這是事實，只咬緊牙關，不讓牙齒打顫過劇，齒間卻仍迸出森冷寒意：「孫鶴是什麼樣的人物？他能運籌帷幄，決勝千里，又有誰害得了他？」

李小喜打量了劉仁恭兩眼，露出一抹虛假同情，道：「你鬍子都長到肚臍眼了，被關這麼久了，難怪什麼都不知情！」又瞄了馮道一眼，道：「這小子剛進來，外邊的事他一清二楚，沒告訴你麼？」

劉仁恭急對馮道一連串呼喝：「外邊到底發生何事？你快快說來！是世子建立大燕王朝麼？他不知道我被關在這裡麼？為何不快快放了我？」

「世子？」李小喜哈哈一笑，道：「你說一年前就嚥了氣，屍骨早化成泥的劉守文麼？」

劉仁恭再也忍不住，激動道：「你胡說什麼？誰嚥了氣……」說到這裡，他語音突然一哽，再說不下去，地牢一時寂靜無聲，李小喜也猜不透他心裡在想什麼，許久、許久，劉仁恭忽然又暴喝道：「守文和孫鶴不會死的！」

李小喜被這突如其來的暴喝聲嚇得打跌在地，忍不住伸手拍了拍胸口，好鎮定心神，雖覺得丟臉，卻也不敢真的動手去打劉仁恭，只恨恨地站起身，走出囚籠，臨行前丟下一句：「你什麼時候肯說，就什麼時候帶你去見聖上！」

「放你娘的狗臭屁！」劉仁恭怒氣難消，咬牙切齒地大聲咒罵劉守光的祖宗十八代，也不管對方的祖宗十八代是不是和自己同一脈。

孫鶴的血肉忽然出現，不管是真是假，都令馮道的心神緊繃到了極點：「被李小喜這麼一鬧，劉仁恭更不會相信我了！我不能再這麼乾耗下去，得想個法子刺激他！」便起身奔向鐵柵，雙手抓住柵欄用力搖晃，悲恨大喊：「冤枉！冤枉！我是給人誣諂的，我要見陛下，你們快放我出去！我與孫公都是忠心良臣，一心為幽燕安危著想，河東軍就要打來了！你們這幫小人卻跟聖上進了讒言，害死了孫公，又把我鎖在這裡！我要見陛下，你們快放我出去！」

劉仁恭原本已是心神激蕩，聽到「河東軍快打來」，終於發狂了，一連串暴喝道：「你究竟是誰？來這裡胡說八道！你說，你究竟是不是劉守光派來的？你以為這樣胡說八道，就能摧毀我的心智，讓我害怕，說出秘密嚒？你休想！我一輩子都不會告訴你！」

馮道聽他表面上好像仍不相信自己，其實意志已經動搖了，便苦口婆心勸道：「節帥，我可以把事情原原本本告訴你，但你一定要相信我！」

劉仁恭不置可否，連眼皮都沒有眨一下，馮道只好自顧自地說道：「去年世子一聽見您被劉守光抓了，就立刻派兵前來幽州，兩兄弟打起來，原本世子佔了上風，誰知劉守光手下一名大將元行欽忽然衝入軍陣之中，抓了世子。孫公於是擁護您的孫兒劉延祚繼續對抗，但滄州失去主心骨，軍心渙散，淪落到人吃人的地步。劉延祚年紀輕輕，承受不了這個壓力，決定投降，孫公也只好跟著臣服於劉守光，想不到劉守光全然不顧兄弟親情，待滄州投降之後，就將世子父子，還有一干將領全部處死！」

劉仁恭聽到孫鶴投降劉守光，劉守文父子被處死，終於有了點反應，眼皮微微一抬，臉色有些難看，口唇輕輕一顫，似要說什麼，終究還是握緊了拳頭，把話吞了下去。

馮道又道：「孫公僥倖活下來了，但他從來沒有忘記您，他忍辱負重，假意歸順劉守光，就是想救您出去，可劉守光派軍隊把大安山看守得很緊，他一直無法行動。不久前，劉守光登基為大燕皇帝，竟把孫公凌遲處死，孫公臨死前，都不忘記交代我要救你出去！我先前不說，是怕您感到復權無望，不肯出去，可李存勖聽到劉守光妄自稱帝，就坐不住了，決定率軍攻打幽燕。我冒死潛進來，是想請您出去主持大局……」他說到後來，忍不住紅了眼眶，伏地叩拜，哽咽道：「求您救救幽燕的百姓免於戰禍……」

劉仁恭靜靜聽著馮道說一串話，臉上一分分落寞下去，眼神一寸寸黯淡，卻始終不發一語。

馮道看著他沉寂的臉色，不知他心裡想什麼，只好又勸道：「無論外邊如何，你出去了，才有希望，難道你真要一輩子困死在這個暗無天日的小囚籠裡麼？如今孫公死了，世子、世孫全死了，沒有人會來救你，你只能靠自己離開了！」

劉仁恭仍是無動於衷，只怔怔地望著他，許久、許久，才忽然冒出一句：「放屁！」說罷便將頭埋入雙臂之中，蜷縮著身子倒頭就睡，像極了不願面對現實的鴕鳥，冷不防又冒出一句：「我知道了！孫鶴已經投降劉守光，也想來騙我的東西，才教你潛進來！我不會上當的！」

馮道心中一涼，暗罵：「他自己做賊，騙人騙久了，便對誰也不相信，看人人都是賊！」又想：「我不能這麼等死……」便開始盤算如何逃跑：「如果直接從牢獄大門逃出去，劉守光必會派大軍追殺……不如我把七彩神仙鳥召喚出來，殺了守衛，先躲在大安山的密林裡一陣子，避避風頭，以劉守光和李小喜的腦袋，絕對想不到我還躲在大安山裡，等到李存勖大軍勝出，我再去投奔公公。」

他怕吵醒劉仁恭，便把頭盡量埋入胸口，壓低聲音，再鼓起腮幫子，轉動舌頭，運起「謗言」玄功學鸝鳥的嘶鳴聲，可叫來叫去，背上的七彩神仙鳥卻是一動也不動，他不禁暗罵：「這該死的鳥！每次需要它時，它就不出來！非要等我快死了，它才肯動一動！」但他口裡卻不敢罵出聲，反而好聲好氣地求懇道：「神仙鳥大爺，您老人家發發慈悲，趕緊出來救小馮子一條命，我若被剁成肉醬，您老人家也沒有安生之地，豈不糟糕？」見七彩神仙鳥沒有動靜，又道：「咱倆同命一體也好長一段時間了，一直都是相親相愛、相敬如賓，我雖然吃不好、睡不好，卻也沒有虧待您，難道您真忍心看我被剁成肉醬？」

他「鳥爺爺、鳥大神、鳥神仙」叫了一通，好話說盡、萬般求懇，七彩神仙鳥仍是安安靜靜，他不由得心生怒氣，低聲罵道：「你這傻鳥！我小馮子好歹也是堂堂讀書人，在劉守光那二楞子面前裝龜孫子，是為了顧念大局，萬不得已，難道我還得在你這傻鳥面前裝龜孫子？我豈不是斯文掃地了？好！你不肯出來是吧？不要怪我來狠的！」

七彩神仙鳥還是無動於衷，他知道只有自己面臨絕境，才能逼它出來，牙一咬，低聲威脅道：「反正你就跟劉仁恭那混蛋一樣，不見棺材不掉淚，對吧？我就死給你看！咱倆就拼個魚死網破……不對！是人死鳥破！一拍兩散了！」便用雙手狠狠扼緊自己的脖子，想摧死自己，但勒來勒去，已勒得自己滿臉通紅、長吐舌頭，偏偏求生的本能，怎麼折騰就是死不了，只累得氣喘吁吁，疲憊萬分。

他以為劉仁恭已經睡了，想不到對面囚籠竟傳出一聲冷笑：「想上吊還不容易？有本事，你就死透了，我便相信你是孫鶴派來救我的，否則任你這小子說得天花亂墜，本帥也不相信！」想了一想，又笑道：「看在你以命相殉的份上，或許我會考慮帶你出去！」

馮道呸道：「等我死透了，你帶不帶我出去，也沒多大分別了！」

劉仁恭陰惻惻一笑，道：「怎麼沒有分別？你現在吊死，也不算太痛苦，我還會帶你的全屍出去，好好埋了；若等百日之限一到，你給不出答案，就只能被劉守光活生生地刮下一層層皮肉，痛也痛死你了！」

從前馮道與劉仁恭接觸的機會不多，這一相處，才看清劉仁恭表面上豪爽大方，不像劉守光那樣殘忍暴虐，其實內心狡猾毒辣，猶有過之。劉守光種種倒行逆施，只不過是傳承了他的作風，又發揚光大而已。馮道再也忍不住，怒道：「我好心來救你，你竟逼我在兩死當中選一個，早知你是這樣的人，我就不該答應孫公進來這裡！」

劉仁恭得意洋洋道：「你都自身難保了，還誇口說要救我？劉守光沒得到秘密之前，是捨不得我死的！至於你，想怎麼個死法？你想想清楚，再告訴我！」說罷便全身彎曲地蜷縮入角落裡，不再理會馮道。

馮道在心中亂罵一通，出了口氣，卻無濟於事，不由得暗暗一嘆：「人身子的反應是最真實的，我這般假自殺，連劉仁恭都騙不過，又如何騙過附在我身上的神仙鳥呢？它一定感受不到我的死意，才跟我拗上了！」又想：「不如明天我就大搖大擺地走出去，讓衛兵追殺我，這樣應該就能逼出神仙鳥了！」想到這個方法，不由得為自己的聰明感到得意：「對！就這麼辦！我先睡個好覺，明天才有力氣逃命！」

他想睡飽好養足精神，心中卻漸漸生出一絲遺憾：「明天逃出去，並不困難，可當初我進來是為了尋找《星象篇》，難道就這麼放棄了？還有……劉仁恭的秘密究竟是什麼？」

他一個晚上翻來覆去，始終睡不著，偶爾睡著了，又夢見孫鶴血淋淋的身影，雙眼冷冷瞪視著自己，最後整個人影又慢慢融化成一團血肉球，而那雙孤寂悲苦的眼神，卻永遠不會消失。

「走開！走開！」馮道在昏夢中聽見一聲聲急呼，那聲音似乾嚎似悲咽，彷彿是在一種很緊張的狀況下，因為心緒激動，又怕被人發現而壓著喉嚨發出的，他以為是被自己的呼聲吵醒，不由得有些好笑：「我怎麼嚇自己了？」伸手揉了揉眼，睜開來，才發現發出聲音的不是自己，而是劉仁恭！

只見劉仁恭發狂似地亂吼亂叫：「別以為我不知道，你們全是想搶我的東西！我是誰？我是『劉窟頭』！要離開這囚籠還不容易嚒？還用得著你們來救？我偏不離開！」

馮道心想：「他怎麼啦？」只見劉仁恭喊叫一陣後，便用雙手雙腳把自己環抱起來，像隻蜷曲的刺蝟般緊緊塞在囚籠的角落裡，似乎很怕別人把他拉開，還嗚嗚咽咽哭個不止：「孫鶴啊孫鶴！你這個沒用的東西，枉我這般提拔你，你卻連一個賊小子也對付不了……養兒不孝啊！只想挖我的牆角……」原來他日日盼著孫鶴來解救自己，知道孫鶴慘死後，心神大亂，白天還勉強鎮定，睡夢之中，無法壓抑，忍不住就嚎哭起來。

馮道心中一嘆：「原來他白天的冷靜全是假裝！」但想自己睡不好，也沒力氣逃跑，不如再待一日，改成白天好好睡一覺，晚上等劉仁恭睡著再逃跑，免得他見到自己行動，大呼小叫，節外生枝。

翌日天一亮，劉仁恭就醒過來，他睡得很少，不過兩個多時辰，白日裡，安安靜靜地窩在角落裡，抱腿而坐，只一雙眼睛像狐狸那樣精亮，一瞬也不瞬地盯著外方，像在戒備四周的動靜。馮道見狀，也不奇怪，只倒頭呼呼大睡。

到了夜晚，馮道養足精神，清醒過來，見劉仁恭已不支睡去，依舊蜷縮在角落裡，馮道不由得一嘆：「他明明可以出去，卻一再畫地為牢！」遂拿出鎖匙，悄悄打開囚籠的鐵柵門，心中暗唸：「師父，我真的找不到《星象篇》，再待下去，我一條小命就要折在這裡了！你也不想小隱龍變成肉醬龍吧？所以你在天之靈，千萬別怪我！」便躡手躡足地走出自己的囚籠。

「別走！」劉仁恭忽然大喝一聲，嚇得馮道險些掉了手中鎖匙，待回頭望去，卻見劉仁恭仍是在做惡夢，口中不停大吼大叫：「你以為騙我離開，就能得到那東西嚒？你休想！那是我的，誰也搶不走，我打死也不會離開！」

馮道原本還猶豫著要不要帶他走，見他如此固執，忍不住對孫鶴道：「先生，不是我違背諾言，是他不肯離開，我只好辜負你了！」正當他要轉身走出時，忽然間劉仁恭停止了呼吼，又嗚嗚咽咽哭了起來：「我沒了武功，一旦離開，就回不來了！我不走！不能走……」

馮道不禁苦笑：「敢情他還想一輩子待在這裡啊？」這念頭才轉完，忽然間，一道閃光劃過心頭：「為什麼他不肯出去，甚至還一心想回來？」他恨恨地打了自己的腦袋，罵道：「打你這豬腦袋！這麼簡單的道理，你竟到最後一刻才想明白？」

他悄悄脫下腳底的草鞋，從鞋緣縫隙裡取出早就秘藏的「傾城香」，折了一小段，將它對準劉仁恭燃燒起來，待劉仁恭徹底昏迷後，便走進囚籠裡，將劉仁恭拖離角落。

他蹲下身，先用雙手細細撫摸角落的地面、牆面，敲打每一寸土石，果然以「聞達」雙耳聽出角落有一塊石磚發出異樣的空隙聲，他驚喜得幾乎要歡呼出來，連忙摀住自己的嘴，強行忍住，想道：「誰能猜到秘密就藏在這囚籠角落裡？劉守光拼命往外找，卻鬼使神差地把劉仁恭關入這裡……」思索至此，恍然明白：「不是鬼使神差！劉仁恭知道兒子想逼出秘密，便一步步引導他將自己關入這座囚籠，好守護秘密！」

這時候，秘密的吸引力已遠遠大於逃難的迫切性，馮道好奇心起，再顧不得一切，伸手用力按壓那塊異樣的石磚。

知道大安山地牢的人本就不多，知道地牢中囚籠角落藏有秘密者，全天下只有劉仁恭、孫鶴二人，因此這個機關設置得極為簡單，馮道一用力按壓，石磚便陷了進去，角落的地面隨即打開一個洞口，露出一條深邃往下的石梯。

馮道先回到地牢，取了所有蠟燭放入懷裡，在自己的囚籠裡留下一行字，再重新進入劉仁恭的囚籠，一步步走下秘道石梯，待走到一半，便探出半個身子、伸長手臂，把劉仁恭拖近原來的角落，他一邊拖著劉仁恭，一邊再往下，直到整個人都退入秘道裡才放開手，讓劉仁恭幾乎回到原來的位置。

他見地道內有一塊突出的石磚，知道它與上面入口的石磚相聯結，是用來關閉地道的機關，便伸手按壓下去，秘道洞口的石板果然闔了起來，他又找了到機關，將秘道從裡面反鎖起來，令所有人包括劉仁恭都不能再進入，才小心翼翼地點起燭火，一步步往下，直走到地底。

前方出現八條叉路，是一個龐大的地下迷宮！

馮道心中一涼：「難怪劉仁恭自信除了他，沒有人能找到那個秘密，也沒人能逃得出去！我如果不能找到正確的途徑，必會困死在這裡……」又想：「一般人到了這裡，必會因為急著想出去而胡奔亂闖，陷入迷亂裡，一旦走錯了路，再回頭，就會浪費許多時間和體力。欲速則不達，我不能急於求成，必須謀定而後動！」

他沒有再往前走，反而熄了燭火，坐下來細細思考，將有關劉仁恭秘密的所有線索重新串連一遍：「我最早得知劉仁恭的秘密，是在大安山修建道觀後方的祈福石碑時，偷聽到劉守光和李小喜的談話。我為了阻止劉仁恭父子取出秘寶為禍天下，所以改變了先生的設計圖，讓石碑陣成為一個活陣法，石碑陣原來的作用既是要保護這秘寶，那麼……」他靈光一閃，快速連結起孫鶴給的地圖：「地牢的出口就必然在石碑陣附近！我只要順著道觀方向行去，就不會錯了！」

找到目標出口只是第一步，眼前有八條道路，該往哪裡去，而裡面還有多少叉路，卻是一個難題，大安山森林雖然可怖，還可觀星引路，這裡卻是真正的漆黑一片，暗無點光。

他只能全身功聚雙耳，走到第一道路口，對著前方運起「謗言」玄功，大喊一聲，隨即運起「聞達」玄功，仔細聆聽聲音傳盪的情況。

內功高深之人，頂多只能分辨出聲音傳遞多遠，再高深一點的，或許還能分辨出聲音撞擊到石壁，向哪個方向轉折，最高深的，也頂多能分辨出二、三個轉折。但馮道的「聞達」乃是關於耳力的天下第一奇功，不只可聽花開葉舒之聲、辨明風拂雲捲之音，就連石壁呼吸聲、塵沙落地聲，也能一一辨明。

馮道聽見自己的聲音一開始遠遠傳了出去，他心中默數：「三丈、五丈……撞第一面牆，左轉，聲音變小了……右轉二丈，左轉一丈、兩丈……停止！」他睜大眼望向那黑漆漆的空洞，想道：「這第一路不過三折，就沒了，看起來應該不是！」

他以這個方法先淘汰了第一、三、八等路徑，剩下的第二、四、五、六、七路徑在第五轉後，聲音已然消弱，無法辨別末端的路徑是如何轉折。

他撕下自己的衣衫，咬破手指，又點亮燭火，以指血在衫布上畫出地牢通往道觀的大致範圍，再將這八條地道的樣式根據自己方才測試的結果一一畫下來，並且依據整個地形去猜想：「這地宮的石壁十分堅厚，鑿挖起來很是費力，尤其越左邊的岩石越是堅硬，靠近左邊的第一、第三條路徑都被排除了，頗符合這地勢的特性。至於這第二條路徑，必須繞過第三道，才能通往道觀，修建工程會遇到很多阻礙，先生應不會如此規劃，我暫且排除。如此一來，只餘四條路徑了，我便一道一道試吧！不知道裡面有沒有機關陷阱？」即使心中萬分忐忑，於此之際，也只能雙耳雙眼都運起玄功，鼓起勇氣往前行。

首先他進入第四道路徑，一邊走，一邊在轉彎處做記號，沿路上都沒有遇到什麼機關，他心中慶幸：「這地牢藏在深山密藤的地下，已十分隱秘，唯一的出入口還放在囚籠角落，根本不會被人發現，所以這地宮就不需再設什麼陷阱了！」

想通這點，他便大膽往前行，快步走到剛才聲音消弱的第五個轉彎處，見到前方竟還有三條叉路，不禁一愣：「這迷宮果然不簡單！」只能依樣畫葫蘆，分別在三個入口處放聲大喊，又仔細聆聽，辨出聲音進入這三道小叉路，在幾個轉彎後都碰了石壁，可見它們全是死路！

馮道慶幸自己沒有浪費時間走進去一一探索，便根據方才所做的記號，順著原路退回起點，接著又用同樣方法試了第五道路徑，聽聲音撞了牆壁，心中一沉：「難道這也是死路？」念頭尚未轉完，卻聽見尾音處有一個極細微，幾乎不可聞辨的向左方撇去的擦撞飄散聲！

「原來另有玄機！」馮道微然蹙眉，想道：「前方雖有一片石牆，卻不是死路，而是一個大迴轉……」既是迴轉，就無法判別是不是正確的路，他不得不深入裡面，一口氣走到迴轉處，前方竟還有五條小叉路，他連忙提神謹記，又依著老方法大喊，先以聲音一一嘗試，幸好這五條叉路裡只有一條是可疑的，須要進入深處，才能探究結果，其他能憑著聲音迴盪，判斷出是死路。

馮道先把已走過的路徑在布衫上一一畫好，又在轉角處的牆面做了記號，才往前走，誰知再次遇到兩條叉路，卻都不是死路，他暗想：「倘若每一條活路的盡頭都有叉路，就算我已減少了許多錯誤路徑，仍可能會困死在這裡……」心中雖然著急，眼下也沒有更好的方法，只能一次次嘗試。

他依舊在兩條小叉路口分別放聲大喊，聽出其中一條又是個大迴轉，只能往下走去，不多久就發現前方是死路！他退回叉路口，照例在布衫上把方才走過的路徑畫上，接著再往第二條小叉路走去，這一條路有些不一樣，無論如何左彎右拐，聲音總有出處，他心中不禁生出希望，加快腳步奔去，豈料繞了幾彎後，竟從最原先的第二道路徑的入口走了出來，又回到最原始的起點！

雖然第五道最終的結果竟是串連到第二道，但並不是全無收獲，至少同時確認了這兩道都是死路，

如今只餘第六、七道，馮道為免混淆，依序選擇第六道，幾個轉折之後，前方又出現四條叉路，馮道只得重施故技，再運起「謗言」和「聞達」兩門玄功來試驗，豈料以初步的聲音震盪來辨認，竟都是活路，他只好再次一一嘗試，才走入第一條叉路沒多久，竟又出現三條小叉路，他不禁倒抽一口涼氣：「這迷宮比我猜想的要複雜多了！倘若每條叉路都還分成數條小叉路，豈不無窮無盡了？」

可他已經沒有別的辦法，只能再次運起「謗言」和「聞達」兩門玄功繼續試驗，先進入第一條小叉路，走了一陣，忽覺得兩旁石壁的紋路似曾相識，不由得起疑：「這明明是一條新路，怎麼這些石壁挺眼熟的？」再走一陣，竟發現自己做的記號，終於確認這一條小叉路又是連結到方才已經走過的第五道，不多久，他從第五道的入口出來，再次回到最初的起點！

「原來這些道路還互相通連，是一個網狀的迷宮，網狀迷宮又比直線叉路迷宮更困難了……」馮道隱隱感到有些不對勁，卻只能打起精神，把方才所認知的路線畫快畫下來，以免忘了，接著又用老方法耐心地把第六道的所有叉路都試了，果然這些叉路的盡頭全與

其他道路相連結，有的是走到死牆，有的又返回原點！也就是說，並沒有一條道路通到外邊！

「只剩第七道還沒試……」經過一番折騰，馮道雖有些氣餒與不安，仍努力為自己打氣：「從這裡到道觀，相距不過半里，這石壁又堅硬，劉仁恭再怎麼會挖地道，也不可能在這有限的範圍內挖出無窮無盡的地道來，前面既然都是錯的，第七道就算有再多叉路，也總有一條是對的！」想到這裡，他精神為之一振，立刻拔腿飛奔入僅餘的第七道！

他方才幾次呼喊，喉嚨也累了，便不再試音，只沿路直奔，他越奔越快，幾個轉折之後，前方卻又出現四條叉路，接著每一條叉路又延伸出數條小叉路，最後，所有的景況重現，每一條路都連結到別的通道，返回原點！

「萬般奔波，竟是一場徒勞！」馮道疲累之中，更感到驚懼：「難道我原先的猜想全是錯的？這根本是個網狀的死穴！」

幸好他身負奇能，減少一半錯誤損耗，才能安全回到原點，倘若換成一個對迷宮絲毫不瞭解的人，忽然進到這裡，無飲無食，空氣稀薄，再加上為了找出路而不斷奔波，必會消耗而亡。即便如此，在這裡困得太久，情況也不容樂觀，他若是從原來的角落洞口出去，必會驚動劉仁恭召來守衛，接著劉守光就會發現他已經找到秘地所在而殺人滅口！

馮道看著手中地圖，迷宮全貌幾乎清晰可見，卻沒有一條出路，這實在是令人費解，他不禁焦急起來：「在這地形圖裡，道路、牆面已經佈置得密密麻麻，沒有多餘的空白可以補上其他道路，可見這張迷宮地形圖十之八九應該是正確的，究竟有什麼是我沒想到的？為什麼會找不到出路？」

他退回八條道路的起點，安坐下來，沉心靜氣地重新思索：「迷宮的設計多與陣法有關，但先生曾說如果沒有劉仁恭帶路，誰都走不出去！他明知我懂得陣法，卻依然如此自信，可見……」低頭望了望地圖，又看著黑沉沉的前方：「我方才走過一回，這些道路確實不是以八卦陣法去設計，那又是依據什麼？」如果有陣法規則可依循，他還有把握破解，但這是一個完全死圍的網狀迷宮，所有的道路不是封死，就是通向原點！

「我真把入獄這件事想得太簡單了！先生留這一手，是為了逼我履行承諾，一定要帶劉仁恭出去！」馮道年少時曾在舟船上與孫鶴對決，之後兩人理念雖不盡相同，也數度共患難，攜手化解幽燕危局，建立了亦師亦友的交情，想不到孫鶴去世後，兩人必須再一次對決！

他心中實在有些無奈，卻也只能試著以孫鶴的角度去設想：「如果我是先生，收到劉仁恭的命令，要設計一幅絕頂迷宮，即使闖入者會陣法，也無法破解，該怎麼做呢？」

他抬頭仰望上方，想像著隔一層厚地板的劉仁恭：「此刻他應該已經發現我不見了，不知道他有沒有懷疑我找到秘道了？還是以為我被李小喜拖走了？」又想：「一個外人好不容易進到這裡，忽然見到前方有八條道路，一定會急著想找到正確出路，越是著急，越會亂闖，最後不是累死、渴死、餓死，就是神志迷亂，又或是心生絕望而放棄，打算從原洞口出去，就像我一樣！但如果是劉仁恭進到這裡，他一定會直接朝正確的路走去，這迷宮是完全沒有作用的，它防備的只是像我一樣的闖入者，所以……」

剎那間，他恍然大悟：「這些道路都是假的，是用來迷惑眼目！所以它不是陣法，只是一個無限的循環，引人不斷在裡面環繞！」想透了這一點，看似破解了機關，可接下來卻還有一個更困難的謎題：「那麼，真正的出口又在哪裡？出口必是隱藏在某個地方，但究竟在哪裡？」

這偌大的地宮，有近百條地道，任何一個幽暗角落，都可能隱藏著打開出口的機關，尤其在這麼暗無點光的地方，要如何尋找？這幾乎是一個不可能的任務！

「難怪先生會如此自信！」馮道越想越是心涼：「我方才已經耗費許多體力去探索一半的秘道，但我只專心找出路，卻忽略了找石壁上的機關，難道現在又要重新來過，將所有秘道石壁仔仔細細檢查過一遍？這麼做，至少得花十天半個月的時間，在這種地方，絕對熬不了那麼久……」

他仔細觀看迷宮圖，又想：「如果出口真是在道觀，那麼只有第四道的三條小叉路的末端，還有這裡、這裡……」他將幾個位置最接近道觀的牆面一一圈點出來，然後再重新進入每一道小徑。

他自認對這些路已十分熟悉，因為急想確認出口，便奔得極快，一不小心腳尖被絆了一下：「唉喲！」他腳尖施力一扭，企圖穩住身形，誰知腳尖又被另一個異物給絆了，連著幾個踩踏不實，他整個人終於向前飛撲，撞向石壁，又摔跌在地，這才看清是十幾具散落的骸骨接連絆倒了他！

這突來的意外教馮道有些吃驚：「原來我不是第一個進到這裡的人！」

這些屍首個個趴伏在地，上身赤膊，只下身穿一條短褲，手中還拿著鐵鏟、鐵耙，試圖鑿開前方的障礙，卻只挖了一點壁屑就死去了！

馮道心想：「他們或許和我一樣，知道出口在道觀，以至於死在最接近道觀的石壁前。」見他們肋骨間有刺傷，但時間太久，皮肉已消，屍身也沒有插著凶器，已看不出真正死因：「他們應是被人從後方刺死！知道這秘道的人只有劉仁恭和先生，應是他們闖入這個秘道被發現，劉仁恭因此殺了他們！」

心中謎團雖多，但當務之急是找到出路，馮道運起「明鑒」玄功仔細觀察，又撿起其中一支鐵鏟在石壁上不停敲擊，以回聲來確認那是堅厚石壁還是後方另有空曠？但忙了大半天，卻一無所獲。

他不得不再次退回原點，坐下來休息，以免消耗太多力氣，內心卻陷入深深的絕望之中，他知道自己與孫鶴對決的這一局確實輸了：「難道真要回去把劉仁恭帶下來嚒？不是我不履行諾言，實在是他不願離開啊！」

他覺得孫鶴一定想不到劉仁恭如此瘋狂和偏執，才會這麼設計自己，無奈之餘，他再次抬頭望向上方只隔一層地板的劉仁恭：「這出口就在他自己的囚籠裡，要真想逃走，大可自己下來，又何必要我幫忙？他全身傷痕累累，要逃出去，還搞一個這麼大的迷宮來折騰自己，如此繞來繞去，等走到出口處，豈不累死了？真是自作孽……」想到這裡，忽然靈光一閃：「不對！他要逃出去，必會走最快最容易的路，進入迷宮太麻煩了，最近的地方其實就是——原點！」

他連忙將自己所畫的迷宮圖和孫鶴給的地圖，以上下樓的方式疊放起來，再次仔細研究，漸漸看出一些端倪：「這兩張圖一個是上層地牢的格局，一個是下層迷宮的佈局，設計者通常會有固定的習慣，再加上這裡的地質形勢，很有可能出口機關就設在和上層地牢同樣的位置，也就是同一面石牆的角落裡！」

他連忙起身奔到石牆角落去仔細按壓牆面，果然找到一塊有異聲的石磚，他不禁歡喜地又跳又笑：「果然如此！劉仁恭一下到這個迷宮，緊接著一按這角落的石磚就能出去，前方迷宮純粹是惑人耳目，根本沒有作用！所有的通路都回到起點，就意謂著謎底其實就藏在原點！小馮子，你真的太聰明了！哈哈哈！」他興奮地按下那一塊關鍵的磚石後，果然出現一條通道，卻不是往外的路徑，而是地面的石板再次打開，又出現一條往下的石梯！

「咦？」馮道眼看下方黑黝黝的，心中微微一跳：「居然還有第二層地宮！難怪我怎麼也找不到出路！」這個發現讓他感到十分意外，同樣的，他先將石板門關上，又從裡面把開關鎖住，不讓外面的人有機會進來。

他實在猜不出這第二層地宮裡會出現什麼，因此不敢冒進，只功聚雙眼、雙耳專注於前方動靜，一隻手持著燭火，另隻手貼摸著牆壁，順著石梯小心翼翼地往下走。

很快地，他就發現了異樣，上層迷宮是個挖鑿出來沒有修飾的大石洞，無論道路或牆面都是原始粗糙，但這梯道的牆面卻鐫刻著花紋，梯道底處連接一條長長的甬道，越走越窄，沿路上散落著幾具屍骸，越到後面，屍骨越多，有的屍骨甚至胡亂堆疊在一起，阻擋了前路，在窄得只容一人通過的甬道裡，漫無盡頭地行走，還必須小心不要踩踏到那些屍骨，空氣中瀰漫著濃厚的血腥霉腐味，越往前行，味道越沉重，那種緊迫、漆黑、未知，都讓人極度不安，甚至快要窒息！

許久、許久，終於接近甬道的出口，忽然間，「唉喲！」他還來不及看見前方是什麼，就陷入一個巨大的漆黑裡，手背同時傳來一陣燒燙，他嚇得手掌連忙一甩，一不小心掉了燭根！

「我真是自己嚇自己！」他定了定心神，已發現是誤會一場，原本他全神貫注在防備周遭動靜，未注意到蠟燭已融盡，以至於燭油滴到手背上，才產生刺痛。

他連忙從懷中取出第二根蠟燭點上，火光漸漸散開，亮成一個極大的光暈，那光暈向外擴散到極處，卻仍未照盡全部的景致，因為那是一個超乎想像大的空曠石室，沒有什麼危險，只有一片可怕悲慘的情景，令他不由得倒抽一口涼氣，心痛至極！

「這地穴果然是位於道觀下方！」當他一路走著狹長的甬道過來時，就知道這是一條真正通往道觀石碑方向的路，只是他萬萬想不到劉仁恭死命守護的寶物，竟是一座堆疊如山的白骨！

那白骨山堆得比他的個兒還高，還有許多屍骸散落在各處，已經乾涸成烏紅色的血腥，無情地潑灑在地面每個角落，有的屍體還保持著臨死前痛苦蜷曲的模樣，有的屍體匍匐在地面，似乎還掙扎著想逃出去，讓人可以感受到他們是何等恐慌害怕，但更多的是胡亂堆疊，人命如螻蟻的淒涼。

「第一層地宮的骸骨乃至於甬道上的，都是修建這座地宮的工匠！劉仁恭為了保密，因此殺人滅口，工匠們試著逃出去……」馮道雖早已知道這件事，但親眼目睹這個秘地裡，數萬可憐工匠屍骨堆疊如山，仍是感到萬分悲痛震撼：「倘若劉守光知道是這樣的秘密，他還會拼了命想奪取嚒？」

但最可恨的是，白骨山頂端還鋪蓋著一塊大大的白布，布上畫了一個極大的血紅符咒，石室四周垂掛著無數白幡，幡上同樣畫了符咒，讓慘絕人寰的景象，更增添一股陰森詭異的氣氛！

劉仁恭迷信玄術，以至種種倒行逆施，馮道早就見識過了，依據白幡形式，他大致可猜出這血紅符咒是用工匠的鮮血潑畫而成，為的是將他們的魂魄壓制在密室裡，使他們不能逃脫出去找凶手復仇。

「劉仁恭自知殺孽太多，才想用陰幡禁錮他們的魂魄……」馮道起初是這麼想的，但漸漸地，心中浮現許多疑問：「這地方除了陰幡較詭異之外，其他佈置倒是精美，不只牆面都雕刻花紋，地板還鋪了赭紅色的『蓮花紋方磚』，這種石磚是大唐皇宮才能使用，一般百姓並不能用，也用不起……」忽然覺得不對：「劉仁恭究竟在想什麼？他屠殺了工匠，大可挖個大坑把他們全丟進去，為什麼要開鑿一個精美的陰殿來堆放工匠屍骨？」又想：「劉仁恭殺戮何止千萬，從不見他害怕，更沒有半點愧疚不安，為何獨獨要壓制工匠的魂魄？這樣的白骨堆、壓魂陣，值得劉守光鬧到父子反目？」他直覺其中一定有自己想不透的關鍵，那便是劉仁恭的秘密所在，但還有兩件更重要的事：「《星象篇》究竟在不在這裡？還有，出口究竟在哪裡？」

自從他發現這座白骨山，就一直呆呆地站在甬道的出口處，沒有再往前一步，或許真是被這景象給嚇到了，或許是對劉仁恭父子噁厭到了極點，在前一刻，他心裡還猶豫要不要上去把劉仁恭硬拖下來，一方面是逼他帶路，另方面也是信守對孫鶴的承諾，但在親眼目睹這慘烈的情景後，他寧可困死，也不想再與劉仁恭父子有任何牽扯！

「屠殺工匠還不夠，竟還施咒壓制著他們的魂魄，讓他們死後也不得安息……」自懂事以來，他也算看盡無數戰爭殘酷，看過餓殍遍野、官兵欺民、親人互食的慘事，卻從來沒有一刻，令他如此憤怒，一股怒火從他內心熊熊燃起，燃遍全身，令他幾乎失去理智！

從前他無能救助這些苦難的百姓，至少在這一刻，必須為他們做一點事，他再不顧一切地衝上前去，將四周所有的陰幡都用力扯下，甚至施展輕功，縱身躍上白骨山頂，將那片畫著血紅符咒的陰幡布大力揮開去，但下一瞬間，他就呆住了！

馮道原以為這白骨山是隨意堆疊的，但當他站在骨堆頂端時，卻沒有任何白骨傾倒或掉落，可見它們是被有心人以一種奇妙的方式整齊地擺放成一座高塔。

幸好他有天下第一靈敏的耳目，再加上對這地宮的奧秘已越來越熟悉，當白幡掀開的剎那，他忽然從白骨堆的縫隙中，發現骨堆正中央的下方，那九塊赭紅地磚十分蹊蹺！

整個大殿都是赭紅色的蓮花紋地磚，本來這九塊地磚也沒什麼特別，只不過是與其他石磚的接縫較粗了些，但那也只是細如髮絲的差別，卻逃不過馮道銳利如鷹的眼，他恍然明白：「原來劉仁恭留下這麼多白骨，是為了嚇唬闖入者，讓他們誤以為所謂的『秘密』根本是謠言，而退出地宮。他掛了許多陰幡、符咒，看似是設下壓魂陣，其實是為了遮掩地面的秘密！還有，散落在地面各處的骸骨，是為了讓闖入者誤以為這些白骨都是隨意堆疊散落，這一切的一切，就跟上層迷宮一樣，全都是障眼法！是為了遮蓋這九塊赭紅地磚！」

沒有人在歷經這麼多波折之後，以為終於要找到寶物，卻忽然面對這麼慘烈可怖的白骨山，還有勇氣或興致去掀開白布幡，倘若馮道不是因為心中良知，讓他義憤填膺，才衝動而行，只怕永遠也不會發覺這驚天秘密！

「還有第三層地宮，才藏著真正的秘密！」他心中震撼無以復加，同時也感到難過：「除了移開這些白骨，恐怕沒有其他辦法了！」

他先落回地面，對著白骨山跪拜合十道：「各位鄉親父老，晚生馮道闖入這裡，實在是萬不得已，我知道你們有天大的冤屈，我從前無力拯救，今後若有機會，必會全力為你們洗冤。此刻要移動你們的大駕，並非為了一己私心，而是為了拯救幽燕百姓乃至天下蒼生，若有得罪，望祈原宥。」說罷伏地恭恭敬敬叩了三個響頭。

他行完禮之後，先仔細觀察骨架堆疊的方式，再抽掉幾根關鍵的支柱，剎那間，一陣轟隆隆巨響，白骨山坍塌下來，成了厚厚的一層骨堆，他費了好大的勁，才把蓋在中央的白骨推移開，關鍵的九塊地磚終於顯露出來！

他拿起鐵鏟用力撬動其中一塊地磚，試了幾次之後，地磚紋絲不動，他忍不住動了氣：「劉仁恭到底在保護什麼？這機關竟是一重又一重，沒完沒了！」

他先是在黑暗迷宮中奔波許久，接著又在這密閉的空間裡搬動堆積如山的白骨，在腦力、體力都極度損耗，空氣又稀薄的情況下，實是疲累不堪，索性丟了鐵鏟，頹然坐倒：「這九塊地磚有什麼關聯呢？九……九……」又想：「《黃帝內經・素問》說：『天地之至數，始於一，終於九焉』；《呂氏春秋》裡提到天有九野，分別是：『東方蒼天，東南陽天，南方炎天，西南朱天，西方昊天，西北幽天，北方玄天，東北變天，中央鈞天』；佛教的『九九歸真』，乃是圓滿之意。九五至尊、九九歸一、九泉之下、九死一生、九牛一毛……還有九九重陽節呢！這九字的涵意簡直多如牛毛，我如何能猜透？」

他怔怔望著那九塊地磚，心中一嘆：「這九塊地磚像極了九宮格，可是先生在設置這個地宮時，完全揚棄了陣法的原理，所以這九塊地磚自然不會是九宮格這麼簡單了！」忽然間，靈機一動：「虛則實之，實則虛之，先生善用兵道，或許他猜想能闖到這一關的人，就像我一樣，以為他絕不肯用陣法來設置障礙，這一回，他就偏偏用了陣法！」

他感到白骨山和陰幡布應該不是出自孫鶴的手筆，最有可能是王若訥的建議，而劉仁恭一方面用這些陰幡符咒來壓制工匠陰魂，另方面也用這詭異之事來掩蓋地磚，就像他用祈福石碑來掩蓋「秘密」的出口一般，又想：「劉仁恭在第二層地宮搞這些事，先生未必知情，所以，很可能他只是請教先生如何設置機關，如果真是這樣，先生既不是親自出手，就只會教他一個簡單的機關，不如我就先以九宮格的解法試試，死馬當活馬醫了！」

他根據洛書九數，以「二四為肩，六八為足，上九下一，左七右三，五居中央。」的口訣，依序按了九塊地磚，以東、西、南、北四個不同的方位，各自測試，試到最後一次，九塊地磚轟隆隆地動了起來，它們左挪右移，又依序堆疊起來，形成一個巨大的開口，再次顯露出一條往下的石梯！

馮道原以為會是一個更加黑暗的地宮，可當九塊石磚打開的剎那，卻有一道光瀑沖升上來，教長時間待在黑暗中的他，被刺激得睜不開眼！

這個光瀑來源是第三層地宮周圍佈滿了萬年燈，他一邊緩緩睜開眼睛，一邊沿著石梯慢慢往下，直走到地底，眼前出現的一切，令他震驚得呆了，只聽到自己劇烈的心跳聲和急促的呼吸聲……

九一三・二　誰人識此寶・竊笑有狂夫

守光引兵伐中山，訪於僚屬，道常以利害箴之，守光怒，置於獄中，尋為人所救免。《舊五代史·卷一百二十六·馮道傳》

春，正月，德威東出飛狐，與趙王將王德明、義武將程巖會于易水。丙戌，三鎮兵進攻燕祁溝關，下之；戊子，圍涿州。刺史劉知溫城守，劉守奇之客劉去非大呼於城下，謂知溫曰：「河東小劉郎來為父討賊，何豫汝事而堅守邪？」守奇免胄勞之，知溫拜於城上，遂降。周德威疾守奇之功，譖諸晉王，王召之；守奇恐獲罪，與去非及進士趙鳳來奔，上以守奇為博州刺史。去非、鳳，皆幽州人也。先是，燕主守光籍境內丁壯，悉文面為兵，雖士人不免，鳳詐為僧奔晉，守奇客之。《資治通鑑·卷二百六十八·後梁紀三》

龍敏，字欲訥，幽州永清人也。少仕州，攝參軍。劉守光亂，敏避之滄州，遂客于梁，久不調。《新五代史·卷三十九·雜傳第四十四》

劉昫，字耀遠，涿州歸義人也。祖乘，幽府左司馬；父因，幽州巡官。昫神彩秀拔，文學優贍，與兄暄、弟皞，俱有鄉曲之譽。唐天佑中，契丹陷其郡，昫被俘至新州，逃而獲免。後居上國大寧山，與呂夢奇、張麟結庵共處，以吟誦自娛。《舊五代史·後晉·列傳四》

百日期限已到，李小喜正準備前往地牢去逼問馮道和劉仁恭，才走到半途，就得到兩個驚天消息，嚇得他連忙折返，趕去內殿覲見皇帝。

劉守光正與眾美女玩樂快活，見李小喜滿頭大汗、臉色蒼白地奔了進來，不悅道：「李小喜，你幹什麼？慌慌張張的！朕的興致都被你打斷了！」

李小喜匆匆行了個禮，急道：「今天是士子們要求釋放馮道的期限……」

劉守光揮揮手叫所有人退下，不耐道：「咱們不是說好了嚒？你先去地牢探問情況，如果馮道沒有任何消息，就毒殺了他，再把屍體丟給士子，這點小事還要來打擾朕嚒？」

李小喜道：「臣本來是要去地牢，可一出宮門，就見到大批文臣、士子集結在殿外，要求陛下親自領他們去地牢接人……」

劉守光聞言，不由得怒火勃發，斥道：「馮道是什麼東西？比朕還大嚒？要朕帶著一幫士子去迎他出關？把他們全給我殺了！」

李小喜好言勸道：「在大殿外直接殺盡百官，恐有損陛下的名聲，他們想親眼見到馮道還活著，才會這麼要求，如果直接丟出一具屍體，士子們恐怕當場就會發作……」

劉守光怒吼道：「朕就是給出一具屍體，他奶奶的，這幫蠢貨還能怎樣？朕顧著大局，不去對付他們，一個個倒是騎到朕的頭上來了，還敢要脅朕，簡直豈有此理！全殺了！李小喜，朕命你帶軍隊去把他們全殺了！」見李小喜並沒有馬上行動，更是生氣：「李小喜，你還杵在這裡做什麼？」

李小喜顫聲道：「可……還有一件更嚴重的事……」

劉守光怒道：「還有什麼事比朕的王權被挑釁更嚴重？」

李小喜道：「士子再吵鬧，也是手無縛雞之力，可是有人真拿刀槍殺來了！是緊急軍情……」

劉守光呸道：「朕天下無敵，能有什麼緊急軍情？是誰在胡亂造謠，你也去斬了！」

「不是造謠……」李小喜支支吾吾道：「是周德威率領三萬兵馬，會合鎮、定兩軍，從『祈溝關』打來了！」

劉守光一愣，不解道：「河東軍怎會忽然打來？李小喜，你在胡說什麼？咱們不是正在攻打定州嚒？周德威怎會聯合定州軍打來了？」

李小喜連忙雙膝跪落，伏趴於地，低頭顫聲道：「先前李存勖派人救援定州，咱們攻不下，就先退兵了……」

劉守光更是驚詫：「退兵？朕怎麼不知道？」隨即怒斥道：「這些將領隨隨便便就退兵，瞧朕不斬了他們！」

李小喜囁嚅道：「陛下日理萬機，這等小事怎敢讓您煩心？將士們只想整軍之後，再重新發起攻擊，誰知定州軍竟順勢擁護李存勖，聯合鎮州軍，三藩一起打過來了！」

劉守光氣得一串怒吼：「李存勖居然想當盟主？這背信棄義的狗東西！自己來找死，難道朕會怕了他？河東有十三太保，咱們也有高氏兄弟、元行欽和單廷珪，誰怕誰？」

李小喜連聲附和：「是！是！陛下說得是！」又問：「那士子們要如何處置？戰事一

起，實在需要他們維持朝政與後勤……」

劉守光驟然想起孫鶴的預言：「想不到真給孫老頭說中了，才過百日，河東軍就打來了！」一想到孫鶴還預言大燕會滅亡，他心中忽升起一股深深的顫慄，暗想李小喜雖然忠心，有時也能出些管用的主意，但真正有本事對付河東者，還是只有馮道和孫鶴，如今孫鶴被自己剁了，只餘馮道一人，不如就裝出仁德大度的樣子，順著士子們的要求，先釋放馮道，再讓他出謀劃策，便揮揮手道：「罷了！罷了！就暫留他們的狗命，朕先帶他們去地牢接馮道出來，日後再分批殺了他們！」

李小喜連忙道：「是！陛下仁德，小喜這就去告訴他們。」便趕緊退下去安排一切。

待一切準備就緒，劉守光先接見百官，表示今日就會釋放馮道，百官也很識趣，立刻高聲頌讚他是英明主君，接著劉守光便乘坐在豪華的步輦上，由幾名護衛合力抬駕，領頭在前，李小喜陪侍在側，後方還跟著數十名親衛、一幫文官、無官位的士子們，一群人浩浩蕩蕩地向大安山而去。

褚寒依塗黑自己的臉，又黏了鬍鬚，喬裝成男子，和趙鳳、劉昫、龍敏等人一起走在無官位的士子隊伍中，眼看大安山近在眼前，實在意外，趙鳳低聲道：「難道馮兄竟是被關在大安山裡？」

劉昫低呼：「倘若真是這樣，就糟了！咱們把劉守光引到這裡來，他會不會發現三笑齋的難民盤據了宮殿？」

眾人果然進入大安山，一路向上走去，心中越來越不安。趙鳳又道：「咱們本來可以待在大殿外，等劉守光把人提出來，若不是前幾日收到那一封密函……」

劉昫接口道：「信中說，如果想找到馮兄，一定要逼劉守光親自帶路！」

龍敏懷疑道：「寫信的人，咱們都不認識，卻莫名地聽從他的建議，那封信究竟可不可靠？」

褚寒依低聲道：「這段時間以來，咱們找遍了幽燕，始終沒打聽到馮郎的下落，唯一沒找過的地方，就是咱們自己藏身的大安山！我想……那封信還是大有可能的！」

眾人從東往西行，一步步登上高山，來到盤山迴廊洞口附近，劉昫忍不住又道：「萬一穿過這盤山迴廊，劉守光就會發現大夥兒都藏在宮殿裡了……」一句話未說完，李小喜已命隊伍轉個大彎，進入另一條森林小徑，趙鳳等人都暗呼好險！

眾人一路左彎右繞，見這山林像黑暗迷宮，幾乎伸手不見五指，心中都有些忐忑。

趙鳳低聲道：「劉守光會不會心存歹念，把我們全坑殺在這裡？」

褚寒依搖搖頭，意思是「不知道」，又道：「事到如今，也只能且走且看！」

經過一番折騰，眾人終於來到目的地，見囚牢入口竟是在地下，且被樹藤密密遮蔽，心想：「這地方如此隱秘，若不是劉守光領路，只怕我們一輩子都找不到，馮參軍就要老死在牢裡了！」

牢獄守衛見聖駕親臨，連忙恭敬行禮。劉守光揮揮手，示意免禮後，便道：「小喜，你帶他們進去，把人提出來！」

李小喜拿出鎖匙，打開地道入口的石蓋，問道：「這囚牢在地底下，十分窄小，誰要進來？」

排在前方的文官見裡面黑漆漆，心中害怕，無人應答，緖寒依從後方快步向前，朗聲道：「我隨你去。」

龍敏、趙鳳和劉昫見狀，齊聲道：「我們也去！」

緖寒依連忙阻止道：「裡面窄小，不知有什麼危險，不宜太多人下去，我自個兒去就好，免得還要照看你們。」三人只得作罷。

李小喜看了一眼劉守光，等他示意，劉守光冷笑道：「小喜，你就帶他進去好好瞧瞧！」

「隨我來吧！」牢獄長領路在前，李小喜和緖寒依跟隨在後，進入地牢後，一路左彎右拐，打開一扇又一扇的鐵柵門，緖寒依見地牢重重防護，環境十分惡劣，心中憂急：「馮郎身骨清瘦，被關在這種地方，怎麼熬得住？他還活著嚒？」

李小喜站在最後一個彎道路口，指著前方道：「你要的人就在最裡面！」說罷逕自走到馮道所在的囚籠，卻發現籠內空空如也，竟沒有半個人影，登時嚇出一身冷汗，連忙回首喝問牢獄長：「人呢？馮參軍去哪裡了？」

牢獄長毫無遲疑地回答：「前幾天不是被您帶走了？」

李小喜急得大吼：「你胡說！我幾時帶走他了？你快給我說清楚！」

牢獄長尚未答話，劉仁恭已在一旁冷嘲熱諷：「我早說那傢伙根本套不出什麼秘密，你們終於死心，處決他了！本帥從此可以安心睡大覺！你們以後別再找這種三腳貓的傢伙進來煩我！」那日他睡醒後，不見馮道，也以為是李小喜趁夜將馮道提出去處斬了，所以他對馮道的失蹤並不覺得奇怪。

劉仁恭被折磨許久，形貌改變甚多，又披頭散髮的，緒寒依已認不出他是誰，聽了這番話，只注意到一句「處決他了」，急問李小喜：「你殺了馮道？」

李小喜氣吼道：「我沒有！」又對牢獄長道：「你快給我解釋清楚！」

牢獄長看出事情不對，連忙辯解道：「那一日，你惡狠狠地給馮道下了期限，說他不吐出實話，就凌遲處死，過了兩日，我們交接夜班之後，再進來牢籠，他人就不見了！我們知道這裡關的是重犯，都戰戰兢兢地防守，半步也不敢離開，就算是夜班，也沒有人打盹，他人消失前後，每一重鐵門都鎖得好好的，沒有半點破壞的痕跡。大安山地牢如此隱秘，外邊還有我們防守著，世上只有您跟我有鎖匙，那還不是您趁著我們交班時間，自己拿鎖匙提人去處決嚒？」

大安山的兩個囚犯對劉守光而言，是萬分重要且隱秘的存在，馮道消失了，李小喜事後也沒有來詢問，表示他是知情的，牢獄長做為下屬，自然不敢也不會過問多餘的事。

「他再一次憑空消失了！怎……怎麼可能？」李小喜心知自己並沒有處死馮道，只能顫抖著手打開鐵柵門，進入牢籠裡一探究竟，卻見牆壁上刻著一行淺淺小字：「小馮子升天做神仙去也！」

剎那間，李小喜就像被天雷劈中般，一陣頭暈腦熱，雙腿一軟，便跌坐在地：「他真的當神仙去了！還說是好兄弟，連招呼也不打一聲！枉費我在聖上面前為他說盡好話，他竟如此無情無義！下次再見到他，我一定要一刀捅死他！」又不禁唉嘆：「可他當了神仙，噗的一聲就不見了，我連見他的機會都沒有，又怎麼捅死他？」

褚寒依見李小喜傻呆呆地坐在地上，伸手不停撫摸著牆面，忍不住鑽進囚籠裡，喝問：「李小喜，你究竟有沒有殺他？」

李小喜完全無法思考，也聽不見旁人說了什麼，心裡只不斷旋轉著一句話：「完了！他做了神仙，逍遙快活去了！我卻死定了……」一再錯失機會，令他恨不能嚎啕大哭一場，偏偏劉守光等在外邊，他連哭的時間都沒有，只能盡快想辦法自救，免得挨酷刑。

「李小喜！」褚寒依手裡閃出一把鋒利的匕首，指住他，喝道：「你再不說實話，信不信我殺了你！」

李小喜這才驚醒過來，指著牆面上的小字慘然道：「馮道升仙去了！」

褚寒依見那行小字確實有點像馮道的筆跡和作風，但世上哪有人真能升天成仙？他留下這句話是什麼意思？忍不住跺足道：「這傢伙究竟去了哪裡？什麼升天做神仙，我才不信這鬼話！」

李小喜哼道：「你懂什麼？倘若世上沒有神仙，又哪來玉皇大帝、菩堤老祖？」

褚寒依再氣憤，也無可奈何，只好先退出地牢再做打算。

眾文臣、士子焦急不安地等在外頭，好不容易見李小喜出來，卻是臉色淒慘，也不見馮道人影，不由得交頭接耳，低聲議論：「怎麼不見馮參軍？」「人既不在了，陛下為何要大費周章地帶我們進來這荒山野嶺？」「難道他是想在這裡處決我們……」這麼一想，不由得人心惶惶。

劉守光也覺得奇怪，問道：「人呢？」

李小喜不能說出馮道升仙之事，一路往外走時，便已想好對策，道：「啟奏陛下，馮參軍被人劫走了！」

「什麼？馮道被人劫走了？」劉守光驚怒之下，不由得大發雷霆，一連串急吼：「那老頭呢？老頭還在不在？你怎麼辦事的？竟讓他跑了？朕非刮了你不可！」

李小喜嚇得撲地跪下，連連磕頭，道：「陛下息怒，老……老頭還在！」他心想不能透露另一個囚犯是老節帥，便也跟著稱呼「老頭」，接著揚臂指向後方的士子們，道：「小喜……小喜……有話要說，清晨時分，這幫士子派來高手，將馮道救走了！」

士子們本來還在疑惑，聞言像炸開鍋般，紛紛喝斥：「李小喜，你胡說什麼？」「我們連大安山地牢都不知道，怎麼可能救人？」「李小喜，你弄丟了人，卻想把罪名推到我們頭上！」

李小喜早已盤算好，如今戰事緊迫，文官們還要主持朝政，這些民間士子卻是無用，只有把罪名全推到他們身上，自己才可能脫身，便大聲道：「我沒有胡說！」又指了牢獄長道：「你說是不是？」

牢獄長見李小喜這麼快就找到替罪羊，心中佩服：「難怪小喜將軍能成為聖上眼前的紅人，我得學著點！」便趕緊跪下，附和道：「清晨時分，有人來劫獄，卑職雖拼死抵抗，無奈賊子凶狠，人數眾多，我們實在不敵，罪犯因此被劫走！卑職正打算進宮稟報，聖駕就來了……」又指著眾守衛道：「你們說是不是？」

「是！」眾守衛見事態嚴重，連忙跟著跪下，七嘴八舌地，一下子說自己如何奮勇殺敵，一下子說敵人交談中，不小心透露出是受了士子們指使。

李小喜得到守衛們的印證，有了底氣，更大聲道：「陛下，這幫士子其心可誅，他們先是聯名上書要求您放人，接著把人救走，再要求您親自領路放人，分明就是設下一個陷阱，讓您言而無信，名譽掃地！讀書人真是一肚子詭壞！無法無天！」

士子們群聲嘩然，紛紛反駁：「李小喜，你這個奸佞，莫再蠱惑陛下！」「倘若我們救走了人，又何必冒險來這裡？」「陛下，請明辨慎思，勿聽小人之言！」

褚寒依咬牙暗恨：「我剛才真該一刀殺了這奸賊，他才不會在這裡亂嚼舌根！」

趙鳳義憤填膺，忍不住大聲道：「恐怕陛下早就處置了馮參軍，卻把我們騙到這裡！」

眾士子一聽，心生恐懼：「難道陛下真想在這荒山野嶺處決我們？」更是群情激動：「君無戲言，陛下如此作為，有失身分！」「陛下非但出爾反爾，還冤枉臣子，如何為人君？」

李小喜連忙起身，站到劉守光面前，手按刀柄一副護衛主上的態勢，大聲道：「你們陷陛下於不義，還口出不敬，是想造反嚒？陛下，大殿外不宜殺了他們，可這裡是荒山野嶺，對這幫逼宮犯上的逆賊，實在不必手下留情！您不是很痛恨他們嚒？現在正是下手的好時機了！」

劉守光為了河東戰事，對這群文臣、士子已極為忍耐，想不到他們竟敢冤枉自己，簡直氣炸了，在李小喜的煽火之下，再不顧一切大聲道：「弓箭手準備！」數十名護衛立刻挽弓搭箭對準百官。

御史大夫史彥群眼看情況危急，趕緊跪下，道：「陛下息怒！我們真的是冤枉的！我們對您忠心耿耿，只是受了士子矇蔽，才莫名參與了這件事！」

排在前頭的文官見事已至此，得想辦法保住性命，也紛紛跪下，一邊啪啪地煽自己的耳光，痛哭流涕地懺悔：「我們只是顧念同僚情誼，才想救出馮參軍，但陛下若真要他死，臣怎敢有異議？」一邊指向後方無官位的士子們道：「臣等真是受人矇蔽，都是那幫小人挑唆，才害我們犯錯！求陛下開恩！」

右相齊涉更直接說道：「臣無意中聽見士子們要劫獄，曾嚴辭斥責，教他們不可禍亂朝綱、得罪陛下，想不到他們滿口答應，背地裡還是幹下這事，臣請陛下嚴懲逆黨，寬恕我等不明之罪，讓我們戴罪立功！」

排在後方的士子們未曾經歷官場洗禮，不知官心險惡，一開始還保持著同仇敵愾的赤忱之心，萬萬想不到原本是盟友的文官轉眼間就把事情全推到自己頭上，震驚之餘，實不知如何反駁，只更加激動地呼喝斥罵：「你們在胡說什麼？」

劉守光想到沒有文官維持朝政，恐怕無法抵抗河東軍，於此之際，也只能忍耐，心想：「我得想個法子令他們不會逃跑，等打勝仗之後，再好好整治他們！」便大喝道：「全都給我住口！」

眾人一驚，連忙噤聲，安靜下來，一時間，整座山林瞬間只剩下落葉聲和騰騰殺氣。

劉守光冷聲道：「朕一向仁德寬大，你們都說自己是忠心的，朕也可以相信，只要在你們臉頰上烙印效忠的字樣，就可以不追究！」

「啊！」文官們陷入極大的掙扎，無官的士子們卻覺得太過羞辱，已經鼓噪起來：「我們又不是罪犯奴隸，為什麼要烙印？」

褚寒依心想：「士可殺，不可辱，當初趙鳳寧可出家為僧，也不肯黥面，這幫士子一定也是同樣的想法，會拼死抵抗，是我帶他們來的，就要把他們平安帶回去！眼下這情況，只有押住劉守光做為人質，才可能逃脫……」便趁著大家吵鬧之際，悄悄移身到前方，足尖輕輕運勁，準備施展輕功飛撲出去。

忽然間，卻有兩名士子從左右兩側用力抓住她的雙臂，阻止她的行動！

褚寒依心中一驚：「這兩人不是士子，幾時混入其中？」她從對方出手速度之敏捷、指掌勁力之強，已感到兩人身負武功，因看穿自己想抓劉守光的意圖，便悄悄跟躡在後，動手突襲，而自己竟然從頭到尾都沒有察覺。

褚寒依心中一涼：「原來劉守光早就派人混入士子隊伍中！那封神祕信函難道就是他故意送來，引誘我們進入荒野，讓他不損半點名聲就能一舉鏟除異己？」心中頓時萬分自責：「我分明不認識那位寫信者，卻因為救人心切，便聽從信中指示，硬是要求劉守光帶大夥兒到地牢來接人……難道幽燕才子全要枉死在這裡？不！我絕不能束手待斃！我得設法救他們出去！」她雙臂運勁，正想大力掙扎，卻聽左邊那位穿赭紅色缺胯衫的士子低聲道：「姑娘莫衝動！我們自有辦法！」

褚寒依一愕：「他怎麼知道我是女子假扮？他們又有什麼辦法？難道我全想錯了，他們並非劉守光派來的？」

紅衫士子又低聲勸道：「在這裡擒抓劉守光，不易成功，非但姑娘性命不保，還會引來盧龍軍大肆追殺，這些文官、士子都沒有武功，就算一時能走脫，也逃不過後續追殺。」

他說話間，右邊那位穿青色缺胯衫的士子已悄悄拿出一根短笛放在唇邊，以長袖做遮掩，對著前方幾處高空輕輕一吹，笛身裡瞬間射出幾枚細小銀箭。

此時眾人正吵得不可開交，未留意他們的動作，直到天空起了變化，嗡嗡響聲越來越大，眾人才感到不對勁：「那是什麼聲音？」紛紛抬頭望去，只見一大片黑壓壓的烏雲迅速籠罩下來！

待黑影離得近了，盧龍兵才看清是一隻隻巨大的蜜蜂，不由得驚叫起來：「毒蜂！毒蜂！」紛紛提起長矛、腰刀，不斷拍打、砍殺。

原來青衫士子的銀箭是射向懸掛在附近樹梢的幾只蜂窩，那些蜂窩被銀箭一撞，立刻大力搖晃起來，裡面的蜂群受了驚擾，立刻傾巢而出，見人就螫！

劉守光見身邊的衛兵一團混亂，顧不上自己，嚇得跳下坐輦，抱頭縮在地上，急呼：「你們快圍護我，違令者斬！」盧龍兵只好以肉身包圍成圈，將劉守光護在裡面，與無數凶狠的毒蜂奮戰。

文官和士子們雖然站得稍遠，但見到這麼大片毒蜂，也實在驚駭，再顧不得向皇上求饒，紛紛起身，連連後退。

褚寒依急道：「毒蜂快過來了，這可不是好方法！」

紅衫士子卻是不疾不徐地指向樹林，道：「姑娘放心！請看！」

只見樹林裡從四面八方竄出一道道濃煙，剛好橫亙在盧龍兵和文官之間的空檔裡，那毒蜂害怕烟薰，不敢越界，便只盤繞在盧龍軍那一邊。

褚寒依見兩位士子行事如此奇妙，把各方進退計算得如此精準，實在驚奇，趁著盧龍軍一片混亂，呼喝道：「你們先走，我斷後！」

文官、士子們聽到這喊聲，立刻轉身奔逃，但才奔了十幾步路，就被密密森林困住，不知該往何處去？

紅衫士子對一名身穿黑色缺胯衫的士子道：「阿財，你帶他們先走，我和阿銀也留下來斷後！」

那名叫阿財的士子道：「好！阿金、阿銀，你們自個兒小心點！」

劉守光見士子們要逃，叫道：「你們快把這幫逆賊殺了，別讓他們逃了！」

盧龍軍正忙著對付群蜂，又見煙霧迷漫，以為樹林起火，一邊打毒蜂，一邊驚呼：「走水了！走水了！」一忙得不可開交，實在無暇追逐士子。

劉守光見盧龍軍手忙腳亂，顧不得殺人命令，氣惱道：「李小喜，快教元行欽率兵過來救駕，將他們全殺了，別讓他們逃了！」

李小喜喝道：「你們保護好聖上，若有私自離開，斬無赦！」便轉身匆匆離去。

褚寒依道：「士子們走不快，咱們必須盡量拖住盧龍軍，為他們爭取時間，兩位小兄弟，你們行嘜？」

阿金、阿銀齊聲道：「放心，我們有練過拳腳功夫，會盡力而為！」

阿財大喊道：「大夥兒隨我來，往朱雀方衝出去！」

這大安山樹林叢叢、小徑幽深，交錯複雜，眾士子一路隨劉守光前來，心中早已忐忑不安，害怕走不出去，一聽阿財這麼喊，彷彿得到指路明燈般，便加快腳步匆匆退往南方，走了一段路，阿財又呼喊：「轉青龍。」士子們趕緊聽從號令，轉向東方，隨著阿財幾聲呼喊，士子們在森林裡轉了幾轉，不一會兒，就消失無蹤。

劉守光和盧龍軍不學無術，雖然聽見了阿財的喊聲，也不明白「朱雀方、青龍方」是什麼意思，再加上樹林、煙霧遮蔽了視線，更不知道士子們逃往哪裡了。

有幾名英勇的盧龍兵擺脫毒蜂，穿過煙霧，衝殺過來，褚寒依立刻灑去一把銀針，那些盧龍軍瞬間倒落，卻有更多盧龍軍衝過來，揮刀砍向阿金、阿銀，兩人身子一矮，分別向左右兩方斜竄出去，只奔出幾步，幾名盧龍軍追上阿金，幾把大刀同時掃去，阿金雙掌一分，啪啪兩響，打向左邊士兵的刀身，那長刀微微轉了小半圈，竟砍向右邊士兵的肩膀，右邊士兵身子一晃，手中的長刀卻正好刺入後方士兵的心窩，阿金以巧妙的手法，一口氣解決了三名敵人。

阿銀也不遑多讓，右足飛踢向迎面衝來的敵人，這盧龍軍倒身飛了出去，恰好撞倒後方奔來的士兵，阿銀左臂順勢向左一揮，又打退左方來襲的士兵，也是一口氣解決三人。

褚寒依原本有些擔心兩人武功不濟，才會搞出毒蛇和迷煙這些花樣，但見他們雖稱不上一流高手，身法卻獨特奇妙，實在驚喜，笑讚道：「兩位郎君，使得什麼武功？很不賴啊！」

阿金一邊應付敵人，一邊笑道：「咱們只是耍耍拳腳，也不是什麼絕頂神功，所以沒什麼響亮名號，一共三十二路，就叫『三十二路長拳』！」說話間，又打倒幾名盧龍兵。

褚寒依見士子們走得遠了，劉守光帶來的護衛所剩不多，心中激起義憤，便道：「我去殺了劉守光，此人不除，幽燕不知又有多少人要受害！」豈料話才說完，樹林中就響起一片驚人的軍靴踏地聲，大隊盧龍軍瞬間衝了過來！

阿金驚呼道：「盧龍援軍怎來得如此之快？」

原來劉守光為防萬一，上山前已傳令元行欽，教他率軍等候在山腰處，李小喜才能這麼快地通知元行欽救駕。

阿金又道：「咱們都不是元行欽的對手，姑娘莫要冒險，還是先退吧！」

褚寒依聽對方聲勢浩大，有數百之眾，道：「士子們還未走遠，萬一元行欽帶大隊人馬搜山，就麻煩了！這個險還是得冒一冒！我自個兒去，你們先走！」她一邊對付衝過來的盧龍兵，一邊往前奔，空中忽然傳來一聲大喝：「讓開！」只見一道冷冽箭光，穿破迷霧，朝褚寒依直直射來！

「啊！」褚寒依正與幾名盧龍軍打鬥，待看到空中箭影，已來不及閃避，不由得驚呼出聲。

那飛箭又急又快、勁力十足，顯見射箭之人功力深厚，是存心要一舉擊斃這個帶頭作亂之人！

阿銀見褚寒依命危，一咬牙飛撲過去，為她擋下一箭，卻聽得嗤嗤之聲不絕，遠方之人連射幾箭，阿銀護住了褚寒依，卻護不了自己，「啊！」的一聲，胸肩連中兩箭，登時仰倒在地。

旁邊的盧龍軍逮著機會，紛紛揮刀砍向他，褚寒依驚呼一聲，連忙反手射去一把銀針，將周遭的盧龍軍射退，一手扶住阿銀叫道：「你如何了？」

阿金趕過來護在阿銀前方，一邊奮力揮刀對抗盧龍軍，一邊驚呼：「阿銀！阿銀！你怎樣了？你撐著點！」

那箭尖穿過阿銀的前胸直透出後背，鮮血從傷口汩汩流出，令他半身都染成血紅，他氣力漸失，眼前一片昏茫，雙腿發軟得站不起來，連答話都不會了。

褚寒依見他為了保護自己而受傷，心中難過，一邊對抗不斷湧上來的盧龍軍，一邊道：「阿銀沒法走路，你揹著他，我掩護你們撤退！」

阿金趕緊揹起阿銀，向左邊突竄出去，才奔出十幾步，迷霧之中，又傳來嗤嗤幾響，竟是數道利箭破風射至。阿金不得不停了下來，左手緊緊扶著背後的阿銀，右手長刀奮力劈砍，抵擋不斷射來的利箭。

褚寒依趕至阿金身前，手中銀針如雨揮灑，盧龍軍紛紛倒下，好不容易開出一條生路，她立刻帶著兩人往前衝：「走這邊！」話才說完，一輪詭異的銀虹突破迷霧，掃向她的纖腰！

褚寒依往前衝的腳步急剎而止，纖腰全力往內一凹，幸好她腰枝夠細軟，那鋒利的銀刃才只在腰帶上擦劃而過，沒將她腰斬成兩段！她才暗呼：「好險！」那詭異的彎刀卻已再次襲來，就像飛輪旋轉般，無聲無息地旋砍向她的頸間！

褚寒吃了一驚，連忙仰身閃過，那彎刀卻從一個另不可思議的角度，再次旋砍向她的雙腿，她只能飛身而起，足尖在彎刀面輕輕一點，才險險避開斷腿之禍，那彎刀立刻像附骨之蛆般，緊貼著她的身形翻轉而上，要卸下她一條臂膀！

褚寒依的銀針剋不住這厚重的彎刀，只能憑靈巧的輕功拼命閃躲，她硬是在空中橫翻了一個觔斗，才躲過奪臂殺機，眨眼之間，彎刀已發動十二次攻擊，每一次都是如鬼如魅、詭辣狠厲。

褚寒依每一次活命都是僥倖至極，只要稍有差池就是死於非命，但彎刀仍不斷地在她身周飛旋，封住她所有去路，不讓她逃脫，她心知自己支撐不了多久，而阿金又護著受傷的阿銀，與其他盧龍軍拼鬥，無法救援，她咬牙喝道：「我擋不住元行欽，你們快走！」才這麼一分心，彎刀已割傷她手臂，她連忙退了一步，那彎刀卻像鬼魅般，從煙霧中再度旋飛而出，斜斜削去，要將她整個人斜剖成兩半，三人不由得齊聲驚呼！

千鈞一髮間，一道利箭從山石後方激射而出，與彎刀相撞，「噹！」發出巨大一聲響，竟把彎刀撞得倒飛回去！

緊接著一群蒙面黑衣武士衝殺出來，激動吶喊：「殺啊！殺燕帝！殺燕狗！」手中利箭隨著喊聲咻咻射出！

本來劉守光見毒蜂漸散，元行欽的軍隊一到，已穩操勝算，他想留下來欣賞這幫逆賊被屠殺的悲慘情景，想不到忽然衝出一支神祕黑衣軍，箭如驟雨，身邊的盧龍軍紛紛倒下，他驚駭之餘，覺得不能再留在這危險之地，連忙大喊：「愛卿，你把他們全殺了，朕再升你三級！」說罷趕緊命人抬著坐輦回宮。

元行欽手持獨門武器「霜月吳鉤」，一身冷冽地從煙霧迷茫中走了出來，精銳的眼深深盯住對面的黑衣軍首，不敢有一絲鬆懈。

黑衣軍首身材魁梧，宛如一座大山頂天佇立，臉上蒙著黑巾，只露出一雙眼與元行欽對視，那眼神看似從容平和，不具殺氣，但能以一支遠方箭矢直接撞開厚重飛旋的彎刀，絕對是頂尖高手才能辦到。

元行欽已知自己並非對手，但他就是想拼搏一場，「唰唰唰！」手中霜月吳鉤快如閃電，眨眼間就從三個不同角度炫閃而出！

黑衣軍首面對這奇詭至極的殺光，眼神依舊平靜，只挽弓搭箭，「噹噹噹！」連射三箭，三次撞回飛殺而來的彎刀！

黑衣武士雖只十數人，但個個驍勇善戰，面對數百敵兵毫無畏懼，一陣狂奔急衝，利箭飛射，就衝亂了盧龍軍的陣勢。

元行欽瞧這情形，已然明白：「世上除了沙陀兵，還有誰的騎射能如此厲害？」幽燕長年與契丹作戰，騎射之術也是十分精湛，元行欽自信在盧龍軍裡已是數一數二的好手，但面對這位黑衣軍首，卻有一股技不如人的遺憾，他唯一能依恃的只是己方人多，他為激勵下屬鼓勇作戰，便高聲呼喊：「殺光他們，個個賞銀十兩！」

盧龍軍雖然戰力較弱，但人數眾多，為著賞銀，個個奮勇作戰，急攻起來，也是聲勢驚人，不過一會兒，就穩定了陣式。

元行欽正打算展開第二波決殺，卻聽見遠方傳來一陣呼喝：「不好了！聖上給河東軍擄走，往北方去了！元將軍，快救駕！」

元行欽心中一震，連忙大聲呼喝：「隨我救駕！」便掉頭走了。盧龍軍聽到號令，也趕緊撤退，不一會兒便走得乾乾淨淨。

那黑衣軍首對褚寒依道：「我們只有一小隊人，不想與盧龍軍鏖戰，因此放了假消息，元行欽很快就會發現上當，咱們還是快走吧！」

阿金急道：「阿銀受傷不輕，咱們還是先退入樹林包紮一下，再趕路。」指向前方樹林，又道：「我知道那附近有個地方可藏身！」

褚寒依奇道：「樹林裡不是起火了嚒？」

阿金解釋道：「我們沒有放火，只是事先在幾處點了迷煙，造成混亂。」又向黑衣軍首道：「將軍，元行欽一旦發現上當，定會派人大肆追殺，如今阿銀受了傷，實在跑不遠，大夥兒不如先躲進樹林裡。」

黑衣軍首見幾名部屬也受了傷，便道：「好吧！先躲一躲。」阿金領路返回前方的樹林，來到附近一棵大樹遮蔽的山洞裡，讓眾人躲了進去，又扶阿銀躺下來好好休息，再到樹洞口，熟練地以樹枝、樹葉做了掩護，然後蹲到阿銀身邊為他拔箭，從懷中拿出藥瓶，在傷口處倒了粉末，再為他包紮傷口，接著又為其他黑衣軍一一療傷。

黑衣軍首見阿金也為自己的士兵敷藥，心中生出信任，便伸手解開面罩，露出一張濃眉大眼的國字臉龐，眉宇間雖沾染了沙場風霜，但目光內斂沉毅，氣度謙沖樸厚，渾身上下竟沒有半點血戾殺氣。

褚寒依一聲驚呼：「啊！原來是横沖將軍！」連忙拱手道：「失敬失敬！」

李嗣源以為她是幽燕士子，微微一笑，道：「閣下認識我？」

褚寒依微笑道：「横沖將軍名滿天下，誰人不識？在下雖無緣目睹真顏，卻也聽人傳說、看過畫像。但不知將軍為何會來這裡？」

李嗣源道：「我先前聽說馮兄弟遭害，想救他出來，卻始終打聽不到下落，後來我收到消息，說幽燕士子要在今天逼迫劉守光放人，我便悄悄跟著過來了！想不到劉守光竟不守信用，對你們狠下殺手，嘿！真是有其父必有其子！」

李存勖原本命李嗣源帶一小隊奇兵搶救馮道，但馮道一直杳無音訊，河東軍又準備全面攻打幽燕，李存勖只好放棄，教李嗣源歸隊，畢竟這大太保是最強的戰力之一，可不能白白浪費。

李嗣源心中始終掛念馮道，仍派人四處查探，前兩日他忽然得到一封密函，說幽燕士子今日會到大安山救人，他實在不想錯過任何機會，便悄悄率隊跟蹤，此事並不在周德威的作戰計劃內，等於是違抗了軍令，他又不知消息是否正確，因此不敢調動大隊人馬，只召了十五名心腹精兵前來。

李嗣源又問：「你們救出馮兄弟了嚒？他此刻究竟在哪裡？」

自從發現牢中無人以來，一連串的危機接續發生，令褚寒依根本無暇思索，只能強壓下內心翻騰，緊急處理各方狀況。此刻李嗣源的問話卻好像一道尖銳的刺針，忽然刺破她內心的堤防，巨大的傷痛驟然衝了出來，令她整個人都震了一震。

她深吸一口氣，強忍內心痛苦的反噬，卻止不住顫抖的聲音：「沒有！他……消失了！牢裡根本沒有人！或許……他早就被劉守光殺害了！劉守光引士子們前來，只是為了鏟除反對勢力，幸好將軍來了，否則後果不堪設想……」她幾乎是用盡全身力氣，才能說出馮道已被殺害的事，說到後來，她感到自己所有的知覺都像被掏空了般，身子虛軟地蹲坐下來，甚至需要倚靠著石牆才有力氣支撐住，她不想在李嗣源面前哭泣，聲音卻忍不住抽吸起來，輕若遊絲。

李嗣源聞言，心中萬分悲慟，一時沉默無言，他不是個擅於安慰的人，也不擅於表達情感，好半晌，才從腰間拿出一袋酒囊，狠狠地灌了一大口，又遞給褚寒依，道：「喝嚒？」

褚寒依再不顧一切，拿過酒囊狠狠喝了一大口酒，明明烈酒入腹，全身都似熱火燒了起來，卻仍抵不住心裡的冰寒。

李嗣源悵然道：「馮兄弟是個奇人，人人都以為他文弱，可他是我見過最有骨氣之人，即使面對先王和我們十三太保的威勢，他都沒有半點退縮；人人笑他是粗鄙的鄉下小子，可他上知天文、下知地理，比起那些虛偽書生，更多了份為國為民的俠義心腸！」他將酒囊高舉，向天敬了一杯酒，以拳頭用力搥了搥胸口，哽咽道：「兄弟，這一次大哥沒來得及救你，心中有愧，但你一生一世都是我的好兄弟！來世若有緣再見，大哥一定補償你！」

他心情悲鬱，不想再待下去，又見阿金已幫眾士兵包紮好傷口，道：「我是秘密前來，不能久待，這就走了！如果你們有什麼需要，隨時可來找我，我力所能及，一定盡力相幫，後會有期！」便緩緩向外走去，輕嘆道：「若不是那封密信，我也不會違反軍令趕來這裡，想不到依然來不及……」橫沖軍也趕緊起身，跟隨在後。

褚寒依忽然回過神，忙問道：「將軍，請問你收到什麼密信？」

李嗣源已走出樹洞外，聞言停了腳步，回首道：「寫信的人我也不認識，他通知我今日來大安山救人，信末署名『金匱盟主』！」

「金匱盟主？」褚寒依一愕，心想正是「金匱盟主」告訴他們只有劉守光親自領路，才可能找到馮道，眾士子因此鋌而走險，逼迫皇帝來到大安山，顯然李嗣源也收到同樣的指引。

如今一切已然成空，幽燕士子被迫出逃，李嗣源的十五人隊也差點陷入元行欽大軍的包圍中，他感到這金匱盟主頗不尋常，道：「這件事，很可能是劉守光設下的陷阱，故意引我們前來大安山！」

阿金插口道：「不會的！劉守光沒這麼聰明！」

李嗣源又道：「就算與劉守光無關，日後遇到這金匱盟主，咱們也要十分提防！」說罷便大步離去。

褚寒依原先也懷疑是劉守光設的局，見阿金聽到「金匱盟主」時，眼中煥發著熱切的光芒，不禁起了疑心，但覺整件事背後，有另外一隻隱形的手在操控：「他們三人對大安山地形十分熟悉，不只事先佈下一連串機關，還冒充士子混入隊伍中……這金匱盟主必與他們有關！不如我帶他們回大安山宮殿休養，再慢慢探口風！」她不想打草驚蛇，臉上不動聲色，只關心問道：「阿銀情況如何了？」

阿金一邊為阿銀擦拭額上汗水，一邊答道：「我為他敷上獨門秘藥，已經止住傷血了，讓他好好睡一會兒，應該就能慢慢恢復。」

過了半日，阿銀甦醒過來，傷口也不再惡化，只是失血過多，全身仍虛軟無力。褚寒依道：「阿銀失血過多，須好好調理，不如你們隨我回大安山宮殿，那裡有許多草藥，可讓他休養生息，慢慢恢復！」

阿金、阿銀聽到有地方可以安歇，不疑有他，只歡歡喜喜地跟隨褚寒依回去。

褚寒依回到大安山宮殿後，除了打理難民事宜，閒暇之餘，就是與阿金、阿銀聊天：「你們為什麼要假扮士子來到這裡？」

兩人性情單純，見褚寒依一個姑娘家竟能收留這麼多難民，心中佩服無已，便一五一十地坦誠相告：「我們是為了援救士子！」

褚寒依想不到他們回答如此直接，又問：「你們早知士子會有危險？」

兩人用力點點頭，褚寒依見他們神情爛漫，不像精於謀略之人，便故意稱讚道：「你們三個年紀輕輕，計劃卻如此周詳，真有本事！」

阿金摸了摸頭，尷尬一笑，眼中隨即流露出崇拜的光芒，道：「有本事的不是我們，是主人！」

褚寒依愕然道：「原來你們還有主人？」

阿銀道：「姑娘這是說笑了！我們三人見識不多，傻理傻氣的，若沒有主人指使，怎能幹出這一番大事來？」

褚寒依問道：「毒蜂、迷煙都是主人派你們佈置的？」

阿金道：「主人說要把這麼多士子救走，不是易事，當然要做好萬全準備！他教我們先在樹林裡找八個通風處，點上八根三尺長的迷香，再讓我們混入士子隊伍裡等待時機，他說半個時辰左右，迷香會飄散出來，士子們就可以趁亂逃走，如果時間有些差池，我們就吹銀箭，引毒蜂阻攔盧龍軍，那毒蜂巢倒不是我們佈置的！」

褚寒依心想大家都遍尋不到馮道的下落，這個地牢所在也很穩密，他們的主人為何能事先籌謀一切？便問道：「你主人如何知道地牢門口有毒蜂巢？難道他來過這裡？」

阿金道：「主人喜歡雲遊各地，他有沒有來過這裡，我不知道。但主人什麼事都知道，他說大安山裡，毒蛇、毒蜂、毒蜘蛛，什麼東西都有，只要弄個誘餌，就能引來了！本來我們要引毒蛇來，但阿財不喜歡蛇，主人便說深山的樹梢上往往有許多毒蜂巢，倒是可以一用！所以前幾天，我們就悄悄上山勘察地形。」

褚寒依道：「那藏身的樹洞也是事先找好的？」

阿金點點頭，道：「主人說萬一有人受傷了，跑不遠，就先躲進樹洞裡。」

阿銀笑道：「主人還說以劉守光的腦袋，一定會派軍隊往外搜捕，想不到我們會回到這裡。」

褚寒依也不禁莞爾：「你主人什麼都想到了！指點大安山一切，宛如親身駕臨！」

阿金驕傲道：「那是自然！我家主人是全天下最聰明的人，什麼事都知道！」

褚寒依見他說這句話的神情很熟悉，彷彿自己小時候也曾崇拜過一個人，說過一樣的話，但究竟是對誰說的，卻想不起來，又問：「你家主人究竟是誰？」

兩人齊口大聲道：「金匱盟主！」

褚寒依已大約猜出來了，卻不明白這位金匱盟主意欲何為，道：「就是他把所有人都引到大安山？」

阿金用力點點頭，褚寒依又問：「既然他這麼本事，為什麼不直接救出馮道？」

阿金道：「主人說如果他出手解救馮道，只是救一人性命，有什麼用？他不出手則已，一出手就要救盡幽燕士子！」

阿銀接口道：「主人說這些文官和士子是造福百姓的棟樑，不能死！」

褚寒依不以為然道：「你主人好大的口氣啊！可他出的主意，教我們逼迫劉守光帶路，卻讓士子們幾乎死在大安山裡！」

阿銀微笑道：「如今大夥兒都活得好好的，一個也沒死，不是麼？」

褚寒依輕輕一嘆：「這倒也是！他救了所有人，唯獨沒救到馮郎君！」又問：「他為什麼要這麼做？」

阿金解釋道：「主人說文臣士子聯書上奏，已經得罪劉守光，留在幽燕，遲早會被分批處死！就算劉守光一時隱忍，沒有動手，將來河東攻入，他們也可能因戰事身亡。他們當中有些人身居高位，不願輕易離開，所以得讓他們與劉守光起一個大衝突，這樣他們才肯另謀出路，這就叫『置諸死地而後生』！」

褚寒依心中一凜：「好一個『置諸死地而後生』，這金匱盟主好狠絕的手段！好深的算計啊！他大費周章地逼迫幽燕才子全部出逃，倘若再伸出援手，提供庇護，這些文臣士子必會感激涕零，如此一來，就能收為己用！難道他是為某一位藩主招攬人才？」又問：「你家主人可有說幽燕士子應該逃往洛陽還是晉陽？」

阿金道：「那倒沒有！他說只要士子們逃離幽燕，命就先保下來了。」

褚寒依道：「那幽燕的百姓可慘了，沒人幫助他們，又如何熬過河東這一場大戰？」

阿金搖搖頭道：「主人說幽燕就是有太多忠心臣子，百姓才會如此苦難！」

褚寒依一愣，以為自己聽錯了，道：「你說什麼？是奸臣太多，百姓才會受苦吧？」

「我沒有說錯！主人就是這麼說的！」阿金認真道：「他說一個殘暴的朝代本不應該存在，可幽燕卻有一幫忠心臣子，像孫鶴、呂兗、馮道之流，一味護主，拖延了大燕王朝的國祚，才讓百姓受到更多戕害！只要這些忠臣死得死、逃得逃，無人主持朝政，幽燕就會內中虛弱，再遇到強悍的河東軍，定會兵敗如山倒，戰事就能盡快結束，百姓們也能盡快恢復生計！」

褚寒依也不是什麼死忠之臣，一向抱持著「反抗暴君，於亂世中擇明君而扶持」的思想，但她從未想過「忠臣太多，反是戕害」的道理，一下子無法接受，又聽他批評孫鶴和馮道，怒道：「你主子滿口胡說八道，說的什麼話？他什麼都不明白！他不知道孫公和馮郎為了幽燕百姓付出多大的心力，難怪他會設計幽燕士子，做出這麼離經叛道的事情！他希望河東勝利，看來他是李存勖的手下了！難怪會通知李嗣源過來救人！」

阿金也不生氣，只斬釘截鐵地道：「我們不是李存勖的手下！我也不知道李嗣源會過來救援。」

褚寒依冷哼道：「李嗣源是你主子自己聯絡的！你這般單純，他怎會事事都告訴你？萬一洩露了消息，豈不是壞了他的計劃？」

阿金脹紅了臉，認真道：「阿金見識不廣，有時主子說什麼，我確實聽不明白，他自然不會事事告訴我！但主人也教導我許多事，比如說他教我讀書識字，又教我說：『世人早知佞臣會危害國家百姓，心中便有所提防，這危害反而有限，但亂世之中，忠臣的危害卻是無人知覺的，這才可怕！他們囿於自身的理想，不願分辨明君或暴君，跟了一個主子就死忠到底，即使是暴君，也拼命運籌帷幄，幫他們抵禦外敵，表面上好像是守衛城邦、保護百姓，其實是拖延了戰事，害苦了老百姓！所以在亂世裡，太多忠君之臣，並不是一件好事！』」

褚寒依心想：「這位金匱盟主太可怕了……」忿忿然道：「他居然灌輸你這麼偏激的歪理？你莫要被他帶壞了！」

阿金搔了搔頭，奇道：「這是歪理嚒？」

褚寒依道：「世上無完人，就算是君上，也可能出錯，難道他們做錯了，臣子就要背叛他？那天下豈不是一天到晚改朝換代，亂紛紛了？百姓不得安寧，這才是為禍天下！」

阿金笑道：「姑娘誤會了！這個事情主人也有解釋，他說君上偶有一時迷糊，為臣子者應該好好勸諫，倘若主上不聽，還變本加厲地殘害百姓，像劉氏父子那樣，才不需要盡忠；不只是壞主子，就連年幼軟弱的主君，若無能管治天下，也不需盡忠，應該把王權交給有能力之人。做為臣子者，心中雖感念主君的提拔，卻不能投入太多私情，倘若一直抱著『士為知己者死』的心意，將自己全然奉獻給君王，或是死守著『君要臣死，臣不得不死』的觀念，便無法好好治理天下，會像孫鶴縱容劉氏父子般，造成生靈塗炭。」

褚寒依越聽越震撼，實在無法想像究竟是什麼樣的人，才會說出這一番話，忍不住激動道：「你主人不顧三綱五常，干犯天下之大不韙、違背天下之大倫，顛覆了千百年來世間奉行的大道！簡直就是……」一時想不出字詞可以形容，許久才道：「你主子簡直就是天下第一狂狷悖逆之人！」

阿金想不到她會怒罵主人，愕然許久，才吶吶地道：「我年紀小，不明白什麼是真正的『大道』，但主子很聰明，他說的話肯定有道理！他曾說當今世上若沒有人明白他，也不要緊，千百年後，總有人會理解的；如果千百年後，還是沒有一個人能夠理解他，那麼上天也一定會看分明的！」

「千百年後才能覓得知己？」褚寒依不禁愣住了，許久許久，不禁輕輕一嘆：「這樣的人多麼寂寞……」她不禁對金匱盟主生出許多遐想，更湧生一股非見此人不可的衝動！

阿金堅定地道：「主人不會寂寞的，他還有我們！只要主子吩咐的事，我就是拼死也會做到的！阿銀和阿財也是這麼想的。」

褚寒依哼道：「那你豈不也是對主人愚忠？你主人批評天下文臣迂腐不化，只會愚忠，自己卻養出一批愚忠奴，看來你主人也是心口不一！」

阿金被褚寒依這麼一說，有點懵了，想了片刻，才道：「主人是說為臣奴者，要明辨主上能否造福百姓，如果可以，就該盡忠，如果不可以，就不必盡忠。我主人是好人，我自然要盡忠，這就不違反他說的道理！」

褚寒依見這阿金一心護主，也是傻得可愛，道：「他口口聲說自己是為民福祉，連忠臣也要批評反對，難道他真是千古第一大聖賢？」

阿金道：「那倒不是！主人說他立志要做全天下最有錢、最富貴之人！」

褚寒依忍不住哈哈一笑：「原來他只是銅臭之人！」

阿金見褚寒依嘲笑主人，不知該怎麼反駁，臉上一紅，吶吶地道：「主人說只有天下安定，他才能賺大錢，所以自號『金匱盟主』！金匱有兩個意思，一是黃金櫃子，既然櫃子都是黃金做的，那麼裡面藏的東西可就更珍貴了！」

褚寒依問道：「那第二個意思呢？」

阿金沒有直接回答，反問道：「姑娘可知天下最有錢的地方在哪裡？」

褚寒依道：「大梁國庫？還是洛陽王府庫？」

阿金笑著搖搖頭道：「主人說那洛陽王再富有，也是為梁帝積攢錢財，所以洛陽王府庫和大梁國庫基本上算是同一個地方，再過不久，它們都要沒落了，可是有一個地方卻會長長久久地有錢，就算改了朝代、名號，也依然有錢！」

褚寒依好奇道：「世上竟有這種地方？」

阿金微笑道：「因為它收集了全天下有錢人的財富！」

褚寒依拍手笑道：「我明白了！是櫃坊！」

阿金笑道：「姑娘果然聰明！大梁最大的是『開平櫃坊』，它的分號遍佈整個北方，河東不肯承認大梁鑄造的『開平通寶』銅錢，仍沿用大唐的『開元通寶』銅錢，因此也發展出『開元櫃坊』，想與『開平櫃坊』互別苗頭，還有『江南櫃坊』也遍佈整個南方！全天下大大小小的櫃坊有十多家字號，瞧他們承認什麼銅錢，便知道他們支持哪個藩鎮，也有些櫃坊來者不拒，什麼銅錢都收！

櫃坊來往的都是富商權貴，僦櫃裡存的除了錢帛，還有珠寶、玉器、古玩字畫，哪一樣不是價值連城？主人說以後咱們壯大了，也開個金匱櫃坊，但『匱』字與『櫃』字重覆了，所以就直接稱做『金匱坊』！這『金匱』兩字其實就是『金櫃坊』的意思！」❶

「原來『金匱』是想賺大錢的意思，我還以為是……」褚寒依心中不禁浮起了雪中梅瓣的情書：「金匱之盟，歷之春秋，紀於永世，此生雖無見日，此情卻無絕期。」想道：「都是因為『金匱』兩個字，我才莫名相信了那封密函，堅持把士子們帶到大安山來，如今卻害得幽燕朝廷空虛、士子逃亡……誰知這一切竟是金匱盟主的詭計！他可真是位寂寞的瘋子啊！而我卻糊理糊塗地相信了他！」又想：「馮郎一向安貧樂道，視金錢如糞土，金匱盟主卻立志成為天下第一富賈；馮郎謙沖為懷，金匱盟主卻狂傲不羈；馮郎與人為善，金匱盟主卻孤芳自賞、特立獨行；馮郎一向以大唐臣民自居，這金匱盟主卻是天下第一悖逆者，兩人實在是南轅北轍，相差太遠……我怎會僅憑『金匱』兩字，就把他們聯想在一起？我真是太傻了！」心中深藏的期盼落空，不由得黯然神傷：「他二人都聰明絕頂，若是有緣相遇，不知誰更厲害些？但馮郎已逝，又怎麼可能相遇呢？」

阿金見褚寒依陷入沉思，問道：「姑娘，妳以為金匱是什麼意思？」

褚寒依搖搖頭，慘然一笑，道：「沒什麼！我不過是想起故人而已！」忍不住又問：「你家主人究竟多大歲數，長得什麼模樣？」

阿銀搖頭道：「我們沒見過他。」

褚寒依奇道：「他親自教你們功夫，你們居然沒見過他？」

阿金道：「因為主人總是戴著面具。」

褚寒依不禁想起讓她魂縈夢牽的銀面公子，還有在太平酒肆遇見的徐公子也有一張銀面具，暗想：「又是個戴面具的神祕傢伙！」

阿銀驕傲道：「主人的面具可漂亮了！」

褚寒依道：「此話怎說？」

阿金道：「主人的面具乃是純金打造，特別精致，若不是我們實在手笨，就畫給姑娘瞧瞧，妳就會知道那面具有多漂亮了！」

褚寒依嘆道：「尋常人連飯都吃不飽，你家主人卻如此豪奢，竟用金子打造精美面具？」

阿銀道：「主人說：『佛要金裝，人要衣裝』，他若不豪奢，怎對得起『金匱盟主』的稱號？」

褚寒依不以為然，哼道：「你家主人不只狂傲，還很浮誇！」又問：「對了，你怎麼知道我是女子？」

阿金道：「雖然姑娘把臉塗黑，聲音也故意壓低，但主人教過我們，要辨別男女，只要看喉間，便可知道。」指著自己的喉間，解釋道：「像我凸起一個核，就是男子，姑娘沒有核，就是女子。」

褚寒依笑道：「你倒是觀察得很仔細！」阿金摸了摸頭，尷尬一笑，有些手足無措。

褚寒依又問：「我和你們素不相識，阿銀為什麼要為我擋箭？」

阿銀毫無猶疑地道：「主人說我們是男子，身強力壯，要保護弱小，老人、小孩、女子都該保護，當時我與妳站得最近，又知道妳是女子，見妳危險，當然要挺身保護了。」

阿金道：「倘若當時是我站在妳身邊，也會為妳擋箭的！」

褚寒依笑道：「這麼說來，金匱盟主雖然乖張叛逆，倒也不全然是個壞人……」

阿金大聲道：「主人不只是好人，還是大大的好人！」微微一抽鼻子，哽咽道：「我是武州人，八歲時候，父母就死於戰禍，有一日流落寺院門前，被好心的主持收留，在寺院裡打雜，原本也能安生，一個月前卻有大批燕兵前來劫掠，把大夥兒全殺了……我因為重傷昏迷，倒臥在一個死去的師兄身下，才逃過一劫，後來主人經過，把我救起，又為我細細醫治，我才活了下來……」說到後來，忍不住嗚嗚哭道：「可是主持和師兄弟們……全死了……他們都是好人……從不跟人結仇怨……為什麼死得這麼慘……」

阿銀還躺在病床上，見他哭泣，便伸手握了他的手，安慰道：「我們能遇上主人，都是幸運的！」

阿金一邊哭泣一邊用力點頭，阿銀又對褚寒依道：「我是幽州人，從小父母雙亡，四處流浪，乞討為生，險些被惡兵砍頭，若不是遇上主人，我早就死於非命……」說到後來也是紅了眼眶，語音哽咽。

阿金伸袖拭了淚水，道：「我倆原本不相識，都是苦命的小百姓，什麼也不懂，主人不只救了我們，還教我們拳腳功夫，講解許多學問，我們這才慢慢開竅，有了依靠。」

褚寒依心中不勝唏噓：「這亂世，有多少這樣流離失所的孤兒，又有多少死於非命的可憐人……我這小小的三笑齋，如何救盡天下人？」又想：「這亂世裡，有許多神祕組織專門收集孤兒，加以訓練，再利用他們去做危險的事，有的專責暗殺，有的打探情報，也有的成為藩主的死士，但這阿金性情純真，事無隱瞞，阿銀為了救我，不惜捨命，這金匱盟主究竟貪圖什麼？」見兩人的行事作風與以往認知的神祕組織實在不同，又問：「金匱盟究竟是什麼樣的組織？」

阿金說起自己歸屬的組織，可來了興致，立刻破泣為笑，興奮道：「姑娘可聽過『南有煙雨樓，北有金匱盟』這句話？」

在桑乾河畔時，褚寒依聽馮道說她曾是煙雨樓殺手，事後她讓劇可久去打聽，得知煙雨樓是南方一個極厲害的神祕組織，裡面的女刺客個個是狠角色，總是潛伏到各藩鎮興風作浪，就像羅嬌兒潛伏在劉氏父子身邊一樣！但她實在沒聽過「金匱盟」，便搖搖頭道：「我沒聽說過，它真與煙雨樓齊名？」

阿金有些失望：「原來我們喊了許久，還沒打響名號！看來得加把勁才是！」

褚寒依一愣：「敢情他們是自己喊的？」好奇道：「你們很多人呼喊這個口號嚒？」

阿金挺起胸膛大聲道：「我們已經有五個人了！除了主人之外，還有『金、銀、財、寶』四個隨從！」

褚寒依啞然失笑：「原來只是五人的小幫會，難怪我沒聽說過。」

阿金不服氣道：「因為我們剛成立不久，才只有五個人，以後就會慢慢多起來！到那時，所有藩主都會來拜請我的主人！」

褚寒依但覺不可思議：「這也是你家主人說的？」阿金用力點點頭。

褚寒依打量阿金兩眼，心中好笑：「這兩人心思單純，哪裡比得上羅嬌兒的手段？簡直差了十萬八千里……那阿財和阿寶大約也是這樣，金匱盟主帶著幾個小傻子就想比肩煙雨樓，在亂世裡爭一方之地，還想讓藩主拜請，看來他不只是寂寞的瘋子，還是最狂傲的傻子！」

阿金見褚寒依臉上流露一股不以為然，又驕傲道：「我們四個人的名字很有福氣，都是主人取的。」

褚寒依道：「你家主人可真貪財，不只自己稱做金匱盟主，連僕人的名字也要取做『金銀財寶』！」

阿金道：「主人說：『書中自有黃金屋，書中自有顏如玉』，君子愛財，取之有道，君子散財，也是用之有道。」

褚寒依問道：「我雖不是藩主，可以拜見你家主人嚒？」

阿金興奮道：「當然可以！妳是第一個對我家主人感興趣的貴賓，一定要好好恭請才是。」說罷從懷裡拿出一張請帖恭恭敬敬遞上，道：「這是我家主人的富貴帖，請姑娘笑納。」

「富貴帖？」褚寒依一愣，沒有接帖，只問道：「是什麼東西？」

阿金道：「我家主人將於鳳歷元年正月十六酉時，在開封鄢陵乾明寺召開一場『臘梅賞雪富貴宴』，要廣邀天下富商巨賈參加。」

褚寒依沉吟道：「正月十六……那便是上元節的第二天了！」忽又覺得不對，問道：「這鳳歷元年又是什麼東西？」

阿金道：「自然是年號了！」

「不對啊！」褚寒依一一細數：「如今自立年號者，北方有大梁乾化、大燕應天、大蜀永平，除此之外，河東、南吳這些還擁護大唐的藩鎮，則沿用天祐年號，另有一些歸順大梁的藩鎮，也用乾化做年號，哪有藩鎮用鳳歷年號了？」這大蜀乃是西川王建於大唐滅亡後，自立為帝，所建立的王朝。

阿金道：「主人說地點在開封，鳳歷自然是大梁的年號，卻沒有說為何不用乾化年號。」

褚寒依還是不解，又問：「鳳歷是大梁幾年？」

阿金道：「主人說應該就在明年初。」

褚寒依不可思議道：「你主人竟然知道明年大梁會改年號？連改什麼年號都知曉？難道他是朱全忠肚裡的蛔蟲？」

阿金護主心切，急道：「姑娘怎麼罵人呢？主人明明是世外高人，怎麼會是一隻小蟲子？還在朱全忠肚裡？這可不是褻瀆主人了？」

褚寒依但覺好笑，道：「我現在就想見金匱盟主，不想等到明年！見到他之後，我就可以仔細瞧瞧他究竟是一隻小蟲子，還是世外高人了？」

阿金搖搖頭道：「主人交代完大安山救援之事就離開了，沒人知曉他去哪裡，就算知道了，只要他不想見妳，妳也沒法見著！」

褚寒依原以為馬上就能見到金匱盟主，想不到這人喜歡故作神祕、高擺姿態，忍不住嘀咕道：「你主人為什麼要設一個這麼久的宴會？訂一個莫名其妙的時間，還取了『臘梅賞雪富貴宴』這麼俗氣的名字？」

阿金面對褚寒依連聲抱怨，只能搔了搔頭，誠懇道：「姑娘的問題太難了！阿金不是不想回答妳，實在是答不出來，或許妳到了宴會，就能向主人問個明白。」

褚寒依嘆道：「既然邀的是富商巨賈，我便無法參加了。」

阿金見她神情失落，連忙安慰道：「說不定到時候，妳就成為巨賈了！就算沒有資格入席，來做個旁觀客，湊湊熱鬧，也是不錯的。」

褚寒依心想：「這約期如此遙遠，一年之後，我也不知人在何方？若是接下帖子，卻沒有赴約，對小兄弟可就失信了……」

阿金見褚寒依若有所思，卻始終沒有接下帖子，又求懇道：「主人讓我們派送富貴帖，一路行來，我們雖遇見幾位富商巨賈，他們對這帖子卻是嗤之以鼻，不願參加。後來我們來到幽燕，這地方實在太窮了，我們找了許久，都沒有找到半個富商，求求姑娘讓我開個市，送出第一張請帖吧！」說罷將富貴帖硬是塞入褚寒依手中。

褚寒依望著手中的請帖，愕然道：「你們的富貴帖這麼隨便發送？」

阿金笑道：「姑娘別看現在好似發不出去，再過不久，必會一帖難求，到那時，姑娘如果缺盤纏，也可以轉賣給有錢人，大賺一筆，也就成為有錢人了！只不過那時你雖有錢，想再買回富貴帖來參加宴會，卻是不能了！」

褚寒依見他說得真摯，又想他倆實在救了自己，也不忍心拒絕，便道：「好吧！我便收下你們第一張富貴帖！到時候，我就去蹭一頓白飯！」

阿金、阿銀齊聲歡呼道：「太好了！咱們終於開市了，送出第一張帖子了！」

阿金又笑咪咪道：「姑娘肯定不會後悔的！」

卻說金匱盟的阿財帶著眾文臣、士子逃出大安山，先躲入開善寺裡，眾人心知他們今日逼迫劉守光，回去只有死路一條，更不願臉上被烙印，羞辱過一輩子，又想馮道已被殺害，如此情況再堅持下去，也沒有意義了，幾番討論之後，決定趁著戰爭爆發，劉守光無暇他顧，各自逃難去了。

劉昫先前得到褚寒依的允許，娶千荷為妻，便帶著新婚妻子逃到大梁，原本想謀求官位，卻遇見被梁廷罷官的呂夢奇與張麟，得知大梁如今陷入與河東的苦戰，就算擠入朝廷，仕途也是艱難，三人感慨天下之勢，實是惺惺相惜，索性結伴隱居大寧山中，結舍共住，吟詩讀書，自得其樂。

趙鳳則是前往太原尋找機會，意外遇見劉守光的幼弟劉守奇。那劉守奇因為怕被瘋狂的二哥殺害，便逃到太原，躲在河東軍裡當將領。

趙鳳對幽燕始終有一份感情，便投在劉守奇門下，後來周德威攻打幽燕的涿州時，劉守奇成功說服刺史劉知溫投降，立下大功，李存勖想召見劉守奇嘉勉，劉守奇卻聽說周德威十分痛恨幽燕將領，又嫉妒他的軍功，因此向李存勖進讒言。劉守奇心中害怕，便帶著趙鳳、劉去非等部屬投奔大梁。

劉守奇到了大梁後，被任命博州刺史，趙鳳也被劉守奇立為判官，後來劉守奇去逝，趙鳳便繼續留在大梁擔任天平軍節度判官。

幾人之中，龍敏仍沒有好運氣，他先是渡河向南，逃往滄州，接著也去到大梁，想尋找機會，他離開時，阿財雖然特別給了他一些盤纏，但他無門、無勢、無功名，始終無法進入大梁官場，便一路落魄，清儉度日。

至於劇可久，因為年紀尚輕，原本就不是幽燕有名的才子，也不會引起劉守光的注意，便悄悄溜回大安山宮殿，繼續協助褚寒依照顧三笑齋的難民。

而元行欽中了李嗣源的調虎離山計，等他發現上當再回返時，所有人已逃亡一空，他只好回去向劉守光請罪。

劉守光雖然氣憤，但河東大軍即將到來，在李小喜的勸說下，劉守光只能暫時壓下怒氣，命令李小喜繼續追捕士子，卻親自嘉勉元行欽、高行珪、單廷珪三人，命元行欽和單廷珪負起守衛幽州城的重責大任，又命高行珪擔任武州刺史，據武州與幽州形成犄角之勢，牽制河東軍。他自認這犄角戰術十分高明，便放心地縱情享樂，全然不知河東軍一路挺進，幽州軍情已經越來越緊急。

（註❶：唐代商業興盛，但銅錢太重，商人不易隨身攜帶，便發展出櫃坊機構，專營錢帛、珠寶玉器、古玩字畫的存放與借貸。櫃坊幫忙富商保管財物，會收取租金，當商人要取用錢財時，以憑帖、書帖、文券、券契作為信物提取。也就是說櫃坊是銀行的前身，而憑帖、書帖相當於支票，文券、券契記載著來往記錄，就相當於存摺。櫃坊也放高利貸給貧窮百姓，到宋、元時，逐步發展成與詐欺奸徒勾結，訛詐百姓的錢財，因而被朝廷禁止。）

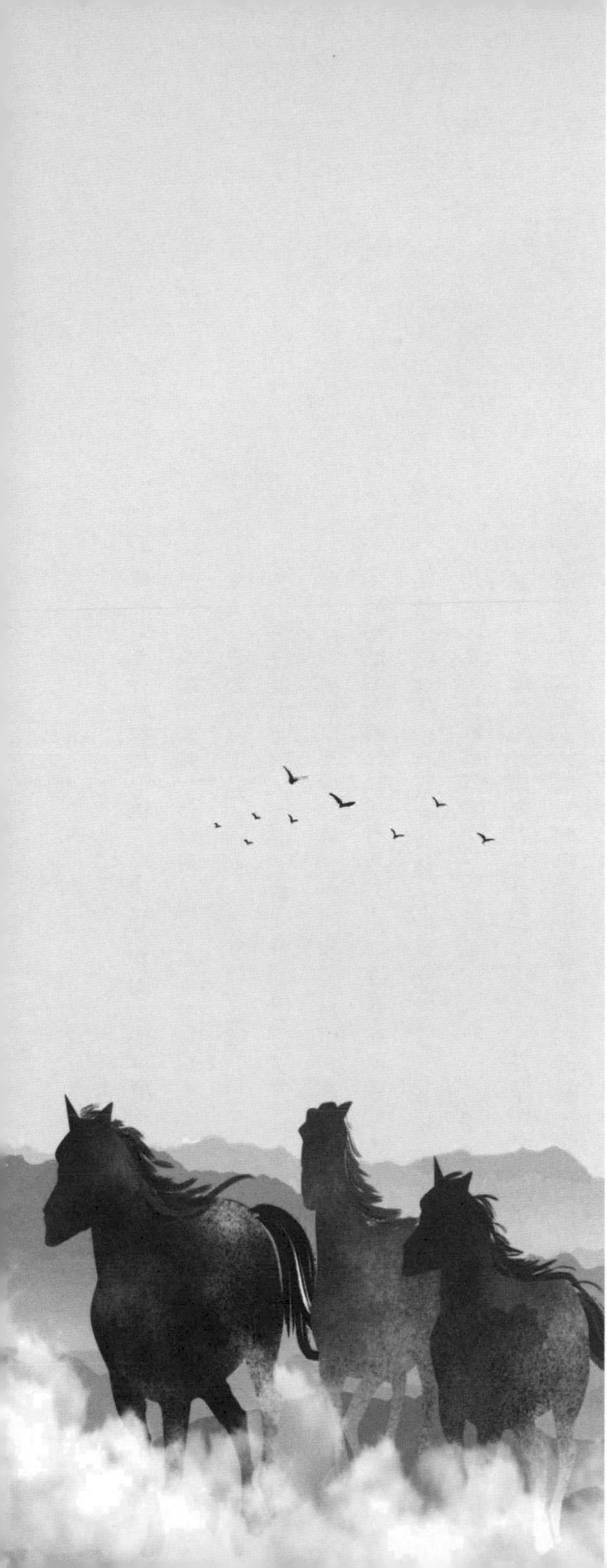

九一二・三

沙塵接幽州・烽火連朔方

守光將元行欽牧馬山後，聞守光且見圍，即率所牧馬赴援，而麾下兵叛于道，推行欽為幽州留後，行欽曰：「吾所憚者行珪也。」乃遣人之懷戎，得行珪子縶之。兵過武州，招行珪曰：「守光可取而代也。當從我行，不然，且殺公子。」行珪謝曰：「與君俱劉公將，而忍叛之？吾當為劉氏也，尚何顧吾子耶！」行欽即以兵圍行珪。月餘，行珪城中食盡，召其州人告曰：「吾非不為父老守也，今劉公救兵不至，奈何？可殺吾以降晉。」父老皆泣，願以死守。是時，行周適從行珪在武州，即夜縋行周馳入晉見莊宗，莊宗因遣明宗救武州。比至，行欽已解去，行珪乃降晉。《新五代史・高行周傳》

其後晉攻幽州，守光使行欽募兵雲、朔間。是時明宗掠地山北，與行欽相拒廣邊軍，凡八戰，明宗七射中行欽，行欽拔矢而戰，亦射明宗中股。行欽屢敗，乃降。明宗撫其背而飲以酒曰：「壯士也！」因養以為子。後因從征討，恩禮特隆。常臨敵擒生，必有所獲，名聞軍中。《新五代史・元行欽傳》

寒雪融盡，春寒料峭，轉眼已近年節時分。幽燕百姓在戰爭的驚恐、暴君剝削中度過漫漫長夜，根本無心慶祝佳節，只有大燕宮殿裡還洋溢著歡樂氣氛。

這一日，劉守光在酒池肉林的宴席裡，見到一位美女表演擊鼓舞，忽然想起應該關心一下戰況，便召李小喜前來詢問：「李存勖是不是已經嚇破膽，退軍了？咱們要不要趁勝追擊，直取晉陽？」

李小喜想不到劉守光如此樂觀，只能硬著頭皮道：「臣以為……萬萬不可躁進……」

劉守光聽到又有人要阻止自己大展鴻圖，一下子觸動了逆鱗，斥吼道：「李小喜，你是吃了熊心豹子膽嚒？連你也敢來阻止朕！」

「臣不敢，只不過……」李小喜伏跪在地，支支吾吾道：「李存勖沒……沒有退兵，反而多路並進，已經……攻破澶、涿、順州……」

劉守光幾乎是驚跳而起，激動怒吼道：「朕不是有三十萬大軍嚒？那些邊境守將是吃狗屎嚒？究竟在做什麼？」

李小喜頭更低了，聲音也更顫抖：「邊城各州一聽到河東軍打來，就……直接投降了！根本沒有抵抗，咱們才會敗得如此之快……」

「你說什麼？」劉守光簡直不敢相信自己的耳朵，怒吼道：「這些忘恩負義的狗東西，竟敢投降，朕要殺了他們，殺了他們還不夠，朕要將他們碎屍萬段！」

李小喜心中好笑：「人都跑光了，還將誰碎屍萬段呢？」見劉守光不肯面對事實，真的無藥可救了，自己再待下去，所有的榮華富貴只會隨大燕敗亡而消失，心想：「我那麼多財寶，搬運起來，可要費不少力氣，我得拖延一點時間，把退路準備好……」便道：「陛下先別生氣，您還記得滄州一戰吧！一開始，咱們不也是好像敗了，可您是真命天子，有天神保祐，元將軍一個人衝入戰陣裡抓住劉守文，就逆轉了形勢，所以這一戰雖艱難，最終咱們還是會勝利的！」

劉守光被李小喜這麼一提醒，像吃了定心丸般，道：「不錯！朕是真命天子，河東軍只不過是一群沙陀蠻子，你好好想個辦法解決他們！」

李小喜想來想去，也翻不出新花樣，又道：「陛下還記得咱們與滄州對仗時，曾想借契丹兵，卻被劉守文搶了先……」

他話未說完，劉守光已心領神會，拍手笑道：「這個法子好！雲朔一帶、燕山北邊有很多流匪擁兵自重，就讓元行欽先去那裡招募兵馬，之後再轉往契丹，教耶律阿保機趕緊派幾隊精兵過來，告訴他，咱們若是完了，他也沒好日子過！等契丹援軍一到，朕就把李存勖殺個落花流水，再順道解決那幫叛軍！」

「是！」李小喜領旨之後，便趕緊退出去，將劉守光的命令傳給元行欽。

元行欽領旨之後，立刻率七千精騎出發，抵達雲朔邊境時，憑著自身的勇猛狠勁，一下子折服不少流匪頭子，招降一大幫匪兵，正打算轉往契丹求援時，卻忽然收到惡耗，說幽州城已被包圍，情況危殆。

元行欽想要回頭救援，麾下軍兵卻不願行動。眾將領異口同聲道：「劉守光殘暴不仁，常常讓人去坐火鐵籠，還凌遲處死河北第一謀士，我們就是不願投效他，才流落雲朔當流匪，今日我們是佩服元將軍的勇猛，才願意歸順，倘若將軍肯自立門戶，擔任幽州留後，我們拼死也跟隨你，若要讓我們回去救劉守光，那還不如各自散去，繼續當流匪，還痛快些！」

元行欽雖然沉狠悍勇，頗具野心，卻不是莽夫，暗想：「他們這是要逼我背叛主上……」

他思索之後，決定給自己一個機會，看是否真能成為一方之霸，卻又不想冒太大風險，便道：「承蒙各位弟兄看得起，願推元某為幽州留後，但我最忌憚之人乃是高行珪，他如今鎮守在武州，如果我們去搶奪幽州城，高行珪絕對會率軍從背後捅刀，到那時，我們就會陷入腹背受敵的困境，所以只有先制伏高行珪，才可能成事，大家真願意隨我行動嗎？此役之後，元某必不會虧待大家！」

眾人見元行欽有勇有謀，都高聲歡呼，表示願跟意隨他建功立業。元行欽便與幾個心腹仔細擬定計劃，先悄悄抓住高行珪的兒子，以此威脅高行珪一起舉兵，共推元行欽為幽州留後。

高行珪乃是唐末名將高思繼的侄子，高氏是軍伍之家，世代戍衛河北邊境，駐守在武州「懷戎」的「白雲城」，有著自己長年豢養的懷戎軍，在河北一帶，軍望甚高。

高氏家傳的「白馬銀槍」更是武學一絕，與「烏影寒鴉槍」分別為一白一黑，被世人並稱為「黑白無常影，奪命追魂槍」。

懷戎軍原本效力幽州節度使李匡威，李克用攻佔幽燕後，高順勵與兩個兒子高思繼、高思祥便成為李克用的中軍都指揮使，負責掌管燕兵，其中高思繼武學天份極高，還創立了「四季拳」，成為一派宗師。

李克用內心十分忌憚高家在幽燕的軍武力量既廣且深，有一回，高氏父子糾舉了河東軍違反法紀，雙方起了衝突，李克用一怒之下，藉機殺了高氏父子！

白馬銀槍隨著三人去世瞬間沒落，而烏影寒鴉槍卻出了李克用這個武學天才，軍功又極盛，世人便只記得烏影寒鴉槍是天下第一槍法。

當時高氏子弟兵氣憤難平，年紀最長的高行珪於是帶著堂弟也就是高思繼的親兒子高行周和所有懷戎軍一起投效了劉仁恭。

劉仁恭得這一大助力，終於抵擋住李克用，坐穩幽州，因此高家在幽燕素有威望，就連劉仁恭也要禮讓三分。劉守光再蠻橫愚蠢，也不會無故去挑釁高家，即使文武百官許多人都坐了火鐵籠，唯獨高家仍穩如泰山。

在高行珪眼中，元行欽就是不值一哂的小裨將，因為參與劉守光囚父弒兄的齷齪事，才能晉升軍級，成為劉守光的心腹，與自己平起平坐。他心中既不服且不屑，可他萬萬沒想到最受劉守光信任的元行欽，竟然會逼自己臣服於下，共謀造反。即使親兒子被抓，他也忍不下這口氣，決定對抗到底！

偏偏元行欽確實有一些本事，從雲朔一帶也收集了一幫好手，他圍攻武州白雲城一個多月後，城中米糧耗盡，高行珪屢屢派人向劉守光送去急函，說元行欽叛變，請求援軍，劉守光都置之不理，懷戎軍因此漸漸陷入困境，命在旦夕。

「嘎——」

白雲城巍然聳立於「廣邊軍」的草坡高原上，城上白雲悠悠，歲月靜好，藍天深處一頭金雕展翅飛翔，盤旋不去，以一雙精銳的厲眼俯瞰人間，十足耐心地等待地面戰事爆發，好獵取士兵屍體做為食物，偶爾才發出一聲興奮淒厲的長嘯。

城下兩軍對峙，瀰漫著騰騰殺氣，卻異乎尋常地安靜，人人只緊握兵刃，瞪大雙眼，緊張地盯著場中對決，不敢發出一點聲響。

一方是元行欽率領七千精壯燕騎，連同召來的雲朔流匪，聲勢浩大地列於城下，意圖強勢壓境；另一方則是高行珪率領數百武州軍兵，手持刀刃、滿身鮮血地聚立城門外，意圖阻擋，不讓敵人越雷池一步。

高行珪對元行欽心中不屑，長槍遙遙指著他，喝道：「老子縱橫沙場時，你這小子還在穿開襠褲！今日不過是憑了人多，才佔了點上風，你不安安份份守城，居然敢抓我兒子，還想自立為幽州留後，你這無恥小人，本帥絕不服你！」

元行欽出身貧寒，心中更有一股傲氣，最痛恨旁人瞧不起自己，咬牙道：「你不服氣，是以為我沒有本事。你敢不敢與我單挑，教眾兄弟睜大眼睛作證，看誰更有本事當幽州留後？」

「好！」高行珪見元行欽口氣狂妄，居然想單挑自己，如何嚥得下這口氣？雙目厲芒電射，喝道：「今日就讓我用白馬銀槍來教訓你這小子，教你知道厲害！」說罷高舉長槍，上身前傾，雙腿一夾，策馬衝出。

元行欽穩穩坐在馬背上，冷銳的精光緊盯著對面急速衝來的身影，緩緩舉起手中的霜月吳鉤，與自身渾融成一體，激發出森寒之氣。

兩人距離越拉越近、越拉越近，高行珪眼看元行欽已進入擊殺範圍，心想如今敵眾我寡，必須一舉殺了這小子，才能震懾住敵軍，他胸口蘊化一股真氣，直貫入銀色長槍，同時身如大鷹縱飛而出，澎湃的槍氣向元行欽狂衝而去！

元行欽揚起吳鉤想去抵擋，剎那間，那一道道銀色槍影幻化成千萬白馬奔騰，槍尖嘯聲大作，有如萬馬齊嘶，天地被這氣勢激得塵沙飛揚，正是白馬銀槍中的一記必殺招「萬馬奔騰」！

旁觀者無不感到駭然，不由得退了幾步，驚呼：「這就是傳說中的白馬銀槍……果然不遜於烏影寒鴉槍！」「元行欽仗著人多，還有機會，偏偏他想單挑，分明是找死！」

一般人若是看見千軍萬馬朝自己衝來，定會嚇得退後閃避，可元行欽的勇毅超於常人，他沒有絲毫膽怯，反而身子一個沖天飛起，同時揚起手中彎刀，豁盡全身力量旋斬出去！

高行珪原以為元行欽會躲開，已經想好接下來如何連環搶攻，想不到這個小子太過好強，竟然不閃不避，他經驗老到，內力又深厚，以硬碰硬，絕對佔了上風，既然元行欽主動送上門來，實在不必客氣，他心中竊喜，連忙將全身力道都貫入槍中，只待雙方兵器相撞，就能以厚實的內勁將這個囂張的小子震得五體俱碎！

就在高行珪滿心想一槍斃敵時，元行欽卻忽然放消了內力，身子陡然一墜，滾地去砍高行珪座騎的馬腿！

高行珪萬萬想不到生死關頭，元行欽竟不砍人，卻去砍馬腿，他全身力量正往前衝，那馬兒前膝一跪，他整個人便不由自主地向前拋飛出去，在兩軍面前，他實在不能跌成滾地葫蘆，連忙以長槍點向地面，試圖止住衝勢，縱身再起，豈料元行欽的彎刀已從後方趕到，對準他的雙腿狠狠掃去！

高行珪未料對方的刀來得如此之快，顧不得丟臉，雙腿一縮，槍尖一撐，整個人像葫蘆球般在空中飛滾了兩圈，才落到地面，還來不及完全站起，元行欽的霜月吳鉤又已迫近，朝他的頭臉狠狠劃去！

高行珪連忙舉槍抵擋，正想以內力逼退對方，那彎利的吳鉤忽然消失，瞬間幾個旋轉，勾劃出無數銀光，宛如潑灑出一片片蒼冷霜雪，高行珪眼前忽然一片迷芒，看不清對方，卻有一道銀鉤從蒼雪之中倏閃出來，狠狠鉤向他的後頸！

高行珪耳聽刀風之聲，及時低頭向前撲地閃去，同時長槍急向後一甩，欲抵擋頸後的殺刀，才險險閃過一劫，誰知這又是元行欽的虛招，下一剎那，元行欽整個人已忽然出現在高行珪面前，精深黑瞳射出凌厲殺光，刀光卻唰唰唰地從他身後轉出，從左向右，一個迴圈大掃向高行珪的腰間！

高行珪忽然就要被腰斬成兩半，不由得大吃一驚，長槍疾向左右一橫，擋去霜月吳鉤的橫掃，他還未喘口氣，元行欽已發出一輪快攻，「噹噹噹！」刀影交錯間，宛如流光迴雪，每一刀都是夾在冷霜迷濛之中，奇兵突出、詭異難辨。

高行珪武功原本高於元行欽，但一開始的失策使他落入險境，便極難翻轉情勢，只能緊握槍桿，時橫時豎、東格西擋。兩人這般貼身而鬥，他長槍無法發揮，被逼得左支右絀，雖暫時未被刺中要害，卻連一招也還不出，他心知再這樣下去，只要稍有閃失，就是身死斃命！

但他畢竟是經驗老到的悍將，很快看出彼此優劣形勢，他的長槍適合馳馬對決，元行欽的吳鉤卻適合近身肉搏，所以一開始元行欽故意使了詭計，誘他墜馬，再發動一連串近身快攻，讓他的長槍施展不開。最可怕的是這霜月吳鉤在攻擊時，刀光似霜雪迷濛，讓人目不能視；刀風靜謐若無，令人耳不能辨，因此完全無法預判它會從何處攻來，令對手有如瞎子應戰。

高行珪心想只有回到馬背上，拉開距離，才能扳回劣勢，但他的馬兒已廢，不能再戰，為今之計，只有搶馬！

「噹！」他借著槍桿擋架吳鉤的力量，足下一蹬，整個人撲射向元行欽放在一旁的馬兒，雙腿一分，穩穩跨坐在馬背上！

正當他準備重新發起攻擊時，元行欽卻已消失蹤影，不知去向，下一剎那，他不由得全身毛骨悚然，竟是一輪銀虹已從後方無聲無息地鈎向他頸間，奪取他的命！

元行欽如附骨之蛆般，隨著他悄悄飛身站到馬背上，緊貼在他身後，當高行珪感到一陣冰寒之氣割向咽喉時，一切已來不及！

眼看高行珪就要人頭落地，兩軍都睜大雙眼，屏住呼吸，驚看這一幕——

逼命瞬間，一道黑影憑空劃過，快到旁人都看不清楚，那強大的氣勢，彷彿要鎮壓住大地上所有的殺戮，讓它們沒有一絲放肆的可能！

「碰！」一聲，元行欽不只手中的兵器掉了，身子也被一股巨力衝擊，整個人飛跌出去！

同時間，高行珪也感到一股排山倒海的威勢撲身而來，將自己壓制得無法動彈，他整個人都呆愣住，甚至不知道腦袋還在不在身子上，只知道空中傳來一聲雄壯大喊：「橫沖都李嗣源奉晉王檄文，前來討伐僭越稱帝的逆賊劉守光，及旗下一眾匪寇，並收復失地！」震得他腦袋懵然，耳畔嗡嗡響。

李嗣源有如一道黑色旋風般，穿入兩軍陣列，直抵場中心，輕易擊退元行欽，救下高行珪，他昂首坐在馬背上，口中長嘯，英姿煥然，猶入無人之境。橫沖精騎緊跟隨在他身後，人人都是威風凜凜、壯碩剽悍。

盧龍兩軍無論是元行欽或高行珪哪一方，見到李嗣源的英雄氣概及橫沖都的威勢，心中都感到驚駭佩服。

「大哥！」李嗣源的軍陣中鑽出一名少年英豪，一邊歡聲呼喊，一邊策馬飛奔向堂兄高行珪。

高行珪在鬼門關前走了一遭，幾乎失了魂，直到聽見這一聲熱切呼喚，才驚醒過來，下意識摸了摸自己的咽喉，指尖濕潤潤的，傳來鮮血腥氣，他忽然感到害怕，顫抖地伸指輕輕摸著咽喉上傷口，雖然有些疼痛，但似乎傷得不深，只是皮肉滲了血，他慶幸之餘，緊繃的神經終於鬆懈下來，只覺得身子似被掏空了般，幾乎垮在馬背上。

兩兄弟幾乎生死分離，眼看雙方都安好無恙，歡喜得大力相擁。

高行周見高行珪仍臉色蒼白，關心道：「大哥，你如何了？」

高行珪搖搖頭，慘然一笑：「我不要緊！只受了點皮肉傷。」

高行周笑道：「多虧將軍及時出手相救！」

「幹得好！」高行珪拍拍他的肩，道：「若不是你及時搬來救兵，今日懷戎軍要毀在我手裡了！」

高行周憤然道：「不是大哥的錯，是劉守光背叛了我們！從今以後，我懷戎軍與劉氏恩斷義絕，再也不聽命於他！」

當時高行珪見白雲城危急，劉守光卻不肯發兵來救，認定他偏袒元行欽，一怒之下，便與堂弟高行周商量，希望放下與李克用的血海深仇，轉投李存勖，好保住高氏一族和懷戎軍。

高行周二話不說便即答應，趁著夜色深沉，不易為敵軍發現，親自從城頭縋繩而下，直奔河東軍營，懇請李存勖不計前嫌地出手救援，兩兄弟願奉上武州，甘為驅策。

李存勖忽然得到幽燕兩名大將自起內鬨，高氏兄弟願意投誠的消息，簡直樂壞了，當下便允諾將雲朔一帶賜給高行珪，封他為朔州刺史，並命令親衛小校相里金前去通知正在攻打北山的李嗣源，讓他率領大軍先馳援武州。

李嗣源接到命令後，立刻整軍，千里疾行，總算及時救下高行珪。

元行欽跌坐在地，痛得幾乎站不起身，見李嗣源策馬來到前方，一雙深黑色的眼瞳狠狠瞪著他，彷彿在說：「你偷襲，我不服！」

李嗣源全身深斂得看不出一點殺氣，只靜靜注視著元行欽，烏影寒鴉槍也安靜地豎立在馬鞍側的鳥翅環上，彷彿他剛才並沒有出手。

元行欽漸漸認出那一雙看似平和實則銳厲的眼，心中驚詫：「原來大安山上，三次以飛箭擊退我霜月吳鉤的神祕黑衣人，竟然就是名震天下的橫沖將軍，十三太保之首！」腦海裡立刻浮起有關李嗣源的種種傳說：「潞州之戰，是他最先攻入梁營放火燒寨；柏鄉之戰，以河東軍之悍勇，也沒有一個人敢面對兵甲壯盛的梁軍，依舊是他，單槍匹馬衝入梁營，殺得敵人心驚膽顫，瓦解了梁軍士氣……」

李嗣源問道：「還戰麼？」

元行欽心知不敵，卻不肯服輸，一邊努力調息，準備隨時跳起身，給對方出其不意的致命一擊，一邊大聲道：「戰！」

李嗣源沉吟道：「我有馬，你沒馬，這不公平……」

元行欽冷哼道：「你為何不下馬來？難道是怕了我的刀？」

李嗣源感到這小子有點意思，微笑道：「說得有理。」便跳下馬。

元行欽一個翻滾，撿回掉在半丈外的霜月吳鉤，接著猛然跳起，刀鋒一旋，「唰唰唰——」展開一連串狂攻，他想趁李嗣源還未完全準備好，搶得先機，手中吳鉤旋斬、勾勒、絞刺、飛轉，幻化成一圈又一圈的刀光輪影，無數交疊，密不透隙，不斷擴張！才一忽兒，李嗣源就已經被籠罩在一片銀霜雪霧裡，只要他稍有不慎，就會被四周的圈刃掃到，削切成數截。

先前懷戎軍見元行欽勝過高行珪，都覺得他是施了詭計，但見到這一幕，不由得感到驚佩，也為李嗣源感到擔心，因為長槍在這貼身刀圈之中，極難施展，任他槍法再精妙，也擋不住這源源不絕的奇詭攻勢。

但李嗣源的反應遠比任何人所想的都快，他一感受到元行欽的殺氣騰動，便已抽出掛在鳥翅環上的長槍，槍尖彷彿化為無數黑鴉，穿梭在刀光縫隙之間，東啄西擊，不斷撞開旋飛在身周的飛輪刀圈，元行欽攻擊速度不如李嗣源的抵擋，不多時這些刀圈幻影便消散了大半，李嗣源槍尖忽然收束如一道黑光，對準元行欽猛力射去！

元行欽還拼命加快速度，想不到對方槍尖在一瞬間，就直指自己心口，原本的刀法已揮砍不下去，只能刀尖一轉，反捲回來自救。豈料李嗣源槍尖一閃而逝，元行欽這一用力迴砍，竟要砍破自己的胸口，他不禁嚇出一身冷汗，連忙往後一仰，避去自己的刀鋒，這一來卻正中李嗣源的心意，他長槍順勢前衝，重重打向元行欽的腰腹，元行欽急回刀相擋，「噹！」兩人內力一撞，銀霜雪霧彷彿在剎那間凝結，不再飛揚，黑騰騰的肅殺之氣，自兩人之間急速擴散而出……

「碰！」一聲，元行欽再一次被李嗣源的勁力震飛出去！

元行欽跌坐在地上，即使全身骨架幾乎要散了，刀刃已經捲了，虎口都破了，手中仍緊緊握住吳鉤，那倔強的眼神彷彿在說：「我方才先與高行珪打了一架，已耗盡力氣，你卻比拼內力，不公平！總之我不服！不服！不服！一萬個不服！」

李嗣源看著他，就像看見李存勖小時候，總愛藉故挑釁十三太保，大家因為他的身分，再加上疼愛他年紀幼小，都刻意輸給他，偶有失手贏了他，小亞子就露出這種不服氣的倔強表情，如果被他發現太保哥哥們故意輸給他，他也不服！總之是贏也不服、輸也不服！一萬個不服！

只不過李存勖出生高貴，憑著強大的背景，配上那股永不服輸的拗脾氣，硬是在萬般艱險中開創出一片新天地；而元行欽出身貧寒，想要活下來，就只能依靠自己，所以除了那相似的倔脾氣之外，他身上還多了一股不擇手段、不論卑劣的狠勁！那是出身高貴的李存勖所沒有的！

李嗣源也想起了自己，曾經只是一個隨波逐流的小蠻兵，連漢字都不識幾個，也沒有李存勖那樣的出身，卻何其幸運，有著一樣的待遇！他總覺得如果沒有義父，自己就算有武學天份，也不過像眼前少年一樣，在亂世苦海中掙扎，或許還未闖出什麼名堂，就在戰場上被人一刀砍死，做了無名鬼！是義父給自己一個不凡的人生，所以即使看出元行欽桀驁不馴，他也想給對方一個重生的機會，他不願這個倔強求生的年輕人就此埋屍沙場！

元行欽以為李嗣源會狠下殺手，卻見他以一種奇異的眼光看著自己，緩緩說道：「我等你養好傷，三日後再戰！」

元行欽咬牙道：「到時候，也是一對一單挑！」

李嗣源微微一笑，道：「那是自然。」

元行欽又道：「我要自己的馬！」

李嗣源點點頭道：「不錯！騎自己的馬，才能發揮最好的實力。」見高行珪神色有些尷尬，便道：「重誨，給高史君一匹好馬，扶他回去好好休息。」李存勖封賞高行珪的命令還未下來，李嗣源直接以刺史名位稱呼高行珪，是為了讓他安心且願意歸還馬兒給元行欽。

高行珪聽李嗣源讓自己歸還戰利品，對元行欽有些不忿，又想討回剛才的敗戰之辱，咬牙道：「這點小傷不要緊，待會兒若還需要殺敵，末將仍可以效力！」

李嗣源微笑道：「今日不殺了！你先好好養傷，想殺敵，日後有的是機會！」

副將安重誨立刻去牽一匹上等好馬給高行珪，笑道：「高史君，我河東有無數寶馬可以匹配你的身分。不必為了一頭劣畜與那小子計較！」

高行珪見那馬兒果然勝過元行欽的馬，歡喜地跳坐到新馬背上，又在元行欽的馬兒後臀踢了一腳，令牠歸去。

「回營！」李嗣源大喝一聲，橫沖都聽得號令，紛紛調轉馬頭，策馬前行，李嗣源原本在隊伍的最前方，這一掉頭，便成了隊伍的最後方。

元行欽要回自己的馬，只不過想拖延時間，好恢復力氣，並且觀察形勢，看著李嗣源的背影，暗思：「他說要三日後再戰，此刻一定不會防備我，戰場之上，成王敗寇……」心念閃動間，跳上馬背，拿起掛在鞍旁的弓箭，快速地挽弓搭箭，「咻咻咻！」勁厲的破風聲劃過廣袤草原，竟是一連串急箭射向李嗣源的後心！

橫沖軍聽到聲音，紛紛回頭望去，驚見李嗣源饒了元行欽一命，他竟反下殺手，忍不住驚呼出聲，莫說橫沖都和懷戎軍感到震驚，就連元行欽麾下的士兵也感到驚詫，但箭速如此之快，誰都來不及救援！

李嗣源從小訓練騎射，不必親眼目睹，一聽弓弦響聲，便能預知飛箭的方向和速度，元行欽出手雖快，但他反應更快，右手取了長弓反到背後，一個大力旋轉，似屏風般掃開後方來箭，一陣「鏗鏘！」響聲，就將數道厲箭反撥回去！

元行欽見其中兩道利箭對準自己而來，心中有些驚駭：「傳說李存勖是河東第一射手，想不到李嗣源也如此厲害……」連忙跳身而起，於空中翻一個斛斗，以避開李嗣源的回箭。

李存勖天資聰穎，又得到李克用的親傳精髓，年紀輕輕，武功便已臻上乘，因此聲名大噪；李嗣源雖然少了這些先天優勢，卻憑著自身毅力一步一腳印地勤學苦練，紮紮實實地打下深厚基礎，他年紀大李存勖十多歲，自然也多了十數年的內力和實戰經驗，於槍法、騎射等本領猶勝一籌，只不過他為人低調謙和，雖然打仗時永遠衝做先鋒，卻從來不張揚，更多的時候，他總是將外在的名聲讓給李存勖，就像小時候，李存勖找他比試，他永遠要悄悄輸一把給小亞子一樣！

元行欽心知再打下去，已是自不量力，但就此停手，卻是死路一條，他實在別無選擇，才落回馬背上，就縱馬飛奔，從李嗣源後方奔到左方的瞬間，已從三個不同角度射出利箭，每個角度都是連珠疾射，既然他決定忘恩負義，就不能有半點留情，絕不讓對方有任何反撲的機會！

李嗣源忽然面臨三方殺機，一邊策馬調頭，一邊右手揚弓，將右、後方的利箭都反撥回去，唯獨左側的利箭是右手長弓不易抵擋的位置！

此時橫沖軍已回馬過來，見空中箭箭相連，形成一道銀色閃電，急速撲向李嗣源左側，分明是要置他於死地，氣憤之餘，安重誨大罵一聲：「找死！」與李嗣源的長子李從審、繼子李從珂、女婿石敬瑭、侄子李從璋等幾個動作較快的好手，瞬間已搭弓挽箭，一大把的箭尖都對準元行欽，要把他射成馬蜂窩！

李嗣源心知部屬會為自己出頭，眾人這麼一射，元行欽必死無疑，他心中惜才，急喝一聲：「別射！」同時身子向右一甩，鑽入馬腹下，雙腿倒勾馬背，取弓箭搭放在馬鞍上，對準來箭激射出一箭！他連串動作輕盈俐落，只在一個呼吸之間，但這一箭卻飽含內勁，「噹！」兩箭頭相撞，接著唰唰唰連數響，將元行欽的一串長箭盡撞成碎片！

元行欽心中雖震驚，但無暇退縮，只能對準馬腹下的李嗣源再發三箭！

李嗣源藏在馬腹下，無法以韁繩操控馬兒，便略施掌力按向馬側腹，這匹馬是一等一的寶馬，極有靈性，跟隨李嗣源久經戰陣，深知主人心意，一感受到指示，立刻向右前方奔去，以躲開利箭。

同時李嗣源從馬尾下微微探出半個腦袋，激射出一箭，這一箭比前一箭更猛烈，足有開天闢地之威！「噹！」兩箭頭相撞，發出一聲巨響，接著「嗤——」一聲長響，再度將來箭全數破開，卻還餘勁未衰，朝著元行欽直射而去！

元行欽怎麼也想不到李嗣源藏身馬下，不好使力，居然能在馬兒疾奔之間，計算精準，再次以一箭破三箭，那勁箭還朝自己衝射過來，他原本已把弓箭對準安重誨，不得已，足尖狠狠一踢馬腹，那馬兒吃痛，人立而起，「噗！」一聲，厲箭插入馬兒胸口，為他擋去一劫，那馬兒吃痛滾倒在地，元行欽足尖還勾在蹬裡，被拖行數丈，扯得一身是傷。

這一連串變化只在頃刻間，橫沖軍兵見狀，都放下弓箭，驚奇地大聲歡呼，更加佩服李嗣源的本事。高行珪、高行周兄弟原本是出於無奈才投降河東，見到這一幕，心中甚是震撼，更夾雜萬般滋味，不禁互望一眼，卻相對無言，只暗暗一嘆：「我們此刻若不投降河東，將來真的遇上，也會一敗塗地！」

元行欽從倒臥的馬兒身下以最快的速度奮力爬了出來，還未全然站起，已將霜月吳鉤護在身前。他瞥見麾下士兵並沒人揚弓對準敵方，敵人的箭卻都對準了自己，整片戰場上，似乎只剩下他孤伶伶一個人在對抗千軍萬馬，雖覺得有些淒涼，但他並沒有氣餒，反而暗暗告訴自己不要緊，只要能勝了李嗣源，他們就會再回來跟從自己！他一咬牙，忍著全身疼痛，硬是將背脊挺得更直，將唯一可依恃的兵刃握得更緊，全身張揚著勃勃殺氣，不讓任何敵人越雷池一步。

李嗣源策馬奔到他前方兩丈處，居高臨下地望著這個倔強的小子，見他盔甲已破，滿頭傷血，還一副隨時要豁命的模樣，不由得微微一笑，問道：「還戰嚒？」

「戰！」元行欽一咬牙，大聲道：「只要我還活著，就會戰到最後一刻！」

李嗣源大聲道：「好！咱們再戰一場！」語氣中頗有讚許之意，又吩咐：「重誨，給他一匹好馬！」

眾人都是一愕，就連元行欽也感到意外，卻仍倔強地大聲道：「今日是你自願贈馬，不是我求你，待會兒你若是喪命，可怨不得我！」

「好！」李嗣源將聲音遠遠傳了出去，道：「這一場對決，你們不准插手！元小將若是取我性命，是我本事不濟，與他無尤！這是軍令！」

「將軍！」橫沖將領不由得驚呼出聲，他們早已打定主意，元行欽要真敢傷了李嗣源，就群起圍攻殺了他，未料李嗣源竟以軍令替元行欽解了圍！

安重誨再不願意，也只好挑了一匹馬過來，李嗣源打量馬兒兩眼，道：「不夠好，你再選一匹！」

安重誨狠狠瞪了元行欽一眼，那眼神彷彿在說：「將軍饒你很多次了，別不知好歹！」這才轉身去挑了一匹上好的馬，牽了過來。

李嗣源笑讚道：「這匹不錯！」轉對元行欽，道：「這匹馬比你原來的好，你要好好珍惜，莫再隨意丟棄它了！」輕輕踢了馬臀一腳，道：「去吧！去找你的新主人！」那馬兒便向元行欽奔去。

元行欽知道自己相差太遠，只有抓住任何可能的機會，拼盡全力一戰，才有生機。眼看馬兒奔了過來，他立刻施展輕功騰飛而起，卻不是跨坐上馬，而是足尖一點馬頂心，借力再拔高兩丈，指掌間夾著四箭，嗖嗖嗖嗖箭光疾如流星，由空中往下，對準李嗣源頂心、面門、胸、腹等不同方位激射而去！

李嗣源雖然知道他不會輕易服輸，卻未料他會來這一招，確實有些驚詫，趕緊身子一仰，貼於馬背，雙臂高舉，嗖嗖一聲，回射空中厲箭。

元行欽心知內力比不上李嗣源，幽燕的箭支又不如河東堅硬，他所射的箭每每被李嗣源破開，他已借了馬，總不能再借箭，因此想出由上往下的奇招，利用箭支下墜的力量，加重箭勁，化解李嗣源的破箭之招！

這一計果然奏效，李嗣源往上射出的箭，因為引力向下的關係，力道大大減弱，擋了第一箭，卻無法破開，只將它撞偏了，眼看第二、三、四箭瞬間即至，元行欽卻是緊抓這一瞬間，人還在空中，又是五支急箭，分別往下射去！

李嗣源再厲害，也無法在一瞬間連拉八道弓，擋去八支不同方位的利箭！橫沖軍兵只看得額冒冷汗、拳頭緊握，卻礙著軍令，不能出手。

李嗣源心想如果落馬滾開，自己可以閃避，愛駒卻會中箭，他捨不得這位陪伴自己經歷無數險難的戰友身亡；就算要驅馬閃避，元行欽也會抓緊時機，再下幾輪猛射，屆時雙方衝突勢必加劇，眼看八道利箭急如雨瀑流星般唰唰射下，他實在沒有時間思考，必須盡快想出法子化解這個場面。

第一支箭已經落下，狠狠刺入李嗣源左小腿！

元行欽剛落回馬背上，遠遠瞧見這情景，幾乎要歡呼出聲，卻見李嗣源倏然抽出烏影寒鴉槍，一陣黑色光影幻化，「噹噹噹噹！」七聲巨響，夾雜「叮叮叮叮！」七道細微擦撞聲，乃是七道不同勁力透至槍鋒、側刃、槍葉、槍脊、槍纂、槍筒、槍桿等七個部位，回擊七支不同方位的箭矢，下一剎那，七道利箭已反射回去！

元行欽心中大駭，正想拉起馬兒抵擋，卻已經來不及，「嗤！」六支利箭一齊刺入他的雙臂、大腿、小腿，速度之快、勁力之強，他整個人被這六道勁力一推，飛身向後，再一次「碰！」墜馬跌坐地上！

卻還有更糟之事，第七道利箭已對準他的心口洶洶而來，他想閃躲，偏偏雙腿受傷，無法移動，他想抵擋，雙臂也受傷，無力舉刀，只能眼睜睜看著利箭穿心，不由得大駭：「難道我真的要死了……」只感到心口一陣劇痛，已被第七道利箭撞得仰躺地面，他想睜大眼，眼前盡是一片漆黑，想到自己還未成功立業，他實在不甘心就這樣死去！

橫沖軍見李嗣源終於下狠手，殺了這個囂張的小子，都高聲歡呼起來。

元行欽以為自己必死無疑，遠方卻傳來李嗣源的聲音：「小子，還戰麼？」

「戰！」元行欽心中激起一股傲氣，掙扎著想爬起來，卻實在四肢無力，他第一次陷入了恐懼：「就算我僥倖未死，但四肢中了六箭，以後再拿不起刀箭，已然廢了……要這麼苟延殘喘，還不如一刀殺了我，還更痛快些……」

李嗣源拔出小腿中的箭矢，搭上長弓，將那支箭直接射入元行欽腳邊的泥土裡，笑道：「小子，你能射中我，很不簡單，這支箭就讓你拿回去做紀念吧！今日不戰了，你回去好好休息，七日之後，要想再戰，隨時送帖子過來，我等你！」說罷對橫沖都大喝一聲：「回營！」

如果說高氏兄弟方才還有些悲嘆技不如人，覺得是形勢所迫，才不得不投降河東，此刻看到李嗣源對元行欽這一幕，心中所有雜念都消散了，只湧起滿滿的欽佩與感動。

元行欽躺在地上，耳中聽著敵人的歡呼聲和逐漸遠去的馬蹄聲，心中有些茫然：「他說七日之後再戰是什麼意思？難道我還可以……」他感到自己的手腳漸漸能動了，就連傷口也不像被鐵尖刺過般疼痛，連忙坐起查看，這才發現那七支飛箭都沒有箭尖，只是七支硬實的箭桿！

原來李嗣源以烏影寒鴉槍將七道利箭擊回的剎那，就震去了箭尖，但他強大的內力仍然使木箭穿透了元行欽身上的藤甲，入肉三分，卻沒有傷及筋骨！

元行欽歡喜得幾乎想跳起來，但全身傷痕累累，就連站起都有困難，只能向下屬要來一支長槍，拄槍而行，大喊道：「收兵回營！」

眾兵見他雖輸得慘烈，但對他悍不畏死的精神也十分佩服，便集合了隊伍，跟隨他回去。

一路上，元行欽不斷回想方才的惡戰，越想越是震撼：「我從前躲在幽燕，未見識過天下豪傑，就以為自己的刀法、箭術已臻絕頂，可以稱霸一方，今日見了這橫沖將軍，才知道差得遠了！他既如此厲害，為什麼不直接殺了我，以絕後患？」漸漸地，已然明白：「他是想收服我！」

李嗣源不僅饒他一命，還留他一身武功，勸降之意甚是誠懇，他不禁又想：「一個橫沖將軍已是如此了得，傳說河東最多英雄豪傑，我為什麼不去看一看？以我的本事，就該追隨天下第一的英雄，至少要像李嗣源那樣，而不是劉守光，或是南方那些人……」

他雖有野心，卻也有自知之明，尤其在見過李嗣源後，深深明白自己實在不是稱王稱帝的料。近年聲名鵲起，與他年紀相彷，卻已經被譽為戰神的李存勖，他實在想見上一見，他更想知道在河東那樣豪雄匯集之地，自己能闖出什麼名堂？七日之後，他下定決心，依約來到橫沖軍營前，想賭上自己的運氣和前程！

橫沖都主帥營帳裡，李嗣源正與幾名將領討論軍情，李從珂興沖沖地奔進來稟報：「元行欽求見！」

李嗣源問道：「是來送戰帖麼？」

李從珂道：「不是！他說要投降。」

安重誨呸道：「這廝詭計多端，表面上要投降，說不定又有詐，將軍務必小心！」

李從珂道：「我瞧他是真心來投降的。」

安重誨哼道：「何以見得？」

李從珂嚴肅的臉上難得露出一絲笑意：「因為他將自己以繩索五花大綁！」

李嗣源聞言，心中歡喜難已，立刻命人設下酒宴，待一切齊備後，便坐上主位，命人帶元行欽進來。席間還有副將安重誨、長子李從審、繼子李從珂、女婿石敬瑭、侄子李從璋等一干忠誠部屬，還有剛剛被分發到橫沖都的高行周。

元行欽主動向李嗣源下跪道：「前日行欽多有冒犯，蒙將軍七箭不殺之恩，特來拜謝。」他先行了叩首之禮，接著又道：「行欽自知罪孽深重，仍盼將軍不棄，願意納於麾下，好讓我將功補過，以還報將軍赦罪大恩。」

李嗣源雖不善言辭，卻是寬厚豪爽之人，見他展現十足誠意，歡喜得哈哈大笑，連忙起身親自為元行欽鬆綁，拍拍他的肩背，對眾人大聲讚賞道：「行欽是真勇士，本帥得他歸服，實在太歡喜了！」他怕元行欽初入河東軍營，孤單一人，會被眾將排擠，便大聲宣佈：「今日不如喜上加喜，本帥決定收行欽為義子！」又指了座上李從審、李從珂、石敬瑭、李從璋等一干年輕武將，道：「從今以後，你們就是好兄弟了！」

眾將領你望望我、我望望你，都愣住了，好半晌，才爆出一陣歡呼：「恭喜義父收獲一名好義兒！」「恭喜將軍得一勇士！」

元行欽既意外又驚喜，連忙向李嗣源拜倒：「孩兒必盡心孝敬義父，友愛兄弟，以性命報答義父大恩！」

李嗣源笑道：「好孩兒！義父要贈你一樣事物，從今以後，咱們就是一家人了。」

他讓人呈上一個精緻的禮盒，盒內躺放一把吳鉤，冷銳的刀身就像一彎炫銀色的月亮，刀芒潺潺流轉，宛如冰晶閃爍，刀柄則以黃金鑲造，不只貴重，更襯得整把刀光彩奪目、氣勢逼人。

李嗣源微笑道：「『男兒何不帶吳鉤，收取關山五十州！』這一把寶刀正適合你。」

誰都看得出這是一把極珍貴的寶刃，刀鋒彎曲的角度與元行欽原本的吳鉤幾乎一模一樣，顯然李嗣源幾日前就差人精心打造，才能在今日及時拿了出來，可見他對元行欽的重視！不只如此，他原本不識漢字，也是特意遣人查找吳鉤的意義，才能吟出李賀的詩句，以「收取關山五十州」來表達對這位愛子的期許，這一番苦心著實讓眾人欣羨不已。

元行欽雖得劉守光器重，但長年待在窮苦的河北，幾時見過如此貴重鋒利的寶刃，心中甚是激動：「我這一趟果然沒有來錯！河東會有無數的寶藏任我挖掘，無盡的沙場任我馳騁！我定能闖出一片天地！」連忙上前領過賞賜，道：「義父大恩，孩兒銘記於心，永誌不忘，必會以此刃為義父衝做先鋒，搶戰殺敵。」又拜謝在地。

李嗣源哈哈大笑道：「好孩兒，不必如此多禮，快起來吧！」

元行欽小心翼翼收了刀，才起身回入自己的座位，眾將領又是一陣歡呼。

李嗣源轉頭望向高行周，見他年紀雖輕，卻神情端重，處於河東老將之間，仍是不卑不亢，飲酒有度，行止節制，即使聽見元行欽得到厚賞，也面不改色，心想：「他為了懷戎軍，毅然放下殺父仇怨，獨自深入河東軍營求救，可見他胸懷寬闊、膽識過人，他穩重沉毅更勝高行珪，不愧是高思繼的親兒！」但覺高行周的性情與自己十分相似，心中對他的喜愛其實更勝元行欽，暗想：「行周是名將之後，有自己的家族勢力和傳承一脈的槍法，不宜收他為養子，倘若單單收養行欽，又怕他心裡生了疙瘩，我得想個兩全之策，不能讓他感到委屈……」便道：「行周，你也過來。」

高行周起身上前，單膝跪地，行禮道：「將軍有何吩咐？」

李嗣源道：「以後你就好好發揮白馬銀槍，與從珂一起統領牙兵！」

李嗣源最親近信任的年輕將領除了長子李從審之外，就是繼子李從珂、女婿石敬瑭，所以李從珂統領的牙兵其實就是李嗣源的親衛！李嗣源雖未收高行周為義子，但特意強調了白馬銀槍，是表示尊重他家族武學，又將他提拔至與李從珂同等地位，其實也是視他如養子之意。

高行周的父輩三人皆死於李克用之手，為保懷戎軍，他不得已才和高行珪一起投入河東。前兩日李存勖得知李嗣源在廣邊軍戰勝元行欽，便立刻派人送來命令，封賞高行珪為朔州刺史，命他即刻前往赴任，卻把高行周留於李嗣源帳下。

高行周年紀雖輕，卻也明白李存勖這一命令是為了分開他們兄弟，瓦解懷戎軍的團結。而李嗣源是李克用最信任的大太保，當年的殺父之仇，他必然有印象，高行周原以為李嗣源就算不刁難自己，也會加以提防，他早有心裡準備要想在橫沖都立足，必須比旁人多下十倍苦功，多立十倍軍功，他萬萬想不到李嗣源會如此信任自己，直接把他帶在身邊！

高行周心中沖湧起一股感動：「李存勖提防我們，但將軍卻是光明磊落，待我十分真誠，我未立寸功，他就重用提拔我，今後我要全心報答他才是……」便行禮拜倒，恭謹道：「將軍救了武州，讓我們兄弟脫險重生，已是恩同再造。」這句話是表示他已徹底放下殺父仇怨，又道：「行周還能蒙將軍信任提拔，心中感激，不知如何言表，將來必與從珂兄弟齊心合力，保護將軍周全，不負所望。」

李嗣源哈哈一笑，道：「好！本帥也要贈你一件事物。」他將自己長年繫在胸前的虎形圓護解下來，遞給高行周道：「這圓護是我隨身所繫，刀槍難入，可保你平安。」

李從審愕然道：「阿爺，這圓護特別堅固，十分難得，您每每為大王衝做先鋒，幾回出生入死，全靠它保護心口，才倖免於難，怎能輕易離身？」

高行周連忙道：「這東西如此貴重，行周不敢收。」

李嗣源笑道：「這圓護再珍貴，也是死東西，怎比得上行周呢？」

高行周想不到李嗣源如此看重自己，心中激動，一時不知如何反應，只怔怔地道：「多謝將軍賞識，但胸口是重要部位，不能沒有保護……」

李嗣源笑道：「傻孩子，讓工匠再造一個，不就有了？更何況以後有你和阿三隨護左右，我還需要什麼保命圓護？」

眾人都哈哈大笑，道：「將軍賞的，就收下吧！」

高行周見橫沖將領沒有人對自己嫉妒不滿，反而和善相待，唯李嗣源之命是從，望著眼前這位名滿天下的橫沖將軍，心中既震撼又歡喜：「聽說將軍治軍嚴謹，卻待人寬厚，看來是真的！我們這一趟真是來對了！」再對比劉守光的作為，心中感慨更深，暗對自己許下諾言：「我這條命算是交給他了！將來只要有李嗣源的地方，就有我高行周誓死相隨！」他雙手恭敬地接過賞賜，又拜倒在地稱謝，才起身回到座位。

李嗣源吩咐李從珂：「阿三，行周有什麼不明白的，你多告訴他。」

高行周連忙向李從珂敬酒：「以後請三哥多指教。」

李從珂生性沉默，心中最在意的除了母親，就是李嗣源這個繼父，見多一個人保護繼父，一張沉甸甸的面容上難得露出笑意，回酒道：「以後咱們齊心合力，一起保護將軍，就是好兄弟！」

李嗣源一下子收服兩名年輕猛將，心中說不出的歡喜，但想高行周與元行欽才發生過殊死戰，不過幾日，又同時投到自己帳下，怕他們彼此還有怨氣，便舉杯向眾人道：「無論從前如何，今日你們都在本帥麾下，便要盡釋前嫌，同心協力，為河東的未來努力奮戰。」

眾將領高舉酒杯歡聲道：「謹遵義父之命！」「謹遵將軍命令！」一同乾盡酒水。

李嗣源看著這一幫年輕氣盛的部屬，可以預見河東的未來也是朝氣蓬勃，不由得滿懷歡暢，哈哈大笑：「今夜咱們不醉不歸，明日再好好拼鬥一場！」

眾將領舉杯歡呼：「在將軍的帶領下，我們橫沖都必能掃平北山，再立大功！」

橫沖軍營中，士氣一片高昂。

在高行珪、元行欽接連倒戈的情況下，幽州已失去主力大將，一時兵敗如山倒，文武百官能逃的早就逃了，沒有逃離的，多是受到劉守光重賞提拔的將領，又或是無處投奔，等著投降的文官。

劉守光卻沉醉在真命天子的美夢裡，久不上朝，只在內殿中與美女嬉戲，渾然不知外邊險惡，他身周的拍馬小人也瞞住了情況，一邊謀劃著自身出路，一邊還不肯太快離去，想趕在大廈傾倒前的最後時刻，極盡所能地刮盡財寶，再逃之夭夭。

大燕王朝從上至下，無人理會餓殍遍野、蒼生哀嚎，可憐的百姓只能殷殷期盼李存勖的正義之師盡早來解救他們。

這日清晨，劉守光一如往昔，悠閒地躺在內殿的龍椅上，等候內侍把眾美女召來玩樂，豈料等了許久，始終不見半個人影，連內侍也沒有回來稟報，他越等越上火，正想發作，卻見李小喜神色驚慌，幾乎是連滾帶爬地奔了進來，叫喊道：「陛下！大事不好了！河東軍打來了！」

劉守光被打擾了興致，不由得怒氣大發：「咱們本來就在跟河東作戰，有什麼好大驚小怪的？倒是我的愛妾，朕讓人去召喚，老半天都不見人影，瞧朕不斬了他們！」

李小喜伏跪在地，顫聲道：「不勞陛下處決，那些舞伎……已經被軍兵吃了……」

「你說什麼？」劉守光一愕，隨即氣吼道：「誰敢亂吃朕的愛妾？朕要剮了他們！」

李小喜眼看再瞞不下去了，硬著頭皮，道：「河東軍把幽州城包圍得水洩不通……咱們已經兵盡糧絕了……昨晚，軍兵便吃了她們……」

劉守光但覺自己聽錯了，腦袋懵了一懵，問道：「什麼叫包圍幽州城……」一句話未說完，忽然意識到情況嚴重，驚跳而起，一連串破口大罵：「高行珪和元行欽在做什麼？朕不是吩咐他們要好好守城嚒？互為犄角！互為犄角！他們不懂嚒？難道要朕御駕親征來教他們？」

李小喜的腦袋低得幾乎已經貼地了，全身哆嗦得像篩糠：「元行欽那忘恩負義的狗東西，陛下派他去雲朔召兵，他竟與高行珪、高行周兩兄弟，一起投降河東了……」

劉守光簡直不敢相信自己的耳朵，一陣暴怒發飆後，又氣呼呼地喝問：「那單廷珪呢？他不是負責守護皇城，他在做什麼？」

李小喜顫聲道：「那一日，周德威的大軍打到了東南城郊的『龍頭岡』，單將軍知道後，立刻率一萬精銳出城迎戰，還大發豪語說要抓住周楊五作為戰利品，進獻給陛下！」周楊五是周德威的小名，單廷珪這麼稱呼，即表示自己瞧不起周德威，毫無畏懼之意。

劉守光大聲讚道：「果然還是單廷珪最忠勇，等他回來，朕要好好獎賞他！」

李小喜卻是一邊抹淚一邊哽咽道：「單將軍確實英勇，他單槍匹馬衝入敵陣中，長槍就快刺到周德威的背脊，偏偏那廝命大，一個側身避開，大陌刀奮力一揮，反而把單將軍擊落下馬，不只生擒了他，還把人掛在城門前耀武揚威……」吸了吸鼻子，又哭道：「單廷珪可是咱們數一數二的勇將，軍兵們見他被抓，士氣大挫，嚇得潰散而逃。周賊還不肯停手，趁機大肆殺戮，不只斬了三千士兵，還抓了李山海等五十二名將校，接著就包圍住城池，這事已經有大半月了……」

劉守光原本還怒氣沖沖，自信滿滿，聽了李小喜一番話，忽然從美夢中驚醒，又像鼓飽的皮囊被人扎了一針，瞬間消了所有意氣，他呆愣許久，才緩緩頹然坐倒，臉色蒼白，雙眼瞪大如銅鈴，指著李小喜，顫聲道：「你說……河東軍……在城下已有大半月了？」

李小喜用力點點頭，劉守光忍不住全身都顫抖起來：「朕……怎麼不知道？」

李小喜一直沒有離開，是因為他實在想不到法子能在兵荒馬亂中，悄無聲息地把大批財寶運送出去。這段時間，他觀察形勢之後，決定改變計劃：「聽說李存勖很包容降將，不只高家兄弟、元行欽都受到器重，就連澶、涿、武、順那些投降的將領，也討到好位子。既然在河東有大好前途，到時我就打開城門投降，再混個官位當，又何必急著逃命？」又想：「天底下的主子都喜歡人家拍馬屁，李存勖也不會例外，只要我李小喜一開口，還怕那個小蠻子不心花怒放，變成我李小喜的好兄弟——李大喜？」

劉守光已愁得六神無主，見李小喜臉掛笑意，似乎胸有成竹，連忙道：「小喜！小喜！朕待你不薄吧？你可要為朕想法子！」

李小喜心中暗哼：「眼下這情況，大羅神仙也救不了……」想到神仙，就不由得想到馮道，心中一嘆：「那小子鬼點子最多，倘若他在，或是孫老頭在，或許真有辦法力挽狂瀾！」道：「陛下，臣以為還是老法子最管用，就是向大梁求救……」

劉守光知道朱全忠一定會趁機要求自己卸下帝位，臣服於大梁，不等李小喜說完，一股氣就沖了上來，斥罵道：「朕是皇帝，怎能跟朱瘟那狗賊低頭？」

李小喜好言勸道：「陛下通知朱賊，說晉王野心極大，想要併吞河北，他自然會派兵來救，怎能算是低頭呢？最多是兩國交流合作而已，倘若朱賊真提出過分要求，陛下再拒絕就是。」

於此之際，劉守光也只能自我安慰：「這話倒是不錯，那你就快派人去大梁交流吧！說不定還沒等大梁援軍過來，老天就賜下轉機，解救我這個真命天子了！」

李小喜連聲稱：「是！」又勸慰道：「陛下千萬要牢記自己是真命天子，莫要憂慮，一切要放寬心！」這才銜命而去。

九一二・四

兩龍爭鬥時・天地動風雲

天祐九年，晉攻燕，燕王劉守光乞師於梁，梁太祖自將擊趙，圍棗強、蓨縣。是時晉精兵皆北攻燕，獨符存審與建瑭以三千騎屯趙州。梁軍已破棗強，存審扼下博橋。建瑭分其麾下五百騎為五隊：一之衡水，一之南宮，一之信都，一之阜城，而自將其一，約各取梁芻牧者十人會下博。至暮，擒梁兵數十，皆殺之，各留其一人，縱使逸去，告之曰：「晉王軍且大至。」明日，建瑭率百騎為梁旗幟，雜其芻牧者，暮叩梁營，殺其守門卒，縱火大呼，斬擊數十百人。而梁芻牧者所出，各遇晉兵，有所亡失，其縱而不殺者，歸而皆言晉軍且至。梁太祖夜拔營去，蓨縣人追擊之，梁軍棄其輜重鎧甲不可勝計。梁太祖方病，由是增劇，而晉軍以故得併力以收燕者，二人之力也。《新五代史・卷二十五・唐臣傳第十三》

大梁洛陽宮殿裡，朱全忠收到幽燕的求救信，立刻召集心腹謀臣前來商討對策，怒道：「劉守光那蠢材居然去攻打定州，導致李存勖結合王鎔、王處直那兩個老不死的，來個三鎮聯盟，直逼幽燕！眼下那白眼狼又轉過來求救，你們說，到底救是不救？」

當年丁會忽然投降河東，導致潞州戰敗，大梁北防線瞬間出現大破口，當時梁軍正攻打滄州，眼看就要成功，卻只能硬生生收兵，全力回堵，以免河東軍趁虛而入；接著劉知俊眼看降將王師範被滅族，心中不安，轉而投靠鳳翔，與李茂貞、楊崇本形成鐵三角，使得原本垂翅不振的鳳凰浴火重生，雖無力爭雄，卻加重了大梁西邊壓力；如今，王鎔和王處直害怕被朱全忠收回軍權，倒向河東，萬一再失掉幽燕，那麼整個黃河以北，除了魏博，就全歸李存勖所有了！

不只如此，南方還有淮南楊吳一向是宿敵；而王建躲在西川蜀地，悄悄壯大，也已經形成氣候！

敬翔蹙眉道：「無論陛下有多厭惡劉守光，都不能讓李存勖成功佔領幽燕，出兵是唯一的選擇！」

從前朱全忠總是力主擴張，而敬翔往往保守以對，此刻就連他也贊成出兵，可見情況已不容樂觀，朱全忠想到自己經戰多年，好不容易累積的優勢，竟在短短時間內被李存勖逐一瓦解，不由得感到心力交瘁，對戰事厭煩無比，恨聲道：「柏鄉剛剛大敗，損失兵員數十萬，士兵、糧餉、器械都還未休整回來，要如何出戰？」

敬翔勸慰道：「陛下放心，柏鄉之戰耗損雖大，但河南在魏王的治理下，百姓尚有餘裕，若陛下愛護百姓，不願增加稅賦供應軍需，洛陽還有許多富商巨賈可做出貢獻。」

他口中的魏王乃是河南尹張全義，此人原是農民出身，早年曾任小吏，因受縣令欺辱而加入黃巢，在大齊政權中擔任吏部尚書、水運使。

黃巢兵敗身亡後，張全義轉而投降大唐，在河陽節度使諸葛爽旗下擔任澤州刺史，因處事精細、為人周到，諸葛爽將他推薦給唐昭宗，李曄很賞識他，遂賜名張全義。他與朱全忠乃是黃巢故友，相識極久、淵源極深，兩人名號全忠、全義，皆為唐帝所賜，也算是一種特殊的緣分。

諸葛爽病死後，旗下大將劉經想擁其子諸葛仲方為留後，另一位大將李罕之卻想奪權自立，張全義臨陣背叛了幼主諸葛仲方，投誠李罕之，兩人還在手臂上刻下「永同休戚」的盟約。劉經只好獨自帶著諸葛仲方逃往汴州，投靠朱全忠。

李罕之佔據河陽，自領節度使，命張全義擔任河南尹。當時河南洛陽幾經戰亂，白骨遍野、土地荒廢。張全義的部屬不過百餘人，他只能從中挑選出十八人作為屯將，教他們到殘破的廢墟裡，樹立旗幟，張貼告示來招募流民。

張全義不只將土地分發給前來投靠的流民，還親自教他們耕種，並選拔壯丁學習武藝，以抵禦寇盜、保衛鄉里。他為政寬簡、與民休息，無嚴刑、無租稅，就這麼一草一木、一步一腳印地把洛陽重建起來，直到都城里坊歌舞昇平、農田桑麻蓊蔚豐收，四野再沒有一塊荒地。

百姓都說張公見了美妓也不歡喜，只有見到金黃麥田可收割，桑田白繭可織衣，才會哈哈大笑。

可惜好景不常，李罕之見洛陽如此興盛，就時常來勒索軍資。一開始張全義對這個拜把兄弟的要求盡隱忍下來，但對方貪得無厭，張全義忍無可忍之下，便悄悄練軍，待李罕之率軍去攻打河東，張全義瞬間就吞掉河陽。

李罕之萬萬想不到貌似懦弱的張全義竟敢搶佔自己的地盤，不得已只好反過來向李克用借兵，回攻河陽。

河東軍強悍，天下無敵，張全義被圍至弓盡糧絕，士兵只能靠吃木屑維生，命在頃刻時，朱全忠緊急派大將丁會來解圍，張全義萬分感激，從此對朱全忠死心塌地，朱全忠則任命張全義繼續擔任河南尹。

幾年之後，四周仍是烽火狼煙、哀鴻遍野，唯獨洛陽在張全義的治理下，成了一方太平樂土，連帶整個關中都繁榮起來，成了中原最富庶之地，張全義自己也成為天下屬一屬二的巨賈。

張全義雖富甲一方，位高權重，性情卻十分低調，朱全忠要篡位時，許多大唐舊臣都為了新朝官位爭得頭破血流，只有他主動避讓所有權位，這一招以退為進，贏得朱全忠些許信任，但朱全忠仍不放心，因為他知道這位故友看似溫厚老實，其實是洛陽的地頭蛇，不只紮根極深，還頗具軍心民望，倘若能善用他的長才，大梁從此不愁軍資，若他不是真心歸順，就會成為大梁中心最不可測的風暴，因此他故意將張全義調離洛陽老巢，試探其忠誠。

張全義二話不說，當即接受任命，遠赴異地，過了許久，朱全忠才把他調回來，此後他便一路高升，直到判六軍諸衛事，進封魏王。

朱全忠感慨道：「這幾年魏王確實功不可沒！不只讓百姓安居樂業，更為朕的統一大業，提供了一份可靠的軍資來源。」

敬翔道：「還有博王，自擔任建昌宮史以來，掌控中央四鎮的兵車稅賦、諸色課利，也是成效斐然，能夠彌補戰爭損耗。」

朱全忠想到這個義子，就感到欣慰：「友文確實很有才幹，是治國的好人才！」

敬翔道：「有他二人輔弼，陛下大可放心，不需擔憂軍糧問題。」

朱全忠聞言，內心的激動總算平靜下來，道：「軍餉有了，士兵又該如何補缺？」

敬翔道：「洛陽能調出二十萬軍力，陛下還可趁著巡狩北疆的行程，讓懷州、相州各地徵召數萬士兵相繼加入，最後於魏州與楊師厚的大軍會合，應可聚集到五十萬大軍。」

朱全忠往年這時節都要巡守北疆，督促邊境刺史謹慎防備敵軍進犯，贊同道：「這倒不失為好法子！」

敬翔道：「但臣有一事想不明白，劉守光行這蠢事，那個人為何沒有出面阻止？」

李振微笑道：「臣剛剛收到探子回報，那小子確實出面阻止了，卻被劉守光下到地牢，還連累一大幫幽燕士子出逃！」

朱全忠不禁蹙眉道：「那小子被關了？幽燕士子還出逃？這樣一來，劉守光還能支撐嚒？咱們大舉出兵相救，只是徒耗力氣而已！」

李振道：「臣卻以為這是天大的好事！」

朱全忠道：「何以見得？」

李振道：「聽說劉守光已經處決那小子，陛下終於除去眼中釘，豈不是可喜可賀？」

朱全忠原本煩惡的精神隨即大振，哈哈一笑，道：「說得對極！這真是今日聽到最好的消息了！朕要擺上酒宴，以慰賢妃在天之靈！」

當年鳳翔圍城一役，張惠被馮道困在山林中，因而遭到徐溫重創，不治身亡，朱全忠不知背後有煙雨樓的算計，便把愛妻慘死的這筆帳全算到馮道身上了！

李振微笑道：「幽燕士子出逃，陛下正好可大肆網羅人才，壯大我朝實力，豈不是幸事？」

朱全忠最喜歡收羅人才，聞言更是大喜，連聲讚道：「不錯！不錯！說得有理！」

李振討得主上歡心，也十分高興，嘴角斜斜一瞥，笑道：「最重要的是，臣打聽到李存勖讓三鎮軍兵都去圍攻幽州，只留下九太保李存審率領史建瑭、李嗣肱及三千騎兵屯守在趙州，咱們可反過來，趁機拿下王鎔和王處直的地盤，教那兩個叛逆的老傢伙後悔莫及！」

王鎔領地有趙、鎮、深、冀等州，其中趙州是最重要的根據地，而王處直的據地小得多，只有易、定兩州，只要攻破王鎔，就不難拿下王處直，因此兩人向來唇齒相依。

朱全忠哈哈一笑道：「不錯！你這消息來得太好了！」

「臣以為陛下齊集五十萬大軍，傾全國之力，若只拿下王鎔和王處直，未免太可惜……」敬翔恭謹道：「臣有個計策，可以一箭雙雕！但這雙雕並非王鎔和王處直……」

朱全忠精光一湛，驚喜道：「難道你想拿下河東？」

「不錯！」敬翔道：「一旦拿下李存勖和王鎔，王處直自然不攻而下！」

朱全忠心知敬翔向來謹慎，能說出這樣的話，必有妙計，喜道：「愛卿有何計劃，快快說來！」

「陛下到達魏州與楊節帥會合後，可採兵分兩路。」敬翔指著地圖東邊位於深州、景州交界的一座小城，道：「這『蓚縣』原本屬於幽燕景州，如今已被河東軍佔領，但兵力應該不強，只要取下此城做為根基，我軍便可收取景、深、瀛三州，一路向北，最後直達幽州！」

「你的意思是——」朱全忠雙目放光，微微激動道：「河東軍如今正圍攻幽州，朕便在他背後一路捅刀，最後直插入他心臟，再順勢收下整個幽燕！」

敬翔恭敬道：「陛下聖明！」

朱全忠歡喜得連聲讚道：「好計！果然是好計！如此一來，不只重創河東，也免得劉守光那白眼狼日後又做怪！」連忙又問：「另一路呢？」

敬翔指著地圖上王鎔所領冀州的一座小城，道：「這『棗強』位於冀、魏兩州交界，陛下到了魏州後，可佔領此城做為根基，往西取下『趙州』，如此就等於沒收王鎔整個地盤！此時河東軍正全力包圍幽州，太原必然空虛，只要向西繼續挺進，必能輕取晉陽，乃至整個河東！」

「妙啊！」朱全忠哈哈大笑，滿身鬥志都燃燒了起來，決定放手大幹一場：「其中一路，朕便讓楊師厚擔任都招討使，那幫沙陀蠻子在他手下，從來討不了便宜；另一路，朕要御駕親征，直搗虎穴，親手斬下那隻猖狂的小老虎！」

月落西京城、餘輝映彩殿。

乾化二年二月甲子日，朱全忠在太極殿外的露天花園舉辦一場大型酒宴，召集文武百官齊聚一堂，一方面是為了激勵士氣，另方面也是想從中選拔三十多位文臣隨行，一起前往戰地。他特意將征期定在春節後，就是想讓將士們與家人好好團聚後，再心無罣礙地上戰場，好全力殺敵。

宴席中，朱全忠首先高高舉起酒杯，對眾臣道：「這第一杯酒敬天，祈求上蒼祐我大梁千秋萬載。」

眾臣舉酒齊聲道：「願我朝千秋萬載，吾皇萬歲萬萬歲！」

朱全忠聽見「萬歲萬萬歲」，心中很歡喜，與眾臣一起乾了酒，又舉起第二杯，朗聲道：「這第二杯祝我大梁旗開得勝，將敵賊殺得片甲不留！」

眾臣舉酒齊聲道：「陛下親征，我軍必旗開得勝，殺得敵賊片甲不留！」隨皇帝一起乾盡酒水。

朱全忠又舉起第三杯酒，道：「昔日我大梁能奠立如此雄厚的根基，全憑賢妃的運籌帷幄，可惜她耗盡心力，也未能見到我大梁一統，明日我大軍出征，誓將河東連根拔起！這第三杯酒，朕要敬賢妃，願她保祐我大梁勇士勝戰千里！」他刻意提起張惠，是希望刺激眾人回想當年大梁百戰百勝的風光，以激勵士氣，但說到後來，心中既激動又感傷，不由得紅了眼眶。

眾臣想起張惠的好，也不禁感傷地喝了第三杯酒，道：「願賢妃在天安好，祐我大梁國泰兵強、勝戰千里！」

朱全忠見自己把場面弄得有些沉重，便想扭轉氣氛，笑了笑道：「一位蓋世英雄的背後，必有一位聰明賢慧的妻子，朕能有今日，賢妃功不可沒，你們也都位極人臣，官祿亨通，家裡的妻子如何？是不是都像賢妃一樣聰慧美麗？」

眾臣都笑道：「臣的妻子粗鄙無知，哪能與賢妃相比？」

朱全忠笑道：「朕不信，朕來問問！」指了敬翔道：「敬卿最有學問，妻子肯定又美麗又賢慧，否則哪能配得上你？」

敬翔原本喜悅的臉卻是微微一沉，垂首黯然道：「臣沒有陛下的福氣，結髮之妻乃是青梅竹馬的表妹，是個尋常女子，不久前……才病逝……」

眾人不由得「啊」了一聲，心想敬翔日夜操勞國事，表面指揮若定，不曾流露一點苦情哀嘆，實在瞧不出他新近喪妻，承受著天人永隔的傷痛，不由得心生敬佩與感嘆：「敬公為了國家，真是鞠躬盡瘁啊！」

朱全忠望著敬翔，忽然發現他鬢邊不知何時添了許多霜白，口裡雖說喪妻是小事，眉宇間卻難掩遺憾，看著這個陪伴自己一生的忠心老臣，竟也跟自己一樣，飽嚐喪妻之痛，不禁有同是天涯淪落人的感慨，溫言道：「家中既有喪事，你為何不曾說出？」

敬翔恭敬道：「臣的家事是小事，陛下的王朝才是大事，臣如何能以小害大、以私害公？」

朱全忠嘆道：「你跟著朕許久，一直盡心盡力，這一點事，朕還不能為你周全麼？」想了想，心中忽生出一個自以為絕妙的主意，笑道：「這樣吧，朕把國夫人賜給你！」又曖昧一笑，道：「這國夫人很有本事，定能令你忘卻傷痛！」

這國夫人姓劉，父親原本是藍田令，她因為美貌，先成為黃巢宰相尚讓的妻子。黃巢敗亡後，尚讓帶她投降了徐州藩主時溥，時溥卻殺了尚讓，將劉氏收於妓室。朱全忠攻克徐州時，時溥全家自殺，朱全忠因此得到劉氏。張惠去世後，劉氏憑著千嬌百媚的手段，漸漸脫穎而出，得到朱全忠的寵愛，稱為「國夫人」，朱全忠願意割捨愛妾，是表示對敬翔極為看重。

眾臣聞言，都笑了起來，頌讚皇上英明，敬翔卻是受寵若驚，對這飛來的豔福，心中甚是惶恐，一時不知如何應對，只能連連叩首謝恩，既不敢真的接受，也不敢推拒。

倒是朱全忠大方笑道：「這一仗雖然重要，但朕也不是這麼不近人情，這一趟，你不必去了，就擁著嬌妻好好享受新婚！」

敬翔愕然道：「陛下，這怎麼可以？臣的家事是小事，這一戰如此重要，臣定要陪在您身邊，張羅各項事務……」

朱全忠揮揮手，笑斥道：「吔！你就是這麼憂心忡忡，才會不得休息！這一仗你都擬好了計劃，朕又御駕親征，有什麼事不能處理？就算天塌下來，也有朕頂著，你擔心什麼？難道你比朕還能幹？」

敬翔一愣，連忙道：「臣不敢，臣只是想分擔君憂……」

朱全忠拍桌笑道：「好啦！就這樣決定，不要再囉哩囉嗦了！」

敬翔只好道：「臣謹遵聖命。」想了想，又道：「臣雖在京城，也會盡心盡力為陛下打理一切……」

朱全忠搖搖頭，笑斥道：「你這個老傢伙，還真是不省心！京畿大事有魏王看著，你瞎操什麼心？你就給朕好好待在家裡，別冷落了嬌妻，知道嚒？這是聖旨，不得違抗！朕對你可夠好了吧！」敬翔心中萬分感激，再次叩謝聖恩。

席間一位面貌溫厚、形態富饒的老者連忙起身，恭敬回應：「陛下放心，臣必定一如既往，盡力安治京畿諸事，使供應無缺，陛下無後顧之憂，也不讓敬公操心！」正是魏王張全義。

朱全忠滿意得哈哈大笑：「好！很好！」

朱友珪見父親心情歡快，便趁機站了起來，舉杯敬酒道：「孩兒雖無福跟在父親身邊效力，但我大梁勇士在您英明領導下，必能一舉擊潰河東！臣謹以這杯水酒預祝陛下一統天下！」

朱全忠心想這逆子今日竟然開竅了，言行如此得體，正想嘉勉幾句，忽然發現他身邊坐了一名女子，臻首輕垂，雖看不清容貌，但行止溫婉，形象秀麗，口唇微動，顯然是她提點了朱友珪，不由得生出好奇：「遙喜身邊竟有這樣聰慧美麗的女子……」

夜色燈火朦朧，幾巡酒過，醉意迷人眼，朱全忠一時看不清對方姿容，便微微凝神望去，女子剛好也抬起頭來，兩人四目交會，朱全忠心頭一震，虎目放光，全身都燥熱了起來：「惠娘……妳回來了……妳在我出征前夕回來，一定是想告訴我，妳會在天上保祐我大勝河東……」這激動不過是瞬間，下一刻，他就看清這全是自己的妄想，女子素雅出塵的氣質，清水芙蓉的妝扮，雖與張惠十足相似，五官還是不同，她並不是別人，正是朱友珪的妻子、自己的兒媳郢王妃！

當年張曦入府時，還是少女姿容，朱全忠並未留心，之後軍務繁重，再加上對朱友珪十分失望，連帶對他身邊的王妃、侍妾也視而不見。

如今張曦年歲稍長，又在朱友珪身邊運籌久了，漸漸添了如張惠般溫婉嫻靜又聰慧果斷的氣質，再加上相似的妝髮衣飾，整個人像極了當初令朱全忠一眼萬年、魂縈夢牽的張府大小姐！

張曦的出現讓朱全忠感到巨大的震蕩與遺憾，沉寂已久的心驟然甦醒，在熱火裡滾燙了好幾回，卻在看清真實的瞬間，再度墜回冰窖裡。這樣的冷熱煎熬，令他莫名地燥怒起來，卻無法發洩，只能將滿腔澎湃的欲望、情感硬生生壓入心底深處，對朱友珪恨聲道：「你坐下吧！」一連回酒也不願意了。

朱友珪不明白自己做錯了什麼，他一心想討好父親，渴望得到一點正眼相待，卻始終不如人意，心中委屈憤恨湧了上來，卻不能發作，只默默喝下酒水，坐回椅中。

朱全忠意興闌珊地道：「現在就挑選隨行人員！」

原本一場歡歡喜喜的宴會，只因朱友珪的獻酒，氣氛就變得沉重，眾臣見到這一幕，都想：「郢王真是不得陛下歡心，連說個賀詞，陛下都覺得礙眼！」

他們時常在揣摸聖意，卻實在不明白朱全忠為何發怒，暗想：「河東軍如此厲害，陛下又喜怒無常，萬一戰事有什麼失利，就算沒被河東軍殺死，陛下也可能把氣撒到我們身上，任意處死，這一趟隨行，實是九死一生……」想到伴君如伴虎，實在不願被點中名字，盡低下頭來，不敢與朱全忠目光接觸。

朱全忠見到眾臣畏畏縮縮的模樣，心中有氣，便刻意點了幾名低頭者。

這些官員都想盡藉口推辭，有的說家裡新喪，有的說治地有災患，急需處理。朱全忠臉色不由得沉了下來，心想再這麼下去，就要敗壞士氣了，便點了李振這心腹謀士，讓他來激勵其他官員。

李振深知君意，自是聰明地接話：「臣蒙陛下恩寵，方有幸隨行，必殫精竭慮為陛下籌謀，掌握最大勝機。陛下英明神武，震懾寰宇，一旦親征，河東那幫小賊定望風而逃，我軍不日就能凱旋而歸！」他這番話是在提點眾官員，此戰輕易就能成功，千萬不要錯過可得封賞的大好機會。

朱全忠滿意地接口道：「待勝戰回來，隨行官員個個連升三級！」李振連忙叩謝聖恩，朱全忠接著又點了張全義的侄子右諫議大夫張衍。

張衍吃了一驚，正想學其他人推辭，張全義知道在李振表示強烈意願後，還需要另一人再加一把火來煽動大家的意志，又知道主上將京畿大權交予自己，當然要逼著自己表忠心，還要扣著親族在身邊才能安心，他的親兒不在席間，所以只能扣住侄兒張衍，連忙站起身，道：「臣叩謝聖恩，讓張氏子弟有機會鞍前馬後地為陛下效勞，張大夫必竭心盡力，即使肝腦塗地，也不負聖恩！」

張衍原以為叔父會維護自己，找理由推拒，想不到他卻是一個勁把自己往死地推，心中氣憤委屈，卻已於事無補，只能臉色蒼白，口氣虛軟地附和：「臣必竭心盡力為陛下分憂，就算肝腦塗地，也不負聖恩。」

張全義見張衍沒有執拗拒絕，微微鬆了口氣。之後朱全忠又點名博學多才的左散騎常侍孫騭、兵部郎中張俊等三十多名臣子，其中有一半是最害怕、頭垂得最低之人。

月滿則缺，一過十五，便只剩一輪殘圓懸掛在夜空，對映著大梁盛極而衰的景況，迷濛的月色，也好像梁軍心中的惶惑與忐忑，幾次大敗，數萬骸骨沉埋沙場，無人聞問，今日這臨時徵召的兵丁，還來不及接受完整的軍事訓練，就要踏上殘酷的疆場，迎戰天下最強悍的河東軍，面對這未知的命運，人人都害怕是否真能回鄉團圓。

朱全忠在前臺檢閱部隊，直到清晨，才閱畢這數量龐大的軍兵。旭日東升，一掃黑暗的陰霾，眾人胸中也隨之豁然開朗，朱全忠大喝一聲：「出發！」便領頭在前，率二十萬大軍聲勢浩蕩地往魏州前進。

河北大安山宮殿裡，阿銀的身子恢復了大半，與阿金打算離去，便向褚寒依告辭，對她的熱心招待謝了又謝。臨去前，阿金不忘叮嚀：「姑娘對主人這麼好奇，只要準時參加富貴宴，肯定有機會見著主人的真面目！」

褚寒依微笑道：「放心吧！我是你們的第一個貴客，我一定會去的。」心中卻想：「我可等不了那麼久！待會兒本姑娘就悄悄跟蹤，我就不信見不到那個狂傲的傢伙！」

阿金、阿銀再次道謝後，便下山離去。褚寒依卻是悄悄跟蹤在後，心想他們完成任務，定要回去稟報成果，只要緊緊跟隨，就能一睹金匱盟主的真面目！她對自己的追蹤術頗為自信，因此心中充滿了期待。而阿金、阿銀兩人性情單純，果然從未發現有人跟踪。

褚寒依就這麼一連跟了數月，見兩人只一路向南，悠悠哉哉地遊山玩水，完全沒有回金匱盟的意思，她性子倔拗，雖然氣惱，卻也不肯放棄。

三人就這麼一路相隨，來到了「白馬頓」，阿金拿出懷中的一本薄薄小紅冊，仔細對照著日期看了看，歡喜道：「阿銀，咱倆走運了！主人說只要來到『衛州』，就會有人請客，咱們可以吃頓飽餐！」

褚寒依心想：「原來金匱盟主早就將兩個小傢伙的行事準則都寫在一小本子上，難怪不用見面！」隨即又覺得不可思議：「這金匱盟主竟能預先知道有人要請客，也未免太神奇了？」

阿銀卻是深信不疑，拍手笑道：「太好啦！小紅書上有沒有寫是誰請客，咱們要去哪裡，才能吃上這頓霸王餐？」

阿金又仔細看了看小紅書，搖搖頭道：「主人只說咱們必須弄到兩件軍裝，就能吃上霸王餐，而且以後幾個月的伙食，都有人免費照應呢！」

褚寒依心中暗笑：「那我也去弄一套軍裝，讓人招待幾個月伙食，可我要去哪兒弄呢？」

阿銀又問：「這裡是莽莽大道，四周只有青青草原，沒半點人煙，咱們要去哪兒弄軍裝？請客的又是誰？」

阿金又看了小紅書，道：「主人只說請客的是全天下最富貴之人，咱們跟他悄悄借兩件軍裝就可以了。」

阿銀問道：「全天下最富貴之人，究竟是誰呢？」

阿金搔了搔頭，道：「我也不知道！」

褚寒依心中也想：「誰是全天下最富貴之人？那樣的人物又怎會輕易來到這裡？」

「全天下最富貴之人……」阿金、阿銀不由得互望一眼，驚呼道：「豈不是主人他自己？難道主人來了？」

褚寒依躲在一旁，也幾乎驚呼出聲：「難道今日我就能見到金匱盟主？」

三人正自歡喜，卻聽見遠遠傳來一陣陣驚天動地的馬蹄聲、鐵靴聲，不由得吃了一驚，便趕緊躲到路邊草叢裡。

過了不久，只見浩浩蕩蕩的大軍緩緩行過，領頭之人氣勢威武，足以震懾天下，後方兩排隊伍高舉擎天大旗，旗上赫赫飄揚著一個大大的「梁」字！

褚寒依三人恍然明白這「天下最富貴之人」並不是金匱盟主，而是大梁皇帝！所謂的「弄來兩套軍裝，便可吃幾個月霸王餐」，其實是要阿金、阿銀潛入大梁軍中隨行，三人便躲在一旁悄悄觀察，準備伺機而動。

時近正午，朱全忠打算給士兵們放飯，遂命令眾人停下紮營，他心想行軍已一段時間，再過不久就要進行大戰，不如趁著今日還有一點閒暇時光，給士兵們加菜，以激勵士氣，又命御廚設下宴席，準備賞賜隨從的官員。

阿金、阿銀見梁兵進進出出，忙得不亦樂乎，實在是大好機會，便趁機偷了兩套軍服換穿，混入軍隊中，一開始還有點擔心，後來發現許多士兵也是臨時被徵入伍，大家都是陌生面孔，紀律頗為鬆散，再加上這軍隊實在龐大，士兵們必須分批吃飯，因此根本無人注意到他們混入其中，大家只神情凝重，低頭猛吃，就好像死囚吃斷頭飯那麼專注。

阿金、阿銀待了一陣子，見安全無虞，便放心地跟著吃起大鍋飯。褚寒依身為女子，怕混入軍中會諸多不便，只悄悄躲在一旁觀察動靜。

宴席已設置妥當，朱全忠準備開動，卻有一些官員遲遲未到，他們本該隨侍君側，卻因為害怕朱全忠的喜怒無常，便以各種理由拖延在隊伍後方。

朱全忠等得好生不耐，怒氣漸生：「朕身為天子，賞你們飯吃，竟還拖拖拉拉！」遂命騎兵趕馬去催促。

過了一會兒，大多數士兵已吃飽飯，阿銀便低聲提醒阿金：「咱們霸王餐也吃了，看主人下一步還有什麼指示？」

阿金點點頭，小心翼翼拿出懷裡的小紅書，翻開「乾化二年」那一頁，只見「白吃大餐」下一行，寫著八個大字：「虛虛實實，狼來三次」，下方卻蓋著一張白紙條，不讓他們看底下的計策。

阿銀低呼一聲：「主人來考試了！」

阿金搔了搔頭，道：「這句話究竟什麼意思呢？」

阿銀想了想，道：「你還記不記得，主人曾教咱們兵法，說要『虛則實之，實則虛之』，可咱們怎麼都想不明白，後來主人用『狼來三次』做比喻，咱們一下子就懂了！我想……主人應該是想讓咱們實際演練一下。」

阿金用力點點頭，道：「不錯！不錯！主人常說：『學而時習之，不亦說乎！』咱們是該好好練習一下，但要怎麼狠來三次呢？」❶

兩人想了好一會兒，實在摸不著頭緒，互望一眼，同聲一笑：「還是看看主人怎麼說吧！」一連忙掀開蓋住答案的紙條，往下看去，只見裡面寫了一行小字。

兩人同時「哦」了一聲，笑道：「原來如此！」便一起悄悄退出軍營，順手牽了兩匹馬離開。

褚寒依心中一愣：「他們如果騎馬遠去，我可追不到人了！」

阿金、阿銀換了梁軍服飾，要牽馬離去，只要找個藉口，就能輕鬆成行。但褚寒依並未換穿軍服，若想追上他們，必須先偷軍服、再偷馬，如此花費一段時間，兩人只怕早已走遠，她正氣惱自己怎會如此大意？卻見阿金騎著馬繞了一大圈，竟從另一邊回來，還大剌剌地直衝向朱全忠的酒席！

褚寒依心中驚呼：「他找死嚒？」

親衛們大吃一驚，紛紛奔了過來，想要攔阻，卻見那人騎術精湛，一路左閃右突，已來到朱全忠面前兩丈處，眾人正擔心他會衝撞聖駕，忽然間，他一個勒馬急停，甩身而下，曲膝半跪，拱手道：「啟稟陛下，緊急軍情！」

朱全忠見眾臣拖拖拉拉，原本已心煩意燥，忽見一名騎兵衝撞過來，幾乎要怒火大發，乍聽到「緊急軍情」四字，不由得一愣，問道：「什麼軍情？」

阿金雙手恭敬呈上一片羽檄，道：「李存勖率領五萬騎兵從『井陘』出發，快到這裡了！」

朱全忠心中一驚，連忙教人把羽檄拿過來，見上頭插了數根燒焦的羽毛，可見軍情真是十萬火急，連忙喝問身旁的李振：「你不是說河東大軍都去攻打幽州了，李小兒怎能率五萬騎兵奔赴這裡？」

李振一時回答不出，顫聲道：「陛下，臣以為這消息可能有誤，應該再查探清楚……」見朱全忠幾乎要爆發怒火，連忙道：「李小兒來或不來，都是好消息！」

朱全忠暫壓下怒火，喝問：「為何是好消息？」

李振道：「咱們有二十萬大軍，李小兒若真敢前來，豈不是自投羅網？陛下正好大展神威，一舉斃了他！」

朱全忠卻不以為然，心想：「李小兒明知不敵，還敢率軍前來，這其中一定隱藏著什麼陰謀……」

潞州、柏鄉之戰，幾十萬大軍忽然就沒了，令原本多疑的他心中更惶惑不安：「若只是較量武功，李小兒自然不是對手，但這廝詭計多端，總能在萬般絕境中忽然反敗為勝，才讓人擔心！」又想：「今日這一切，一定是他佈下的局！他故意放出消息說趙州只有三千士兵，引我御駕親征，他再伺機突襲，以報父仇……但他武功不如、兵力不夠，要如何突襲成功？」自己御駕親征，倘若輸給一個後輩小子，豈不丟盡臉面？但他實在猜不透李存勖要如何突襲，不禁越想越煩躁。

李振見朱全忠臉色黑沉，不禁有些忐忑：「這消息實在古怪，我得把情況探清楚……」正想開口質問阿金，那些拖延在後方的官員卻剛好抵達，朱全忠滿懷怒氣無處發洩，一見到這批不中用的官員，登時怒火沖天，大喝一聲：「都別吃了！」轟出一掌，將整桌酒席直接轟得粉碎！

眾官員一看，嚇得連忙下跪，垂首顫聲道：「陛下息怒！」就連李振也趕緊伏跪在地，內心一陣急鼓亂敲：「『趙州只有三千守兵』這軍情是我給的，萬一弄錯，只怕也要腦袋落地……」嚇得不敢出聲。

朱全忠怒吼道：「最後到的五人，全斬了！」

最後五人正是張全義的侄子張衍，左散騎常侍孫騭和兵部郎中張俊等人，他們萬萬想不到只因吃飯拖延了一點時間，就被處死，連驚嚇都來不及，就已經屍橫當場。

其他官員也想不到好好的一頓賜宴，竟演變成五名重臣血濺當場的可怖景象，看著五顆血淋淋的腦袋瓜滾了一地，只嚇得魂飛魄散。

朱全忠喝道：「以後誰敢再拖延，就軍法處置！」隨即大喝一聲：「起行！」之後便率領軍隊出發，一路向北，奔赴魏州。

阿金、阿銀見到朱全忠如此凶殘，都嚇了一跳，趁著一片混亂，趕緊悄悄離開。

朱全忠命軍隊日夜兼程，直奔魏州，軍兵都十分疲累，文官更是吃不消，連許多載重的糧車都磨損壞了。

李振暗中派人去打聽消息，探子回報河東軍根本沒來，李振鬆了口氣，連忙將這消息稟報朱全忠，勸道：「陛下，大軍應保存體力，這般急行，等到了戰場，只怕無力戰鬥了。」

朱全忠心想當初李振給的消息確實無誤，是自己犯了疑心，才馬不停蹄地催軍前進，便聽從他的建議，讓軍兵坐在樹林裡稍稍歇息。

朱全忠與文官們一起坐在一棵柳樹下，遠遠瞧見運糧兵在修理糧車，便指著柳樹隨口說道：「朕瞧這柳木長得不錯，倒可以用來做車轂！」❷

文官前不久才目睹五位大臣被斬殺，聽皇帝發話，心中害怕，連忙附和：「原來車轂是柳樹所製！陛下真是學問淵博，臣遠遠不及。」

「今日恭聆聖言，臣又上了一課，真是受用無比！」

「柳木乃是上好的製車材質，以後我大梁多種柳木，就不怕長途遠征，車轂損壞了！」

朱全忠卻越聽越生氣，怒斥道：「你們這些文官，只會巴結逢迎，玩弄是非！車轂應該用夾榆這樣堅硬的木材製作，豈能用柳木？你們以為朕像劉守光那樣，是不辨曲直、只愛奉承的昏君嚒？否則怎敢在朕面前胡言亂語？」又呼喝道：「來人！把這些諂媚小人統統斬首！以後誰還敢在朕面前說一句假話，就以欺君之罪論處！」

這些文官還弄不清自己做錯什麼，一顆顆腦袋就落了地，其他文官更是嚇得雙腿發軟，連大氣也不敢呼喘，生怕一個呼吸節奏不對，就惹惱了皇帝。

士兵們看著一幕幕大臣人頭落地的恐怖景象，還有敵軍來襲，皇帝卻匆匆退走，都開始為自己的處境感到擔憂，有些士兵見管束鬆散，便趁夜悄悄逃亡。

阿金和阿銀卻藉這機會重新混入後段隊伍，以充人數，褚寒依這次學聰明了，也去偷一套軍裝，改成男子模樣，與他倆混入同一隊伍中。

這一日，梁軍抵達懷州，刺史段明遠早就做了萬全準備，不但事先搜刮大量民脂民膏做為貢獻，甚至犧牲美貌的妹妹去服侍朱全忠。

這段時間，朱全忠既惱恨下屬不中用，又覺得敵人太狡猾，心情煩躁不堪，一直處在緊繃的狀態，直到遇見段明遠殷勤奉承，段美人又溫柔服侍，才讓他身心都放鬆下來，重新拾回帝王的尊嚴與樂趣。

朱全忠沉醉在溫柔鄉中好些日子，直到時間緊迫，才不得不啟程，臨行前，當著眾官員面前下詔大肆褒獎段明遠：「段卿治郡，動無遺闕，庶事惟公，因此將懷州治理得豐盛富饒，其忠誠勤懇足以嘉獎，朕決定賜其名段凝，任鄭州刺史，並監察對河東作戰的所有部隊！」

眾將領認為段凝未立半點軍功，只因巴結奉承，就可以監察所有軍隊，盡忿忿不平。李振心中也不以為然，遂硬著頭皮勸諫：「臣以為段凝乃是文簿出身，對軍務並不嫻熟，也未立寸功，實不宜擔當監察全軍的重責大任，如今對河東一戰關係重大，望請陛下收回成命。」

朱全忠不悅道：「段凝未犯任何過錯，朕身為天子，已發的詔令怎能隨意更改？這些人都太懶散了！朕如此賞罰嚴明，就是要讓他們知道，只有認真辦事，才能得到封賞，若是犯錯，便是嚴懲不貸！」

李振不禁一嘆：「段史君承擔如此重要的軍責，等到他真的犯錯，社稷就亡了！」朱全忠道：「朕確實要貶謫人，卻不是段凝，而是李思安！」

李振心中一愕：「這關李思安什麼事？」

只聽朱全忠又道：「李思安在潞州、柏鄉接連戰敗，朕也沒殺他，只讓他去相州擔任刺史，他卻懷恨在心，自認不得志，便散漫怠惰，導致相州壁壘荒圮、帑廩空竭，貢奉遠不如段凝，這是何等傲慢！朕現在就要給他一點警告！」便發了急詔，先把李思安降為柳州司馬，同時把段美人帶上馬車隨行，再前往相州。

李思安平日不理政務，接了降級的詔書後，即使想要彌補，這麼短的時間也拿不出貢奉的錢財，朱全忠卻認定他不思改過，故意冷落自己，大怒之下，直接削去李思安的官職爵位，流放崖州，賜令自盡。

李思安跟隨朱全忠三十年，曾是最親近的貼身先鋒，為保護主上，出生入死不知多少回，不只是五天王之一，也是大梁的開國功臣，卻因為段凝的貢奉較多，就被降級賜死，眾官員看在眼裡，深覺不公，心中更惶惶不安，不知這殺頭的禍事幾時會落到自己身上。

褚寒依藏身梁軍之中，見大戰在即，朱全忠右手拿刀宰殺文武官員，左手攬抱段美人同車享樂，暗想：「梁軍號稱數十萬，盡是烏合之眾，軍紀散漫，無法無度，就連梁帝自己也無心作戰，又如何打得贏？」

這一夜，梁軍到達「洹水」，才剛剛紮營，尚未完全安頓好，便有一邊境騎兵急馳而至，來到中軍主帳，向朱全忠下跪稟報：「卑職是段史君的手下，有緊急軍情呈報。」說話間雙手已恭敬呈上一支緊急羽檄。

朱全忠聽見是段凝遣人傳送急報，自是加倍看重，立刻讓人拿來羽檄，只見檄書上寫著：「河東李存審率一萬先鋒軍從趙州南下，即將越過洹水，後方還跟隨晉、趙聯盟的五萬大軍。」他吃了一驚，將羽檄重重甩在地上，怒道：「不是說趙州只有三千河東軍，為何會有六萬大軍？」

李振心中也是一跳，忙再次確認：「五日前，我才得探子回報，說河東沒有任何動作，為何今日會有大軍越河而來？」

那騎兵道：「五日前確實沒有任何動靜，但李尚書您派遣的探子一離開，河東軍就趁夜出發，專揀小路，日夜兼程，一下子就趕到了洹水畔，恐怕敵人早就知道有探子在監視他們的行動，才能把時機拿捏得如此準確。」

李振心中瞧不起段凝是文簿出身，不相信他的軍事偵察能力，哼道：「既然河東軍知道要避開我方探子，段史君又怎能探得消息？」

騎兵答道：「段史君受了陛下恩賞，擔任監督大軍之責，一直戰戰兢兢，不敢稍有鬆懈。他知道陛下親赴險地，就派出大批人馬，時時刻刻盯著晉軍行動，任何風吹草動，都不敢放過。」頓了一頓，垂首低聲道：「恐怕晉軍只發現李尚書您的探子，卻未發現我們的探子。」他這句話語氣萬分恭謹，甚至有一點畏縮，卻是結結實實打了李振一巴掌，表示段凝的偵察能力高過他，是足以擔任監軍之責。

李振心中狠啐了一口：「好一個卑鄙小人！憑著曲意逢迎，才升了一點小官，就想來挑撥我和聖上的關係，踩到我頭上！」他最是記恨，當著朱全忠的面卻不便發作，只冷冷一笑，道：「五日前未有動靜，這點時間，河東軍就能從趙州趕至洹水？難道他們真是天兵天將，能縮地成寸、飛山越河？」

騎兵恭敬道：「當初潞州之戰，河東軍僅僅花了六日時間，就從晉陽抵達夾寨，其速之快，本異於常人。這次領軍的九太保，傳說他自幼於騎兵堆裡長大，足智多謀，善用奇兵，歷經大小戰役，未嚐一敗，有著『百戰名將』的稱號，他要趕個五日急程，想來也不是什麼難事。」

李存勖潞州之戰的六日急程，名動天下；沙陀專長的「彼出則我歸、彼歸則我出」的戰略，更是如風掠影，屢屢殺得梁軍肝膽俱寒，士氣潰散。

朱全忠聞言，不禁心生憂慮：「傳說這九太保智勇雙全，與周德威、李嗣源堪稱齊名，武功如何倒也罷了，萬一他施出詭計，暗算我軍，天下人肯定會笑話我，說大梁皇帝大興兵馬，浩蕩而來，卻連李克用小兒的一面都還未見著，就折損在小兒部下的手裡，到那時，我顏面何存？」

要不是手下大將沒一個擋得住李存勖，他又何必親自出馬？他御駕親征去對付一個後輩小兒，已是失了身分，想不到來挑戰的還是後輩的下屬，倘若沒有大大勝出，只要折了一點兵馬，都是丟盡臉面之事，屆時肯定會謠言滿天飛，說「朱全忠日薄西山，李存勖旭日東升」，而歸屬的藩鎮也會心意動搖！

因此這一戰，不僅僅是勝負之戰，更是顏面之爭，甚至牽扯了後續的人心背向！究竟該不該迎戰，他越想越覺得壓力沉重。

騎兵又道：「段史君一發現河東軍有異動，立刻就命卑職出發，務必要趕在敵軍前面向陛下報訊。他說：『陛下英勇，無懼河東小賊，但聖主不乘危而徼幸！敵賊最擅陰謀詭計，萬一驚擾了聖駕，使陛下有一丁點不快，都是臣子之過。』卑職一路累死了三匹馬，才趕得及報訊。」

朱全忠心中暗嘆：「段凝真是明白人！這一戰關係著天子顏面，已不是小勝小負即可，滿朝文武有誰像他這般細心，能看出這一點，為我解憂？」

李振伴君日久，自是明白經此一事，朱全忠是更滿意段凝了，忍不住道：「段史君固然是忠心，臣只怕他初掌軍務，尚不嫻熟，萬一探錯消息，貽誤軍機，可就影響大局了！」

朱全忠精光一湛，厲厲瞪著騎兵，沉聲道：「如果軍情不實，你該知道後果！」

那騎兵被他一瞪，嚇得慌忙跪下，瑟瑟發抖，叩首道：「段史君命卑職拼死趕來，實在是顧及陛下的安危。聖威比天高，卑職就是有天大的膽子，也不敢在您面前說半句假話。」又對李振恭敬道：「因為對方來的是百戰名將，段史君特別擔心，才會派我們去盯梢，卑職絕不是故意要與李尚書的探子爭功。」這句話明面上說的是下屬爭功，實際上卻是將李振嫉妒的小心思直接挑了出來！

李振氣得牙癢癢的，偏偏以他的身分又不能與一個小探子計較，只哼了一聲：「段史君這話說得重了，大家都是為陛下盡忠，倘若他真探出重要消息，臣替陛下歡喜都來不及，怎會有爭功之說？」

騎兵道：「段史君也說大家都是為陛下盡忠，相信李尚書胸襟廣闊，不會計較這點小事，若卑職有什麼獎賞，除了叩謝聖恩，也要向您道謝。」

李振冷哼道：「你自己探的消息，陛下給的獎賞，向我道什麼謝？」

騎兵道：「謝李尚書寬宏大量，不與卑職計較！」

李振一張臉脹成青黑色，卻一句話都發作不得，只能把滿腹怒氣硬生生吞了下去。

朱全忠見李振不斷與段凝暗中較勁，甚感不耐，揮揮手對騎兵道：「罷了！你下去領賞吧！」

騎兵叩首謝恩，歡喜道：「卑職會再盡心打探消息，隨時回報。」待朱全忠點頭示意，准允離去，便恭敬地行了一禮，退出主帥營帳，馳馬一路向北而去，過了一個樹林，並沒有再往前行，反而卸下騎兵的裝束，改成步兵的衣飾，又悄悄潛了回來，重新混入後段軍隊裡，竟是消失已久的馮道！

主帥營帳中，朱全忠雙目一閉，深吸一口氣，問李振：「戰或不戰，你怎麼看？」

李振再怎麼輕視段凝，卻也不敢以皇帝的面子和安危做賭注，只好道：「臣不信河東軍真有如此能耐，但也以為龍體安康是首要之事，寧可信其有，不可信其無！既然我軍原本就要前往魏州，營寨也才剛剛紮下，不如先拔營起行，臣也會再派人去確認消息。」

朱全忠起身走到軍帳邊，掀起帳簾的一角，望向外邊的士兵，只見他們連集合吃飯都慢慢吞吞，真遇敵人突襲，只怕連逃命都來不及，還會自己互相踩踏，心中不由得生出一絲顫慄：「河東軍當真這麼快？」想到自己手握數十萬大軍，竟要迴避對方六萬兵馬，這究竟是怎麼了？他一時也想不出答案，不由得深深嘆了一口氣，只好下令拔營起寨，全速前進。

梁軍拖著極龐大的隊伍，長途遠行，好不容易安頓下來，連口熱湯都未喝，就被迫起程，士兵們又飢又渴，都心生怨懟，更覺得一定有什麼可怕事情發生，才會倉促起行，如此覺也不能睡，飯也吃不好，個個都疲累不堪。

阿金和阿銀待在後半段的隊伍裡，根據小紅書上的指示，悄悄拉了幾個相熟的新兵，說：「一定是晉王來了，聖上怕了，就嚇得匆匆趕路，連飯都不給我們吃！我倆兄弟想要趁夜逃走，如果有人想逃，大家可以結伴同行，萬一遇上追兵，打殺起來，存活的機會也大些！」其他人一聽有理，便也成群結隊、拉幫結派地跟著逃了。

待這些人都逃了，阿金和阿銀卻又繞了一圈，悄悄返回軍營裡，每晚選定不同的營隊玩相同的把戲，放消息說晉軍快來了，皇帝怕了晉王，每說一次，就有一些人逃跑。兩人自以為做得天衣無縫，卻不知這一切全落入同樣躲在軍營的褚寒依眼裡。

一股逃命氣氛在梁營中悄悄蘊釀，士兵們相遇同袍時，彼此交流的眼神都是：「什麼時候走？」

數十萬大軍少了幾十人，並不明顯，但日日少了百多人，甚至數百人，終於，逃跑的人數像滾雪球般越來越大，即將掩蓋不住了！

這一日，梁軍終於渡過黃河，抵達「魏縣」邊境，朱全忠心中稍稍鬆了口氣，見天色已晚，心想這段時間大軍急行，十分勞累，不如讓大家先休息一晚，明日再啟程與楊師厚會合，遂下令就地紮營。

梁兵滿心期待可以好好歇息一晚，十分賣力搭營，豈料才剛剛打下木樁，搭起蓬架，外邊又傳來一聲聲大喊：「河東軍殺來了！河東軍殺來了！」

梁軍正自鬆懈，有些人剛脫下軍靴，想要好好沖個水，有些人正要升火煮粥，武器還放在帳篷裡，聽到喊聲，竟嚇得不顧一切，丟靴棄鍋，連武器也不要了，個個拔腿就跑。

朱全忠氣得大喝：「誰再逃、斬無赦！」又下令隨行將領追捕逃兵，一旦追到，全數抓回來斬首示眾，以儆效尤。

這樣的禁逃令卻成了壓垮駱駝的最後一根稻草，士兵們心中更加恐慌，白天逃不得，就趁夜結夥逃跑，生怕自己落於人後，成了最後一隻白老鼠。

先前朱全忠只覺得梁兵的戰鬥力比不上河東軍，既然對方宣稱能以一打十，那麼他就用十倍的人海戰術壓垮對方。因此在大軍尚未完全整合前，他並不想與李存勖正面對戰，萬萬想不到這幫士兵竟懦弱至此，只聞風聲，尚未交手，就大量棄戈而逃。

從前他帶兵以嚴酷著稱，甚至還有「跋隊斬」的刑罰，如今給軍隊最精良的裝備、最豐足的食物，甚至還御駕親征來激勵軍心，他們卻一心只想逃跑，連斬首令都禁止不了！

望著這一片潰亂的兵卒，他忽然有一種被重槌狠狠敲破美夢的震撼，心中驚痛無以復加：「想當年，我麾下不過數百人，憑著赤手空拳、嚴刑峻法，就能大殺四方；如今我坐擁數十萬大軍，給他們最好的武器和食物，可他們……卻連仗都不會打，而我……」他實在不知道自己的軍隊出了什麼問題，更想不出什麼法子來管束這群被嚇破膽的士兵，內心深處不禁竄起一股深深的恐懼、無力和迷惘：「我竟然也不會帶兵了……」

他想盡快洗刷潞州、柏鄉的恥辱，才決定御駕親征，想不到大戰未啟，就已經感到心力交瘁，如此過度傷神，時時氣炸了胸口，更讓他只要稍稍激動，心口就隱隱劇痛。

李振見朱全忠氣得滿臉通紅，連忙召來隨行的御醫診視，一方面吩咐各將領加強巡防，另方面又教大軍啟程急行，眾將領巡視一陣後，都回報並未發覺敵蹤，梁兵才漸漸安定下來，不再逃跑，可一連三次驚嚇，軍中已是風聲鶴唳，草木皆兵。

阿金、阿銀連報兩道假消息，怕引起注意，徹查到自己身上，暫時不敢再添亂，只安安靜靜躲在梁軍後段隊伍中。

梁軍歷經幾番風波、幾度驚嚇，終於抵達了魏州。朱全忠立刻召來楊師厚和其他將領，說出敬翔兵分兩路的計策，並連夜決議：一路由青州節度使賀德倫擔任招討應援使、鄆州節度使袁象先為副應援使，包圍蓨縣，之後再北進，直入幽州；另一路則由楊師厚擔任都招討使，河陽節度史李周彝為副招討使，取下棗強後，西進趙州，最後攻佔晉陽！

趙州守將是河東九太保李存審，他性情豪邁俠義，於戰場上識機知變，算無遺策，號稱「百戰名將」，因此李存勖才會放心將防備梁軍背後插刀的重擔交給他，命他駐守趙州，負責阻擋大梁援軍。

可誰都想不到朱全忠會親率五十萬大軍直奔魏州，百戰將軍即將面臨此生最嚴峻的挑戰！

「九太保，大事不好！」史建瑭策馬匆匆奔入趙州城門，一路直奔練兵場，遠遠見到李存審，一邊飛身下馬，一邊連串不休地說道：「朱賊親率五十萬大軍前來，兵分兩路，一路攻打棗強，主帥是咱們最痛恨的楊師厚！另一路兵進蓨縣，主帥雖然掛著賀德倫，但其實是朱賊自己！」

即使李存審性情沉穩、身經百戰，聽到這樣的消息，也不免感到震撼：「我軍主力正攻打幽州，朱賊便大軍來襲，果然是狡猾的老狐狸！」

坐在一旁的裨將趙行實嚇得驚跳而起，急勸道：「梁軍五十萬，咱們只有三千兵馬，縱然將軍智比天高，也是莫可奈何！末將以為還是暫避鋒芒，快快退走吧！等日後大王拿下幽燕，咱們集結大軍，再回來報仇！」

這趙行實不久前還是幽燕軍校，見河東軍來勢洶洶，心知劉守光必敗，便出逃投奔李存勖，撈得一個裨將軍級，歸在李存審麾下，原以為大樹底下好乘涼，河東軍強盛，再加上李存審智勇雙全，未嘗一敗，他躲在其中，就能安穩度日，誰知才投靠沒多久，就遇上朱全忠親率五十萬大軍前來，他當真是嚇破了膽，再不管自己初來乍到，便出言規勸。

李存審冷冷橫了他一眼，沉聲道：「燕兵才會出逃，我晉軍向來只有戰死的勇士，沒有逃兵！」

趙行實挨了一紀悶棍，但為保性命，還是鼓起勇氣勸說：「我也不是讓將軍當逃兵，或許咱們可以先退入土門躲避，再派人去向大王求援，等援軍過來，就裡應外合，大殺一通！」

李存審見史建瑭、李嗣肱都點了點頭，意表贊同，顯然已動搖了心志，便斬釘截鐵地道：「如今大王正全力攻打幽燕，不會有援軍派到這裏！」指了指腦袋，道：「你們與其退縮，不如動動腦子，想出奇計打敗敵人！」

趙行實不敢再反對，只好問道：「敢問將軍有何打算？」

李存審冷聲道：「非但不能退避，還要率軍赴援！」語音鏗鏘有力。

莫說趙行實驚到下巴幾乎掉下來，就連史建瑭、李嗣肱也瞪大了眼，感到不可思議，齊聲問道：「將軍如此說法，莫非已有良計？」

李存審搖搖頭，道：「本帥還沒有想到法子。」

趙行實忍不住又勸道：「三千對五十萬，簡直就是以卵擊石，將軍既沒有法子，何必硬碰？」

李存審朗聲道：「大王既命我等守住南方，我們就絕不能讓敵賊越雷池一步！現在棗強、蓨縣兩地都危急，我等卻坐視不理，豈不是辜負大王所託？」說罷讓人取了地圖過來，掛在牆面上，指著圖上趙州、棗強、蓨縣三座城池，道：「萬一朱賊佔據蓨縣後，再一路向北，就會從背後插刀我在幽州的軍隊，使他們腹背受敵；至於棗強，一旦失守，楊師厚會順勢向西挺進，一路攻破我們所在的趙州，甚至會直取晉陽，把我河東基業連根拔起！所以這兩座城池雖小，卻事關重大，朱賊集合如此龐大的軍力，定下這兵分兩路的戰略，是經過深思熟慮的，就連本帥擅用戰計，也不得不佩服！」

趙行實道：「依我說，棗強也好、蓨縣也罷，都不是咱們的責任，又何必浪費弟兄們的性命去救援？咱們只有三千兵馬，能好好守住趙州，就算對得起大王了！」如今他已不指望李存審會退兵，只能勸他別主動去送死，或者奇蹟會出現，能撐到李存勖派兵過來。

李存審卻不理會他，只對著史建瑭和李嗣肱問道：「三千對五十萬，確實太過懸殊，我們無法分兵而戰，棗強和蓨縣只能選其一，究竟應該救哪一邊，本帥一時難以抉擇，你們以為呢？」

趙行實急道：「棗強離我們近，一旦被攻破，趙州就完了，咱們也完了，當然是救棗強啦，有什麼好選的？」

史建瑭道：「棗強雖小，但城池堅厚，容易防守，再者，攻打棗強的主帥是楊師厚，他雖不易對付，相比朱賊，勝算還是多些。」

李嗣肱也附和道：「朱賊的不老神功……嘿！連先王都難以應付，蓨縣的守將又能支撐多久？要救蓨縣，還得繞過楊師厚大軍，等我們的兵馬趕到，大概已成一堆廢墟了！不是我們不救蓨縣，實在是力有未逮！」

「你們都選擇救棗強，也分析得極有道理，但……」李存審指著地圖上蓚縣邊境的一座石橋，道：「梁軍進入蓚縣只有一條通道，就是這座『下博橋』！」

史建瑭聞言，精眸湛放光芒，搶先道：「石橋易守難攻，是我們絕佳的守備點！」

李嗣肱也興奮道：「當初柏鄉之戰，李建及只率領兩百步兵和一些鎮、定士兵，就守得幾萬梁軍無法渡橋到鄗邑平原，因而立下大功！所以這座下博橋，正是我們唯一的機會！」

趙行實想不到他們真討論起救援之事，怯怯地問道：「這意思是我們要直接對上梁帝？」

李存審冷笑道：「朱賊想不到我們會挑戰他，才更出其不意！」

趙行實驚呼：「朱全忠親自率領五十萬大軍，那是天神也擋不了的！」

李存審道：「你說錯了！他們兵分兩路，所以沒有五十萬大軍，只有二十五萬！」

趙行實慘呼道：「我們只有三千兵馬，無論他們是二十五萬或五十萬，又有什麼分別？」

李存審道：「怎麼沒有分別？那勝算可是瞬間提升了一倍！」

史建瑭興奮道：「將軍說得極是！眼下不費吹灰之力，就已經提升一倍勝算了！」

李存審吩咐史建瑭和李嗣肱：「你二人分別去監視兩地，有什麼新消息，隨時回報。」兩將領連忙領命而去。

趙行實卻是心中唉嘆：「他們究竟是一群傻子，還是一群瘋子？我當初就該投奔富庶的大梁，怎會選中這拼死不要命的河東？」

李存審雖執意要出兵，卻不是莽撞之人，他心知要以三千兵馬守住一座石橋，對抗朱全忠親自率領的二十五萬大軍，時間一久，還是會盡數喪命，他不願士兵們白白犧牲，苦苦思索真正的破敵之法，卻始終沒有結果。

期間傳來消息說棗強城池雖小，卻堅厚異常，城中百姓怕被屠殺，不分男女老少都齊心抗敵，只要城牆稍有破損，便拼命修補，數千軍兵更是集中火力，誓死守住小小城頭，棗強因此堅持許久，都未被攻破，令楊師厚大感驚詫。

這一日，史建瑭揮汗如雨，一路奔馳，趕回趙州城，向李存審稟報：「將軍，楊師厚攻破棗強了！」

李存審聞言，不禁色變：「棗強破了？」原本他還希望棗強再拖延一些時間，免得梁軍兩路合一，聲勢更壯，連忙問道：「前些日子，楊師厚還攻不下，怎麼一轉眼就破了？」

史建瑭激動道：「是因為發生一件事，惹火了朱全忠！」

李存審問道：「什麼事？」

史建瑭道：「一開始，棗強軍民誓死抵抗，殺了數以萬計的梁兵，可是敵賊實在太多，城中的箭矢、石塊都用完了，再也無法殺敵，城中將領只好商量出城投降，卻有一名小兵大聲疾呼說：『你們忘了大梁供奉官杜廷隱在深、冀兩州是怎樣殘殺我們的士兵？梁軍在柏鄉戰敗後，更視我趙人如寇讎，杜廷隱為了逃命，竟然將滿城老弱婦孺全數活埋，連一個生口都沒留下！這一次，朱賊親率大軍前來，沿路屠殺，連自己的手下都不放過，就算我們想要投降，朱賊也絕不會輕饒我們，與其被坑殺，不如奮力抵抗，還可能博取一線生機！』

這小兵慷慨激昂，自願深入梁營刺殺主帥，他先假裝投降，在副帥李周彝召見時，謊稱希望得到一把利劍，拼死搶先攻上棗強城頭，割下守城將領的腦袋，以表忠心。但李周彝瞧不起他，只給他一根扁擔，讓他當挑擔兵。

這小兵原本想拿劍刺殺李周彝，無奈之下，只好拿起扁擔奮力揮打李周彝的腦袋。李周彝萬萬想不到一個小兵竟敢襲擊他，沒有半點防備，因此被揮得頭破血流，昏倒在地，若不是左右衛兵撲上來營救，殺了小兵，李周彝早就死了！」

史建瑭喘了口氣，續道：「朱賊想不到一個小兵就敢挑戰他的副帥，簡直氣壞了，乾脆自己過來監督，還重重責備了楊師厚！楊師厚哪堪這等羞辱？自是日夜急攻，終於攻破棗強，不管男女老幼一律殺死，據說鮮血流滿了整座城池。」

李嗣肱嘆道：「想不到一個小兵都如此英勇，可惜的是他沒有一棍打死李周彝！」

史建瑭道：「這小兵孤身抗敵，也沒有留下任何姓名！」

李存審忽然哈哈一笑，道：「這消息來得太好了！」

趙行實聽著心驚膽顫，忍不住呼道：「棗強破了，接下來，楊師厚的大軍就是直奔趙州，九太保還說是好消息？」

史建瑭也感到不解，問道：「將軍笑什麼？」

李存審道：「一個小兵都敢挑戰大梁副帥，可見朱賊已是天怒人怨，失盡民心了！只要咱們能守住這一關，河東大業必能成就！」

趙行實暗罵：「這九太保不是嚇得失心瘋，就是太會吹牛了！河東要想成大業，還得先過這一關呢！」心中盤算倘若李存審真不計生死，一股腦兒發蠻勁，大不了就再一次捲鋪蓋跑路，總之保命要緊。

李存審沉聲問道：「楊師厚向這裡來了？」

「沒有！」史建瑭道：「楊師厚攻破棗強後，領著軍功，坐著豪華車駕，耀武揚威地回魏州去了！」

李存審一愕：「楊師厚沒有過來？」想了想，又道：「看來他不敢離開魏州太久，是怕魏博軍反叛！這樣看來，咱們還有一點時間可做準備。」

「但有一件糟糕的事，」史建瑭道：「朱賊領了原本攻打棗強的五萬大軍，押著俘虜，與賀德倫所領的二十五萬大軍在魏州會合，準備前往蓨縣！」

趙行實急道：「等朱全忠攻破蓚縣，一路北上，與盧龍軍夾攻我幽州城外的士兵，那楊師厚肯定會立刻率大軍前來趙州，咱們也沒多少時間了！」

李存審笑道：「你來這麼久，總算說對一件事！」

趙行實見李存審居然還笑得出來，一時心如死灰，再說不出話來，只想：「這人真是個瘋子，老子得溜之大吉，絕不能把命折在這裡！」

就連史建瑭和李嗣肱也臉色沉重，忍不住問道：「朱賊既已失去民心，將軍可有對策？」

「我尚未想到破敵之法，因為我有一件事想不通……」李存審微微思索，道：「你們說，大梁的戰略應是兵分兩路，同時進攻，可為什麼朱全忠遲遲沒有出發，還跑去督責楊師厚？他手中明明有二十多萬兵馬，要攻下蓚縣簡直是易如反掌，為什麼要等楊師厚攻破棗強後，再加調五萬兵馬才出發？」

史建瑭、李嗣肱、趙行實想了想，都搖搖頭，表示不知道。

「那就再探消息吧！」李存審道：「我們必須等待最好的出擊時機！」

待眾將領散去後，李存審獨自在營帳中輾轉反思，想到深夜不寐，依舊沒有好計策，他知道軍心不安、時間緊迫，是退是守，這兩日一定要做個決斷，便策馬出營，到四周查看地形，希望能找出對策，一直到清晨，才回到營帳中，卻發現桌案上放了一封陌生的信束。

他不禁一愕：「誰敢深夜闖入我帥營？」連忙打開來看，信中只有一行小字：「天起風雲日，朱恐退軍時。」署名是「金匱盟主」。

「金匱盟主？」李存審見整座軍營靜悄悄的，顯然此人行動十分俐落，並未驚動任何衛兵，記憶所及，也未聽過這號人物，暗思：「此人究竟是敵是友？他留下這句話，又是什麼意思？朱賊傾全國之力而來，又如何會輕易退兵？」

梁軍浩浩蕩蕩地朝著「下博橋」方向前進，但大軍行進速度極慢，這一日抵達蓚縣西側的「觀津塚」時，天色已暗，朱全忠只好命眾人登上山坡紮營，居高下望，以免被敵人偷襲。

阿金和阿銀藏身梁軍之中，知道朱全忠即將進入下博橋，攻打蓚縣，兩人便打開小紅書，看看金匱盟主有什麼指示，只見冊子上寫著「拖延梁軍」，下方依舊以白紙蓋住底下的計策。

阿金嘆道：「主人又來考試了！」

阿銀想了想，實在一片茫然，問道：「阿金哥，你說要怎麼拖延？」

阿金用力搔了搔頭，道：「主人教咱們用『狼來三次』，如今只用了兩次，還有一次……」

阿銀道：「可朱全忠已上當兩次，他還會相信嚒？更何況梁軍已匯集三十萬，就算河東軍真來了，他們也不怕！」

阿金嘆道：「主人總教咱們要多用腦子，不要急著去看他的答案，可咱們腦子真不好使，怎麼辦？」

兩人相視一笑，同聲道：「還是用老方法，看看主人怎麼說吧！」連忙掀開蓋紙，只見裡面寫了一行小字：「貝州傳令，東武遭襲。」

兩人歡喜道：「原來如此！」便趕緊離開軍營，去準備東西。

阿銀快速偽造了貝州的求救羽檄，阿金則改扮成傳令兵，帶著假羽檄去向賀德倫稟報：「河東大軍突襲貝州東武，情況危急，已經快要淪陷了，懇請將軍稟報聖上，分一隊兵力去援救。」

此時梁軍瀰漫著緊張氣氛，賀德倫生怕有任何閃失，不敢隱瞞，立刻去跟朱全忠稟報。朱全忠氣得一通怒罵，最後仍是決定分出三萬軍兵馳援貝州，又下令拔營起程：「準備進軍下博橋！」

正當眾軍集合在山上，準備啟程時，忽然間，刮起一陣陣狂風，吹得黃沙漫天，層層旋轉，捲似沖天飛龍，嘯如妖怪嘶吼。

梁軍原本已浮燥不安，再見到這怪象，更是驚慌得連連退避，馬兒也嚇得嘶叫連連，亂踩亂踏。

朱全忠見到天候如此怪異，心中一震：「天出惡兆，難道是在警告我此刻不宜出征？」

他回首望去，見士兵都惶惶不安，更覺得是上蒼在預示戰事不利，但五十萬軍兵的需用如此龐大，大梁幾乎是傾舉國之力來支持這場戰役，怎能說退就退？他一時怒火沖升：「難道上蒼真不留我大梁一條活路？」怒極之下，不由得大喝：「天降惡兆，需殺人獻祭，才能平息上天怒氣！」

眾兵一聽，不知他要殺誰，都嚇得臉色劇變，連連退後，只聽朱全忠喝道：「來人！將三千俘虜全殺了！」

一瞬間，三千多人倒臥血河之中，慘呼聲傳震天地，連草木都悲泣。

梁軍見朱全忠殺俘虜洩恨，一方面慶幸殺得不是自己，另方面又覺得朱全忠真是喜怒無常，縱然今日僥倖逃過，難保明日不會因為一場暴雨，就掉了腦袋。

過了不久，賀德倫得到消息，說貝州根本無事，他不敢據實以報，便向朱全忠稟報說河東軍已退出貝州，朱全忠聞言，欣喜自己殺俘虜獻祭，果然感動了上蒼，又想起張惠還在的時候，總能掌握天時，提供最好的出征時機，不像現在，大軍快到目的地了，上天才突然降下惡兆，以至人心不安，接著張惠臨去前留下的警語：「戒色遠殺」卻浮現心頭，望著這一片血染腥紅的山坡，滿山遍野的屍首，他不禁更加煩躁了。

史建瑭再度快馬奔回趙州城，向李存審稟報：「昨晚朱賊已抵達蓨縣西側的觀津塚！」

趙行實顫聲道：「今日豈不是要進入蓨縣了？」

李存審也不禁臉色一沉，蹙眉道：「咱們一定要極力阻止這件事，以保障幽州軍隊的後防！」

史建瑭卻道：「但今早發生一件怪事，導致朱賊並沒有啟程，大軍還駐紮在觀津塚的山坡上，只派一些牧兵下山，放馬吃草、砍伐柴薪。」

李存審蹙眉道：「什麼怪事讓這天不怕、地不怕的梟雄延遲軍機？」

史建瑭道：「觀津塚上忽然起了一陣龍捲怪風，朱賊於是下令築壇祭天，把三千俘虜全殺了獻祭！」

李存審一愣：「竟有這等事？」想起金匱盟主的留言，心中捕捉到一絲勝戰的曙光：「『天起風雲日』，指的就是今天！而『朱恐退軍時』……朱賊既已殺俘獻祭，就絕對不會退兵，這『朱恐退軍時』究竟是什麼意思？他要如何，才會退兵？」思索許久，忽然間，靈思一動，整個形勢豁然開朗，忍不住哈哈大笑，道：「我明白了！好一個『恐』字啊！」

史建瑭和李嗣肱齊聲問道：「將軍已有破敵良計？」

李存審英眉一揚，笑道：「我曾問過你們：朱賊手中明明有二十多萬兵馬，要攻下蓨縣簡直是易如反掌，為什麼要等楊師厚攻破棗強後，再加調五萬兵馬過來？」

史建瑭三人都搖頭道：「末將仍未想透，請將軍明示。」

「因為……」李存審精光一湛，似洞穿了強敵的心思，一字一字微笑道：「他怕了！」

「怕？」史建瑭、李嗣肱都是一愣，互望了一眼，都感到難以置信。

趙行實不以為然，忍不住嘀咕道：「將軍是說笑吧？咱們怕他還差不多，天下第一強人有什麼好害怕的？幾十萬大軍會怕三千兵馬？就算朱全忠有些擔心，就實際狀況而言，咱們怎麼樣都沒辦法勝過梁軍！」

「天有不測風雲，戰場上也是瞬息萬變，誰有把握一定能勝出呢？」李存審笑了笑，道：「晉陽之戰，梁軍敗於豪雨水患；潞州之戰，梁軍敗於東風夜霧；柏鄉之戰，梁軍敗於風雪乍停，一連三場大敗，都與天機有關，所以今早不過起了陣怪風，朱賊就趕緊設壇獻血，不敢強行出征，原因只有一個，就是他怕了！他怕老天爺不挺他！」

「將軍的意思是——」史建瑭和李嗣肱跟了李存審許久，很能捉摸他的想法，喜道：「咱們不必跟他硬碰硬，只要讓梁軍害怕到極點就可以了！」

「不錯！」李存審笑道：「千里之堤，潰於蟻穴，既然知道敵人的弱點，只要擊中火力攻打這小小弱點，就能崩垮這座大山！」

史建瑭和李嗣肱聞言，歡喜得哈哈大笑：「梁軍一怕，往往就是全數潰逃！」

趙行實覺得自己比梁軍更害怕，怯怯問道：「將軍真打算以三千兵馬血戰下博橋？」

李存審沉聲道：「我們雖然要援救蓚縣，也要顧及趙州，怎能將三千兵馬全數派出？」

趙行實急道：「要對付二十多萬大軍，至少……至少也得派個一半吧？」

李存審仍是搖搖頭：「太多了！」

趙行實急得額上冒汗，顫聲問道：「一千五百人還太多？」

史建瑭和李嗣肱也感到不可思議，卻見李存審斬舉起手掌，比出一個大大的「五」，道：「本帥最多只能給出五百！」

「五百？」趙行實再次驚到眼珠子都快掉下來，心中打定主意，一旦梁軍攻來，定要趁亂逃走，絕不能陪這群瘋子把命玩掉。

李存審見趙行實懦弱，反而歡喜，心中暗笑：「倘若燕兵都像趙行實這般窩囊，大王攻下幽燕是指日可待了！」

他素有智略，很快便想出針對梁軍弱點的計劃，對史建瑭和李嗣肱說了一遍，又命令道：「史建瑭、李嗣肱聽令！你二人率五百人出發，務必搶在朱賊前面佔據下博橋！」

「是！」史建瑭、李嗣肱毫無遲疑，領了軍令，即快馬出發。

史建瑭和李嗣肱率隊前往下博橋附近，依李存審的計策，先將士兵們分為五隊，每百人一隊，李嗣肱帶著其中四隊分別前往「衡水」、「南宮」、「信都」、「阜城」這四個下博橋外圍的地方把風，以免被敵軍發現他們的行動。

接著史建瑭率領一百精兵，潛入大梁牧兵活動的範圍，埋伏在山石後方，每個河東軍手中都握著一條草原上用來擒捉野獸的套繩，人人目光如鷹，緊緊鎖定前方的獵物。

「射！」史建瑭輕呼一聲，瞬間百多條繩索如飛箭般朝不同方向筆直射出！

梁兵正專心牧馬砍柴，乍見到百條繩索呼呼射來，不由得大吃一驚，連掙扎喊叫都來不及，就被套繩緊緊圈綁住，接著河東軍呼嘯而出，用力一扯繩索，梁兵站立不穩，呼嚕嚕地盡滾倒在地。

「帶回去！」史建瑭大喝一聲，河東軍手腳俐落地把百名大梁牧兵擒捉回去。

這些梁兵負責管理糧草、餵養馬匹，並不是前線做戰的勇將，而是臨時被徵召的老百姓，一遇到壯碩剽悍、凶神惡煞般的河東軍，立刻嚇得跪地求饒：「將軍！將軍！請你饒了我們！」

史建瑭也不理會，只命人用布巾塞住他們的嘴，讓他們一個挨一個跪好，每十人成一排，共排成十列，直跪到天亮。

梁兵求饒了一個晚上，哭得涕泗縱橫，河東軍只冷冷看著，一聲不吭，這樣生死未知的煎熬，令他們恐慌到了極點，到了清晨，眾人哭乾了喉嚨，心中不免生出一絲希望，覺得河東軍並不打算殺他們。

「唰唰唰！」天光一亮，史建瑭忽然出手，一陣刀光炫閃，第一排的前九人一刀斃命，倒臥在血泊之中，第十人只嚇得屎尿齊流，瞪眼張口，卻發不出半點聲響，彷彿也被割斷了咽喉般！

生存的希望破滅，第二至九排的俘虜已不知如何是好，只能拼命求饒。

史建瑭冷笑道：「昨日朱賊殺我三千兄弟獻祭，此仇非報不可！算你們倒楣，落在本將軍手裡，現在受死吧！」一聲令下：「殺！」

每一排前方都站了一名河東軍，手起刀落，唰唰唰地砍下九顆腦袋，每一排都只留下第十人！眨眼間，九十名俘虜慘死刀下，倖存的十人眼睜睜看著同伴屍首分離，嚇得六神無主，連求饒也不會了。

史建瑭走到最後倖存的十人身邊，從前到後，手中刀光每閃一下，就狠狠砍掉一條胳膊，大聲道：「今日放你們一條生路，是替我傳話給朱賊，說晉王的大軍就要到了，教他快快洗好腦袋，準備提頭迎接！」大喝一聲：「滾！」

倖存的梁牧兵被砍斷手臂，痛得不斷慘呼，但身子創傷雖重，心裡恐懼卻更嚴重，聽到可活命，個個強忍劇痛，拔腿就跑。

史建瑭將所有派出的騎兵召集回來，全數換上梁軍衣服，拿出大梁旗幟，藏身在下博橋，耐心等候，到了餉午，又有一批新的梁兵來砍柴、割草、牧馬。史建瑭與李嗣肱各帶領三百士兵，偽裝成梁兵，悄悄混入其中。梁牧兵都認真工作，並未發現異樣，直到夕陽西下，便收拾行囊，一路走回軍營。

史建瑭等人隨著梁兵回去，一直走近賀德倫的營帳旁邊的倉房，梁兵們正忙著卸下身上裝備，準備將收獲的糧草運往馬場，好餵食馬兒，忽然間，藏身其中的河東軍拔出長刀，一陣刀光閃動，殺人搶馬、縱火燒糧，策馬衝奔出去，大喊：「晉王大軍來了！晉王大軍來了！」又以精湛的騎術左右奔馳，掃殺數百人，刀光過處，還順帶割取他們的左耳當做戰利品。

一時間，梁軍驚駭震動，不明白發生什麼事，想不通穿著梁軍服飾的人為何會砍殺自己？河東軍為何會忽然出現在軍營裡？

許多梁兵都是臨時參軍，初次上戰場，第一次見識到河東軍強悍殺人的氣勢，只覺得對方根本不是人，而是一群凶暴殘狠的惡鬼，聽到他們放聲大喊，都以為晉王大軍真的來了，嚇得抱頭鼠竄，也有人為了自保，拿起兵刃胡亂揮砍，也不管砍中的是敵人還是隊友，漸漸地，形勢越來越混亂。

「發生什麼事了？」賀德倫和袁象先本來在主帥營帳內討論軍機，聽見吵嚷聲，連忙衝出帳外，只見火光處處，一道道燒糧草、燒營帳的黑煙沖上了天，眼前更是一片人馬雜遝、丟盔棄甲，自相踩踏的混亂景象，兩人大吃一驚，連忙挽弓搭箭，卻不知該射向誰，就猶豫這麼一下，河東軍已像一陣風般，退得無影無蹤，只留下崩潰混亂的梁兵！

「究竟怎麼回事？」賀德倫連聲大喝，此時被史建瑭砍斷胳膊的十名梁兵剛好拖著蹣跚的腳步回來了，見到軍營也是一片混亂，愴惶哭喊道：「晉王大軍到了！不但殺光其他糧草兵，還砍了我們的手臂！」他們原本不敢回來，在外邊躲藏許久，但受了重傷，又無處可去，思來想去，還是只能回營療傷，因此比史建瑭他們還晚了一步。

原本有些士兵害怕違背軍令，還不敢動作，見到牧兵的慘況，再也忍不住，嚇得愴惶奔逃，也有人趁機打劫，臨去前，硬是要搶些東西才走，竟是自己人和自己人打成一團，混亂的情況像炸開了鍋，一發不可收拾。

「快住手！否則軍法處置！」賀德倫無論怎麼祭出軍令，都控制不了已經瀕臨崩潰的梁軍，這動亂就像野火漫燒般，一營傳過一營，一下子無邊無際地延燒出去，終於燒到了皇帝的金帳前！

朱全忠原本正在休息，漸漸地耳中傳入了吵嚷聲，他才披衣坐起，就見到袁象先神色驚惶，匆匆奔進，連禮節也顧不上了，只連聲呼喝：「陛下，大事不好了！」

朱全忠怒眉一豎，喝道：「到底發生什麼事了？」

袁象先臉色蒼白，激動道：「晉王先是派人把我們的牧兵殺光，接著派了一隊先鋒軍偽裝成我軍，衝入軍營裡，不只殺人燒糧，還砍下士兵數百隻耳朵來耀武揚威！」

朱全忠怒吼道：「賀德倫在做什麼？他就任敵軍這麼胡來嚒？朕的面子要往哪裡放？」

袁象先急道：「士兵們見到河東軍神出鬼沒，又炫耀武力，嚇得紛紛逃走，賀將軍約束不住……」

朱全忠簡直氣炸了，氣吼道：「祭軍令，殺逃兵！還要朕教你們怎麼做嚒？」

袁象先顫聲道：「賀將軍就是祭出軍令，連殺數十名逃兵，才……」語氣一哽，又道：「眼下逃走的逃走、搶劫的搶劫，大軍已經……發生暴動了……」

朱全忠心中一震，從未有過的驚懼直竄上心頭，六軍不聽指揮，通常只會發生在王朝敗亡的時候，即將征戰的軍兵該是最團結一心、士氣高漲的時候，為何他們會在大戰前一刻，不惜一切地發生暴動？這是他想都沒想過的處境，不由得顫聲問道：「你說晉軍來了？真來了？」

袁象先沉重地點了點頭，朱全忠又問：「大軍真的暴動，止不住了？」

袁象先又點點頭，道：「賀將軍還在外頭力圖鎮壓，但士氣大洩，實在不宜征戰，是進是退，還請陛下定奪。」

此時李振也已趕到營帳中，朱全忠望著他，眼底流露一股至深的絕望：「你怎麼看？」

只這一眼，李振就看出朱全忠從前的心高氣狂已蕩然無存，不由得暗暗吃驚：「陛下已無心爭鬥，這仗還如何打下去？」

這一役乃是傾盡大梁全國之力，損耗不知凡幾，卻只攻下一個小棗強就要退兵，他心中憾恨實不亞於朱全忠，但無論他感到多麼可惜，也不敢教皇帝去送死，只能附和朱全忠內心的想法，悵然道：「臣並不相信河東真有大軍前來，應是虛張聲勢之計，但我大軍士氣已敗，卻是事實，就如袁副使所說，此戰已然不宜。」

「你也贊成退兵？」朱全忠語氣中雖流露一股壯志未酬的遺憾，卻也沒有反對的意思。

李振道：「千金之子尚且坐不垂堂，更何況陛下是萬金之軀？臣始終覺得，陛下安康永遠是最重要的事，至於李小兒，君子報仇十年不晚，日後再讓楊節帥去討回即可！陛下乃是大梁萬民之所繫，身分何等貴重，怎能與一介野夫比拼性命？」

外邊的吵嚷聲已如洪濤巨浪滾滾傳來，袁象先急道：「陛下，李尚書說得極是！請陛下盡快移駕，待一切安定，或可再召兵復興，再遲……萬一……萬一……就來不及了！」他不敢說出口的是：「現在還有親軍護衛，萬一連他們都叛亂，即使陛下武功絕頂，也難倖免。」

朱全忠自是明白其中深意，望著帳外火海越燒越大，貪生的欲望也越來越大，心中恨悔莫及：「我已經拼搏了一輩子，當上了皇帝，性命是何等珍貴，為什麼要與這些亡命之徒相拼？我為什麼不安安穩穩待在皇宮，享受榮華富貴就好，卻要御駕親征，讓自己陷入這危險的景況裡？李振說得不錯，我先回去，日後重新召集大軍，讓楊師厚、劉鄩領兵打仗就好，我又何必親自冒險？」雙目一閉，痛下決心道：「那就依你們的意思，撤軍吧！」

袁象先得到朱全忠答允，如釋重負，連忙到外邊召集親衛，以最快的速度整理有用的裝備，拋棄無用的負擔，快速燒毀營壘，趁夜退走。

朱全忠坐在馬車上，探首到窗外，向後方望去，只見遠處火光熊熊，一路屍橫遍野，喊殺聲無止無盡，彷彿大梁的未來、統一天下的夢想、甚至是王朝基業全在這把無情的大火中燒熔殆盡了，只留下漫天飄散的灰燼和無盡噓嘆……

梁軍見皇帝的龍輦撤退了，驚嚇之餘，逃得更加厲害，好不容易往南逃至冀州，當地百姓想起杜廷隱曾將滿城老弱婦孺活埋的恨事，見梁兵狼狽敗逃，都覺得是報仇的大好機會，紛紛拿鐵鋤、鐵耙追打。

梁軍此刻已是驚弓之鳥，誤以為又遇上河東伏軍，嚇得只顧奔逃，一路上你推我擠，互相踩踏砍殺，拋棄輜重、鎧甲、器械，不計其數，一夜之間，十數萬梁兵全作鳥獸散，枉死者竟達數萬之眾。

朱全忠的軍隊也好不了多少，一開始雖有數萬親衛誓死相護，但眾人心中仍是受到了衝擊，賀德倫擔心在大道上奔逃，會引來追兵，遂命令親衛隊走林間小路。

眾人一進入漆黑的森林，原本憂懼的心更加忐忑不安，一有什麼風吹草動，就以為晉軍追來，嚇得隨意亂轉，最後竟在樹林裡迷了路，曲曲折折多繞了一百五十多里，連帶又有一些人悄悄逃走，待走出樹林時，只剩下一萬多人。

朱全忠從未想過一場雄心壯志的出征，還未正面交戰，就狼狽地落荒而逃，目睹眾軍叛離的可怕情景，心中憤恨、悲痛之餘，也慶幸能逃出險地。

李振見朱全忠臉色蒼白，目光空洞，滿眼血絲，顯然心情受到極大的震蕩，已無法思考，又見軍心浮躁不安，深怕這最後的親衛也會逃逸，便與賀德倫商量：「陛下傷神過劇，我擔心再這麼下去，他會支持不住，大夥兒奔了兩日，也疲累了，不如稍做歇息。另外，請將軍派幾名精明勇敢的騎兵去查探晉軍究竟追到哪裡了，這樣大家心裡有個底，才不會亂奔亂跑，徒然消耗。」

賀德倫看了看四周的景致，贊同道：「這裡應該安全，就依李尚書之見。」便下令眾軍暫停。

才過不久，探子便全數回來了，李振等人都感驚訝，賀德倫急問：「你們這麼快回來，莫非是河東大軍追來了？」

探子們卻興高采烈，你一言我一語地回答：「啟稟將軍，根本沒有半個河東軍！」「擾營的河東軍其實只有數百人，是先鋒史建瑭率領的流動騎兵罷了！」

「什麼？河東大軍根本沒有來？」李振、賀德倫、袁象先等幾名重臣你望望我、我望望你，都感到錯愕不已，好一會兒才回應過來，李振跺足扼腕道：「我早知一切都是詭計！是河東虛張聲勢，可偏偏……偏偏……唉！」他沒說出口的是：「可偏偏陛下早已失去鬥志！我一次又一次告訴陛下根本沒有河東大軍，他卻一次又一次懷疑，終於在即將出征的前一刻，全然崩潰！」

其他人卻是滿心歡喜，甚至這消息一傳出，士兵們不由得大聲歡呼起來！

朱全忠原本正在安睡，但其實又無法真正入眠，恍惚中，聽見外邊的呼鬧聲，以為河東大軍追來了，驚得連忙坐起，卻聽見車輦外傳來李振溫和的聲音：「陛下，有探子回報。」

朱全忠坐好了身子，沉聲道：「進來。」

李振小心翼翼打開車門，登上階梯，恭敬道：「方才探子回報，河東大軍並沒有來，陛下可安心歇息，慢慢回程。」

朱全忠聞言，沒有半點歡喜，沒有鬆了一口氣，反而一雙惺忪的眼慢慢地、慢慢地瞪大，臉上的血色一絲一絲退去，變得蒼白如紙，那神情竟比聽到河東大軍追來還可怕，甚至全身都顫抖了起來，好半晌才道：「你說什麼？你說……根本沒有……」一句話未說完，再也忍不住噴吐出一大口鮮血，昏暈過去！

李振嚇得連忙大呼：「御醫！御醫！」

朱全忠在御醫的急救下，其實已清醒過來，卻還假裝昏睡，整個人蜷縮在被褥裡不肯起身，一股羞愧襲捲心頭，他感到自己在臣屬跟前丟盡臉面，成了笑話，以後又要如何領軍服眾？

他忽然想起了李克用，曾經自己面對那位天下第一高手，毫無懼怕，而李存勗的武功甚至不如李克用，自己為什麼要害怕？可他就是沒辦法不怕！他很想知道李克用落入下風時，為什麼還能有打死不退的勇氣？李存勗落入絕境時，為什麼能夠堅持下去，以至逆轉翻身？

他沒有決一死戰的勇氣，甚至一聽到風聲就想逃跑，他感到全天下都知道自己害怕小晉王，這樣的念頭不斷盤旋纏繞，漸漸地，他承受不了心中的羞慚、憤恨與恐懼，此後一路回去，只氣息奄奄地躺在被窩裡，不肯起身。

眾臣見皇帝病重，十分擔憂，御醫幾番診治後，說陛下是急怒攻心、鬱氣堵心，以至臥病不起，回宮以後，放寬心懷，或許就能慢慢康復。

李振讓軍隊先停駐在貝州十多天，以豐厚的糧餉召集各路流散的士兵回營，待大軍團聚後，才真正啟程回宮。

（註❶：「學而時習之，不亦說乎」出自《論語》。）

（註❷：車轂乃是車輪中心插軸。）

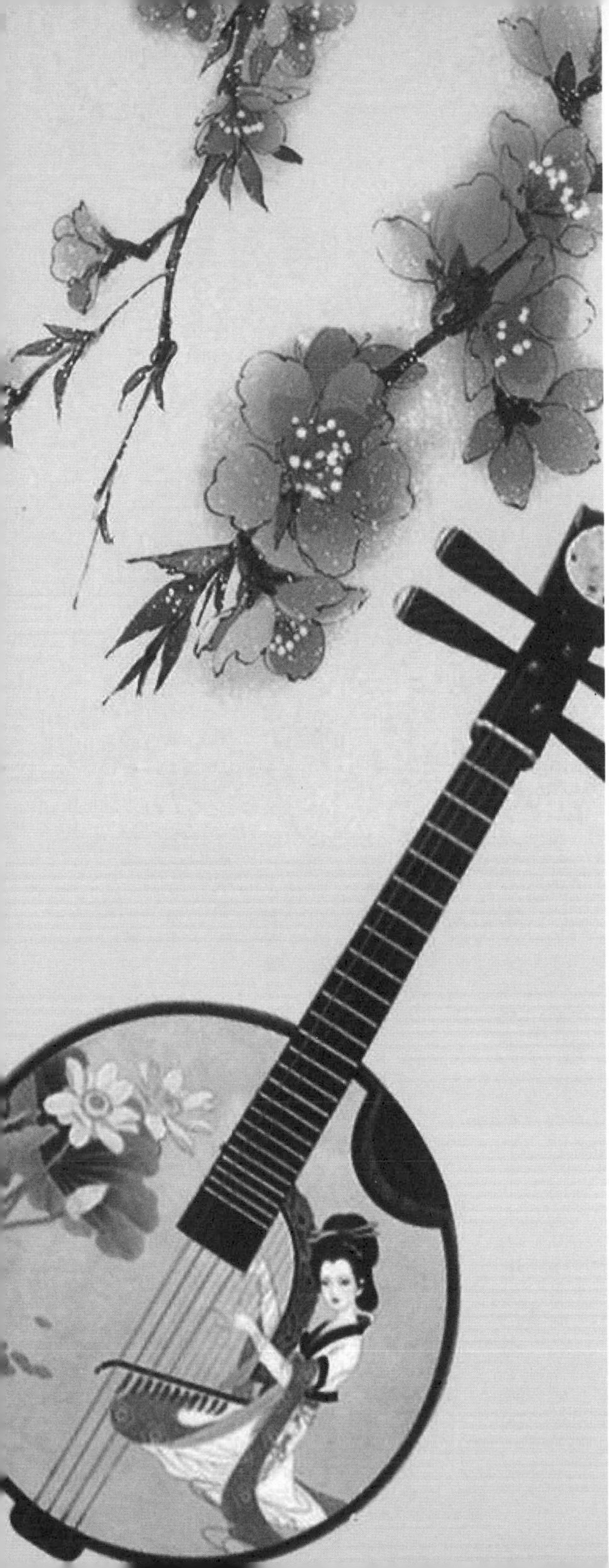

九一二・五　君王一顧盼・選色獻蛾眉

帝泛九曲池，御舟傾，帝墮溺于池中，宮女侍官扶持登岸，驚悸久之。制加建昌宮使、金紫光祿大夫、檢校司徒、開封尹、博王友文為特進、檢校太保，兼開封尹，依前建昌宮使，充東都留守。《舊五代史・卷七・太祖紀七》

自梁與晉戰河北，兵數敗亡，全義輒搜卒伍鎧馬，月獻之以補其缺。太祖兵敗蓨縣，道病，還洛，幸全義會節園避暑，留旬日，全義妻女皆迫淫之。其子繼祚憤恥不自勝，欲剚刃太祖，全義止之曰：「吾為李罕之兵圍河陽，啖木屑以為食，惟有一馬，欲殺以餉軍，死在朝夕，而梁兵擊之，得至今日，此恩不可忘也。」繼祚乃止。

嘗有言全義於太祖者，太祖召全義，其意不測。全義妻儲氏明敏有口辯，遽入見，厲聲曰：「宗奭，種田叟爾！守河南三十年，開荒斫土，捃拾財賦，助陛下創業，今年齒衰朽，已無能為，而陛下疑之，何也？」太祖笑曰：「我無惡心，嫗勿多言。」全義事梁，累拜中書令，食邑至萬三千戶，兼領忠武陝虢鄭滑河陽節度使、判六軍諸衛事、天下兵馬副元帥，封魏王。《新五代史・卷四十五雜傳第三十三》

其年六月，廢建昌宮，以河南尹、魏王張宗奭為國計使，凡天下金穀兵戎舊隸建昌宮者，悉主之。《五代會要》

河南尹張全義進開平元年已前羨余錢十萬貫、紬六千匹、綿三十萬兩，仍請每

年上供定額每歲貢絹三萬匹，以為常式。《舊五代史・卷三・太祖本紀三》

俘妻劉氏，父為藍田令。廣明之亂，劉為巢將尚讓所得，巢敗，讓攜劉降於時溥，及讓誅，時溥納劉於妓室。太祖平徐，得劉氏嬖之，屬翔喪妻，因以劉氏賜之。及翔漸貴，劉猶出入太祖臥內，翔情禮稍薄，劉於曲室讓翔曰：「卿鄙余曾失身於賊耶，以成敗言之，尚讓巢之宰輔，時溥國之忠臣，論卿門第，辱我何甚，請從此辭！」翔謝而止之。《舊五代史・後梁・列傳八》

乾化二年，桃月晚春，大梁兵敗蓚縣，朱全忠從此臥床不起，除了李振和御醫外，誰也不見。眾臣擔心皇帝舟車勞頓，病情更加嚴重，不敢急奔，於是讓大軍先行回去洛陽，只留下數千衛軍保護帝駕緩緩而行。

褚寒依、阿銀、阿金三人見李存審竟以五百騎兵大敗數十萬梁軍，都嘖嘖稱奇，對於大梁還會發生什麼事，十分好奇，再加上金匱盟主於小紅書上指示「跟隨梁軍，返回洛陽」，三人於是又隨著流兵召聚，回到了梁軍隊伍之中。

這段時間，朱全忠雖意興闌珊，不見外人，心思卻從來沒有停止過，有時懊悔自責、有時痛恨世人，有時也想不透自己明明手握大軍，怎麼會落到這種地步？但最擔憂的是大梁的延續，最懷念的，自然是張惠在世時的風光得意。

槐花裊裊，如雪紛飛，眾人一路停停歇歇，直到孟夏時分，才走到了東都開封，朱全忠忽想起張惠曾說：「開封與洛陽都座落於中原最豐庶之地，掌握了大唐四通八達的漕運，只要以此為據點，就能向外擴展成大片江山！其中，開封更是重中之重！」忽然間，他靈思一亮，明白了一件事：大梁如想再復興，必須依憑東都的形勢，東都盛、大梁興；東都衰、大梁陷，遂呼喚李振進入車駕商議事情。

李振見朱全忠難得起身，必有重要事情吩咐，連忙進入車內恭問：「陛下有何吩咐？」

朱全忠道：「朕想在東都歇息，順道巡視一下博王的治地。」

李振跟隨朱全忠日久，立刻明白他的意思，心想：「這回戰事大敗，國庫耗損過劇，陛下去開封，肯定是想教博王設法填補空虛，考驗他的能力……」

當初嫡子朱友裕一身亡，眾大臣就開始盤算自己的後路，偏偏朱全忠遲遲未立太子，以至情況一直混沌不明。

最有希望的候選人當屬養子朱友文，他年紀最長，擅長治理政事，原本就能討朱全忠歡心。自從朱全忠見到李存勖的英明勇武之後，深深感嘆自己的兒子不是莽夫，就是懦夫，再不然就是太過蠢笨，因此罵出了一句千古名言：「生子當如李亞子，我的兒子就是一群猪狗！」

這件事被有心人士散播，在朝堂漸漸形成一種氣氛，文武百官都認定朱全忠屬意朱友文接位，再加上出征前的晚宴，朱全忠當場給朱友珪難看，更使得朝中近八成的大臣都倒向了朱友文。

太子的其他人選還有郢王朱友珪、均王朱友貞、福王朱友璋、賀王朱友雍、建王朱友徽、康王朱友孜等朱全忠的親兒子們，個個都睜大眼盯著皇位。

李振覺得朱友貞箍著張惠的禁王令，以朱全忠對張惠的深情，絕不會違背諾言立他為太子，其他皇子則年紀太小，不堪大任；朱友珪出身再不好，始終是朱全忠的親兒，朱友文再怎麼優秀，依舊只是養子，於是他決定與眾臣背道而行，將未來的仕途押在朱友珪身上，因此一早就答應郢王妃張貞娘的邀請，暗中剷除朱友倫等反對朱友珪的勢力。

李振暗暗思索：「開封管治得好不好，能不能達成陛下彌補軍需的心願，不只關係到大梁的振興，更考驗著博王有沒有能力接位太子……」他雖然暗中支持朱友珪，卻也不想得罪朱友文，連忙道：「臣會派人先行通知博王，讓他好好準備接駕。」

朱全忠雙目沉閉，微然頷首，有氣無力地道：「希望友文不要和其他人一樣，教我失望才好。」

李振勸慰道：「從前博王負責軍糧調配，從不缺失，擔任度支鹽鐵制置使時，管理鹽鐵糧食，也頗有績效，否則陛下也不會如此寵信他，在立朝之後，又讓他擔任建昌宮使，統管核心四鎮的賦稅。」

「這孩子擔任建昌宮使以來，大興農業，諸多改革，減了百姓的賦稅，整體的稅收卻沒有減少，確實是個文治之才……」朱全忠嘆了口氣道：「只可惜沒有將才，偏偏又姓康，不是我朱家的血統！倘若友裕還在就好了，只有他，才是真正經歷過戰火淬煉，能在亂世中撐起龐大的基業！只要友文好好輔佐他，兩人一武一文，雙劍合璧，還怕鬥不過李家小兒郎？」每每想到朱友裕的去世，他心中就有一股深深的痛悔與遺憾，倘若長子還在，他就不用如此拼搏，日夜擔心河東的威脅。

李振見他面色蕭索，一時間也沉默不語，因為他知道朱全忠年事漸高，幾十年征戰下來，鐵打的人也會疲憊，心一旦累了，就會衰退得更快，「不老」終究只是一種奢望！

開封博王府邸，朱友文得到聖駕即將光臨的消息，全身都緊繃了起來，立刻下令所有人打起十二萬分精神準備，自己也日夜不休地到處巡視，生怕有一絲疏忽，會惹得朱全忠不快。

這一日，他又忙到深夜，才回寢殿休息，博王妃王雲柔聲道：「你把東都治理得這麼好，大梁需要什麼軍餉器械，從不擔誤，按理說，父皇要來，你該歡歡喜喜地接待，等著領賞才是，怎麼愁眉苦臉的？」她伸出纖指輕輕點向朱友文的眉心，取笑道：「瞧你兩道眉毛都快蹙到一起了！不知情者，還以為你不歡迎他老人家呢！」

朱友文急道：「這話可不能亂說！」

王雲撒嬌道：「妾不過是和你開個玩笑，瞧你緊張的！這裡只有咱夫妻倆，你擔心什麼？」

朱友文下意識地望了望左右，確認四周無人，才低聲道：「父皇性情原本就剛烈，如今蓚縣大敗，他更是有如火雷，聽說左右之人稍忤其意，便即處死，此刻正是動輒得咎，萬一我不能令他滿意，說不定要人頭落地！」

王雲勸慰道：「父皇將東都大權和財賦全交予你管理，就表示他特別信任你，他就算殺誰，也不會殺你，你不必這麼擔心！」

朱友文嘆道：「此一時彼一時也！好比李思安，他不只是開國功臣，還曾是父皇的貼身護衛，兩人形影不離，父皇是何等信任他，前陣子還不是被流放賜死了！我不過一介文人，又能如何？」

王雲道：「正因為你是文人，他才更不會殺你！我聽說這李思安之死，是由於段凝獻了美人、財寶，刻意討父皇歡心，才把李思安比了下去！你就如法砲制，讓他老人家一邊欣賞湖光山色，一邊收納美人財寶，就什麼怒氣都消了。」

「這主意雖然不錯，但有一個難題……」朱友文微微遲疑，憂愁道：「妳也知道，我身為建昌宮使，掌管全國賦稅，不知有多少豺狼虎豹覬覦這個大肥缺，我為免遭人陷害，少不得要花些銀子打點！但接連幾次大敗仗，使國庫緊俏，父皇這一趟來，名為監查東都，實為討要稅賦，去填補敗戰缺損，倘若他獅子大開口，我要如何應付？」

王雲已然明白他真正擔憂的是為了打點關係，暗中虧空國庫，想了想，道：「這次蓚縣大敗，父皇不是臥病許久嚒？你拿一筆假帳給他看，他腦子糊裡糊塗的，未必就能看得出來，倘若他獅子大開口，你就先答應，拖延一段時間，日後再想辦法彌補。」

「這是另一個難題了！」朱友文又是一嘆：「就算這一回我用假帳度過難關，但父皇已然病重，太子之位又一直懸而未決，萬一父皇真有個什麼，由郢王繼承大位，他未必會善待我！」

王雲抿唇一笑，道：「郢王向來不受重視，依妾之見，倒不必擔心他！」

朱友文見她神情另有深意，連忙問道：「這是為何？」

王雲嬌媚一笑，道：「因為皇子們就是一群豬狗，這豬狗名稱，還是父皇金口欽定的呢！」

朱友文苦笑道：「就算是一群豬狗，也是親生豬狗，哪裡是我這個外人能比的？」

王雲輕輕握住他的手，鼓勵道：「太平盛世裡，血統自然重要，但亂世之中，乃是強者為王，既然皇子們都是豬狗，你還怕勝不過他們嚒？」

朱友文嘆道：「妳也說亂世中強者為王，我不僅血統不正，還是一個文人，雖能治國，卻無法帶兵，眼看河東崛起，我卻無能為父皇分憂，他又怎會認同我是強者？」頓了一頓又道：「兩年前，蔡州動亂，我為了爭取軍功，便自行出兵討伐，卻被父皇連下數道急令催我還軍，說不能征討，要招安撫之，否則會激得蔡州軍強力反抗，在那之後，父皇就不讓我碰軍事了！」

「不碰軍事又如何？」王雲哼了一聲道：「你坐鎮開封，制扼著廣大運河的咽喉，再者，你擔任建昌宮史，管控鹽鐵糧食、軍餉征賦，這些事物何等重要？簡直就是掐住大梁王朝的命脈！你經營東都十多年，已經形成自己的氣候和勢力，手中人脈就像這漕運一樣，又廣又大，就連均王都寧可倒向你這邊，也不願追隨自己的親兄長郢王，可見這大梁王朝裡，誰不指望你來治理基業？難道還指望那群豬狗？」

朱友文聽王雲直接道破了自己的形勢，既震驚又歡喜，小心翼翼道：「妳說郢王不受重視，那麼均王呢？他可是賢妃的嫡子，最受父皇寵愛！」

王雲哼道：「賢妃又不准他接位！再者，均王膽小懦弱，淮南那一戰，他被敵人抓走，哭得稀哩嘩啦，朝臣都私下竊笑他，後來他與郢王翻臉，投靠到你這邊，不就是痛恨郢王故意把這醜態傳散開來嘛？這樣膽小怯弱之人，如何成為一國之君？又有誰會支持他？只要父皇一直沒有指定太子人選，你都有機會的！」

「最怕的是……」朱友文深藏內心的渴望一直不敢對人說，長久以來，只以鴨子划水的方式，默默努力建立起自己的勢力網，今日得到妻子的支持，忍不住將心思全盤托出：「萬一父皇臨終前留了遺詔，指定其他人選……」

「那咱們就搶在他立遺詔前……」王雲美眸湛出一道利光，冷聲道：「動手！」

朱友文心中一震，臉色一分分陰沉、幻變，再不是方才那個貌似隨和可親、全無主張的斯文男子：「如今東京兵權掌握在均工手裡，他看見父皇忽然崩逝，不知會有什麼反應？」

王雲一雙美眸似能洞穿朱友文所有的焦慮與野心，輕輕貼近他耳畔，以迷人魅惑的聲音輕聲道：「這次父皇前來，均王剛好回洛陽辦事，兩人不會遇上，正是咱們下手的好時機！父皇一旦猝死，必會引起一片混亂，你就趁機在靈柩前矯詔即位！你不只掌控著東都大權，還管治著全國的錢糧鹽鐵，百官都會乖乖聽命，誰會跟錢財過不去呢？這些年你虧空了國庫，花了數不盡的錢財收買人心，難道不是為了這一日嚒？等均王回來，一看大勢底定，還能如何？你不是一直拉攏著他嚒？他向來無膽，又與你交好，不會反抗的！有這個陛下最愛寵的親兒支持，那些老臣也會服氣你！」

朱友文想不到王雲對自己的舉動十分留意且理解，捏了她的小蠻腰一把，笑道：「妳真是明白我的心思！」

「倘若我連自己的夫君在做什麼都不知道，又如何成為你的賢內助？」王雲若有深意地一笑：「妾知道你籌謀很久了，這次是最好的機會，千萬不要錯過了！若是等陛下回宮，你遠在東都，要想施行什麼計劃，都不如皇子們親近了！」

「萬一……」朱友文英眉一沉，低聲道：「事情敗露，可是要殺頭的，妳不怕嚒？」

「萬一成功了呢？」王雲柳眉一挑，美眸如星月晶亮地凝望著他，道：「將來無論誰登基，咱們都只有死路一條！那些豬狗絕不可能放過你的，只有你登上帝位，咱們不只可活命，還能享盡榮華富貴！與其擔心失敗，不如把計劃做得周詳些，就算失敗了，也不要讓罪名落到咱們頭上！」

朱友文悄聲說出心裡的計畫，問道：「妳覺得如何？」顯然這計劃早就在他心裡盤算過千百遍了。

王雲雙臂輕輕環抱了他的腰，仰起嬌俏的小臉微笑道：「我的夫君看似斯斯文文，其實本事大如天，考慮得如此周到，妾還有什麼好擔心的？如此一來，無論成敗，這事都牽扯不到咱們頭上！」

朱友文得到妻子的鼓舞，更加強了信心：「屆時，我就以潑灑酒杯做暗號！」

兩人相視一笑，心中已有默契，感受到前方的路既艱險又刺激，只有生死相扶，才可能突破難關，不禁緊緊相擁。

朱全忠與眾臣終於進入開封，朱友文以最熱情的態度迎接，並設置最豐盛的晚宴：「孩兒今日特意準備了畫舫遊湖，讓父皇可以觀星賞月，享受美人舞曲，品嚐美酒佳餚。」

朱全忠奔波數月，終於回到安全之地，能好好享樂，心情頓時放鬆下來，微笑道：「好！還是你處事周到！」

朱友文一邊伴著他緩緩前行，一邊與之談笑，走著走著，朱全忠忽覺眼前景致十分熟悉，望著前方黑茫茫的湖面，內心深處驟然升起一絲震悸：「這地方是……九曲池！」

當年他密令蔣玄暉在九曲池設宴擺酒，邀請唐昭宗李曄的九個孩子共樂，待九王飲酒盡興後，蔣玄暉就將他們狠狠勒死，將九具屍體一起投入池中！

白日裡，九曲池風景優美怡人，倒也不覺得如何，可一入夜裡，就變得陰森黑沉，明明是初夏暖風，朱全忠卻沒來由地泛起一陣寒涼，不知是殺氣還是陰邪之氣，他總覺得這湖裡沉埋著最大的惡意，彷彿大唐的滔天仇恨隨時會向他猛撲過來！

他一刻也不想待在這個地方，不由得怒從心起，正想拒絕這場晚宴，朱友文卻揚起手臂，指尖打了個暗號，驟然間，整個夜幕乍亮了起來，湖岸兩旁的樓臺宮閣以一盞盞小燈籠點綴，綻放出一幅幅炫亮綺麗的燈畫，令眾人一時目眩神迷，驚嘆連連。

湖面上有兩艘佈置精巧的畫舫，也以燈火鮮花點綴，如此光影朦朧、花香芬芳，別有一番情趣。湖面上還有幾葉扁舟，舟夫以長竹竿將湖面上的一朵朵花燈點燃，那花燈隨波流轉，將岸邊的亭台樓閣、山林樹影倒映入湖面，又與星月交相輝映，整個九曲池瞬間變得有如瑤台仙境。

隋唐時候，文人雅士最喜歡流觴宴飲、賞景作樂，朱友文本是風雅文人，因此很擅長營造爛漫氣氛。朱全忠卻是個粗人，從小沒有風雅教養，就算當了皇帝，仍疲於應付各種戰事，哪有閒情逸致去研究這些小玩意？今日乍見到這一幅幅精巧幻景，不由得驚喜萬分，對朱友文的用心甚為感動，頓時一掃胸中陰霾，哈哈大笑起來。

朱友文指著前方較大的一艘畫舫，誠懇道：「孩兒許久不見父皇，甚是思念，今夜想與您共享天倫，閒話家常，因此這船上只有我夫婦倆和一些僕婢服侍。」又指另一艘較小的畫舫，道：「這一艘就用來慰勞大臣，船上也備了歌舞晚宴，您看這樣安排可好？」

這段時間，朱全忠明顯感受到眾臣十分懼怕自己，臣子敬畏主上原本是好事，但人人極力閃躲，避之唯恐不及，更不願出謀劃策、承擔責任，就成了糟糕透頂之事！

從前他脾氣再暴躁，身邊仍有一群良臣猛將誓死跟隨，因此他對諂媚逢迎者嗤之以鼻，甚至刀斧相向，但此刻蒼心老矣，忍不住就暗自感傷起來：「就連劉守光那傢伙，都有李小喜拍馬奉承，我卻沒有半個人願意親近！一定是因為我打了敗仗，他們心中瞧不起，就故意冷落我，說不定正商量著要一起投靠河東……」今日忽然見到朱友文孝心拳拳，想與自己親近，悲涼的心境頓時湧上一陣暖意，感動道：「好孩兒，父皇也好久沒與你敘舊了，今日咱父子倆就好好聊聊，不讓他們打擾。」

朱友文揚手招呼那艘大畫舫靠近前來，道：「父皇，請。」

這畫舫有上下兩層，船夫在下層划船，不會打擾了上層貴賓的宴會，朱友文招呼上層的僕役架了長木梯延伸下來，並親自攙扶著朱全忠一步步登上階梯，一邊說道：「王妃已先在船上打點一切，父皇一上船，便可享用美酒佳餚。」

前方傳來琴音裊裊，正是一首輕緩的《醉太平》。朱全忠一聽到這樂音，心情便愉悅了起來，待走到上層船艙，只見錦帆上花鳥絢爛，金桅上龍雲遨翔，船中十分寬敞，擺放著一桌豪華酒席，席上杯盤碗筷皆有講究，分別是形如橄欖、金光閃爍的玻璨碗，花鳥紋鎏金三足銀樽，七寸六分長的金飾雕龍筷。另外，分別以十八式雙魚大雁紋的荷葉玉盤，裝盛鯉魚焙麵、煎扒鯖魚頭尾、滷煮蛇段等開封名菜，每一只玉盤的魚雁樣式皆不相同，與菜色各自搭配成一幅色香味俱全的精巧藝術。

博王妃王雲一見朱全忠到來，立刻領著美豔的樂伎、舞伎起身，輕輕福了一禮，嬌聲道：「恭迎父皇。」

佳人們也跟著附和：「恭迎陛下。」

在這燈火曖昧、詩情畫意的畫舫上，眾美女環肥燕瘦，各有千秋，人人粉胸半掩如晴雪、慢束羅裙似薄翼，形成一片逼人豔光，瞬間照亮了朱全忠寂冷的心房，這世上恐怕再沒有什麼事物比一群美人簇擁環繞，更能讓一個頹廢男子重振雄風了！

但真正讓朱全忠目光一亮，連身子都暖熱起來的，卻是領頭的女子博王妃王雲！

他忽然覺得自己太忙於戰事了，竟沒有注意到自己的兒媳個個都是傾城絕色：朱友珪的郢王妃清雅如星、明淨似月，渾身散發著人間不可得、只應天上有的仙姿風采，讓凡俗人都自慚形穢，不敢高攀，就好像他年少時，初遇張府大小姐，只敢在遐想中相擁、在夢境裡相親，卻連上前和她說句話都不敢。

眼前這位博王妃卻是另一種難以言喻的滋味，她眉如新月、秋水含波，玉容沉靜時，溫柔純美，卻隱含一種藏媚入骨、浮蕩於眸的風情，只要美眸稍一流轉，就能把周遭男子都勾引了一回；身上的鈿釵禮衣明明華麗端莊，卻怎麼也裹束不了那掩於薄衫下的風流韻味！她是屬於人間的，是那種讓世間男子競相追逐、發癲痴狂，恨不能日日與之纏綿的魅惑小妖精！相較之下，她身後的眾女子美則美矣，卻沒有一個像她一樣，有著致命的吸引力！

再看看她身邊的朱友文，目如朗星、面如冠玉，年輕儒雅、溫潤優美，這樣的神采讓朱全忠好生羨慕：「倘若我也年輕個幾歲，就能吸引這小妖精自己來投懷送抱……」想到朱友文外表斯斯文文，內心卻喜歡浪蕩的妖精，又不禁暗暗好笑：「原來友文也是暗裡風騷……」這麼一想，忍不住又憶起遠在洛陽的郢王妃：「這樣的仙女怎會落到遙喜那種大粗人手裡？而我竟從未發覺她的存在……」

大軍出征期間，他雖有段美人隨侍，但自從戰敗後，病體不適，他就意興闌珊，還讓段美人隨大軍先行返回洛陽。直到遇見王雲，那顆快要灰死的心才被勾活了起來，連帶對張曦的渴望也越來越深，但想到張曦是兒媳，心中憾恨實不可言喻。

眾人進入畫舫安坐，朱全忠坐上酒席的主位，朱友文坐於旁側，王妃則坐在他的下位，眾舞伎、樂伎散坐在前方兩側。朱友文微笑敬酒道：「父皇內安百姓，外撫四夷，恩施於百官，威治於諸侯，兒謹以一杯水酒恭祝，但願大梁國泰民安、父皇千歲萬歲。」王雲也跟著舉酒相敬。

「好！」朱全忠哈哈大笑道：「今日說好了是家宴，你們都盡興，別拘禮！」又對前方眾美人道：「妳們也喝一杯。」

眾美人齊聲道：「謝陛下賜酒。」

畫舫緩緩遊行於九曲池上，溫風如酒，美人如玉，琴聲蕩漾、舞姿搖曳，湖畔樓閣被灩光暈染，一片夢幻綺麗，朱全忠不覺目眩神迷、意態酣醉，暈乎乎想道：「這才是帝王生活！我先前為何如此想不開，放著榮華富貴不享，卻去跋山涉水地打仗？」

眾美人纖指撩撥，琴音漸漸激越，口中悠揚唱道：「大風起兮雲飛揚，威加海內兮歸故鄉，安得猛士兮守四方？」鶯鶯燕燕般的歌聲，讓這首原本壯闊的詩詞變得有幾分甜美趣味。

朱友文安排這曲子，原意是把朱全忠比為大漢開國皇帝劉邦，奉承之意甚明，朱全忠初聽時，胸中激起一陣久違的豪情，想道：「漢高祖劉邦與我朱三有何差異？他是流氓，我也是流氓，他建立大漢，我建立了大梁，日後史書記載，我可是比肩齊名，一點兒也不輸給他！」但聽到最後一句「安得猛士兮守四方」，卻不禁一嘆：「自古開國大君皆一樣，都是渴求猛將而不得啊！倘若我真能覓得猛將，又何懼李家小兒郎？」想到這裡，內心忍不住又湧起一陣焦慮遺憾：「我和劉邦終究還是有一點不同，他的呂雉助他到大業功成，而我的惠娘卻早早去逝，以至我日夜不安……」

朱友文見朱全忠興致高昂，正想說幾句恭維的話，誰知下一刻，朱全忠眉目一沉，又陷低落，朱友文只得把口裡的話硬生生吞了回去，向眾美女使個眼色，眾美女會意，立刻換了一首輕緩的樂曲：「秋風起兮白雲飛，草木黃落兮雁南歸，蘭有秀兮菊有芳，懷佳人兮不能忘，泛樓船兮濟汾河，橫中流兮揚素波，簫鼓鳴兮發棹歌……」

這首詩詞出自漢武帝劉徹，描述他征戰四方之後，在樓船上大開盛宴，欣賞美人輕歌曼舞，歡樂慶祝的場景。朱友文選這首詩曲，自是恭維朱全忠有如漢武帝般雄才大略，兼且對應此刻遊湖泛舟、佳人同樂的美意，偏偏這詩曲最後兩句乃是：「歡樂極兮哀情多。少壯幾時兮奈老何。」又引得朱全忠暗暗感慨：「強如漢武帝，也要感傷人生易老，大業未竟，我身負不老神功，卻不能阻止自身衰老，這是何等諷刺……」

朱友文與王雲悄悄相視一眼，心中暗喜：「父王事事都能傷春悲秋，看來傳言不假，他身心俱疲，已然病重，像他這樣慣戰沙場之人，一旦失去鬥志，很快就會傷鬱而逝，今日正是動手的好時機……」

朱全忠連聽兩位大漢皇帝的詩曲，雖有感傷，卻也振作了幾分精神，便問道：「友文，父皇要你一個月內湊齊五十萬石軍糧，徵兵二十萬，另外再加貢銀百萬，做得到麼？」

朱友文想不到正當逍遙快活的時候，朱全忠會忽然獅子大開口，不由得嚇出一聲冷汗，心中急急轉思該怎麼回應：「這簡直是不可能的任務！倘若我立刻答應，父皇肯定以為這事十分容易，就算我拼死完成，在他心中，也沒有多大的功勞，下一回，再有什麼戰敗虧空，他肯定又會來逼迫我，我豈不是要應付不暇？不如我先拒絕一下……」一咬牙，狠下心，道：「從去年至今，連番徵收，百姓已不堪負荷，一個月內要湊齊這麼龐大的數目，著實不易……」

朱全忠臉色一變，怒斥道：「這麼點小事，你也辦不好嚒？百姓在後方享福，難道不該貢獻一點軍糧給前方戰士？你倒是憐惜自己的百姓，卻要教朕的士兵活活餓死？」

朱友文嚇得酒杯都灑了，連忙起身伏跪於地：「孩兒不敢！普天之下，莫非王土，率土之濱，莫非王臣，全天下都是父皇的子民，哪有半個是孩兒的百姓？孩兒只是受父皇恩寵，才有機會治理這地，這一草一木、一民一子，都是父皇的！孩兒……只是擔心……」

朱全忠見他嚇得不輕，忽覺得自己有些激動了，稍稍斂了怒氣，沉聲問道：「你擔心什麼？」

朱友文顫聲道：「孩兒擔心……百姓一旦不滿，會損及父皇的清譽……」

朱全忠想到蓨縣戰敗，眾臣都用怨怒的眼光看待自己，腹中的火雷瞬間又被點燃，大聲道：「你是說大家都在怨怪朕嚒？」

朱友文想不到這也惹怒朱全忠，嚇得頻頻磕首道：「孩兒不敢！父皇恩比天高，但凡任何命令，孩兒就算拼死也會做到，就算萬夫所指，孩兒也會擋在父皇身前，一定把事情辦好！」又頻頻叩首道：「父皇息怒，父皇請息怒！」

朱全忠嘆了口氣，道：「罷了！起來吧！說好了今日是咱們父子相敘，別這般磕磕叩叩的。」

朱友文又叩首道：「謝父皇開恩。」這才戰戰兢兢地起身，回入座位。

朱全忠見到他額上高高腫了一個包，又嘆道：「那些臣子總是辦不好事情，父皇才處罰他們，只要你忠心不貳，把事情辦妥當了，父皇又怎會生你的氣？難道你也怕我怕得厲害？」

朱友文心想：「只要今夜事成，我就再也不怕了！」但此刻暗殺就要發動，他確實怕得厲害，全身都冒出冷汗，裡衫也已濕透，對於朱全忠若有深意的問話，他實不知該如何應對，只支支吾吾：「父皇威震天下，孩兒打從心裡敬畏……」

「走水了！走水了！」正當父子倆陷入一種彼此試探的膠著，下層船夫忽然傳來一聲聲倉惶驚叫。

「碰！」一聲，船尾爆出一大團火光，原來是下層船尾的幾盞燭火被風吹翻了，長風助勢，一下子就將火頭延燒到錦帆上，那錦帆乃是易燃的織布，一下子漫燒開來，這艘畫舫離岸邊甚遠，另一艘畫舫和幾隻小舟也已不知去向。

眾人見火勢甚快，都站了起來，女子們嚇得紛紛尖叫，朱友文急對朱全忠道：「父皇，火勢太快，這畫舫只怕撐不到有人來救，咱們必須跳船逃生！」一邊扶住朱全忠，一邊對眾人大聲疾呼：「大家跳船！不要害怕，只要一忽兒，就會有人來救了！」

下層的船伕、舵手、廚子見火勢救不了，紛紛跳水，眾女子卻像無頭蒼蠅般紛亂一團，不知該奔往何方，只驚叫連連，爭相退到船頭那一邊，船身不由得微微一傾，情況更危急。

朱友文急呼：「妳們不會泅水麼？」

眾女子紛紛道：「我們會泅水！但聽說九曲池下有一群水鬼等著抓替死鬼，掉入池裡的人都要被狠狠纏住，再也回不來了！」

朱友文急喝道：「妳們在胡說什麼？這等怪力亂神，也可在陛下面前胡說？」

眾女子你一言、我一語地說道：「是真的！聽說那些水鬼乃是前朝王爺，生前位高權重，死後陰力自然強大！」「傳說他們是被害死的，因為心有不甘，就一直徘徊在池裡不肯離去，陰氣無邊無際，沒人能逃得過他們的抓捕！」「據說他們有九位，就算你掙脫一位，也掙不脫九位圍攻！」

朱全忠原本不懼入水，聽得這番言語，頓時怒從心起，臉色漸漸陰沉，幾乎要發出掌力斃了這幫女子，內心深處卻彷彿有幾道陰森森的聲音不斷叩問自己：「你真的敢入水麼？你身受大唐皇恩，卻將我們趕盡殺絕，生時，我們都鬥不過你，但今夜，只要你敢入水，九王定要索取你的命作賠！」他望著黑沉沉的湖水，一時間，竟恍惚得忘記殺人了！

朱友文氣急敗壞地呼喝道：「九曲池乃是東都聖地，我大梁名勝，妳們竟敢如此誹謗，就算不被燒死，本王也要處死妳們！」又轉身對朱全忠道：「父皇，不用理會她們，咱們快下去吧！」卻發現朱全忠臉色蒼白得幾近青黃，身子微微顫抖，朱友文連忙握緊他的手安慰道：「父皇，這些都是市井流言，皇帝身懷真龍陽氣，又怎會畏懼水鬼？您若害怕，不如抓緊孩兒，就算真有什麼危難，就讓孩兒為您擋災！」

「大王……」王雲在一旁緊緊抓著朱友文的袖子，怯弱弱地輕聲呼喚，那雙勾人的美眸珠淚盈盈，眸光楚楚，教人怎麼也捨不得拋下她。朱友文卻是狠下心腸，沉聲道：「我知道妳不會泅水，但我得照顧父皇，妳自個兒找會泅水的人照顧吧！」

眾人說話間，燃炸聲此起彼落，火光向四周衝飛，主帆的火延燒至主桅，「喀喇！喀喇！」一根根燃火的長桿掉落下來，四周早就亂成一團，船夫們都已跳入湖中，不知去向，眾女子只能妳推我擠地硬是往船頭擠去，個個比不會泅水的王妃還害怕。

朱全忠道：「你照顧王妃吧！」朱友文急道：「孩兒怎能不顧父皇……」一句話未說完，雕龍金桅轟隆隆地倒落，正好打在兩人中間，朱全忠和朱友文不得不分向左右一跳，就這麼分了開來，同時間，艙底木板也劈哩叭啦地破開，湖水滾滾灌入，下一剎那，整艘船便以迅雷不及掩耳之速往湖底沉落！

所有人不管願不願意、害不害怕，紛紛掉入黑沉沉的湖裡，一個也不例外。

湖面還燃著熊熊大火，朱友文緊緊抱著王雲，幸運地墜入無火的那一邊，卻有幾名女子運氣不好，落入火海中被燒死，發出淒烈的慘叫。

朱全忠也落入燃火的那一邊，只不過他身懷武功，落水時，雙拳運氣，震開四周火焰，身子迅速沉入湖裡，因此未受燃傷。他飽提一口真氣，正想縱出水面，湖面上的火焰卻快速復合起來，又擴散開去，在他的頂上形成一大片火海，逼得他只能再度往下沉。

時值初夏，湖面上還燃著大火，湖水理應不會太冷，可不知為什麼，他一入深湖，便感到遍體生寒：「這湖底確實陰氣太重，我得盡快出去！」便急著往上游，偏偏湖面火勢延燒大片，他必須游到遠處沒有烈火的地方，才能浮出水面。

忽然間，他感到兩隻小腿、足踝似被什麼繩索纏住，傳來微微刺痛，以至於身子無法上升，不由得吃了一驚：「難道九王真來抓我了？」這麼一想，心中頓時生了恐懼，双腿拼命踢踹，卻越是掙扎，越被往下拖去！

他急得往下方大喝：「你們生時，朕都敢要你們的命，難道死了，朕還會怕你們？」一句話未喊完，卻見到下方是一大片黑漆漆、鬼森森的情景，彷彿有什麼東西在湖底布下天羅地網要補捉獵物，他不由得驚恐起來：「難道真是九鬼來抓交替？」再定睛仔細瞧去，卻發現有一大片密密麻麻、漂曳橫盪的黑索在湖底吞吐飛舞，就像無數張牙舞爪的墨龍，不斷從各個角度纏捲而來，只要稍有不慎，雙手、身子都會被緊緊纏住，到那時，他就真的脫不了身了！

他雙腿一邊踢踹掙扎，雙手不斷發出掌力，將甩掃過來的黑索轟擊開去，免得被纏捲更多，但那黑索實在太多，總是從四面八方不斷撲來，有的圈向他頸項，有的糾纏他手足，有的捲向腰腹，實在令人應接不暇。

這陣子他心氣鬱結，身體虛弱，在湖底待得越久，越覺寒冷，遠遠聽到水面上許多人大喊：「陛下！陛下！您在哪裡？」他拼命掙扎，卻無法游上去，這樣氣悶又不斷轟出掌力，消耗甚劇，漸漸地，他感到胸中氣息有些不濟，雙腿也開始發麻，心中一凜：「這東西有毒！」既是毒物，就不是拘人命的鬼索，這麼一來，他反倒不怕了，暗思：「再這麼下去，我可要耗死在這裡了！看來，只能這麼辦了……」

他初時陷入鬼魂索命的驚駭之中，才慌亂應付，一旦知道是人間之物，反而鎮定下來，驀然間，飽提一口真氣，從全身發出，向外震了開去，「轟！」一聲，纏身的鬼索轟然斷碎，接著施展輕功，以飛箭之速朝著沒有火光的地方，斜射出水面！

許多衛兵划著小舟、打著燈籠在畫舫沉落的四周搜索，朱全忠浮出的位置與他們背離數十丈遠，已超出他們的視線範圍。朱全忠功聚雙眼，凝神望去，見李振、朱友文分別站在不同的搜救小舟上，兩人都是雙眉深鎖，伸長頸子、睜大眼左右探望，神情十分緊張，他這才揮舞雙手，大聲呼救：「救命……救命啊！朕在這裡……」

距離最近的士兵們發現了他，連忙大呼：「陛下在那裡！快划過去！」

經過一場幽湖驚魂，朱全忠終於被救起，大夥兒嚇得齊跪在寢殿門口，等著御醫診治的結果。

過了許久，御醫終於出來，朱友文連忙起身想詢問情況，那御醫卻只蹙眉道：「李尚書，陛下傳你進去，有敕旨要宣佈。」李振心中一凜，連忙起身，隨著御醫進入寢殿內。

「父皇為何不讓我進去？」朱友文暗自回想整個計劃：這畫舫從帆布到桅杆，全塗了易燃的油料，那桅杆還做了機關，使它在著火時，盡快倒向朱全忠所坐的位置，湖面也灑了大片燃油，以防他落水後太快浮出水面，下方則佈署了一大片毒藻，另外還有六名精擅水性的黑衣侍衛，分別埋伏在湖底的石洞裡，一見朱全忠落水，便用毒藻編織的繩索套住他的腳踝和雙腿，將他拖到毒藻的所在地：「他已病體奄奄，究竟是怎麼脫身的？」

朱友文與王雲相視一眼，都想：「難道父皇真要下旨殺我們了？」

皇帝出遊，所有行程都該嚴審細查，以確保安全，在自家宮城發生這樣的事，朱友文絕對難辭其咎，以朱全忠暴躁的脾性，朱友文再有十個腦袋也不夠斬，夫婦倆面對未知的命運，心中萬分忐忑，只能藉護駕之名，暗暗命令心腹衛軍將整個宮城悄悄包圍起來，靜觀其變——無論朱全忠真要下旨斬殺他們，或是支撐不住，最後駕崩了，他們都能以最快的速度應變！

看似璀璨華麗、繁榮安寧的開封宮城，已經瀰漫著不尋常的肅殺氣氛……

李振進入寢殿好一會兒，終於和御醫一起出來，朱友文連忙向前關切情況，兩人面色終於略顯和緩，御醫微笑道：「陛下已經無事了！請博王放心。」

朱友文聽見朱全忠沒死，等待自己的不知是什麼酷刑，心中害怕至極，臉上硬生生擠出一絲慘笑道：「太好了！父皇鴻福齊天，必能永享安年。」

李振微笑道：「陛下早知博王一片孝心！」

朱友文心中一凜：「他這話是什麼意思？是在諷刺我嚒？」不悅道：「本王護衛不

周，父皇但有責罰，我自當承擔，但不知李尚書笑話本王，是什麼意思？」心中暗下決定，倘若朱全忠真的下令滿門抄斬，他便起兵抗爭，將對方直接擊殺在宮城內！

李振道：「博王誤會了！我這句話乃是由衷而出，絕沒有半點取笑之意。」

朱友文更感不解，只聽李振續道：「昨夜遊船發生意外，博王救駕有功，陛下原本打算親自嘉勉，但他龍體欠佳，為了安撫眾心，便囑咐我先行宣告。」頓了頓，朗聲道：「博王朱友文譬茲棟樑，有若鹽梅，救駕有功，德堪表率，今制加為特進、檢校太保！其餘救駕者，賞銀五十，以茲嘉勉，若有亡故，從優撫恤。」

朱友文想不到朱全忠非但沒有追究，還將自己加為特進及檢校太保，直逼三公之位，不禁全然懵住了，半晌，才趕緊跪下，重重行了叩首之禮，大聲道：「臣謝恩！」

王雲跪在一旁，一顆心怦怦跳個不停，幾次險些蹦了出來，直到聽見夫君加官晉級的消息，淚水忍不住流了下來，也趕緊一起叩首謝恩。

御醫道：「陛下年事已高，又一路奔波，身子原本就虛弱，如今濕冷之氣侵體，還受到過度驚嚇，這個身子是越加難捱了，只有返回宮中，才能好好調理、安心靜養。」

李振道：「既是如此，事不宜遲，這兩日就啟程回洛陽吧。」便與賀德倫商量聖駕回程事宜。

朱友文得到封賞，大大鬆了口氣，一場暴風雨就此消弭於無形。三日之後，朱全忠的車駕準備就緒，便匆匆離開東都。

朱友文夫婦在聖駕離開後，大肆舉辦了酒宴，風風光光地慶祝加官晉爵，百官聽聞此事，都覺得博王受到聖上萬分寵愛，必是太子人選，一時道賀信柬如雪片般飛來，訪客幾乎踏破門檻，許多還在觀望的大臣終於下定決心支持，身為東京馬步軍都指揮使的朱友貞，從洛陽回來後，更是一天到晚陪在朱友文身邊，幾乎形影不離，而朱友文得到朱友貞的軍武支持，對登基一事更覺得勝券在握。

時近仲夏，朱全忠的車駕不敢顛簸，只能一路停停歇歇，從開封至洛陽，短短的路程，走了許久，這一日終於回到洛陽邊境，但朱全忠因著身子不適，再加上天氣燥熱，使得火氣更大，時常怒罵眾人。

李振見天色已晚，一旦入宮，少不了一頓接駕的折騰，為了替他解憂，便提議去魏王張全義的「會節園」避暑，隔日再進宮，朱全忠欣然同意，眾人便往會節園而去。

張全義見皇帝忽然來了，實在意外，欣喜之餘，連忙召集全家族齊心合力擺上最豪華的盛宴，殷勤伺候，不敢稍有怠慢。

朱全忠打了敗仗，又遇到溺湖之事，心情十分惡劣，見張全義如此熱情招待，終於重拾歡顏，在酒席上放縱大飲。

張全義於杯觥交錯之間，巧妙含蓄地述說這段時日，自己如何用心打理洛陽，以不負皇恩，總算百姓誠心納稅，國庫豐收，全是因為陛下的恩澤。他生性謹慎、語氣謙卑，表功於無形，又切中朱全忠亟想填補財源的心思，果然朱全忠滿懷歡喜，終於哈哈大笑。

皇帝開懷大笑，整桌陪客都放下心來，酒水一杯接著一杯，十分歡樂，與在九曲池上眾人故作和樂，卻處處暗藏凶機的景況全然不同，朱全忠真正放鬆下來，無所顧忌地沉入歡醉的氣氛裡，漸漸地，他雙眼迷濛，酒後吐真性情，壓抑許久的慾望蠢蠢欲動，前方原本坐著張全義的妻女，似幻化成張惠年輕時的模樣，又似重疊著張曦的姿容，他已分不清眼前女子究竟是誰。

「朕醉了！不喝了！」朱全忠手一擺，整個人伏趴在桌上，眾人連忙將他扶進張全義早已備好的寢室裡，放在一張金雕玉琢的寬大軟床上，再蓋上清爽舒適的蠶絲涼被，才悄悄退出去。

到了夜半，眾人皆已歇息，朱全忠卻因酒氣發作，再加上暑氣悶熱，一時煩躁難耐，又甦醒過來，便大聲召喚來人。

張全義早已安排幾名伶俐的僕人站在門外徹夜守候，那些僕人聽見皇帝召喚，連忙入內，叩首請安，準備服侍帝王。

朱全忠卻揮了揮手，問道：「縣主們在哪裡？」

僕人們不知他要做什麼，恭敬答道：「三位縣主都已回房歇息，她們住在西側花園那一排廂房。」

「很好！」朱全忠微笑道：「你們去通知魏王妃還有三位縣主，讓她們過來，說朕有封賞！」

僕人們暗覺奇怪：「皇帝半夜心血來潮，想封賞王妃和縣主？」但不敢多問，只連忙去通知張全義的繼妻儲氏和三位女兒。

過了不久，四位女子到來，朱全忠哈哈大笑道：「一屋子裡有這麼多美人，張全義可真有福氣！」眾女還會意不過來，正要行禮，他已像虎狼猛撲入羊群般，撲向這些嬌美文弱的女子！

儲氏貴為王妃，三個女兒也貴為縣主，都是知書達禮、嬌生慣養之人，卻被留在朱全忠的寢室超過整整一日。張全義的兒子張繼祚得悉此事，覺得朱全忠簡直是禽獸不如，見父親不敢吭聲，一時怒髮衝冠，憤恨難消，到了深夜，他悄悄走到門口，命守衛的僕人退下，眾僕人見是少主人，不敢違背，便趕緊離開。

張繼祚走到旁邊的花圃裡，拿出一把事先準備好的長刀，深吸一口氣，準備衝進屋裡行刺朱全忠！

「住手！」千鈞一髮間，張全義忽然出現，輕聲喝止，張繼祚一愣，回首見到父親，微微冷靜了下來，但下一刻，屋內傳出朱全忠的歡笑聲，又令他激動起來。

張全義怕兒子闖下大禍，一個箭步上前，一手摀住兒子的嘴，一手攔抱住他的腰，大力往後拖行。張繼祚見父親攔阻，刺殺之事已不成了，只微微掙扎，便順著父親的意思離開。

張全義一路拽拉著他回到自己的書房裡，緊緊關上門，這才放開手，斥責道：「你不想活了嚒？就算你自己尋死，難道要累得我張氏一族數百口全被抄斬嚒？」

「可他……他……」張繼祚兩眼血紅，雙手緊緊握著刀柄，氣憤道：「父王，你太懦弱了！你從前可不是這樣！你二十歲就跟隨黃巢起兵造反，三十歲就在大齊當到吏部尚書，還與李罕之稱兄道弟，那李罕之勇猛如呂布，連李克用都忌憚他三分，他時常逼迫咱們繳糧，你初時隱忍，反手就把李罕之殺得一敗塗地！你跺個地，河南都會震動，孩兒不明白，咱們為何要怕他？那禽獸一連戰敗，又胡亂殺人，早已眾叛親離！憑咱們在洛陽的實力，父王完全可自立為王，雄據一方，又或者咱們可以通知李存勖，接應河東軍從黃河渡口進來，在背後狠狠捅他一刀，為何要委屈母親……」

「住口！」張全義氣得全身顫抖，揚起手臂幾乎要打下一巴掌，見兒子激動得滿臉通紅，卻咬牙苦忍，終究沒把最難聽的話說出來，他的手掌重重落在了兒子的肩上，嘆道：「孩子，你太年輕了！正因為當年那一戰，父王反手就把李罕之打得落荒而逃，導致了李罕之帶河東軍來，把咱們圍困到只能靠吃木屑度日，到最後，只剩下我的一匹老戰馬了，我雖然心痛，也只能殺它來餉軍，等吃完了馬，就等死！

那一刻，我站在城樓上，眼看著辛辛苦苦建立的河南，好不容易有些成績，百姓可以安居樂業，卻因一場戰爭就毀壞殆盡，百姓哀嚎，餓殍遍野，我內心慟極，忽然就想通了許多道理……後來幸得陛下帶兵解救，還賞賜官爵，咱們才能有今日的榮華富貴，還能重建河南，此恩此德，絕不可忘！」

張繼祚並不服氣，只問道：「父王想通了什麼？」

張全義沒有直接回答，反問道：「你以為父王的實力相較李存勗如何？誰更有機會一統天下？」

張繼祚沉默半晌，雖有不甘，卻不得不承認：「李存勗。」

張全義道：「那麼父王相較於陛下，又如何？」

張繼祚恨聲道：「從前他雖勇武，但今日已成病老頭了，誰都可以一刀刺死他！」

張全義沉嘆道：「倘若咱們爭的只是一時意氣，大可以起兵稱王，但你若想保我張家世代榮華，今日就絕對不可行弒君之舉！」

張繼祚急問道：「這是為何？」

張全義道：「父王在洛陽雖有實力，但要爭天下，還差了一截，既然爭不得天下，到頭來都得當人家的臣子，不如就安守本分，做一個好臣子！」

張繼祚咬牙激動道：「難道咱們就只能一直忍辱偷生？」

張全義搖了搖頭，道：「倘若你真提了陛下的人頭去投靠李存勗，他雖一時歡喜，將來也會疑心你今日能殺舊主、恩主，明日會不會殺他？」頓了頓又道：「大唐那些背叛欺辱先帝的大臣，哪一個有好下場？陛下一登基，就把他們全罷黜了，還是敬翔提議的！所以無論你在哪個位子上，都心須盡忠職守，才能博得主上的信任。」不禁長嘆一口氣，道：「許多亂世臣子都不明白這層道理，以至落得下場淒慘！」

出身寒門，卻能在亂世之中存活下來，還活得風光體面，往往有異於常人的本事，有人靠拍馬逢迎，博主上歡心，如李小喜；有人憑藝高膽大，立赫赫軍功，如李嗣源；有人擅長謀略，為主上分憂，如敬翔；有人則拉黨結派，依靠人脈，但張全義卻是特異的一類，他既無背景人脈，也無舌燦蓮花的口才，雖打過幾次勝仗，也不算什麼名將軍，卻能既得李曄賞識，又能擠入朱全忠心腹之流，憑的就是「謹小慎微、明識時務」這八個字！

他不像李小喜那般故意拍馬，討主上歡心，只是踏踏實實地盡好本分，加倍供應大梁龐大的軍需，他那謹小慎微，甚至有些卑屈的態度，讓大梁老臣心中頗為輕視，但他知道朱全忠猜忌心日益嚴重，自己如此富有，又手握大權，必會引起皇上嫉恨，只有越加忠誠恭謹，才能保命！

張繼祚急問：「倘若他一直不走……」

張全義拍了拍他的肩，道：「忍一忍，很快就會走了！」

張繼祚又問：「這是為何？」

張全義道：「這次戰事失利，必會震蕩朝廷，有諸多事情必須處理，陛下難道能一直逗留在外？他只是心煩氣悶，想在回宮前解個氣罷了！除此之外，還有一個最重要的原因……」壓低了聲音道：「陛下想立太子了！」

張繼祚愕然道：「父王如何知曉？」微然一頓，又道：「我聽說陛下想立博王，去開封時給他加了特進，最近已經有很多人都去奉承他……」

張全義嚴辭警告道：「你千萬別去淌那個渾水！」

張繼祚不解道：「這是為何？難道咱們不該先去未來帝王那裡鋪路嚒？」

「舊主未退，你就急著捧新主，怕死得不夠快嚒？」張全義冷笑一聲，道：「陛下的不老神功是何等英雄？一個小小九曲池，就想困住這條橫掃天下的真龍？」

張繼祚愣了一愣，更加不解：「他不是因為戰敗，氣得吐血，已經重病不起嚒？」

張全義沉聲道：「他這是在試探博王，也是在試探我，甚至是在試探幾個親兒和滿朝文武！」

「父王的意思是……」張繼祚不覺冒出一身冷汗，顫聲道：「陛下武功未失，這一切都是他的……」

張全義雙目一閉，沉聲道：「不錯！」

張繼祚還是不服氣道：「就算陛下想試探咱們，也不能用這麼羞辱的方式？他就不怕咱們真的反了？」

張全義嘆了口氣：「近來陛下疑心甚重，咱們必須更小心謹慎，步步為營，或許他就是試探我在最不堪的情況下，是不是還能夠對他全然忠義！」

張繼祚心中是有大企圖的，倘若有機會一爭天下，就算頭破血流，他也想試一試，更何況父親在洛陽紮下的根基，絕對足以讓他們去拼搏一場，但父親捨棄了勇武之路，只想做一位文治之官，他心中對父親的退縮實在不以為然，又道：「倘若陛下不是試探，而是真的貪色妄行，難道咱們也要縱容他？」

張全義精光一沉，冷聲道：「就算是真的，你母親和姐妹也救了張家數百口！無論如何，這事就這麼定了，你千萬別鬧事，否則莫怪父王捨棄你！」

張繼祚實在不甘心，還想再爭取什麼，門外忽傳來李振的聲音：「魏王！陛下傳召您。」

張全義父子倆吃了一驚，互望一眼，都想此刻夜已深沉，眾女眷又在服侍陛下，為何忽然傳召？還讓李振親自過來，張全義意識到肯定有機密要事，但究竟是什麼事，卻猜想不出來，只能硬著頭皮開門，隨李振前去。

一路上李振沉默不語，氣氛沉重至極，張全義心中不安，忍不住猜想即將發生的場面，倘若真見到朱全忠狎暱妻女，又該如何自處？他抬眼望去，遠遠瞧見賀德倫大將軍雙臂抱胸，一臉深沉，就像一座大山般親自守在門口，他內心更加忐忑：「陛下究竟要做什麼？」隨著一分分猜想，他已經進入寢室裡，只見朱全忠臉色黑沉，衣衫整齊地端坐在大椅上，李振把房門悄無聲息地關起，裡面早已沒有眾女眷的身影。

這樣的場面完全出乎張全義的預料，一股濃濃的殺氣撲面而來，他若轉身逃跑，門口還有賀德倫看守著，以他的世故圓滑，仍猜不透發生了什麼事，卻可以感到大禍臨頭了！

「魏王——」朱全忠沉聲道：「是朕太優待你，視你如兄弟，你便忘了尊卑嚒？」

張全義平時見朱全忠，只需微微行禮，聞言心中一跳，連忙跪下，行叩首之禮，道：「臣不敢，臣叩見陛下，但不知陛下有何吩咐？」

朱全忠並未教他起身，只冷冷瞪視他，開門見山道：「你是不是心中懷恨，想要造反，所以讓你兒子來刺殺朕？你們個個都想要朕的命，好啊！朕就坐在這裡，有本事，你就來取！」他一字一字都冷酷得像寒冰玄鐵。

張全義雖然深諳為臣之道，洞悉主上心理，行事謹慎忍耐，卻萬萬想不到兒子衝動拿刀的一幕已落入朱全忠的眼底，嚇得他全身顫抖，連原本辯給的口才都結巴了起來：「臣……臣不敢，皇恩浩蕩，臣感念陛下當年的救命之情，滿心想的都是怎麼為陛下分憂，絕不敢有什麼意圖……」見朱全忠的神色越加冷厲，已不知說什麼才好，只顫聲道：「我兒腦子糊塗，一時舞刀舞得忘情，才舞到了前面的花園裡，那花園原本是他的習武之所，倘若因此冒犯陛下，臣願意解甲歸田！從前我以為替陛下種天下良田，供應所需，可以回報皇恩，倘若陛下已經不需要我這個田叟翁，臣自當退下，毫無怨言……」說罷將自己身上的軍令牌、洛陽府庫的鎖匙全取下，放在地上，以示卸官之意。

朱全忠深深地盯望著他，心中打不定主意：「此刻急需糧餉彌補空缺，天底下再沒有比他更會積攢財富之人了，倘若我就這麼殺了他，還有誰能為我籌措軍需？」

「碰！」一聲，室門打開來，賀德倫一臉尷尬地望望朱全忠，又望望闖入者，顯然他不知道該不該擋住來人。

那闖入者正是張全義的繼妻儲氏，她一聽到張全義大半夜被「請」入寢室，心知不妙，連忙趕了過來，嚷嚷道：「我家這老頭就是田叟翁，只會種田，能有什麼作為？他苦守河南三十年，開荒斫土，捃拾財賦，為了陛下大業，一生窮盡心力，如今年老齒衰，就快踏入棺材了，你竟還來懷疑他，他畏畏縮縮的，不敢吭一聲，我這老太婆卻想來請問陛下，這究竟是什麼意思？」

朱全忠見到儲氏這麼大剌剌地來質問自己，忽然覺得有幾分趣味：「當今世上，還沒有一個為人妻者敢這樣為夫君出頭，來質問一個皇帝，這儲氏對他，就像惠娘對我一樣，惠娘也總是拼命維護我，也敢直言勸諫……」

張全義急道：「妳怎麼可以對陛下這樣大不敬……」

儲氏聰慧機敏，性情爽脆俐落，不管不顧地繼續說道：「咱們可是拼上了最重要的名節，陪陛下演了一齣戲，好襄助陛下分辨忠奸，難道只因小兒年少不懂事，胡亂舞刀，陛下就要殺了一個多年相隨的忠臣故友？」

朱全忠尷尬一笑，道：「老婆子，妳不必再說了！」又對張全義道：「朕召你過來，是有大事相商，並沒有什麼惡意。」

張全義見皇帝開了金口，放過自己，這才回過神來，忽然間，聽懂了妻子的話，原來這幾日，朱全忠並沒有對妻女伸出魔爪，心中驚喜萬分，又聽朱全忠說「有大事相商」，連忙道：「陛下還願意用臣，臣必宵衣旰食，鞠躬盡瘁！」又叩了三次響頭。

朱全忠卻沒有回答，似陷入沉思，半晌才揮揮手，嘆道：「你們先退下吧！」想了想，又對儲氏笑道：「朕會補償妳們的！」

張全義有些不明所以，但撿回一條命，見朱全忠再度陷入沉思，深怕他反覆，連忙攜著妻子退了出去。

翌日，朱全忠便啟程回宮，一路上讓人抬著輦轎直入寢殿，誰也不見。這一消息震動了朝廷，大臣們都盛傳皇帝病危了，敬翔連奔帶跑地趕去覲見，朱全忠只讓他一人進來，一見到他的面，就像見到了真正的親人知己般，再壓抑不住滿腔悲懷，握著他的手嚎啕大哭起來：「我苦心經營三十年，才鬥倒李克用，謀得天下，想不到短短三年，河東餘孽就死灰復燃，猖狂到這等地步！李小兒野心極大，矢志要奪朕的江山，偏偏我多年征戰，積勞成疾，許多暗傷都在這時候浮現出來，這分明是上天欲奪我生年，不給我活路……我幾個兒子蠢如豬狗，都不是他的對手，萬一他打到洛陽來，我就死無葬身之地了……」

敬翔見一代梟雄垂老滄桑，痛哭不已，心中萬分不捨，緊握他的手，溫言安慰道：「陛下莫要悲傷，一時的勝敗算不了什麼，大梁還有大好江山、豐饒物產，足以支撐陛下的雄心壯志，陛下是積鬱成疾，只要照著御醫的調理，放寬心懷，好好休養，假以時日，必能恢復精神，到那時，還怕一個小小李兒郎？至於皇子們……」

朱全忠虎目大瞪，緊抓住他的手，激動道：「他們非但蠢笨如豬，還狼子野心，竟想要……我的命！」一想到因為打了敗仗，意氣頹喪、羞愧見人，沿途他不肯起身，周遭的人便傳說他重病快死了，甚至忙著奉承太子人選，而那位疼愛有加的養子，更是迫不及待地動手了！

他不禁想起唐昭宗最後幾年，為了保住大唐，挽救垂危的王室，對身邊的人都提拔高升、重賞籠絡，可是每一個人都背叛了窮途末路的皇帝！難道自己竟要走入同樣可憐的境地？一想到此，實是傷心欲絕，竟痛哭到昏死過去。

敬翔失聲呼叫：「御醫！御醫！快進來！」

御醫原本就等候在門外，一聽到呼聲，連忙進來診脈用藥，費了好一番功夫，才穩住病情，朱全忠終於悠悠醒轉。

敬翔握著他的手，哽咽道：「陛下，您嚇著臣了！」忍不住落下淚來。

朱全忠嘆道：「惠娘說得不錯，只有你是真心待朕……就連李振，朕都不知道他是不是真的忠心？」

敬翔安慰道：「陛下恩比天高，不只是我和李尚書，還有許多臣子都是誓死效忠陛下的。」

朱全忠道：「我暗傷發作一事，只有你一人知曉，就連李振也不知道，他只以為我功力還在，我要趁這機會好好試探身邊這些傢伙是人是鬼？」

敬翔勸慰道：「陛下，您莫再傷神了，有什麼事交給臣去處理就好，臣一定會設法挽回局勢，安邦定國，也會好好輔佐皇子，讓他們成器成材，能為陛下分憂。」

朱全忠欣慰道：「好！有你這句話，朕就放心了，此後朕把國事和皇子們都交給你，好好去玩樂了。」

敬翔道：「陛下戎馬一生，著實艱辛，是時候享福了。」

朱全忠道：「但在此之前，你先幫我處理一件事，我才能安心。」

敬翔恭敬道：「陛下但有吩咐，臣萬死不辭。」

朱全忠終於笑了：「不過是讓你寫個敕旨，不必萬死，你要好好替朕守護江山，朕還捨不得你死呢！」

敬翔也笑了：「陛下有什麼旨意？臣必定辦妥。」

朱全忠道：「朕答應讓博王加特進和檢校太保，你盡快讓人寫制書。」

敬翔道：「是。」

「但是，要加一條……」朱全忠目光微微一沉，冷聲道：「即日起，博王卸下建昌宮使，轉由魏王接任！」想了想，又道：「罷了！乾脆廢掉建昌宮，以魏王為國計使，凡天下金穀兵戎舊隸建昌宮者，悉主之。」

敬翔一愣，隨即明白朱全忠的打算，暗想：「原本我大梁重要財稅軍糧都由建昌宮使掌管，如今廢除了建昌宮，轉由國計使主理，看來魏王已經通過考驗，權力更大了！至於博王，陛下提升他的官位，卻架空他原本最大的權力，那九曲池裡必然發生了一些事……看來博王是無望太子之位了！」

朱全忠道：「那魏王也不要叫什麼全義了！朕要賜他新名字，你幫朕想想！」

敬翔想了想，答道：「陛下以為『宗奭』如何？意思是期許魏王效法當年輔佐周天子的召公奭，永遠盡忠大梁。」

朱全忠笑道：「好名字！果然還是你有學問，又能體貼朕的心意！」想了想，又道：「改了名字後，再讓他高升至太師之位，兼判六軍，加領鄭、滑等數州節度使。另外再寫一份制書，朕作主賜婚，讓福王與魏王長女聯姻。」

福王乃是朱全忠的第五子朱友璋，這聯姻就是他承諾要彌補儲氏和女兒的名節，另一方面，自然也是更緊密地拉攏住張宗奭。

敬翔自是明白其中道理，暗想：「我朝連連戰敗，耗損極大，看來陛下對魏王的倚賴更深了，萬一博王抵抗這件事，我還得想辦法處理。」

朱全忠又道：「魏王既掌了大權，就該想辦法補足朝廷所需，讓他蒐集兵卒鎧馬，每月獻銀錢十萬貫、綢六千匹、綿三十萬兩，每年上供三萬疋絹。」

敬翔道：「臣定會把事情辦妥。」

朱全忠見敬翔辦事總是穩穩妥妥，對自己永遠忠心不貳，身邊總算有個忠義良臣可以信任，煩躁的心終於漸漸安定下來，笑道：「這趟朕出巡，見到魏王的妻子儲氏，她可是不得了，當著朕的面直言申辯，差點沒指著朕的鼻子開罵！想不到魏王溫溫吞吞的，卻娶了隻母老虎！」

敬翔見朱全忠被衝撞了，反而笑得開懷，微笑道：「陛下心胸寬大，不與母虎計較。」

朱全忠笑道：「那儲氏也是救夫心切，才會直言不諱，朕最討厭虛偽小人，反而是這直腸婦人，倒有幾分可愛，朕若是與一個婦人計較，成什麼樣子？」

敬翔恍然大悟，笑道：「所以陛下這才放心把國家賦稅都交給了魏王？」

朱全忠哈哈一笑，道：「有好妻子管束的男人，壞不到哪裡去！她雖不如賢妃溫婉智慧，也算是難得的好妻子！」頓了頓又道：「你呢？這段時間，與新婚妻子過得如何？」

劉氏原本是皇帝寵愛的國夫人，忽然被賜給敬翔，等於是被降了級，心中十分委屈，便仗著有皇帝撐腰，對敬翔態度驕蠻，奢逸無度，還蓄養一批暗探，和其他藩鎮將領來往，朝中地位以敬翔為首，外邊的名聲，劉氏卻不亞於敬翔，不只富商權貴爭相攀附，還使得大梁漸漸蘊釀起一股官商勾結的氣氛。

敬翔輔佐帝王建功立業，才智過人，唯獨對這個悍妻無力管束，他心地仁厚，又想這是皇帝親賜，便諸多忍讓，劉氏卻越發驕橫，敬翔喪妻雖痛苦，但迎回這位新驕妻，卻等於是在家中放了一顆火雷，讓他不得安寧，今日聽朱全忠問起，只能恭敬回答：「臣年歲已高，與妻子總是相敬如賓，多謝陛下關心。」

朱全忠笑道：「夫妻應該相愛相寵，怎能相敬如賓？我瞧是你太容讓，才讓這個悍婦撒潑了！趕明兒，你讓她過來，朕好好訓她兩句。」

敬翔連忙道：「陛下應多多休養，臣的家事怎好勞煩陛下？」

朱全忠微笑道：「王朝大事，你幫朕擔待著，這家宅小事，朕幫你理一理，費不了什麼勁的。」

敬翔感激道：「是，明日臣便讓她入宮拜見陛下。」

翌日黃昏，敬翔帶著妻子進宮，劉氏得知皇帝召見，十分歡喜，特意打扮得花枝招展，希望對方能憶起往日恩愛。

朱全忠命人在長生殿外的小園涼亭內，擺了一桌簡單的清酒小菜，打算與敬翔夫妻閒話家常。這長生殿位於迎仙宮中，一向是皇帝的寢殿，一旦朱全忠感到疲倦了，便能輕易回去歇息。

夏風微涼、霞光滿天，朱全忠一早就坐在涼亭中賞景，遠遠瞧見敬翔夫妻從庭園入口處走來，目光不由得一亮，只見劉氏上身穿著秋香色春鶯鳥啼花紋的窄袖短襦，肩上的長紗帔帛隨著翠綠色狹長裙裾迤邐綿長，款款移步間，就像是迎風搖曳的綠色花蔓，她腰間還緊緊束著金黃色長絲帶，以至豐滿的雪胸春光欲出，走到近處時，朱全忠幾乎被眩瞇了雙眼，卻又捨不得闔眼迴避。

敬翔領著妻子行了一禮：「陛下，臣來遲了，讓您等候，還請恕罪。」

朱全忠笑道：「不遲！是朕貪著外頭涼快，先出來吹風。」

劉氏雖然行著君臣之禮，嫵媚的鳳眼卻是含嬌帶笑地凝望著眼前君王，行禮之間，柳腰輕輕一擺，便彷彿妖嬈的花蔓隨時會纏上身來。

朱全忠驚艷之餘，往日相歡的情景霎時浮現，一時心思湧動：「倘若博王妃是個純媚的小妖精，這國夫人卻是千年狐狸精了！她容貌雖不如王雲精致，風騷野媚卻猶有過之！」倘若王雲的外表還有一絲青春純美，包裹住她隱藏於內的風流，那劉氏就是明明白白的冶豔放蕩，是成熟女子才能展現出來的絕代風華。

劉氏頗善察言觀色，從前服侍朱全忠甚久，見他臉露微笑，便知道他懷念往昔恩愛滋味，鳳眼微微一勾，更加含情脈脈地魅惑著他。

不過行禮片刻，兩人眉來眼去已然流轉數回，敬翔卻是不知，仍恭恭敬敬施禮：「臣夫妻蒙賜酒席，謝陛下聖恩。」

這一聲「陛下」拉回了朱全忠的心思，他連忙定了定心神，招呼道：「坐吧！咱們就閒話家常，不必拘禮。」

兩人坐下後，朱全忠笑道：「你們夫妻是朕賜婚的，一定要恩恩愛愛才行！」

劉氏嬌嗔道：「他就是根木頭，哪裡懂得什麼恩愛情趣？」

一句話說得敬翔好不尷尬，不知如何回應，朱全忠解圍道：「他為朕分擔國事，整天忙得焦頭爛額，哪有時間思想兒女情長？這情趣一事，妳最拿手，便該由妳來營造！」

朱全忠原本是好意勸解，但「情趣一事，妳最拿手」這句話，無意中卻刺了敬翔心口一刀，他再怎麼端正不阿，也忍不住想著：「我身為她的夫君，竟不知道她最會營造情趣！從前她和陛下又是怎樣營造情趣？她可從未這般待我……」腦海中一旦萌生不好的意念，便很容易無邊無際地想像，這一想，無可遏止地，原本歡愉的心情漸漸沉了下來。

劉氏不以為然，嬌哼一聲：「天下的重擔都壓在陛下肩上，陛下仍能調情作樂，可見一個男子懂不懂趣味，與他忙不忙碌，壓根就沒半點關係！陛下能開創王朝，承擔天下，又懂得兒女歡情，才是真正的大英雄、大豪傑！這世上再沒有一個男子比得上陛下了！」

這番話只說得敬翔幾乎無地自容，偏偏又不能反駁，不禁脹紅了臉，悶聲道：「陛下原本就是百年難遇的英雄，臣豈敢相比？」

劉氏哼道：「算你有自知之明！」

朱全忠被捧得暈乎乎，哈哈大笑道：「昔日咱們君臣齊心，今日才能同桌歡樂，以後也要這樣才好。」又對劉氏道：「敬卿是朕的肱股良臣，性情忠懇，為人寬厚，朕既賜了婚，妳就不可欺侮他！」

敬翔見朱全忠替自己出頭，鬆了口氣，微笑道：「是陛下雄才大略，我大梁才有今日太平，臣哪敢居功？」

劉氏又嬌嗔道：「人家不依！明明是他欺侮我，陛下卻總是偏幫他！」

朱全忠見她又撒嬌又撒氣，忍不住好笑：「好啦！好啦！朕沒有偏心！妳怎麼還是和從前一樣，總是亂撒氣！」

劉氏嗲聲道：「誰教陛下只顧惜你的臣子，卻不憐惜人家！」

朱全忠笑道：「妳倒是惡人先告狀了！他這老實人，怎麼招架得住妳這刁蠻性子？」

劉氏橫了敬翔一眼，哼道：「人家生來就是這性子，他若是招架不住，也是他沒本事！」

敬翔謀略過人，能為霸主籌劃天下，對付各路梟雄、千軍萬馬，唯獨眼前這兩人，他完全無法應付，見他們調笑自如，竟覺得自己十分多餘，一時間如坐針氈，正當他萬分尷尬時，忽有親衛進來通報，說魏王有要事想與敬公相商，敬翔聞言，連忙起身向朱全忠告辭：「國事要緊，臣先告退，陛下賜的酒菜不能浪費，要不……讓夫人暫陪陛下聊聊，臣很快回來，再陪陛下盡興。」

朱全忠只好答應：「你先去忙吧。」

「是。」敬翔如獲大赦，連忙退出這萬分尷尬的晚宴。

劉氏媚眼含情地望著朱全忠，就像從前兩人月下飲酒一般，柔聲道：「妾好久沒為陛下斟酒了！」她起身走到朱全忠側邊，拿起酒壺，似要斟酒，腳尖卻微微一顛，故意摔倒在朱全忠身側，嬌呼：「唉喲！」朱全忠大臂一攬，連忙接抱住她，這一接，劉氏一個扭身，順勢跌坐入朱全忠懷裡。

兩人肌膚一觸，朱全忠感受到她軟雲暖霧般的身子，昔日的銷魂滋味全回來了，正想說些什麼，劉氏纖軟的玉臂已勾纏住他的頸項，就像花蔓妖嬈地纏上了身，嬌嗔道：「都怪陛下害人！」。

兩人對面不過半寸，四目相對，氣息互傳，朱全忠感受著如蘭香氣，心口早已怦怦跳了，低聲問道：「朕害妳什麼了？」

劉氏媚眼浮淚，宛如梨花沾雨露般，傾訴著無限委屈：「害人家受相思之苦……」

朱全忠安慰道：「朕國事繁忙，沒法專心疼愛妳，給妳找個老實的夫君，不是很好嘛？」

劉氏嬌嗔道：「你幾時找了夫君？分明找了一根木頭！」又以萬分曖昧的聲音蠱惑道：「人家還是懷念陛下的強壯勇武……」

朱全忠見美人楚楚，溫香軟玉抱個滿懷，如何忍耐得住？心裡原本還有一絲掙扎，劉氏的櫻唇已如柔浪般濤濤湧吻了過來，朱全忠瞬間意醉神迷，忘乎所以，只想她本來就是自己的寵妾，敬翔正忙著處理國事，不會這麼快回來，兩人就偷歡一下又何妨？後宮之中，雖然也有段美人這樣姿容絕俗的女子，但論到撩撥勾纏的手段、風流野媚的情趣，卻沒有一個比得上劉氏，這也是為什麼她流轉在幾個大藩帥間，依然倍受寵愛。

朱全忠心裡愛慕的是天境裡飄逸的清仙子，身體渴望的卻是紅塵裡火熱的狐媚子，尤其在他萬般苦悶愁悵之際，只有最原始的放縱、最奔放的熱情，才能滿足他內心的空虛，想到敬翔曾安慰自己要放開胸懷，好好享樂，病才好得快，就更加理直氣壯了，於是，兩人再顧不得什麼禮教道德，君臣之義，一起沉淪在情海慾浪中，難捨難離了。

敬翔忙著與張宗奭商量如何安全交接博王手中的財稅大權，才不會引起衝突，直談到深夜，他拖著疲憊的身心回到府邸，心想自己匆匆離席，丟下嬌妻一人獨自面對聖上，恐令她心中不快，又要責備自己毫無情趣，便深吸一口氣，好好沉澱心情，想著待會就算挨上幾句冷言冷語，也要好言安慰才是，心裡又不免懷抱一絲希望，或許今日得聖上訓言，嬌妻真會反省，說不定就能有個溫柔笑臉相迎。

豈料回到府中，僕人卻說夫人尚未回家，敬翔聞言，心中著急，怕嬌妻在回家途中出了意外，又或是她驕氣發作，得罪了皇帝，一邊自責不該單獨留下她，一邊讓僕人趕馬車回皇宮，想去打探消息，到了宮中，侍衛們見是敬翔前來，都不敢攔阻，他一路直達長生殿的花園小亭，見亭中早已沒有人影，只殿外有侍衛親軍守護。

敬翔連忙相問，衛兵們不知如何回答，適巧禁軍統領韓勍來到，見到敬翔，有些錯愕，吞吐道：「陛下……已經睡了，敬公不妨先回去歇息。」

敬翔問道：「那酒席幾時結束？我夫人又是誰護送回去？」

韓勍更是尷尬，支支吾吾道：「國夫人……難得來到宮中……便過去和幾位美人敘舊，怕是聊得忘情，才沒有回府。敬公不必擔心，趕明兒，她定會平平安安回去。」

敬翔聞言，心中巨石放下大半，向韓勍道謝後，便打道回府，沿路上，他越想越覺得韓勍透著古怪：「韓將軍向來爽快俐落，今日為何吞吞吐吐？見到我還有些難為情？」

這麼一想，他心思越發不寧，又說不上哪裡不對勁，以至整夜都無法入睡，只待在府中小園的涼亭內，一邊批改公文，一邊等候日出。

到了清晨，他連忙趕往早朝，因為皇帝仍在病中，不能上朝，他與眾大臣商議國事，直至深夜才回到家中，妻子仍不見人影，就這麼過了兩日，他心中煎熬難耐，忍不住差人去後宮探問情況，這才知道前夜劉氏進入長生殿後，再也沒有出來了。

敬翔心中隱約已猜到發生何事，只能回府等候，等到內心怒火如焚，幾乎要找事情進殿向皇帝稟奏，卻又苦苦壓抑下來，一整個晚上，就如同滾在冰裡火裡輪番煎熬。

翌日，敬翔在朝堂上與眾大臣商議國事，一時間，但覺一雙雙眼睛似乎都在盯著自己，流露出竊笑之意，他不禁想起張宗奭雖然位高權重，也有功蹟，但獻上妻女討好朱全忠，已落成眾臣私下的笑柄，他自己是個嚴肅的文人，實在不能忍受這樣的事，便匆匆結束朝會，躲回家去，就連一路上有其他大臣要向他請教，他也不理。

敬翔剛回到家，就發現妻子回來了，他想說些什麼，卻見劉氏容光煥發地坐在梳妝臺前盡心打扮，笑意生春，彷佛久旱逢甘霖的野花，已經完全不在乎自己，還揮了揮手示意驅趕：「你去忙你的國事，別來打擾我，我換了衣服，還趕著進宮去！」

敬翔再也受不了了，抓住她的手怒道：「妳是有夫之婦，成天往宮裡跑，像什麼樣子？」

劉氏一邊用力甩脫他的手，一邊恨聲道：「你自以為是清高的士子，就瞧不起我嚒？我服侍過的男人哪一個不比你強？尚讓是黃巢的宰相，一人之下、萬人之上；時溥是大唐的藩主、鉅鹿郡王；聖上更是權傾天下、人人景仰的大英雄！你呢？只配在他面前伏低做小，聽他使喚！無論是比門第還是較量本事，他們每一個都比你強上百倍，我屈身嫁給你，真是太羞辱了！你居然還敢瞧不起我，不如你馬上休了我，讓我再入宮服侍聖上！」

「妳……」敬翔氣得臉色鐵青、全身發抖，幾乎就要揮出巴掌，下一剎那，卻還是硬生生將掌回縮成拳，緊緊握住，忍下衝動。他沒有打過女人，更知道這個女人打不得，倘若她在皇帝枕邊吹風，敬家恐怕就要遭殃了，即使怒火燒灼得他肺腑俱痛，也只能和血吞下，他暗吸一口氣，努力平復了情緒，好聲好氣地陪禮道：「夫人莫生氣了，我只是擔心妳的安全，擔心妳這麼兩頭奔跑，會太過勞累。」

劉氏見他拿自己沒轍，更是得意，嬌哼道：「也不想想，自己是什麼出身？我代替你去陪皇上，沒準還能讓你再升官呢！」說罷站起身，驕氣橫生地走出房門，也不管臉色青白的敬翔，一路婀娜搖曳地走到府外，坐入外邊等候的轎子裡，往皇宮而去。

劉氏再度進入長生殿，心中充滿了歡愉，對著龍榻上的朱全忠笑盈盈地福了一禮：

「妾來得遲了，還請陛下見諒。」

朱全忠身穿內袍，半躺半坐地等在床上，因著天熱，衣襟微敞，見劉氏換了粉桃繽紛的裙裝，一身野豔妖嬈，心頭便火熱了起來，卻佯裝不悅道：「怎麼來得這麼遲，妳不知道朕想著妳嚒？」

劉氏嬌嗔道：「都怪你的好臣子！也不知他哪來的膽子？攔著人家來覲見您呢！」

朱全忠長臂一伸，將她拉入懷裡，以口封住她的口，熱烈地親吻起來，不讓她再說下去，以掩飾心中的尷尬。

敬翔原本想忍氣吞聲，但聽到劉氏說自己得靠著她的陪侍，才能升官，再也忍受不住，便故意拿了河東軍情去內殿，想求見朱全忠，侍衛親軍長卻將他擋在門外，尷尬道：「敬公，陛下有旨，誰都不能打擾。」

敬翔一咬牙，道：「是河東緊急軍情，你擔待得起嚒？」

侍衛親軍長聽裡面的聲音，似乎劉氏才剛進去，兩人還未開始親熱，只得道：「末將也只是奉命行事，您大人有大量，別為難小的，不如請您稍待，小的為您通報，或者您去找韓將軍吧？」

敬翔心想這事怎能勞煩韓勍？只好道：「你便通傳看看吧。」

侍衛親軍長打開大門，小心翼翼地走了進去，但也只敢站在門邊，距離龍床數丈遠，中間還隔著一道長長的錦繡屏風，屏風內隱約傳來男女調笑聲，侍衛親軍長深吸一口氣，提心吊膽地低聲奏報：「陛下，敬公說河東有緊急軍情……」

屏風內的笑聲頓時停止，空氣中瀰漫著一股不尋常的靜謐，侍衛親軍長嚇得大氣都不敢喘一口，過了好一會兒，屏風內才傳出劉氏的嬌嗔聲：「哼！追到這裡來了，我說他根本是故意找碴，一點兒都不尊敬陛下！」朱全忠靜默不言，氣氛沉寒得幾乎要把人都凍僵了。

敬翔原本急躁地等在門外，聽到劉氏的話，忽想起許多官員因為犯了小過，就被砍掉腦袋，頓時一陣寒顫襲遍全身，自己今日真是太魯莽了，只顧著一時意氣，竟抓著聖上的錯處不放，倘若因此惹惱了他，禍及家人朋友，豈不是太糟糕了？

劉氏頻頻催促：「陛下，這人不懂得尊敬您，您快罰他！」

朱全忠沉默許久，終於出聲了：「河東軍情交給敬卿處理得了，來煩什麼？」

劉氏不依不饒，又道：「陛下，您不好好懲罰他，他怎知您的厲害？」

朱全忠一把抱住劉氏的纖腰，滾入龍榻裡，不耐煩道：「好啦！別說那些掃興事！」

那侍衛親軍長站在門口，聽到皇帝已然惱怒，不敢再說，趕緊退了出去。

敬翔聽到即使劉氏頻頻慫恿，朱全忠也沒有下令處罰自己，顯然在皇上心中，自己還是有些份量，微微鬆了一口氣，但門內隨即傳出的歡笑聲，又令他心如滴血。

侍衛親軍長出來後，對敬翔道：「敬公，陛下說有什麼軍情，都交由您處理！」見敬翔老臉蒼白，全身微微顫抖，呆呆站在門口，一副失魂落魄的樣子，彷彿沒有聽見自己的話，心中不忍，又好言勸道：「在陛下心中，誰也比不上您！因為信任您，才把軍國大事全然託付，只不過他今夜累了，要多多休息，請敬公也早些回去安歇吧。」

敬翔這才回過神來，心想自己再待下去，只是徒惹笑話，遂緩緩走回家去。

一夜又一夜，劉氏都陪在皇側，敬翔只能埋首在堆積似山的案牘中，將心痛如絞的醜事盡量拋諸腦後，可白日裡，面對朝臣的眼神，又令他羞辱難當。他是個有抱負、有節操的士子，並不像段凝獻妹、張宗奭獻妻女那樣，有所圖謀，他曾經在心裡暗暗瞧不起這兩個人，可是他自己卻也同流合污了！第一次他感到不知所措，深覺陪伴君側比周旋外藩還艱難。

每當他批公文批得累了，又無法成眠，就會來到小園中，怔怔地望月興嘆，這一日，他一如往昔，來到小園的涼亭，卻看見亭中的桌案上放著一封信，信中只有一小段話：「軍心背離，民情思反，枉顧君臣之義，如此主上，遺臭千秋，君鞠躬盡瘁，是否值得？」署名是「金匱盟主」！

彷如一道天雷劈入敬翔的心口，令他心神恍惚，只覺得天下人都在嘲笑自己：「這人是誰，竟知道我的處境，難道這醜事已傳遍天下了⋯⋯」那一句「遺臭千秋」，讓他想起帝王之事都會記入史冊，自己也難逃這一筆，心情不由得激動起來，又回想起自己的原配妻子，雖不如劉氏美貌，卻溫柔賢惠，兩人感情甚篤，但他為了創建大梁，夙夜不懈，以至冷落了愛妻，就連她在病危時，都沒能回去見最後一面，這件事成為他心裡永遠的傷痛遺憾，可自己的一腔忠誠，卻換來如此難堪的處境，他一時悲從中來，忍不住潸潸落淚，不斷叩問自己，真要在大梁朝廷繼續待下去嗎？但想到那一日，朱全忠拉著他的手殷殷托付，心中又自不忍：「我進士落第，幸得聖上賞識，終能施展抱負，從低微到顯赫，都是聖上的知遇之恩，我怎能計較那麼多？」明知主恩浩蕩，卻又忍不下那等難堪，思來想去，他始終理不出一個答案，內心備受煎熬，在身心俱疲之下，終於病倒了。

朱全忠知道自己少不了敬翔，聽見他病倒了，立刻送來大把珍貴的湯藥，還親來探視，敬翔心中五味雜陳，雖覺得尷尬，卻也萬分感動，終於想通了一件事，劉氏本來就不是自己的妻子，她只是皇帝賜下的一件寵物，有一天主上捨不得了，便又拿回去，「君要臣死，臣不得不死」，更何況只是一件賞賜！自己一切的功勳、名利都是皇上所賜，少了一件自己原本也不愛的東西，又有什麼好計較的？

他心裡雖然通透了，但身子著實太過勞累，因此病了許久，一個月後才慢慢恢復過來，當他重新站到朝堂時，大梁王朝已經是別的氣象了，再沒有人議論他的劉氏妻與皇帝之間的事，因為朝堂上擁有美貌妻子的大臣都逃不過這一場難堪，一片綠雲慘霧，當大臣們人人自危時，朱全忠卻已經發現新的樂趣了。

九一二・六　荒淫竟淪替・樵牧徒悲哀

帝長子郴王友裕早卒。次假子博王友文，帝特愛之，常留守東都，兼建昌宮使。次郢王友珪，其母亳州營倡也，為左右控鶴都指揮使，無寵。次均王友貞，為東都馬步都揮指使。初，元貞張皇后嚴整多智，帝敬憚之。後殂，帝縱意聲色，諸子雖在外，常征其婦入侍，帝往往亂之。友文婦王氏色美，帝尤寵之，雖未以友文為太子，帝意常屬之。友珪心不平。友珪嘗有過，帝撻之，友珪益不自安。《資治通鑑・卷二百六十八》

朱全忠連著幾日與劉氏翻雲覆雨，偶爾召來其他大臣的妻女，起初覺得歡快極了，彷佛重新找回失去已久的青春活力，但不知為何，這一夜與劉氏燕好之後，卻忽然覺得興趣盡失。他心情煩躁之下，便打發了劉氏，自己騎馬外出散心，可江山再嬌美、宮殿再華麗，內心深處總有一個巨大空洞無法填補，洞底隱隱有一隻被捆綁的惡魔不斷張牙舞爪，試圖掙破道德枷鎖，對著他發出吃吃嘲笑，笑他當到了皇帝，還這麼畏手畏腳，什麼都不敢做！他發瘋似地催動韁繩，縱馬狂奔，想要擺脫心魔的糾纏，可那惡魔卻叫囂得更大聲……

在策馬奔馳的快感中，他感到自己彷彿回到當年叱咤風雲的戰場上，仍有睥睨群雄的風采，這一生，他歷經九死艱險，好不容易才坐上皇帝寶座，為什麼還要壓抑心性，顧忌天下清議？他一怒之下，更縱馬狂奔，丹田鼓氣，將嘯聲遠遠傳了出去，頓時間，天地一片開朗，心中束縛全然崩毀，那惡魔突衝出來，令他再度意興風發！他決定另闢戰場，因為尋常的美色已滿足不了那巨大的空洞，餵不飽洞底的那隻惡魔！

翌日，郢王府接到宮中傳令，要郢王妃入宮彈琴，安撫帝王心神，輔治其病。

張曦雖一直潛伏在大梁，但因朱全忠武功太高強，她始終沒有能力刺殺，終於等到朱全忠病倒，周圍卻仍有許多護衛，她連靠近的機會都沒有，今日忽然接到這命令，但覺是千載難逢的良機：「我一定要準備周全，小心觀察，伺機行動！」

她攜帶了特製的琴盒，坐入宮裡派來的馬車，來到皇城，一路穿過長樂門，經過九洲池畔，進入迎仙宮裡的長生殿，最後到了殿院後方的花園，只見段美人也在，另外還有幾名年輕女樂伎，手中抱著各式樂器。

段美人雖是朱全忠的愛妾，但性子溫柔，不像劉氏那樣跋扈，一見到張曦，便十分親熱，主動過去挽了張曦的手臂，微笑喚道：「郢王妃！」

張曦與她並不相熟，對她的熱絡有些愕然，段美人也不為意，只柔聲道：「聖上因為心情鬱結，一直臥病在床，起不了身，御醫說心病還需心藥醫，聽個小曲兒，或許就能抒解心懷，所以才召喚妳們過來。

聽說以前賢妃在的時候，總能哄得聖上開心！她彈琴吹簫樣樣精通，若是遇到戰事不利，聖上心情煩躁，賢妃只要彈一曲《將軍令》，就能鼓舞他振作；若是打了勝仗，聖上心情歡喜，賢妃也會用《醉太平》與他同樂，但這些都不如一首《高山流水》能讓聖上立刻鎮定下來，轉怒為喜。」

張曦問道：「這是為何？」

段美人微笑道：「《高山流水》原本指的是伯牙、鍾子期堅定不移的友誼，是世間唯一的知己。賢妃把它轉了意思，說聖上好像高山般巍峨，她自己就如流水般智慧，兩人不只是恩愛夫妻，更是知己，感情就如高山流水般長闊高深、生死不移！聖上聽了很窩心，因此特別喜歡這首曲子。」嘆了口氣，又道：「倘若賢妃還在世就好了！」

張曦始終不相信張惠是真心愛上朱全忠這個大魔頭，暗想：「原來張惠師姐是用琴曲控制著朱全忠，可惜她背叛了煙雨樓，否則這惡賊就不會為害天下那麼久了……」問道：「但不知今天要彈奏什麼曲子，段美人可有指教？」

段美人道：「究竟要彈什麼才能引聖上開懷？我其實也不知道，但聖上氣息奄奄，什麼都提不起勁，我想……不如就彈個《陽春》，春機勃勃的，取個好兆頭，總不會錯！」

張曦微笑道：「多謝段美人指點。」

段美人將手中的曲譜分給眾女，叮嚀道：「這曲譜是賢妃留下的，妳們拿去仔細瞧瞧，待會兒就彈奏給聖上聽，妳們個個都是百裡挑一的琴藝好手，記住，千萬不能彈錯，否則惹怒了聖上，後果很嚴重的！」

眾女自是知道朱全忠的殘暴，心中忐忑，齊聲道：「是。」

段美人又對張曦道：「待會兒，還勞煩郢王妃多擔待些。」

張曦與張惠同樣出自煙雨樓，自小受的是最嚴格、專門討好帝王的訓練，琴藝自是不在話下，見眾女臉色惶惶，便道：「妳們不必緊張，就算彈錯了，我也能補救回來，絕不會惹聖上生氣。」

段美人見張曦如此自信，鬆了口氣，歡喜道：「太好了！聖上聽說郢王妃的琴藝高超，一直盼著妳能過來重現賢妃的曲藝風采，讓他心裡有一絲安慰，看來真是沒有找錯人，有郢王妃這句話，我就放心了！」

張曦和眾樂伎隨著段美人來到寢殿門前，門口有上百名侍衛親軍嚴防謹守，人數雖不多，卻是禁衛軍中萬裡挑一、戰鬥力最強、最受朱全忠信任的好手。

大梁禁衛軍是由龍虎都、控鶴都、天興都、落雁都……等軍部組成，大統帥是韓勍，他還身兼龍虎都指揮使，而控鶴都指揮使是郢王朱友珪，天興都指揮使則是均王朱友貞，守衛寢殿門口的侍衛親軍乃是從各軍部挑選出的精兵，輪流擔任防守。

從前侍衛親軍只會分佈在寢殿四周，並不會森森然地佇立在門口，今日這樣的陣仗實在怪異，張曦感到有些不安，心知一旦出手，無論成敗，都逃不出去，只有死路一條。

眾女子隨著段美人進入寢殿，只見房中留著幾盞微弱火光，龍床紗幔下垂，朱全忠身穿內袍，蓋著錦被，閉眼躺在床上，不知是睡是醒。

段美人輕輕喚了聲：「陛下，郢王妃到了！她們給您彈個曲兒，讓您緩緩心情。」

朱全忠只輕輕「嗯」了一聲，似乎連答話也沒有力氣。

張曦心中暗喜：「看來他真是很虛弱了！」進入寢宮，自是不能攜帶武器，幸好她髮上的簪子就是特製的尖銳利器，可以用來刺穿朱全忠的頸間、心口等脆弱又致命的部位，另外，她早就在琴盒側邊鑿挖一條細長的暗匣，匣裡永遠貼藏著一把輕薄如紙的利劍，她已經準備了十四年，一切的一切，就為了今天！

段美人道：「郢王妃，請開始吧。」

眾女子一起向朱全忠行過禮後，便坐入座位中。張曦看了幾張曲譜，便依段美人的建議，挑選了《陽春》，她果然琴藝不凡，指尖才輕輕一撩撥，弦上就有了春風徐徐吹拂山林之意，接著響起了綠濤綿延起伏、婆娑搖曳之聲，林中似有鶯歌燕舞，迎來百花爭妍，隱隱春光在她纖秀指尖下一寸一寸地綻放，樂伎們在她帶領下，也放鬆了心情，配合得宜，漸漸地，整個寢殿都充滿了萬物回春，生機盎然的氣氛，正當眾人都沉醉於春暖花開的喜悅之中，朱全忠卻像忽然清醒過來，將手伸出被窩微微一揮，示意停止，輕斥道：「這都彈得什麼？」

眾女子嚇得止了琴音，一時不知所措，朱全忠又道：「都給我滾出去！」

段美人輕聲吩咐道：「出去！快！別擾了陛下清靜。」

眾女子連忙起身，朱全忠忽又虛弱地道：「王妃留下。」

張曦心口一緊，暗想：「這是大好機會，我可要把握。」便低聲道：「是。」

眾女子低了頭，快步走了出去，一刻也不敢多留。

段美人安慰道：「陛下，您好好歇息，莫要動了肝火，於身子不好。」

朱全忠又道：「朕想睡個午覺，讓郢王妃彈個安眠曲，妳也不用在旁邊服侍了，出去的時候，記得點上薰香爐，還有，別讓任何人進來打擾！」

段美人恭敬道：「是，妾這就出去了！」她輕輕走過去點了薰香爐，若有深意地瞄了張曦一眼，又叮嚀道：「郢王妃，妳小心服侍陛下，莫讓他太過激動了！」

張曦對她的話有些不解，暗想：「我彈琴讓他安歇，怎會讓他太過激動？」口裡也不敢多問，只柔聲道：「我明白。」

段美人又是若有深意地一笑，小心翼翼退了出去，輕輕關上殿門，柔聲吩咐外邊的親衛：「沒有詔令，誰也不准進去。」

侍衛親軍長連忙道：「末將明白！」

張曦獨自坐在琴箏前，幽幽彈起了《流水》，她刻意將曲調放緩，好引朱全忠沉眠，弦上傳出空曠山谷低低迴蕩之音、流水潺潺之聲，偶爾夾雜幾許輕細的蟲鳴鳥叫，在沖和恬淡的琴音引領下，朱全忠沉緬在張惠彈奏《高山流水》的回憶裡，怒氣果然舒緩下來，心中卻是一陣陣悸動：「惠娘不在了，我也如伯牙一般，痛失知音，從此再無趣味……可今日，我竟有幸聆聽到相同的曲風……這郢王妃……定是老天派來補償我的……」

桌邊的龍涎香馥郁綿長，香中似有一絲暗沉曖昧，不屬於龍涎原有的氣味，緩緩散發了出來。

張曦彈琴時，也仔細感受著朱全忠的呼吸聲，從微微激動漸漸變得沉淡細長，可還未全然入睡，還差一點點時間，等了十四年，終於等到這一刻，迫在眼前的復仇機會，令她不由得燥熱了起來，她告訴自己不能慌亂，一定要確認朱全忠真的入睡了，才能動手，否則將會功虧一簣！

眼前人的呼吸越來越沉，即使她努力告訴自己要鎮定心緒，但等待的煎熬仍令她全身緊繃，越來越不安，那種恐慌就像心口破了一個洞，需要緊緊抱住什麼才有安全感，她心跳越來越快，身子越來越燥熱，彷彿有一股莫名的激動在催促著她趕快前去。

內室的香氣越來越濃冽了，她抬眼望向前方的龍榻，但覺前方紗幔搖曳，一片迷濛，只能隱約瞧見床上躺著一道人影，錦被半掩，露出赤裸健壯的胸臂，她越看越是恍惚，不知不覺間，指尖的曲調漸漸變了，原本清靜的山水竟轉成情人呢喃低語。

「啵！」床前的燭芯一聲爆栗，熄滅了一半火光，張曦指尖不由得一顫，箏弦划出微微破音，令她驚醒過來：「我是怎麼了？」她感到自己失去平時的冷靜，似乎一刻也無法忍耐，連忙一咬朱唇，逼自己斂定心神，但也知道不能再等下去，見朱全忠全然沒有反應，不由得暗暗慶幸：「看來他已睡著了……」遂小心翼翼地站起身，從琴臺後方緩緩移步而出，輕輕走近床緣，悄悄伸手至髮髻處，想要拔出尖利的髮簪一舉刺下！

倏然間，錦被中一道氣勁閃出，張曦還來不及拔出簪子，朱全忠已一指點向她胸口穴道，瞬間她氣閉神窒，身子一軟，朱全忠已順手將她的嬌軀裹入錦被裡，一個翻身，將她壓在身下，一雙精眸煥發著無比貪婪光芒，似咬住柔軟獵物就不肯放開的野獸！

「原來……那龍涎香裡滲了春藥！他根本沒有病體虛弱……他是故意留我下來……」張曦發覺自己錯得厲害，已經太遲了！

她瞪視著眼前貪婪猙獰的臉龐，不由得全身毛骨悚然，陷入巨大的驚恐之中，然而無論怎麼掙扎，也掙不開朱全忠強大的壓制，只能憑著僅存的理智斷斷續續地驚聲嘶叫：「父……父皇……你想做什麼？你不能……我是友珪的妻子、你的兒媳……」

朱全忠一邊抓起她髮上所有的簪釵丟到外邊，一邊道：「妳不必擔心，我讓友珪去外地打仗了，他不會知道的。」

張曦拼命想掙扎，無奈被點了穴道，半點力氣也使不出，用盡全力也只呼喊出一句：「你是天子，怎能違背倫常……」

朱全忠一點也不感到羞慚，反而自比唐玄宗般得意笑道：「玄宗都能要了楊貴妃，世人還稱讚他是盛世英主呢！朕是天子，天下萬物盡歸我有，我為什麼不能要了妳？」

張曦恨怒道：「世人會唾棄……」朱全忠不等她說完，就以口封住了她的口，狠狠吮吻，雙手用力撕開她的衣衫，因著激動，張曦膩白的玉體浮滿了點點晶瑩的香汗，宛如一朵惹人憐愛的梨花，在雨露夜光中搖曳沉浮，如仙子般的純淨更勾動罪惡遐想，朱全忠再壓抑不住滿心渴望，開始肆意妄為！

那迷香春藥在張曦體內發作，焚燒著她的理智，令她朱唇微微開啟，幾乎要呻吟出聲，一瞬間的理智與自尊，又讓她死命咬住下唇，不肯讓惡徒窺見她心中的欲望。她感到身子如要升天，靈魂卻往下急墜，彷彿要墜入十八層修羅地獄，受盡刀山火海之苦才肯罷休！

朱全忠知道這是不倫醜事，怕張曦抵死不肯配合，所以事先點了迷香助興，見她終於抵受不住，原本推拒的雙臂轉成勾住他的頸項，掙扎抵抗的嬌軀轉而熱烈迎合，遂解開她的穴道，好讓兩人盡情放縱！

不知折騰了多久，香爐的迷煙漸漸化為一片虛無，朱全忠終於安歇下來，卻仍從後方強而有力地環抱住張曦，不讓她脫出自己的掌控。

有時他似乎睡著了，一句話也不吭，只在張曦頸後噴吐著濃重的氣息，有時又像說著夢話般，親吻著她的後頸，在她耳畔廝磨細訴：「惠娘，惠娘，妳知不知道我有多想妳……妳不要怪我！妳知道她們……她們其實都比不上妳，她們只不過是玩意兒……只有妳……只有妳……」那粗重的喘息漸漸化成夢囈般低落下去，直到再也聽不見。但只要張曦稍有動靜，他立刻就會清醒過來，再來一場翻雲覆雨。

經過徹夜的折磨，張曦已然知道朱全忠看似氣息奄奄，了無生趣，其實內力並沒有絲毫減退，只要遇到威脅，他立刻就會激發出本能，龍精虎猛地摧毀一切。每一次她想掙扎，只會換來朱全忠更狂野的欲望，為免再受傷害，她全然放棄了抵抗，甚至放棄了試探，只能與他同流合污，即使朱全忠睡著了，她也只能像一具冰涼的屍體般，靜靜地躺在他懷裡，不敢稍動，身子的痛楚，比不上內心污穢的羞辱，這一刻，她感到自己似落入一個漆黑詭異的絕望裡，那黑暗是無邊無際，永遠看不到光的，如果她還有一點生存的勇氣，就是微微跳動的心，還汩汩流淌著仇恨的鮮血！

三日之後，門外忽然傳來一陣騷動，原來朱友珪接了皇命去剿滅附近的山匪，他為討父親歡心，拼盡全力提早完成任務，滿心趕回來邀功，誰知到了寢殿門口，卻被落雁都的侍衛親軍長擋下：「聖上身體虛弱，需要好生調養，不接見任何人。」

朱友珪不肯放棄，道：「這好消息對父皇的病情可是有好處的！」

侍衛親軍長卻十分堅持：「這是聖命，末將不敢違背，還請郢王見諒，請回去靜候聖上傳召。」

朱友珪原本歡喜的心情、昂揚的鬥志，被父親的排拒狠狠澆了一大桶冷水，卻也無可奈何，只能打道回府：「罷了！我先回去告訴貞娘，她一定會為我歡喜！我先和她商量之後，再來向父皇稟報，必能討得更多獎賞！」

他年少時看盡冷眼，總覺得蒼天不公，直到張曦的出現，他的生命才有了歡樂，這世上只有她是真正明白自己且會長相左右，他總以為這個溫柔美麗又聰慧的妻子是老天爺對他坎坷人生的最大補償！

他回到郢王府，興沖沖地想把這一串事說給張曦聽，誰知妻子竟不見蹤影！從未發生這樣的事，朱友珪不由得氣惱起來，詢問僕人之後，才知道張曦竟是接了聖令，入宮彈琴去了！他心裡頓升起一股不安：「既然貞娘正為父皇彈琴，那侍衛軍為什麼要攔著我？」連忙又折返長生殿。

那侍衛親軍長仍是將他擋在殿外，朱友珪再也忍不住吵嚷了起來：「本王要見父皇，有要事稟報，你們誰敢攔我？」

那軍長沒有半分妥協，仍擋在殿門口，朱友珪拗起脾氣，竟拔出刀來，大喝：「你們誰再攔我，莫怪本王不客氣了！」

落雁都立刻結成一排，有如鐵盾般擋在前方，朱友珪也不敢真的砍人，憤恨之下，便拿身子去衝撞，偏偏衝撞幾次都無法闖關，他心中怒火狂燒，絕不甘心就此回去，便大喊道：「明日！明日就輪到我的控鶴都守衛！到那時，看誰攔得住我！」

朱友珪的吵鬧聲傳入內殿，張曦心中生出逃脫的希望，激動之下，使出了平生力氣，掙扎著要起身，朱全忠卻還牢牢抱著她，全然不為所動。

張曦顫聲道：「他……他回來了……」一句話未說完，朱全忠猛然一個翻身，又將她壓在身下，笑道：「那又如何？」一邊說話，一邊又放肆起來：「只要朕一道命令，他馬上就得滾出宮去！」

他當初召張曦前來，只是想滿足一下欲望，原本還有些顧忌，所以先把朱友珪調到外地剿匪，但自從在張曦身上嚐過一次銷魂蝕骨的滋味，就再也捨不得放她離開了，於是一日拖過一日，卻想不到朱友珪提前回來了，直接撞破醜事，他惱羞成怒之下，索性一不做、二不休，全豁出去了！他起身走到門邊，大聲喝問：「是誰在外邊吵嚷？」

侍衛親軍長見驚動了皇帝，心中忐忑，連忙走到殿門口，低聲稟報：「是郢王！他在戰場上取得勝利，特意趕了回來，想親自向陛下稟報軍情。」

禁軍大統領是韓勍，而韓勍向來是朱友珪的人馬，因此這軍長雖礙於職責不敢放朱友珪進去，但在這件事上，還是為他說了好話。

朱全忠怒道：「朕下了旨意，誰都不准打擾，他竟敢違背，還想衝撞進來，簡直是大逆不道！讓他跪領五十鞭！」

侍衛親軍長嚇了一跳，臉色尷尬地望向朱友珪，不知該說什麼才好，暗想：「幸好陛下不知他亮刀了，否則肯定要砍他腦袋！」

張曦聞言，驚恐焦急，再顧不得羞恥，扯了被巾裹在身上，奔跪到朱全忠面前，幾乎哭了出來：「他是無心的，他不知發生什麼事了，他只是一心想拿戰功來討好父皇，求您饒了他，趕他走便是……」

朱全忠見她為朱友珪落淚求情，竟有一種張惠背叛自己，愛上別的男子的錯覺，心中又妒又恨，氣得對門外大聲道：「一百鞭！」

侍衛親軍長知道再這麼下去，只怕還要加重刑罰，連忙回應門內的朱全忠：「是。」

「父皇，他是你親兒，你怎麼忍心……」張曦臉色蒼白，連淚也流不出了，只全身瑟瑟發抖，顫聲道：「這一百鞭下去，他還能活嚒？」

朱全忠蹲跪下來，以手指狠狠地捏住她的下頷，道：「一百鞭都挨不住，就別說是我的親兒子！」望著淚眼朦朧的張曦，他不禁又是迷醉又是痛恨，怒道：「妳從前並不喜歡他，為何要替他求情？」

張曦一愣，心想：「難道他早就看出我是臥底？」她卻不知道朱全忠說的是張惠向來不喜歡朱友珪。

朱全忠像忽然看清眼前人並不是張惠，又恨聲道：「總之妳好好服侍我，說不定我快活了，便少他幾鞭！」大臂一展，將張曦用力抱上床去，再次放肆了起來，彷彿要將滿懷相思、痛恨妒意、渴求已久的慾念，全傾洩在這個弱女子身上。

不知何時，風起雲湧，原本清藍的天空被陰沉沉的烏雲遮蔽了，整座洛陽城都籠罩在黑暗之中，就像蒼天要遮蔽人間醜事，一陣暴雷轟隆隆地打了下來，彷彿昭示著即將掀起一場驚天巨變，無情的大雨如狂瀑瀉下，更像要清洗這座宮城裡的一切罪惡與污穢……

朱友珪背對著殿門口，昂首下跪，咬牙忍受一鞭又一鞭的酷刑，只挨得數鞭，就已是皮開肉綻，鮮血四濺，他身子雖極度痛苦，但聽著殿內偶爾透出來的歡笑聲，就像毒蟲狠狠咬嚙著他的心，更令他痛不欲生。

大雨無情地落下，他背上、臀上的鮮血飛濺在風雨裡，又隨著雨水漬漬落下，溢流成河，衛軍見他全身都浸在濕冷的血水中，有些於心不忍，卻還是只能舉起長鞭，一鞭一鞭打下，一聲聲數著：「五十一、五十二……」每一鞭都令他鮮血淋漓、皮綻肉開，每一道傷痕都是父子親情的斷裂！

隨著越來越深的痛楚，朱友珪神智漸漸迷茫，身子也慢慢失去知覺，他感到那啪啪啪地重鞭，不是打在肉體上，而是將他對父親的情義、信任與仰望盡數打碎，當他拼了命想討好父親，換來的卻是父親毫無廉恥、狠辣決絕地對付！那源源流出的鮮血，彷彿將身體內與父親相連的血脈漸漸淘空，他渾身都在顫慄，心中一聲聲撕心裂肺地瘋狂吶喊：「我朱友珪與你恩斷義絕，從此再無父子情份！」

天終於亮了，朱友珪已是全身破碎，卻仍像泥塑般跪在門口不肯離去，一牆之隔的夫妻不得相見，一夜的煎熬有如一世那麼漫長，終於等到控鶴都前來交接，朱友珪咬牙忍著身子的痛苦，拼命站起，準備召集人馬破門而入，卻見李振和禁衛軍的大統帥韓勍來了！

朱友珪一愣，隨即臉色一沉，怒吼道：「你們來做什麼？是想阻止本王嚒？」

李振走近前來，低聲道：「郢王，借個步說話，待臣說完，你想做什麼，臣絕不敢阻攔。」

朱友珪心想韓勍、李振是支持自己的最大力量，與他們正面衝突實在不妥，不耐煩道：「你想說什麼就快說！我趕著救人！」

李振靠近他，低聲道：「陛下只是心情鬱悶，才顯得意興闌珊，其實功力一點兒也不失，你未得傳召，就這麼闖入寢殿，可是死罪，郢王是準備好要造反了嚒？」

朱友珪只是一時激憤，並沒有想太多，聽到朱全忠武功未失，已是震駭，再聽到「造反」兩字，心口不由得一縮，握緊了拳頭，好半晌，才恨聲道：「可她……她……還在裡邊，難道我就這麼等著？」

李振勸道：「陛下只是讓王妃進去彈琴，好助他安眠，過個幾日，也就回來了。郢王這麼吵嚷，鬧得人盡皆知，萬一被不肖人誤傳什麼難聽話，於陛下、您、王妃，臉面上都不好看！」

朱友珪雙眼血紅，心如刀剜，悲鬱得幾乎快要瘋了，聽了李振的話，情緒全然崩潰，頓時感到前所未有的無助，茫然問道：「李尚書，你說……我究竟該怎麼辦？」

李振婉言勸道：「該怎麼辦就怎麼辦！您先回去療傷，歇一會兒，待休息夠了，身子若是挺得住，手邊又沒有其他任務，自然就得跟著控鶴軍守衛；若是陛下交代的任務尚未完成，便去妥善完成，有時候任務完成得太快，會不夠圓滿的。」

「守衛？」朱友珪抬頭怔怔望著前方，想到自己竟然必須守衛愛妻服侍父親，世間最悲慘荒謬之事莫過於此，他有一種想仰天長嘯、瘋狂大哭大笑的衝動，卻終究忍了下來。

李振吩咐那控鶴軍長道：「帶郢王先去療傷吧。」

「不必了！」朱友珪沒有辦法離開這個地方，他要在張曦出來時，第一時刻看見她，帶她回家。

風雨無情地潑灑下來，未有一刻停歇，彷彿這場痛苦永無止盡，站在門口守衛的朱友珪，偶爾聽見殿內傳出父親歡愉的笑聲，忽然覺得昔日富麗堂皇的大殿變得如此陰穢，就像一隻瘋狂的巨獸，正大口大口吞噬掉他生命中僅有的光，讓他也變得黑暗瘋狂！

再漫長的黑夜總會過去，再莫測的深淵也有盡頭，朱全忠歷經幾日的激情，終於感到疲憊，心滿意足地睡去，清晨時分，他翻過身，半夢半醒之間，微微睜眼望向懷裡的美人，卻看到一雙宛如死了般的空洞眼眸，眸底卻閃著最深沉淒厲的光，直刺入他內心深處！

「惠娘！」恍惚間，朱全忠竟看到張惠的容顏交疊在眼前，精湛的眸光正厲厲瞪著自己，口中似乎吐著最狠惡的咒語：「我告訴你要『戒殺遠色』，你卻干犯天罰！」

他猛然想起推背圖的讖語：「『一后二主盡升遐，四海茫茫總一家。不但我生還殺我，回頭還有李兒花』……」當年張惠曾說還未研究出最後兩句，這一剎那，卻像一道天雷般直轟入他心底！

他恍然明白張惠其實已經解出謎底了，只是沒有告訴他：「李兒花就是李存勖！果然……果然……」他不敢往下想的是「李存勖果然打得我毫無招架之力」，但最可怕的是前一句，令他全身都顫抖了起來：「不但我生還殺我……難道是……」

窗外劃過一道驚天閃光，暴雷轟隆隆打了下來，震碎了他所有的欲望和強悍，無法壓抑的恐懼令他幾乎是下意識地把張曦狠狠推下床去，淒厲大喝：「滾！」

張曦雖然跌得疼痛，卻也慶幸這可怕的夢魘終於結束了，她想起身去撿拾地上的衣衫，忽然間，朱全忠從後方「碰碰碰！」連發三道掌勁，打向她後背三處大穴，張曦一聲淒厲慘呼，再次摔跌在地！

她眼前一片昏黑，全身痛似雷殛，感到自己所有真氣都散了：「這惡賊怕醜事外洩，要殺我滅口……」有那麼一刻，她覺得自己就要死了，此生報仇已無望，只能絕望地閉上雙眼。

這幾日每一次受凌辱時，她都覺得羞恥得無法活下去，恨不能立刻死了，但這一刻，她內心卻有一股不甘憤恨沖湧出來，激動著自己要振作，絕不能這麼死去，她努力睜開一絲眼縫，微微側首望向那道龐然身影：朱全忠已然起身，卻沒有靠近她，反而背對著她，負手站到了窗邊，望著外邊的狂風暴雨、電閃雷鳴，陷入深深的沉思，口中偶爾喃喃自語：「妳不是她……妳為何不是她呢？」偶爾無限嘆息：「妳……終究不是她！她是絕對不會恨我的……」

張曦雙手緊握的指尖掐入肉裡，幾乎要掐出血來，努力地刺激自己：「起來！張曦，妳不能死！不要害怕！妳要把眼前的醜惡刻入腦海裡，要銘記這一刻的恥辱，倘若能活著出去，就一定要回來將這禽獸千刀萬剮！」漸漸地，她感到自己能動了。

經過連日的相處，朱全忠已經感受到張曦身負武功，雖不高明，終究是個威脅，因此刻意使出三道掌勁，將張曦的內力打得渙散，他並不想殺人，因為他實在捨不得和她的銷魂滋味，為了日後召她來侍寢時能放心享受，才出掌擊散她的內力。

張曦稍稍能動，就咬著牙，匍匐著過去撿起地上的衣服，幾乎是半赤裸狼狽地爬出內室，直到出了屏風，才顫抖著手努力披穿了衣衫，勉強撐起虛弱的身子，蹣跚地走出殿外。

殿外風雨淒迷，一片蒼茫，幾乎目不能視，張曦覺得自己怎麼也看不清前方的路，甚至不知道身在何方，怎麼會到了這裡？是什麼時候，她已經全然迷失了？她抬首望天，想問像她這樣的一個人，還有機會看見天光嚒？無情的風雨卻更肆虐地潑灑在她的面容上，教她雙眼刺痛，只能瞇了眼，像瞎子般以雙手摸索著前方，踉踉蹌蹌地往前行。

身心的創傷、雨水的透骨冰寒，教她一陣陣昏暈，蒼茫之中，似有一道熟悉身影奔了過來，她拼命地想走近前去，卻身虛力乏，怎麼也到不了，終於雙腿一軟，幾乎要摔跌在泥水裡，那雙有力的臂膀恰好接住了她，將她打橫抱起。她微微抬頭，還來不及看清那人的臉龐，一滴滴溫熱的淚已經和著冰冷的雨水落入她眼裡，與她的淚水混融在一起。

曾經她為了復仇才接近朱友珪，這個粗野的男子只是棋子，可如今她失去了一切，就連用來報仇的武功也消散了，第一次，她感到自己是多麼脆弱無助，才發現這夫君是狂風暴雨中唯一的依靠，是殘酷世道裡僅存的一點溫暖愛意，她再也忍不住埋首在他懷裡痛哭失聲。

僅僅一牆之隔，只有十幾步路，卻有如天高地遠，這一夕重逢彷如隔世，朱友珪緊緊擁著脆弱昏厥的妻子，將身上的大氅脫下，覆蓋在她身上，任憑冰寒的雨水濕透全身，因為再大的風雨也澆不熄他心中狂燒的恨火！

原本段美人應該安排馬車送張曦回去，但朱友珪一直守在殿外，她反而不好處理了，只得暗中交代李振把馬車趕到朱友珪身邊，讓他溫言勸慰：「王妃身子不好，不能淋雨，還是坐上車穩妥些。」

朱友珪冷冷瞥了李振一眼，那眼神就像一把利刃刺入對方的心口，然後不管不顧地大步向前走去。

李振望著他的背影，心知大梁的時局就像這天候，已經迎來一場暴風雨，而自己又該如何安身立命？

張曦才回到王府中，宮中就送來昂貴的補藥及珠寶錦緞的賞賜，在珍貴藥材的調理下，再加上朱友珪的細心照料，張曦終於漸漸恢復生氣，朱友珪身上的傷也好了大半，但兩人小心翼翼地迴避那件事，慢慢地，心中滋生了一道無形的牆，把彼此隔得越來越沉默。

那樣低靡的氣氛壓得朱友珪幾乎喘不過氣來，在張曦身子恢復些，他就藉故流連在外，尤其常找朱友貞飲酒。以前他有什麼煩心事總跟妻子訴說，但這一次，他再也不能說了，他忽然發覺滿朝文武、盟友部屬，竟沒有一個人能安慰自己，幫忙出謀劃策，就連詭計多端的李振也無能為力，只有這個一向瞧不起眼的無膽小弟，才是最親的親人，在這個孤單無助的時候，只能找朱友貞喝酒解悶了！但即使如此，他滿腔憤恨還是沒法吐出半個字，因此往往喝到狂醉爛吐，朱友貞才無奈地派人送他回去。

原以為時間會慢慢消磨掉一切的創傷，一個月後，一道猝不及防的命令，讓夫妻倆再度陷入地獄般的風暴裡！

這一日，天色才濛濛亮，段美人就已經來到郢王府，溫柔地傳令：「聖上身子又不適了，上回郢王妃的樂曲很有助益，要請王妃準備準備，隨我進宮。」

這一道晴天霹靂震得張曦臉色霎白，一陣暈眩，幾乎站立不住；朱友珪則是氣得一隻手已按在刀柄上，似乎下一剎那，就要拔刀出來砍了眼前人！

段美人感受到他的怒氣，嚇得連退兩步，又怕完成不了任務，只能硬著頭皮支支吾吾道：「放……放心，這一回，不只是郢王妃，就連博王妃和其他王妃都去了，聖上……聖上……是真的想聽曲……」

朱友珪恨聲問道：「張德妃也去嚒？」他認為朱全忠出於對張惠的尊重，再怎麼樣也不會動朱友貞的妻妾，只要張德妃去了，就應該是安全的。

段美人迴避了他的目光，垂首低聲道：「張德妃不擅琴藝……陛下……沒有召見她。」

朱友珪忽想起自己的母親是營妓，所以父親才不待見自己，甚至把妻子也視如營妓，隨意召喚，段美人見他的手始終緊緊握住刀柄，又聽聞他素來瘋狂，害怕他不顧一切地將怒刀砍在自己身上，連忙對張曦道：「車駕就等在外頭！」便趕緊退了出去。

張曦臉色蒼白，全身瑟瑟顫抖，泫然欲泣地望向自己的夫君，朱友珪一觸到她求救的眼神，再忍不住咆哮起來：「這老賊又想做什麼？他敢再碰妳一下，我殺了他！我一定要殺了他！」他恨透了父親，恨不能將對方千刀萬剮，恨得肝膽欲碎，滿臉通紅，額上青筋都暴漲了，手中緊緊握著刀把，握得幾乎斷了指骨，全身更不停顫抖，一副怒火焚身、豁命相拼的姿態，可過了許久、許久，四周都安靜下來，連燭火也暗淡了，卻還沒有拔出刀來，甚至沒有出門去拒絕段美人！

這一刻，張曦才明白他太害怕了！從小對父親的恐懼，令他根本不敢舉起刀槍護衛妻女。

「那一天……」張曦蒼白的唇顫抖著吐出一句一直以來她都不敢問的話：「你提早回來了，又輪到控鶴都守衛，可是你卻沒有……沒有……對不對？」清醒後，回憶不斷重現，她漸漸明白朱友珪能在風雨中接回自己，是早就等在那裡了，她想問一句：「你手握控鶴都，卻沒有進來救我，對不對？」但她始終問不出口，深怕真相會把自己徹底擊垮。

這一句問話，令朱友珪像被轟雷劈中般，全身都呆住了，所有努力維持的精神意志也在一剎間全然崩潰，原本脹得通紅的臉一下子白得像鬼，淚水卻忍不住滾滾而落：「我……我不是……貞娘，我……我想進去的……可……可……」看著妻子原本溫柔的美眸漸漸變得有如死灰，他心中的恐懼、羞慚也越來越大，幾乎包籠住他，讓他必須直面自己的懦弱與不堪，再也無可逃避。

忽然間，他全身都崩垮了，雙膝碰然跪落，只剩一雙手臂還有力氣攬抱住張曦的雙腿，哭求道：「貞娘……事已至此，咱們沒有路了……妳也知道，他的神功還在，我根本不是對手，妳……妳去……是唯一的活路！」最難堪的話一旦吐出了口，其他的事就不難了！

他緊緊抱住張曦的雙腿，彷彿害怕她會拔腿逃跑，讓自己承擔苦果般，又是哭求又是好言相哄：「我想過了！既然逃不過，與其自苦，不如利用這事得到最大的好處……妳就好好服侍他，哄他開心，然後再說服他立我為太子……對了！將來我當了皇帝，妳就是皇后，我絕不會虧待妳的！貞娘，貞娘，我求妳了，那一日，我被鞭打得只剩半條命，夫妻一場，難道妳真忍心看我去送死嚒？」

原以為他像高山一樣剛強，可以為自己阻擋風雨，此刻才看清他的軟弱與無恥，張曦望著眼前這個聲嘶力竭且抖得厲害的男子，不禁感到一片哀涼，內心深處更不由自主地浮現一道少年身影，他曾在景城河畔，以瘦小的身軀抵擋梁軍的殘暴，拼命救護自己，這一刻她才明白，一個男人的堅強不在外表的壯碩，而是善良的心志與大無畏的勇氣，剎那間，剛萌生的溫情就被夭折，她再也瞧不起眼前這個曾想依託的夫君了！

她一把推開朱友珪，恨恨地向外走去，朱友珪望著這個曾經最愛的女子就要走入虎口，心中掙扎衝上頂點，然而在深重的罪疚之中，又夾雜了一絲慶幸，他不知道的是張曦並沒有走向王府正門，反而繞過花園，從後門穿了出去，沿著後山小徑一路失魂落魄地往上行，直走到懸崖邊，她望著天闊雲深，往事歷歷浮現……

十四年前的家破人亡，她以為世上最大的痛苦莫過於此，到了煙雨樓的嚴厲訓練，再到以身相侍仇人之子，一樁樁一件件，她幾乎是踏著血淚往前走，她潛心忍耐，只為報仇，不料到了最後，竟被廢了武功，還成了仇人的禁臠，她在痛苦中掙扎許久，終於死心，試圖告訴自己既然報仇無望，不如就和夫君一起安度餘生，至少他是真心相待，能給自己一點庇護，甚至開始對他萌生了依戀，想不到他為了私利，竟一心想推自己入火坑！如今，所有的希望都破滅了，痛苦仍無止無盡！

除了景城河畔那個笑得單純、口中吊書包的少年，這個世間還有什麼值得留戀？可惜天涯人往，永遠沒有機會再見了！她閉上眼，告訴自己只要縱身一跳，一切的苦難便都結束了，她毫無遲疑，展開雙袖，足尖一蹬，像隻美麗易逝的蝴蝶般逕自飛了出去，轉眼就要墜入萬丈深淵……

然而命運還不肯放過她，倏然間，她纖腰一緊，被一條長錦緞纏住，從飛離的懸崖邊給帶回來，拋向崖上的草叢裡！

一道如玉光般的身影出現，悠然地輕搖摺扇，一雙冰雪如刀的寒眸似無情似嘲笑地盯著狼狽的她，彷彿人世間的悲慘，在他心中只是一抹笑話。

「樓主……」張曦直覺還有更慘酷的命運等在前方，不禁起了一陣寒顫：「你……怎會來了？」

徐知誥以修長玉白的手伸向她，示意要扶她起身。張曦定了定混亂的心神，伸出指尖輕輕一搭他的指尖，顫巍巍地站了起來，垂首羞愧道：「樓主……你……」

徐知誥冷聲道：「曦南堂主可是忘了自己的任務？」

張曦心如死灰，對煙雨樓的利用同樣感到厭倦不堪，也不再表現恭敬，只淡淡地道：「我武功已廢，完成不了任務，你們另找高明吧！」

徐知誥知道犯不著跟一個死意決絕的人生氣，微笑道：「義父讓我來告訴妳，時機到了！能摧毀大梁的只有妳，除了妳，誰都不行！」

張曦剛從死地回來，還有些茫茫然，一時回不過神來，不敢相信等了多年的事終於露了曙光，激動道：「可他的不老神功還在！我的武功都沒了，怎麼報仇？你們別再騙我了！」見徐知誥神情十分自信，並不像說謊，頓時相信了幾分，忐忑地問道：「你說的……是真的？」

徐知誥微笑道：「自然是真的！否則江南事忙，我又何必親自來這一趟？」

張曦激動得雙眸浮了淚，哽咽道：「可他廢了我的武功……我……什麼都不能做了！」

徐知誥道：「妳的武功原本就與他相差太遠，就算沒廢，也沒什麼用處！」

這句話雖難聽，卻一語道破事實，張曦原本糾結的心思一下子開通了，重新燃起希望，急問道：「那我應該怎麼做？」

徐知誥微笑道：「菟絲花柔弱，卻能摧毀大樹，憑的從來就不是武力！」輕輕貼近她耳畔低聲數語：「以身為餌，誘朱入轂……」

張曦心中震驚無已，一時不知是喜是悲，只顫抖得更加厲害，幾乎站立不住，就像小獸瀕死的悲鳴：「為……為什麼要這樣？真的只能這樣嚒？」

徐知誥明明說著溫柔的安慰：「妳苦等十四年，如今機會就在眼前，難道妳不想手刃仇人嚒？」一字一句卻像鬼手推著她墜入更黑暗的深淵：「妳連死都不怕了，為什麼不肯再付出一點點代價來完成心願？難道妳想縱容那隻禽獸繼續殘害無辜？」

「一點點代價？」短短時間，張曦歷經一次次身心俱碎的煎熬，幾乎已將她擊垮，卻想不到還有更殘忍的事等著她，望著徐知誥漸漸消失的背影，回想著他冷血的話語，她久久無法平靜，只怔怔地站在懸崖邊，內心激蕩地徘徊在生死之間：「我付盡一生血淚，豈止是一點點代價而已？」

張曦終於還是從後院回到了自己的寢室裡，開始梳妝打扮，她緩緩走到銅鏡前，卸下全部的衣衫，注視著鏡中全裸的自己，原本姣白滑膩的胴體，出塵如仙的姿容，在這一刻，竟是如此孤絕蒼白、卑污不堪。

但幾乎死過一次的她，已無所謂與邪惡共沉淪了，她一咬牙，拿出多年前徐溫交予的翠玉藥瓶，倒了一滴血紅色的汁液在玉白的掌心，雙掌微微搓揉均勻，再撫摸自己的身子，腥紅的花汁在她如雪肌膚上潑散開來，那情景宛如純白的雪地裡綻放了一朵妖異的噬血之花，不斷向四處蔓延，想要吸盡周遭所有生氣般，令人觸目驚心。

她不斷輕輕撫揉著自己赤裸的身子，直到殘忍的血紅在雪白肌膚上再也顯現不出絲毫痕跡，只留下一抹消魂蝕骨的淡淡清香，足以誘人入彀，她才緩緩披穿起最美麗的衣衫，繫上最精緻的腰帶，使酥胸微露，窈窕的身形更玲瓏有致。

她插上最華麗卻沒有攻擊性的簪子，抹上最嬌媚的紅妝，鏡中人影在原本的清麗絕俗之外，隱隱流露出妖嬈嫵媚，原本晶瑩的秀眸不再卑微憤恨，而是湛射著陰狠的光芒，因為她知道血菟絲的力量，這原本純淨的身心被玷污了多深的汙穢與仇恨，同樣地，就暗藏著多致命的毒素！她要那個無堅不摧的男子溺亡在她的溫柔鄉裡，她要朱氏一族付出國破家亡最慘痛的代價！

朱友珪方才看著妻子決絕離去，深怕她會抵死抗命，等了許久，好不容易等到妻子姍姍出現，終於鬆了口氣。他想上前安慰兩句，卻發現精心打扮的妻子，光曜得有如月光下綻放的夜曇，在原本的清麗之中，展現出難以言喻的豔媚，令他幾乎就要衝上前去擁住她熱烈纏綿一番，可心中的恐懼與權力的欲望，將他的身子硬生生定住，一顆心卻又忍不住翻騰著妒恨狂潮與悲苦酸意。

直到張曦坐上馬車，他都沒有伸手去拉住那個就要墜往深淵的身影，只怔怔地站在原地，心中的百般衝突、痛苦掙扎，令他感到全身再度被扯得破碎，碎成一地污泥，只不過這一次鞭苔他的，不是父親狠厲的長鞭，而是自己的貪嗔癡恨！

令張曦意外的是，朱全忠更加放肆了！

當朱友珪手握控鶴都，卻不敢闖進寢殿帶回妻子，反而選擇了守衛殿門，就助長了朱全忠的氣焰，令他覺得自己身為天子，可以為所欲為，他相信整個大梁皇朝根本沒人敢違抗他的命令！

張曦依舊在段美人的引領下，被帶進一間裝飾華麗的大寢殿，殿中央擺著一張特製的、極寬大的龍床，四周垂掛著粉紅羅紗，三面牆上都懸掛著精緻的春宮圖，架上擺設的多是助興器具，這裡儼然成了皇帝尋歡淫樂的場所。

床榻上朱全忠穿著一身內袍，敞開胸襟，半躺半坐，正怡然享受眾兒媳的服侍。這些女子們薄紗裹體、衣衫不整，或跪或坐地為朱全忠撫按身子、餵食酒饌，原本都是尊貴的王妃，此刻卻被輕踐得有如營妓，眼中盡是淒惶難堪、惴惴不安，臉上卻還得擠出幾分嫵媚笑意。

朱全忠的左臂勾抱著一名全身赤裸、豔冠群芳的女子，正是博王妃王雲，她一見張曦進來，如絲的媚眼裡立刻射出一道冷光，薄豔的唇角勾起一抹挑釁的微笑！

張曦怎麼也想不到會是如此人倫盡喪、荒淫無恥的情景，朱全忠的作為再一次超過她的忍受極限，只看一眼，她就幾乎意志崩潰，羞憤地掉頭離去，是王雲眼中那一道譏誚的冷光，讓她硬生生定住了腳步，下定決心豁出一切！

當時朱友文接領敕旨時，滿心以為是高升特進、太保，卻忽然被撤換了建昌宮使，他氣憤失望之餘，漸漸擔心是朱全忠識破了九曲池的暗殺，才會拔掉自己手中最有利的籌碼！倘若真是這樣，一旦張宗奭完全交接了建昌宮的事務，坐穩國計使的位置，就是朱全忠向他下手的日子了！

夫妻倆想到性命即將不保，連夜商量各種對策，卻沒一個管用，直到徐知誥帶來朱全忠召張曦入宮，還鞭打朱友珪的消息，王雲終於明白唯一的生路是爭取成為朱全忠的專寵，魅惑他賜朱友文太子之位，再利用血菟絲讓朱全忠暴斃，那麼朱友文就能順理成章地登上皇位！

王雲將這計劃告訴朱友文，讓他在這段時間裝病，絕對不能回洛陽，不可交接任何事務，無論如何都要把鹽鐵財稅這保命利器牢牢抓在手裡，並盡快煙滅不利證據，還要拉攏更多支持人馬。

朱友文對於妻子的自願犧牲、周詳計劃，感動不已，滿口發誓只要大事一成，皇后之位非她莫屬！

王雲得到夫君的支持，對服侍朱全忠一事再無任何顧忌，她視張曦為頭號對手，決意使出渾身解數，與之一較高下。

張曦不知道王雲當初為什麼會進入煙雨樓，還願意行這卑污的勾當，卻知道她和自己一樣，已經陷入徐知誥的設計中，甘願成為棋子，將血菟絲抹在身上了！

張曦不甘示弱，昂起玉首，驕傲地卸下了衣衫，以一身耀眼的柔白出現，朱全忠雙眼眩迷，難以自持，立刻坐起身來，眼中熊熊烈火彷彿要吞滅了她般，哈哈大笑道：「來！來父王這兒，讓父王好好疼愛妳！」

張曦一咬牙，窩入朱全忠另一邊臂彎裡，與王雲各自極盡媚術，競相誘惑她們的獵物來舔吮自己身上的香液！

滄州、潞州、柏鄉、蓚縣戰役的接連失敗，讓朱全忠感到張惠一去世，自己的好運就結束了，生命似乎也快走到盡頭，那樣的無能為力令他深深的恐懼，可他能對誰傾訴？既身為天子，在餘下的時光裡，為何不能隨心所欲？人生得意需盡歡，他決定徹底放縱自己，瘋狂享受帝王之樂，揮霍無盡的福氣！

就算被妻子盯著又如何？他就是要證明給張惠看，即使不遵守戒命，自己也能跟老天爭一爭，不會受什麼天罰，因為他是真命天子，是亂世中最雄強的大梁皇帝，就連天也要低頭！

壓抑許久的魔性一旦被釋放開來，就再也回不了頭，於是他一次次召喚眾兒媳來服侍。每一次張曦與王雲出門前，總會把血菟絲的汁液塗在身上，以自身為餌，餵食朱全忠，讓他吸收越來越多的血菟絲，直到瓶中的汁液終於用盡。

一開始朱全忠因為張曦與張惠十分相似，才忍不住干犯逆倫大戒，但每一次放肆貪歡，清醒之後，卻反而對張曦生出一股厭惡，表面上她和王雲一樣在盡力服侍，但那雙晶瑩秀眸中偶爾流露的一絲清冷，總會讓他沒來由地打了一個激靈，彷彿張惠正冷冷盯著自己！

他從前對張惠十分癡情，可現在享盡了如雲美女，忽然覺得張惠對他而言，簡直是一道束縛，甚至是一道催命咒！對了！就是催命咒：「她連死了，都還要說什麼『戒色遠殺』……」他已經忘了張惠的懇切相勸，漸漸覺得她根本是為了自己的妒意，才會在臨終前下了一道「戒色遠殺」的催命咒！甚至死後還要寄生到張曦身上來束縛他！

但另一方面，他又知道張惠的預言幾乎從不失誤，因此每見一次張曦，就彷彿離天罰又近了一步，他恨透了這種感覺，更有一種深深的恐懼，他既無法割捨對張惠深入骨髓的牽念，也無法抵抗張曦青春滑膩的嬌軀，因此每當他縱情享樂之後，就更加恐懼，這恐懼像魔咒般，夜夜纏繞、折磨著他的心志，唯有遁入酒醉美色的迷亂中，他才能忘卻一切煩憂，如此一來，就像飲鴆止渴般，不斷徘徊在恐懼和放蕩之間，成了惡性循環。

朱全忠的心思越來越迷亂，越來越恍惚，終於，他再也受不了了！他下定決心要擺脫張惠的糾纏，於是他不再召喚張曦，只專寵王雲，彷彿只要不見張曦，那詛咒就會自然消失般。

九一二・七

霓裳曳廣帶・飄拂升天行

太祖自張皇后崩，無繼室，諸子在鎮，皆邀其婦入侍。友文妻王氏有色，尤寵之。太祖病久，王氏與友珪妻張氏，常專房侍疾。太祖病少間，謂王氏曰：「吾知終不起，汝之東都，召友文來，吾與之決。」蓋心欲以後事屬之。《新五代史・卷十三・梁家人傳第一》

閏月壬戌，帝疾甚，謂近臣曰：「我經營天下三十年，不意太原餘孽更昌熾如此！吾觀其志不小，天復奪我年，我死，諸兒非彼敵也，吾無葬地矣！」因哽咽，絕而復蘇。帝長子郴王友裕早卒。次假子友文，帝特愛之，常留守東都，兼建昌宮使。次郢王友珪，其母亳州營倡也，為左右控鶴都指揮使。次均王友貞，為東都馬步都指揮使。帝雖未以友文為太子，意常屬之。六月丁丑朔，帝命敬翔出友珪為萊州刺史，即命之官。已宣旨，未行敕。時左遷者多追賜死，友珪益恐。《資治通鑑・後梁紀三》

「煙霄微月澹長空，銀漢秋期萬古同。幾許歡情與離恨，年年並在此宵中。」❶

蘭月時節，暖風微薰，張曦穿著薄紗長裙，獨坐倚窗扉，仰望夜空繁星，想著今日是七夕，數算起來，已有大半個月未見到朱全忠了，長生殿的歡淫還在繼續，王雲尤其受到寵愛，只有她被排拒在外。

她從一開始恨透了朱全忠，到後來竟擔心不被召喚，覺得自己實在可悲，但最可悲的卻是朱友珪！他曾經憤怒拔刀，似與父親結下血海深仇，如今卻是忙裡忙外地打聽，想知道父皇為什麼不肯寵幸自己的妻子？言語中有時責怪她不該去陪伴父親，有時譏誚說她沒有王雲的手段，以至於敗下陣來。

七夕乞巧節是姑娘家染甲應巧、裝扮美麗，結伴出遊的日子，宮女們也忙著蘭夜鬥巧、比拼手藝，就連天上的牛郎織女也選在這一天，年度相聚、互訴情衷。

張曦望著天上最明亮的兩顆星，聽著遠方傳來的嘻鬧聲，對自己的身世倍感淒涼：「牛郎織女雖然分隔天涯，總是真心相待，而我與他同住一室，有幸朝夕相對，卻相看兩厭……」

門外傳來一陣醉酒呼喝聲，打斷了她的思緒，她回首望去，只見朱友珪大力撞開了房門，腳步顛倒，滿身酒臭，喝得醉醺醺。

張曦無奈起身，走過去想要伸手攙扶，朱友珪卻猛力一把揮開她的手，張曦一個站立不穩，直接跌坐在地。朱友珪見她瞪著大眼望著自己，眼底藏了一抹淒涼怨懟，不由得勃然大怒，揮著手中的酒瓶罵道：「賤人！妳看我做什麼？難道還指望本王來扶妳？沒得髒了我的手！」

張曦聽他藉著酒瘋辱罵自己，撕開了從前小心翼翼維護的遮羞布，心中恨之極矣，緊抿著唇不吭一聲，眼底卻忍不住浮了淚水。

朱友珪見她眼眸含淚，不生一絲憐憫，反而惱羞成怒，大罵道：「妳羞辱了本王，還哭給誰看？要哭，到老頭面前哭去！」忽然又哈哈大笑了起來：「對了！老頭現在不要妳了！妳勾人的本事太差，比不上王雲，只讓人當了幾天的玩物就被趕出來！」

張曦聽到這番話，痛恨至極處，淚水忽然止了，卻彷彿聽見自己的心滴滴答答流淌著鮮血。

朱友珪卻是一把將她扯了起來，怒道：「滾！別在這裡髒了本王的眼！」便將她用力推出房門外。

張曦被趕出內室，一咬牙，頭也不回地走了。朱友珪望著她決絕離去的身影，忽然清醒了幾分，卻是整個人跌坐在地，嚎啕大哭起來，口中嗚咽地喚著：「貞娘……」

張曦漫無目的走在熙來攘往的大街上，京城的姑娘人人臉上都掛著笑意，成群結伴地遊玩，只有她像孤魂野鬼般，遊蕩在不屬於自己的歡樂人間。

嬉戲的人群裡，一位溫潤如玉的俊美公子微笑地向她走來：「有沒有興致陪我一程？」正是徐知誥。

張曦已經失去耐心，單刀直入地問道：「我究竟要等到什麼時候？」

徐知誥領頭在前，一路朝著長生殿的方向而去，張曦緊跟而上，又道：「究竟要怎麼做，才能殺了他？」

徐知誥腳步未停，也不直接回答，只道：「義父讓我來問妳一句，妳想要大梁滅亡，還是只要單單殺了朱全忠，報復血仇即可？」

張曦一怔，不知他問這話是何意，徐知誥又道：「這兩個計劃是不同的，義父說讓妳作主選擇，這是妳潛入敵營多年，受了這麼多苦，應有的回報！」

張曦不禁自問：「我受了這麼多羞辱，究竟要什麼？」

徐知誥道：「王雲使出渾身解術討好朱全忠，是因為她想當皇后！妳呢？妳想要什麼？倘若妳也想當皇后，我可以助妳殺了朱全忠，至於誰繼任大梁帝位，便由你們夫妻與王雲夫妻自行競爭，煙雨樓是不會插手了！」微微一笑，又道：「妳和王雲都是義父大力栽培出來的，幫誰捨誰，義父都不忍心，都是左右為難，所以這事只能讓妳們自行了斷。」

張曦心知徐知誥口裡說煙雨樓不會插手雙方的競爭，但其實無論哪一方坐上帝位，都只是徐氏父子掌握的棋子而已，她不禁自問：「我真願意當這個傀儡皇后麼？」想到煙雨樓的陰狠利用、朱全忠的滅門欺辱、朱友珪的涼薄無情，一咬牙，昂首道：「不！我要報仇，大梁不亡，難消我心頭之恨！」

徐知誥自身野心極大，對於張曦選擇只想報仇，不求其他，有些意外，再次確認道：「妳真不想當皇后？當日我在懸崖邊救妳時，妳還向我求情，說要放了朱友珪，如今妳要大梁滅亡，朱友珪肯定陪葬，多年夫妻，妳真捨得麼？」

「多年夫妻……」張曦唇角浮現一抹慘淡的苦笑，幽幽說道：「我從未真心愛過他，這算是我虧負了他……相伴多年，他確實寵愛我，我也盡心輔佐，倒也兩不相欠了，可大難臨頭時，他卻迫不及待地推我入火坑……」她一抿朱唇，將難堪之事嚥入肚裡，不忍再說下去，她甚至不明白自己怎會對徐知誥吐露心中悲苦，或許是她太需要一點安慰了，即使知道眼前之人是冷血無情的。

兩人談話間，已來到皇宮附近，徐知誥帶著她走進一間廢棄的小木屋，拿了一套天興都的衣服給她，自己也拿另一套換穿，微笑道：「這段時間，我一直潛伏在長生殿，倒也看出不少有趣的事情。」

張曦問道：「什麼事？」

徐知誥冷笑道：「人人都瘋傳朱友文最有希望繼承太子之位，可朱全忠一回到洛陽，就以明升暗降的方式拔了朱友文的虎牙，可見九曲池梁帝落水事故是一場精心謀劃的刺殺！朱全忠原本多疑，再經歷這樣的事件後，更不會信任朱友文了，又怎麼可能把王位傳給他？」

張曦暗想：「他早就知道朱友文不可能當上太子，方才卻來試探我，說王雲正在設法搶后位……」

「我知道妳在想什麼——」徐知誥解釋道：「當時朱全忠發生事故，卻不敢立刻發作，還先升了朱友文的官爵，安撫其心，然後匆匆逃回洛陽，等確認了張宗奭的忠心，才動手處理朱友文的權力，儘管如此，也沒有下旨殺了朱友文，可見他手中一定掌握著足以撼動大梁的利器，朱全忠才會投鼠忌器，不敢太過急躁，所以王雲的努力未必沒有效果。義父曾對妳說過，倘若朱友文真當上了皇帝，大梁國祚恐怕還要再延個數十年，所以妳若想大梁滅亡，就絕不能讓他如願！」

張曦道：「但朱賊向來不喜歡郢王，均王又懦弱，他還能傳皇位給誰？」

徐知誥道：「這幾日朱全忠頻頻與敬翔會面，該是有些動作，或許我們可以探到一些有用的消息！」

兩人換好軍衣後，徐知誥帶著她以天興都的身分熟門熟路地混進皇宮，直到長生殿附近，顯然他已經花了不少銀兩和力氣，打開禁軍的通路，但也僅能止步於此，因為守護殿門的侍衛親軍是萬裡挑一的，徐知誥再有通天本事，也無法靠近殿門。他只能帶著張曦躲在附近的樹叢裡，道：「這個位置是我勘查過最接近內殿的地方。」

張曦失去了內力，無法聽見殿裡的動靜，徐知誥便以掌心貼住她的背心，暫時為她傳送內力，道：「妳也一起聽聽看！長生殿內的場景妳最熟悉，只有妳才能設想最好的方法來扳倒這棵參天巨樹！」

張曦明白徐知誥把整個殺朱計劃交給自己，是為了讓她有手刃仇人的快感，她點點頭，灰死的心境終於燃起了鬥志！在徐知誥的幫助下，再加上對長生殿的熟悉，她功聚雙耳，很快聽出了內殿深處的情景。

飄逸的帷帳裡，朱全忠正躺在寬大的龍床上與王雲纏綿，嬌吟聲和喘息聲交錯迴蕩，彷彿也激蕩出心照不宣的秘密：「父皇，您答應人家的事，可不能忘了……」

朱全忠沒有正面回應，卻傳來更粗重的喘息聲和更尖銳的嬌呼聲，聽得張曦臉紅耳赤，倘若是她獨自一人也就罷了，偏偏徐知誥就在身側，兩人相貼甚近，令她著實尷尬，她不禁微微瞄了對方一眼，只見徐知誥沉靜得如古井不波，就連心跳也未有一絲加速。

在一陣尖聲嘶喊後，兩人終於停了下來，王雲緊緊抱著朱全忠，仍不肯死心，嬌聲追問：「父皇，您還沒回答人家呢！」

朱全忠以指尖撫弄著王雲雪嫩的玉體，惹得她嬌呼連連，笑道：「妳半刻也不消停，是想再來一回嚒？」

王雲正想求饒，朱全忠卻是笑嘆道：「就算妳行，朕也不行了！一場大病之後，朕的體力不如從前，真得有些累了……」

王雲暗暗鬆了口氣，撒嬌道：「那方才人家說的事……友文對父皇真是一片孝心，他見您身子疲乏，便主動讓雲兒來服侍您，即使卸去建昌宮使，也沒有半點怨言，還忙著籌措軍需以供應父皇的大業，他常常廢寢忘餐、日夜不懈，即使生病了，也不敢有半點疏忽，就是想讓您盡情享樂，不再煩憂國事。」

朱全忠輕嘆道：「妳說得一點也不錯！從前我起兵時，他擔任度支鹽鐵制置使，從不誤事，立國之後，擔任建昌宮使，又致力改革農桑，使得我大梁穀糧豐盈，才能支撐這一場又一場的戰事。」

王雲撒嬌問道：「既然父皇也覺得他擔任建昌宮使頗有建樹，為何要卸掉他的職務？」

朱全忠道：「那是因為我有更重大的擔子要交予他！」

「原來如此啊！」王雲聽出言外之意，努力掩飾心中的歡喜，小心翼翼問道：「父皇的意思是……」

朱全忠沒有回答，只深深嘆了口氣：「我的病大概好不了了！」

王雲嗲聲道：「父皇快別這麼說！雲兒用心服侍您，為您分憂解愁，您一定會長命百歲的！」

朱全忠笑道：「妳這小妖精就是嘴甜，哄得我很歡喜！」嘆了口氣，又道：「可惜這身子並不是說幾句好聽話就能改變的，我很清楚自身的狀況！如今強敵崛起，步步進逼，我最擔心的是大梁基業該如何維繫下去？我膝下兒郎不少，卻沒有一個是李小兒的對手，友珪太魯莽，友貞又太文弱，只有友文尚堪大任……是時候該做決定了！」

王雲連忙問道：「父皇想做什麼決定？」

朱全忠道：「妳回去一趟，告訴友文，說朕有些國家大事要託付給他，讓他進京一趟。」

王雲道：「東都諸事繁忙，博王因為太過勞累，生了病，實在起不了身，單憑雲兒幾句話，他肯定以為是妾跟他胡鬧呢，父皇必須給人家一點信物才行！」

朱全忠想了想，道：「這樣吧！妳帶著傳國玉璽回去找他，他總可以相信了吧？」

「父皇真好！」王雲緊緊抱住朱全忠又親又吻了好一會兒，歡喜道：「趕明兒，我便啟程回去，一定把傳國玉璽親手交給他，他定會盡快趕回來，到父皇面前盡孝。」

朱全忠心中有些不捨，嘆了口氣，道：「這事也不急，過幾日再回去便是。」

王雲生見他猶豫不定，生怕事情變卦，連忙道：「雲兒明早就出發，一定把事情辦好。」

朱全忠佯裝不悅，道：「妳就這麼心急離開朕啊？」

王雲撒嬌道：「父皇怎麼冤枉人家？雲兒只是想為您分憂，免得您心裡懸著一件事，就不能專心寵愛雲兒了！」

朱全忠笑道：「妳這個小妖精！」伸手在她雪胸上揉捏了一把，貪戀道：「朕實在捨不得妳離開，要不這樣吧，妳寫封家書回去，讓友文過來接玉璽！」

王雲在他唇上纏綿一吻，嗲聲道：「雲兒也捨不得離開您啊！但博王真的臥病在床，倘若他能看見雲兒帶著傳國玉璽回去，必會振作精神。」

朱全忠依依不捨地問道：「妳這一去，還會回來嚒？」

「怎麼不回來？」王雲舉起雪白的小手，像對情人發誓般：「人家定會盡快趕回來，絕不耽誤一點時間，否則任憑父皇處罰！」

朱全忠感慨道：「在我面前宣誓效忠的人多不勝數，可背叛的人也很多！」

王雲嬌嗔道：「父皇冤枉人家！雲兒是一心一意侍候您的！」

朱全忠嘆道：「罷了！就依妳所言，只不過這事必須秘密進行，絕不能讓人知道妳身懷傳國玉璽，所以朕不能派太多衛軍隨行，免得惹人起疑，妳自己要萬分小心，更不能丟失玉璽……」輕輕一點她眉尖，道：「否則朕可是會重重治妳的罪喲！」

王雲笑道：「父皇放心，雲兒一定把事情辦好。」

朱全忠似乎十分疲倦，輕輕「嗯」了一聲，有氣無力地道：「妳先陪朕沐浴，然後咱們再睡一會兒。」說著將王雲橫抱了起來，走到旁側的一個小偏室，進入浴池裡，兩人又是一陣鴛鴦戲水、纏綿繾綣，沐浴更衣之後，便回到龍床上相擁而眠。

徐知誥見兩人已睡，再聽不到任何消息，便帶著張曦起身離開。兩人一直走到宮外，找了一家清冷的小酒館，坐在可望見街邊景色的角落裡，點了一些酒菜，舉杯對飲。

張曦柳眉微蹙，憂慮道：「看來朱賊已下定決心要把皇位傳給朱友文，咱們必須盡快行動才是。」

徐知誥精光微微一湛，道：「前幾天千荷露酒終於出罈了！我會盡快把酒送過來，妳只要設法讓朱全忠喝下，他就必死無疑！」

張曦心中一沉，卻是搖頭道：「此計行不通！」

徐知誥一愣，問道：「這是為何？」

張曦道：「當年節帥死於荷花露酒，鬧得轟轟烈烈的，雖然義父封鎖了消息，對外宣稱節帥被朱賊所傷，陳疾發作，因而暴斃，但朱賊知道自己並沒有重創節帥，便派人潛入淮南探查，得知宴會當日情景的所有細節，朱賊雖不知道真正原因，但判斷節帥是中毒而死，所以對荷花釀的酒水十分提防，甚至連荷花露、荷花茶等，一概不准入宮！那千荷露酒一近口鼻，滿是荷花清香，才贏得節帥萬分喜愛，又如何瞞得過朱賊？」她說的節帥乃是楊行密。

「原來如此！」徐知誥蹙眉道：「這事確實有些難辦……」

煎熬太久，張曦聽見毒殺已無望，滿心期待的事忽然落空，頓時失去平常的冷靜，一連串質問：「難道我們籌謀多年，竟要毀在他不喝荷花酒的份上？你們要我潛伏犧牲這麼多年，就只能想出這個法子？」

徐知誥溫言道：「朱賊的神功太厲害，他若無損無傷，咱們都不是對手，只能下毒，但尋常的毒物並無效用，還是只有血菟絲加上千荷露酒能傷他……」

張曦既焦急又憤怒，插話道：「朱賊不喝荷花露酒的！明日王雲就要帶玉璽走了，來不及了！」

徐知誥伸手微微一按她的手，低聲道：「妳莫心急，小點聲！」又望了望四周，示意張曦莫要讓話聲傳出去。

幸好已過了晚膳時間，人們都在街上玩鬧，小酒館並無其他客人，張曦也意識到自己太激動了，若是被酒館伙計聽見也不妙，這才冷靜下來。

徐知誥安慰道：「扳倒朱賊是第一大事，我一定會想出辦法的。」

張曦一時心如死灰，別過頭去望向外邊熱鬧歡笑、川流不息的人群，幽幽說道：「我已經失去武功，是無法刺殺他的，否則就算拼上一死，我也要手刃仇人！」語氣甚是淒涼絕望。

徐知誥也抬頭望了外邊景色，道：「今日是七巧節，真熱鬧啊！」心中微微數算了一下，又道：「這樣吧，十日之後動手！」

「十日？」張曦想不到這一次徐知誥沒有再敷衍，給了一個極明確的答案，反而不敢相信，連聲問道：「你真有法子殺他？為何是十日，卻不是九日或七日？」

徐知誥道：「我需要十日時間，才能把事情安排好！」

張曦知道徐知誥處事精細厲害，若沒有把握，不會輕易許下承諾，想到舉事在即，不禁心口怦怦而跳，小心翼翼地問道：「那我們要如何進行？」

徐知誥微微一笑，透露了一個連徐溫都不知道的計劃，又道：「妳會為我守密吧？」

張曦道：「大恩不言謝！舉事之時，或許我已成為刀下亡魂，又怎會透露你的秘密？至於你和義父的爭鬥，我沒有興趣摻和！」

翌日清晨，朱全忠將傳國玉璽交給王雲後，派了一隊衛兵以護送王妃的名義返回開封。

和煦的熹光微微透了進來，朱全忠站在長生殿的二樓高臺上，俯瞰王雲遠去的馬車，眼底的神色卻越來越森冷，不知為何，他忽然想起了李曄，那個八年前死在自己手上的大唐皇帝，在遷都洛陽前，李曄也曾站在蓬萊殿的二樓，俯瞰長安漸漸殘破的風景，想像著自己未來坎坷的命運，他不知道李曄是怎樣熬過當皇帝的最後一段日子，他總以為李曄的可悲是源於自身的無能與懦弱，而他因為足夠強大，是絕對不會淪落到那個境地！可這一刻，他才知道世人終有衰老的時候，所有的皇帝其實都一樣，一旦顯露了虛弱之象，身邊原本可親之人就會爭相露出爪牙，恨不得將你這塊肥肉扒光啃盡！

「陛下！」身後傳來敬翔溫和的呼喚，只有這個聲音是讓人安心的。

朱全忠收斂了心神，沒有回過身，只淡淡道：「博王妃走了！帶著傳國玉璽回去了。」

敬翔往前走，站到了朱全忠身側斜後方，一起俯瞰已遠如黑點的馬車。

兩人沉默片晌，朱全忠才幽幽說道：「你說他真的會來嚒？」

敬翔聽出他語氣中的無奈，忽然覺得這位不老梟雄是真的老了、疲累了，溫言道：「那一日，魏王去交接鹽鐵財稅事務，博王故意稱病，避不見面，後來陛下傳詔，他也以諸多理由推托，不肯來朝，推搪不過，乾脆把王妃送來討陛下歡心，很明顯的，他是在爭取時間，好處理手中的權力和人脈，倘若陛下再不做處置，讓他拿這些當做利器運用，定會傷及國本。

只要他一直待在東都裡，就有兵馬保護，很難撼動他的勢力，事情也會變得複雜許多，除非陛下揮兵東都，否則如何制服他？此刻河東正虎視眈眈，絕不宜內鬥，臣以為用傳國玉璽引誘他前來，是唯一也是最有效的法子了！」

「你說得不錯，要引蛇出洞，總得有足夠的誘餌！」朱全忠雙眼一閉，痛心道：「他也跟了我很多年，屆時，就賜他一個全屍吧！」

「是！」敬翔恭敬道：「臣會把事情辦妥，陛下莫要憂愁。」

想到大梁未知的前途，朱全忠如何能真正安心？靜默許久，又嘆了口氣：「至於遙喜，就給他一個郡吧！讓他擔任萊州刺史，催他即刻上任，不得拖延！」

朱友文即將被賜死，朱友珪只能得到一郡之地，敬翔雖沒有問出口，也知道朱全忠心裡已有了決定，是要違背對張惠的承諾，將王位傳給朱友貞了：「終究，只有均王才是最受寵愛的……」

當外邊的大臣都以為朱友文憑著美麗的妻子，再度得到帝王青睞，即將繼承太子之位，卻不知朱全忠在貪戀美色之餘，更是利用王雲營造出假象，好讓朱友文鬆懈戒心！

王雲身懷大梁傳國玉璽，內心既興奮又忐忑，她坐在馬車廂裡，不停催促車夫趕駕，想飛奔回開封，偏偏一出潼關，進入「桃花塞」，就是山勢高聳入雲、幽谷深邃狹長的秘境，周遭林森樹茂，即使白晝也如昏夜。

王雲探頭望出車窗外，見四周林蔭森森，心中頓覺得不安，連忙吩咐護衛：「這地方易遭埋伏，大夥兒小心點。」語音才落，就驚見一道白色光影有如飛箭般，破開天際，從遙遠的樹顛直射過來，王雲不由得驚呼一聲：「有刺客！」

白衣刺客手持一把長劍，筆直刺入馬車頂蓋，直刺向王雲的頂心！

王雲原本難逃死劫，但她恰好探出車窗外，得見刺客飛來的身影，她反應極快，立刻從座箱飛身而出，跨坐上馬背，隨手揚起長劍，割斷馬車繫繩，獨自策馬衝了出去，揚聲喊道：「我先走，你們困住他！」

眾衛軍驚詫之餘，立刻拔出腰間佩刀，衝了過來，包圍住殘留的座車，卻見昂立在車頂的刺客，劍身一個迴旋，激得木屑飛揚，車頂頓時如花傘破開，木屑灑如落雨，飛射向四周的衛軍。

衛軍們見木屑勁力奇大，宛如暗器，紛紛躲避，有幾名強悍的衛軍用長刀劈開射來的木屑，衝上前去，想與刺客廝殺。

卻見車座破開的瞬間，刺客健腕一抖，手中長劍折疊回去，成了一把摺扇，他指運奇勁，將摺扇展開，對準衝上來的衛軍飛擲出去！

那摺扇有如一片寬大利刃旋飛而出，「唰唰唰！」從第一名衛軍的咽喉精準劃過，第二名衛軍、第三名衛軍……摺扇不停地往前旋飛，銳利的扇緣在眾衛軍的頸間割繞了一圈，那刺客同時凌空翻一個觔斗，當他瀟灑的身影從車頂落到地面時，摺扇正好回入他的手裡，「碰碰碰碰！」眾衛軍也接連倒地。

隨行的四十八名衛軍雖不是一流高手，也是健壯剽悍、身經百戰的勇士，見來人一出手就殺了一半衛軍，都驚呆了，腦中只轟閃過一個念頭：「這人太厲害了！玉璽要被搶走了，咱們的腦袋都要落地了……」

此時拼不拼命，都是死路一條，在衛軍們還來不及做出反應，對方的摺扇已再度旋飛而來，眾衛軍這次有了提防，連忙舉刀揮擋，尤其護住咽喉，豈料那人武功絕頂，這次不是單單飛擲出摺扇，更是身隨扇至，宛如一道白光，穿梭在眾衛軍之間，「嘟嘟嘟！」幾下輕響，以扇骨分別敲擊他們的太陽穴，眾衛軍感到似有一道細針般的氣勁刺入腦顱，瞬間頭痛欲爆裂，還來不及發出慘叫，頭骨便已被震碎！

這手法極為輕巧犀利，殺人於無形，就像十年前，南方第一高手楊行密在玄幻島上使出的奇功，當時他只發出針尖般的氣勁，就在眨眼之間震碎了眾鶡鳥的小腦袋！

「七年……」來人正是徐知誥，他展開摺扇輕搧，意態瀟灑地望著橫躺一片的梁軍屍身，見外表未顯露半點傷痕，心中頗為滿意：「我的『落霞飛鶩』終於大功告成了！」

犧牲四十八名衛軍，王雲掙得一線生機，連回首一眼都不敢，只拼命催轠，策馬狂奔。

「逃得了麼？」不知何時，徐知誥已縱馬追到王雲身後，他足下一蹬，身子躍離馬背，如箭直射向王雲，大掌就要抓下她右肩，生死瞬間，王雲連忙向左側傾倒，閃過這狠厲一抓，反手向後方掃去一劍！徐知誥連忙縮手，同時摺扇用力一個疾刺，將王雲的劍尖震了開去！

「啊！」王雲被劍上的內力一引，身子向側拋飛出去，狠狠摔落地，滾了幾滾才停下來，手中長劍也跟著拋飛出去。她驚恐地抬頭望向前方攔路人，萬萬想不到徐知誥竟會出現在這裡，一邊掙扎著想要坐起，一邊嬌呼道：「你幹嘛追殺人家？」

徐知誥長身玉立，冷笑道：「妳又為什麼逃跑？」

王雲內心實是萬分駭怕，急急轉思該怎麼應付眼前強大的敵人，臉上卻依舊嬌媚無倫，一邊緩緩坐起，揉著身上的痛處，一邊嬌嗔道：「你一劍就刺碎馬車，直要人家的性命，我以為是大梁刺客，這才拼命逃跑，倘若知道是你，我又何必逃？」她笑語盈盈，緩慢動作，都是為了拖延時間好想出對策，並鬆懈徐知誥的戒心。

徐知誥微笑問道：「妳拿了人家什麼東西，竟擔心大梁刺客追殺？」

王雲裝傻道：「我堂堂博王妃，怎會偷拿別人的東西？最近大梁內部很不平靖，朱賊病重，幾個皇子競逐皇位，爭鬥很凶，我才會心存警戒……」說話間已站起身，伸手拍了拍身上的泥灰。

徐知誥微笑道：「既然怕人家追殺，不如把東西放到我這邊，肯定安全些。」

王雲強顏笑道：「我真沒有拿什麼東西……」

「傳國玉璽——」徐知誥冷聲道：「妳說，是它比較貴重，還是妳的命比較貴重？」

王雲臉色倏然大變，顫聲道：「你……是什麼意思？」

徐知誥沒有回答，只伸出手心向她，道：「拿來吧！」

王雲知道再瞞不下去，一抿唇，毅然道：「這東西是我辛苦得來的！而且只對大梁有用，與煙雨樓根本毫無關係，你為何非搶不可？」

徐知誥道：「朱賊將死，大梁的皇帝該由誰來當，必須由我煙雨樓決定，這玉璽落入誰的手裡，關係可大得很，怎會沒有關係？不但有關係，還關乎天下大局！」頓了一頓，道：「在這件事上，曦南堂主就比妳通透得多！」

王雲不以為然，哼道：「她就是個滿心想報仇的瘋子！」

徐知誥冷笑道：「在我眼中，妳也是個滿心想當皇后的瘋子！」

王雲恍然大悟，道：「原來你奪玉璽，是為了幫張曦當上皇后！莫非你喜歡上她了？」

徐知誥但覺眼前女子既愚蠢又可笑，簡直是被皇后之位迷了心竅，似乎無論怎樣解釋，她都不明白，也懶得再說，只想不如直接殺人，搶回東西。

王雲又嬌聲道：「為什麼你非幫她不可？其實你也可以選擇幫我！等我當上皇后，你要的回報，我都可以允你！」媚眼一勾，又含情脈脈地望著他，柔聲道：「包括我……也可以！」

徐知誥沉聲道：「不是我選擇幫她，而是當義父問妳想嫁給哪一位英雄，妳回答『朱友文』那一刻開始，就已經注定了結局！」

王雲不禁嬌呼出聲：「為什麼？」她以為自己選擇了一位長相俊美又有文采，還十分有本事的夫君：「朱友文哪裡比不上朱友珪了？」

徐知誥道：「張曦選擇朱友珪，是因為她明白煙雨樓的需要；而妳選擇朱友文，卻只是為了妳自己的需要！妳夢想與他一雙璧人成為權傾天下的帝后，當然也想擺脫煙雨樓的控制，而我們是絕不會讓朱友文登基的，所以一開始，妳就輸了！懂了嚒？」

王雲臉色越來越蒼白，就像褪了色的花布般難看，半晌才顫聲道：「只要你幫助我們坐上帝后之位，我什麼都聽你的！大梁依舊在煙雨樓的掌控中，這不是正合義父的心意嚒？」

徐知誥搖搖頭，道：「妳還是不懂！我要的從來不是掌控大梁，而是大梁滅亡！至於我要的回報——」冷冷一笑，道：「是整個天下！就算妳當上皇后，也給不起！」

王雲驚呼道：「你不是想稱帝吧？你只是個小小刺史，義父怎能容你胡作非為……」

話說到一半，忽然意識到不妙，心裡生出一陣寒意，顫聲道：「你……為什麼要告訴我這個秘密？」

徐知誥沒有回答，目光卻已寒如冰霜：「拿來吧！妳該知道，妳並不是我的對手！」

王雲知道他既然說出自己的野心，是不打算留活口了，求饒道：「我可以把東西給你，但你會放我走吧？又或者我……我其實可以助你稱帝……你為什麼不考慮呢？」口裡還急呼呼地求饒，右手似要從懷裡拿出玉璽，倏然間，指尖輕輕一按腰間機刮，射出一蓬獨門暗器「飛雲流蘇」！

這流蘇垂墜在她腰間，表面上與一般綴飾無異，但只要輕輕一扯，立刻就會綻放成一撮傘狀尖刺，能當做短式武器，對敵人掃、刷、戳、刺，輕輕一按機刮，更能一口氣暴射出無數尖刺，速度之快，令敵人萬難防範，最可怖的是小尖刺上，還抹著見血封喉的毒液！

這毒刺陰招對旁人是致命一擊，對同樣出身煙雨樓的徐知誥卻毫無用處，徐知誥連忙縮手，同時摺扇一個迴掃，將流蘇針刺反撥回去，射向王雲！

王雲萬萬想不到他反應如此之快，只覺胸口一陣劇痛，已中了數十針，根根入心，她瞪著大眼，緩緩仰倒，實在不相信自己竟這麼輕易死去……

張曦與徐知誥分別後，在外晃蕩了一會兒，終究還是回到郢王府。朱友珪一見到她，心情便激動了起來，一方面歡喜她回來，暗暗鬆了口氣，下一瞬間，卻又想起羞辱之事，和她決絕離去的無情，不由得扳起臉孔，一連串怒斥：「堂堂王妃，說走就走，全無蹤影，妳還懂不懂禮教？妳現在失去武功，若是在外面遭遇危險，誰能救妳？」

「我……」張曦收斂了先前的冷漠，一臉淒惶地望著他，眼底浮了淚水，悲呼道：「我們要大禍臨頭了！」

「妳說什麼？」朱友珪從未見過她這麼恐懼的神情，驚問道：「什麼意思？」

張曦滿眼悲傷地望著他，抽泣道：「你責怪我不能討好父皇，我便進宮去，看能不能挽回他的恩寵……」

「妳……」朱友珪想不到她是去做這事，既震驚又憤怒，不由得握緊了拳，正想罵她不知羞恥，內心深處卻又忍不住期待父親能因此回心轉意，還糾結著該怎麼回應，張曦已顫聲道：「可我卻聽見另一件事……父皇將傳國玉璽交給王雲帶往東都，叫她召博王回來……」

「他……真要傳位給假子？」朱友珪但覺一陣晴天霹靂，忍不住用力抓住張曦削瘦的雙肩，大吼道：「那我呢？我呢？」

張曦淒然道：「你是他的親兒，他卻寧可傳位給博王，也不願傳位予你，因為……」她把口中的話吞了回去，似不忍說出來，這卻惹得朱友珪更想知道原因，不由得脹紅了臉，氣吼道：「因為什麼？」

「他說……」張曦輕輕一嘆：「你的母親是營妓，怎能接位呢？就算你為他拚命至死，仍舊是他的恥辱！他是一國之君，留著你這樣的東西，會讓天下人笑話！總要把恥辱剜乾淨才行……」這溫柔話語就像是一把利刃，再次狠狠刺入這個外表粗莽、內心脆弱的男子心口！

「啊！」朱友珪嘶吼一聲，衝了出去，拿起長刀對著大樹發狂大砍，想到從小受人非議，不得父親疼愛，所有的憤恨恥辱全沖湧上心頭，他瘋狂地砍了一刀又一刀，砍到手臂濺血，仍不覺得疼痛！

張曦從後方溫柔地環抱住他，低泣道：「可這還不夠，他連我都不肯放過，連我都要奪去！他……他……根本是禽獸！他不配做你的父親！他脾氣暴烈，殺戮由心，生了病後，更是喜怒無常，往往一個不慎，就下詔處死人。

郴王一死，你原本應該是真命太子，他卻寧可把皇位傳給外人！博王一旦登基，為了鞏固自己的皇權，還會放過你麼？那禽獸容不得你，卻又不想背負弒子的惡名，就故意把位子傳給博王，好置你於死地！咱們離死期不遠了……」

她把仇恨、恐懼不停地灌入朱友珪的內心，就像當初徐溫對她做的那樣，她冷眼看著朱友珪從憤怒到幾近瘋狂，彷彿看見了自己成長的影子，內心深處不由得激出一絲憐憫，但更多的是憎厭和懼慄。

朱友珪回過身來，用力抓抱住張曦，全身不由自主地顫抖了起來，哭吼道：「貞娘……妳不是說我是真命天子？怎麼會這樣？咱們真要死了麼？即使……即使……」他想說「即使我把妳送給他，也無用嚒？」話說到一半，望著張曦受盡委屈的臉龐，他再吐不出口，但覺自己付出一切，就連最愛的妻子也捨棄了，竟然只換得一個「死」字，不由得悲愴大哭。

張曦卻是溫柔如水：「事到如今，哭有什麼用呢？咱們為何不另外想法子？」

朱友珪激動道：「還能怎麼樣呢？能怎麼樣？」

「事急生計，總會有辦法的！」張曦細膩的指尖輕撫著他散亂的髮鬢，鼓勵道：「你是我心中真正的英雄，不該就此埋沒黃土，只有你成為皇帝，咱們才有活路，才能毫無顧忌地在一起！你千萬別錯過這千載難逢的機會！」

這番話就像一道天光般，劈開朱友珪黑暗的命運，讓他看到了一生中最光明的契機，剎那間，他止住了悲愴激動，小心翼翼地問道：「直到現在……妳仍覺得我是英雄？是真命天子？」他以為經過這一連串風暴，張曦已經瞧不起自己了。

「當然！」張曦輕輕拭去他的淚水，溫柔的話語裡透著無比堅定的信心與殺氣：「我們一直卑屈求存，才會受盡羞辱，如今他連這一點活路都不給了，我們為什麼不奮起反抗？他不把你當兒子，你還顧忌他嚒？反正都會死，拚搏一把，至少有活命的機會！」

「好！他既不仁，我便不義！」朱友珪從小到大堆積了如山高的怨恨，又在死亡威逼之下，聽著愛妻慫恿，決定不顧一切賭上性命，踏上逆倫之路：「我去安排一切，只要大事能成，貞娘，我對天立誓，妳就是皇后，我唯一的皇后！」

朱友珪一旦下定決心，便剛強了起來，一邊與張曦商議計劃，一邊去安排人馬，誰知才過兩日，便接到敕旨，朱全忠要他即刻啟程前往萊州赴任，不得擔誤，此令一出，朱友珪心中更氣憤不安，卻也無可奈何，只能盡快收拾行囊，準備從京城出發，前往萊州。

洛陽宮的九洲池，處處是引人入勝的風景，池面遼闊如東海，池中鳥魚任嬉戲，池畔百花競爭艷，最特別的莫過於池水中央的沙洲上，矗立著一座小小的「瑤光殿」，繡闥雕甍、美侖美奐，

瑤光殿側還有一座「琉璃亭」，全用七彩琉璃打造，即使在夜間也流轉著玉彩光芒；但琉璃再美，也比不上亭中兩位國色天香的美人靈秀生動；美人雖好，卻又不如桌上熠熠生輝的珠寶誘人了！

琉璃亭內的石桌上，擺放了一盞花燈，燃了兩座紅燭臺，將桌上的珠寶箱映照得璀璨生輝，格外金貴。張曦坐於涼亭內，拿起珠寶盒中的飾物，小心翼翼地問道：「段美人，這翠玉雲形金簪如何？還有鳳凰黃金步搖、瑪瑙玉珮、瓔珞腰飾……這些全是我的珍藏，妳可瞧得上眼？」

那珠寶件件都是精品，段美人怎能不動心？先前她為迎合朱全忠的欲望，設計張曦獻身，原本還擔心張曦會怨怪她，想不到今日張曦竟拿出壓箱底的珠寶來誘惑自己，她雖不

如國夫人精悍，也知道張曦必有所圖，此刻若是露出一點歡喜的樣子，就難逃張曦的糾纏了。

她微微抿了朱唇，硬是壓下了心裡渴望，語氣雖溫柔，態度卻強硬地說道：「郢王明日便要前往萊州，王妃沒有待在府中主持事務，反而趁著深夜來到內宮，送我這般厚禮，若是不把事情說清楚，我是絕不敢收的。」

張曦一咬朱唇，目光瑩瑩，幾乎要落下淚來，半晌，才委屈道：「我真是走投無路了，這才來勞煩美人！」

段美人心腸一軟，柔聲問道：「怎麼回事？」

張曦哽咽道：「妳也知道……近來被貶出外地的文臣武將，多半一到封地，就被追命賜死，我擔心我們這一去，是赴黃泉路了……」

段美人嘆了口氣，道：「這種事，我就算想幫忙，也是有心無力。」

張曦道：「我明白，我也不敢為難美人，只想求妳安排我和父皇見一面。」

段美人心想這事情容易，效果卻不大，嘆道：「聖上既已做了決定，妳就算見了面，他也不會改變心意！」

張曦低聲道：「我知道郢王前去萊州之事已無可改變，但我可以服侍父皇，在他耳邊溫柔勸說，好保住郢王一命。」

段美人又道：「聖上已有新歡，連妳的面都不肯見，妳勸說的話又怎會管用？」

張曦幽怨道：「當初父皇寵幸我，惹來許多閒言碎語，倘若他一直憐愛我，時日一久，好事者也就不敢多言了，偏偏博王妃故意來到京城，父皇才不肯見我！如今我非但落得兩頭空，活成了笑話，郢王還在府裡天天發火呢！這般景況，豈不是逼我去死嚒？」說罷忍不住輕聲啜泣了起來。

段美人對她的遭遇有些同情，畢竟這事自己也有份，便道：「郢王苛待妳，妳還幫他保命？」

張曦楚楚可憐道：「一夜夫妻百日恩，我怎能見死不救？更何況，他死了，我又怎可能獨活？」又拉了段美人的手，道：「美人身居後宮，最清楚咱們身為帝王妻妾的無奈，父皇如今專寵博王妃，想必妳也是不好過的吧！」

段美人雖然性情溫柔，卻也不是無欲無求，她原本鬥不過強悍的國夫人，好不容易劉氏離開皇宮，又來了一位嬌嗲無雙的博王妃深受寵愛，自己的地位就更低下了，她聽了這一番話，但覺兩人真是同病相憐，不由得眼神微微一黯。

張曦知道觸動了她的心事，求懇道：「我想在父皇面前獻舞，挽回他的心意，無論結果如何，我都不敢再打擾美人了！」

段美人蹙眉道：「妃嬪們哪個不擅歌舞？就這麼一曲，有用嚒？」

「自然不是普通舞蹈！」張曦道：「既然要讓父皇回心轉意，我就要拿出壓箱絕活，在他老人家面前跳——」貼近段美人的耳畔，悄聲道：「豔舞！」

段美人不由得驚呼出聲：「艷舞？」她是大家閨秀，雖也能歌善舞，但終究是循規蹈矩的宮廷歌舞，對所謂的艷舞，真是想也不敢想，見也沒見過，初始微微蹙眉，覺得有些不堪，內心深處卻又忍不住漸漸歡喜：「那博王妃太嬌媚，若不是這玩意，只怕拉不回聖上的心……」不由得悄聲問道：「原來郢王妃懂得這門道？」

張曦曖昧一笑，低聲道：「我出身寒微，郢王卻是身分尊貴，他要什麼樣的女子沒有？憑什麼對我心死塌地？憑的全是這本事！」

段美人打量她兩眼，心想：「瞧不出郢王妃平日裡端莊素雅，如仙子一般，私低下卻是……」又想：「倘若她以那玩意迷惑了聖上，到時聖上也只會迷戀她，又怎會瞧我一眼？」

張曦瞧她沉吟不語，自也看出她的心思，道：「美人若不嫌棄，今夜我便去妳的宮閣教妳如何？」

段美人微顯蒼白的臉一下子紅了，急得羞赧道：「不！不！我……我學不來的……」

張曦道：「這玩意確實不是一朝一夕可學成！」又拉了段美人的手，微笑道：「只要美人助我在聖上面前獻一回舞，日後美人想學什麼曲子、舞蹈，我都可以慢慢教給妳。」

段美人搖搖頭，肅容道：「我不想學什麼歌舞！我知道妳今日所求，並非真是想在聖上面前爭寵，而是為郢王舖路！我可以助妳一臂之力，但妳需答應我一件事……」

張曦道：「美人請說。」

段美人道：「日後郢王成了太子，甚至是登基，都須保我段家一世榮華！」

張曦緊緊握了她的手，堅定道：「將來我夫妻得了什麼好處，必有美人功勞，一旦郢王登基，美人便是太妃，段史君也必位列三公！」

段美人大喜道：「一言為定！我這就去告訴聖上，說郢王妃學了新舞蹈，想獻給他瞧瞧。」說著便要起身而去，張曦連忙拉住她，輕聲道：「還有一件事……」

段美人問道：「什麼事？王妃請直言。」

張曦玉臉微紅，羞赧道：「既是豔舞，就只能表演給聖上一人看，到那時候，什麼侍衛親軍、僕役、樂伎等閒雜男子，都不可留在庭內，且必需把長生殿門緊緊閉住才好，否則萬一有人因為什麼緊急軍情，不小心闖了進來，可就太難為情了！再怎麼說，我也是堂堂王妃，若有什麼風言風語傳出去，對郢王的名聲終究不好……」

段美人微笑道：「我明白了！我會說服聖上排除閒雜男子。」

張曦想了想，又道：「我擔心聖上仍不肯見我，請美人對聖上說，七日之後，我與博王妃想要競跳豔舞，要請他老人家評斷一下，是誰跳得更好？」

段美人以袖角掩嘴輕聲一笑：「宮中最美的兩位王妃比拼豔舞，想想都讓人臉紅心跳，還怕聖上不來興致？此事必成！」忽又覺得不對，連忙問道：「可……這博王妃也會跳豔舞嚒？她原本就受寵愛，這一來，豈不是……更受寵了？」她原本想說「妳豈不是又被比下去了」，但話到口邊連忙改了。

張曦流露一抹自信微笑：「這只是找個由頭引誘聖上見我，根本不必告訴博王妃，到時候，她人未出現，聖上失望之餘，還能治她一個不敬之罪呢！」

段美人恍然大悟，心中生了一絲震悸，忍不住道：「郢王妃平時清雅如仙，想不到較起真時，這麼好手段！」

張曦無奈一嘆：「我原本不想與人爭，是被逼上絕路了！這一次，我若不能得回恩寵，只怕郢王與我都是死路一條！所以美人今日救命之恩，貞娘絕不敢忘。」

段美人見朱友文、朱友珪爭相獻出愛妻以討朱全忠歡心，便知道太子大位的爭奪已到了你死我活的地步，她心中其實別無所求，只想保住段家榮華和自己後半輩子的安康，替張曦傳話一事，只是舉手之勞，卻能贏得對方感激涕零，何樂而不為？她扳著纖指微微算了下日子，道：「妳說七日後比舞，那就是戊寅之日？到時就在長生內殿設個夜宴，妳說可好？」

張曦福了一禮，以示謝意，柔聲道：「美人設想得真周到，一切就有勞您了！」

段美人很快轉達了兩位王妃獻舞的誠意，朱全忠原本就迷戀張曦，只是因為厭惡天罰才排拒她，但越是刻意拒絕，就越有一股莫名的吸引力，當他聽到張曦提出想與王雲競跳艷舞時，全身熱血立刻沸騰了起來，哪裡還顧得了「戒色遠殺」的警語？

他回想起張惠總是端莊賢淑的樣子，幾時能有這般情趣？如今有著張惠姿容的張曦，卻帶來妖豔的舞蹈，該是多麼刺激？這難道不是老天賜給他的禮物嚒，又怎會有什麼天罰？

他告訴自己，朱友珪已經遠赴萊州，推背圖的讖語：「不但我生還殺我……」應該不會實現了，他只貪心這麼一次，只要做好萬全的準備，應該不會出事才對，唯一煩惱的是王雲已經秘密返回東都，不知趕不趕得及戊寅日回來競舞？

為了這一場前所未有的表演，朱全忠事先召來禁軍統帥韓勍，鄭重囑咐：「戊寅日當晚，朕要在內殿舉行一場夜宴，你要親自率領一千龍虎軍緊緊包圍住迎仙宮外圍，嚴禁任何人靠近長生殿，膽敢闖入五丈距離者，當場格殺，就算是皇子、大臣也不例外！」

韓勍聽得心驚膽顫：「就算是皇子、大臣也不例外？」卻不敢多問。

朱全忠又道：「你若讓人闖入長生殿，不只犯者滿門抄斬，你也不能倖免，所有防守的龍虎侍衛都與犯者一併論處！」韓勍連忙跪下領令。

這一次，朱全忠打算好好享受，盡情放縱，不只所有男子都要隔離在外，就連任何的天罰詛咒也不能有一絲趁隙而入的機會！

洛陽宮殿向來是中原大地上最金碧輝煌的寶宮，殿內卻不斷上演著荒淫殘虐的悲劇。

自從唐帝李曄在椒蘭殿被朱全忠刺殺身亡，這座宮城已經平靜了八年，乾化二年，戊寅之日，彷彿宿命輪迴般，一場蘊釀已久的帝王謀殺再度悄悄降臨……

（註❶：「煙霄微月澹長空……年年並在此宵中。」出自白居易《七夕》。）

九一二・八　女蘿發馨香・菟絲斷人腸

戊寅，友珪易服微行入左龍虎軍，見統軍韓勍，以情告之。勍亦見功臣宿將多以小過被誅，懼不自保，遂相與合謀。勍以牙兵五百人從友珪雜控鶴士入，伏於禁中；夜斬關入，至寢殿，侍疾者皆散走。帝驚起，問：「反者為誰？」友珪曰：「非他人也。」帝曰：「我固疑此賊，恨不早殺之。汝悖逆如此，天地豈容汝乎！」友珪曰：「老賊萬段！」友珪僕夫馮廷諤刺帝腹，刃出於背。友珪自以敗氈裹之，瘞於寢殿，秘不發喪。遣供奉官丁昭溥馳詣東都，命均王友貞殺友文。己卯，矯詔稱：「博王友文謀逆，遣兵突入殿中，賴郢王友珪忠孝，將兵誅之，保全朕躬。然疾因震驚，彌致危殆，宜令友珪權主軍國之務。」韓勍為友珪謀，多出府庫金帛，賜諸軍及百官以取悅。辛巳，丁昭溥還，聞友文已死，乃發喪，宣遺制，友珪即皇帝位。《資治通鑒・後梁紀三》

乾化二年六月二日，庶人友珪弒逆，矯太祖詔，遣供奉官丁昭溥馳至東京，密令帝害博王友文。友珪即位，以帝為東京留守，行開封府尹，檢校司徒。友珪以篡逆居位，群情不附。《舊五代史・末帝紀上》

「天闕沉沉夜未央，碧雲仙曲舞霓裳。一聲玉笛向空盡，月滿驪山宮漏長。」❶

夜色低垂，星月無光，華麗璀璨的迎仙宮外已經被龍虎軍層層包圍，瀰漫著山雨欲來的氣氛，長生殿內卻依舊燈火輝煌、百花傳香，珠歌翠舞、絲竹悠揚，洋溢著一片奢靡歡樂的氣氛。

段美人為今日晚宴真是煞費苦心，首先是在金龍桌上擺放二十四式「洛陽流水席」，清一色以銀鎏牡丹花紋盤盛裝；燒春酒、石涷春、黃醅酒、葡萄酒等各種佳釀都裝在銀鎏酒具內，另外還有三艘華貴的銀鎏酒船，也是瓊漿玉液、山珍海味，自從朱全忠與兒媳有染，便對唐玄宗生出惺惺相惜之情，李隆基曾有「連飲三銀船，盡一巨餡，乘馬而去。」的瀟灑，今日這夜宴，朱全忠便也教人擺放了三艘銀鎏酒船，以彰顯風流氣概。宴會中所有器皿皆是銀鎏製品，所有酒菜都經內侍品嚐無誤，才能端放上來，自是為了防止有人投毒！

段美人還在四周擺設各式曖昧卻不流俗的春宮圖畫，所有樂伎、服侍酒菜者都是女子，她先教一群舞伎獻上「敦煌飛天舞」以增添氣氛，又吩咐她們不能太過奔放，以免奪了稍後表演的張曦的風采。

舞伎們身穿薄透輕紗，就像羽衣天女在仙宮中凌波起舞，歌聲如鶯燕輕啼，身影若彩蝶翩翩，整個長生殿頓時化為虛無縹緲的瑤臺幻境。朱全忠慵懶地斜躺在橫椅上，滿臉笑吟吟地享受這一場酒池肉林的盛宴，幾杯黃湯下肚，但覺自己也騰雲駕霧，飄飄升天了。

但他還沒有完全醉倒，內心焦灼地期待著最後一場好戲，終於，飛天仙女退場，一群彩衣繽紛的舞伎簇擁著一座木架高臺緩緩來到，張曦一身素白輕衫，赤足立在這座鋪著圓毯的高臺上，以傲視群芳的姿態翩然出場。

朱全忠醉意迷眼，見張曦手持玉蕭，一身素雅，不由得怔怔想道：「惠娘從前也是這樣，總是以簫曲撫慰我的心……」

張曦立在高臺上，靈巧的纖指在玉簫上輕快彈跳，樂曲頓時變得低宕媚惑。除了四名舞伎還扶持著高臺，其餘舞伎皆嬌媚起舞，她們容貌豔麗，行止妖嬈，不斷扭腰擺臀，騷首弄姿。

朱全忠平日看慣了美女獻舞，眾舞伎這般賣弄風情實在引不起他多大興趣，反而是張曦在一堆庸脂俗粉中娉亭玉立，宛如瑤臺仙子俯瞰人間，才顯得格外清新脫俗。

朱全忠原本已有幾分酒意，也放縱自己狂囂喧鬧，在這一剎那，神智卻忽然清醒了幾分，那種表面冷肅、內裡火熱的女子，令他越加興奮，一時間只瞪大了眼，全神貫注在張曦身上，滿心期待她究竟要如何獻媚勾引自己。

張曦指尖越彈越快，那妖媚的曲音漸漸轉成了宏偉曠達的《將軍令》！她從腰間取出一條細弦絲，似劍似鞭地飛舞，宛如將軍騎馬作戰，她時而吹奏玉簫，時而展現颯颯舞姿，使得整首曲子更加激昂，這與朱全忠原先設想的妖嬈媚舞全然不同，卻令他熱血澎湃，回憶起自己百戰沙場、統帥萬軍的威風景象，不由得滿懷豪情、志得意滿，大聲呼喝：「好！好！好！」

這一曲《將軍令》雖然熾烈，卻不見豔舞風情，朱全忠正感到納悶，就聽見樂曲已漸漸轉成《霸王卸甲》，同時張曦的舞姿也轉成公孫大娘的絕技「劍器舞」。

「昔有佳人公孫氏，一舞劍器動四方。觀者如山色沮喪，天地為之久低昂。霍如羿身九日落，矯如群帝驂龍祥。來如雷霆收震怒，罷如江海凝清光……」❷

張曦口中吟唱，兩手分別持著玉簫和絲弦，當做手持雙劍般，身劍合一地舞動起來，這舞姿不似「敦煌飛天」飄逸，不似「霓裳羽衣」華麗，更沒有「綠腰舞」的柔媚，但起手落劍行雲流水，有著矯如龍翔、光曜九日的淋漓酣暢，兼具俠骨柔情與英武颯爽，甚至蘊含一股慷慨悲壯的力量！

公孫大娘的「劍器舞」獨樹一幟，曾經舞霸大唐，令觀者為之震撼，就連王侯將相、才子詩人都為之傾倒，可惜後繼無人，因而失傳，就連朱全忠身為大梁皇帝，也未曾見過，一時間，他目為之眩，深深著迷，即使不是艷舞，也令他心口怦然，神魂俱醉。

「前一首《將軍令》意指我曾是征戰天下的將軍，這一首《霸王卸甲》就是說我已經卸下一身戎甲，成了威服四海的帝王……」朱全忠已然明白張曦設計的每一首曲子，都在訴說他的一生，回想起自己從人人瞧不起的佃農小流氓，一步步攀上權力頂峰，不只一手結束了繁盛無極的大唐帝國，更開創了大梁王朝，頓覺得古往今來，有誰堪與相比？心中豪情萬丈，手中更是一杯接一杯，痛快暢飲，不過一會兒，已是滿身熱血沸騰，兩眼昏昏茫茫，一陣慷慨激情過後，心中雖滿足，卻不禁想著豔舞與《將軍令》、《霸王卸甲》又有什麼關係？

卻聽樂曲瞬間轉成《十面埋伏》，張曦也變成胡人的舞蹈「春鶯囀」，她以足尖站在徑長不過一丈的圓形高臺上，整個人宛如陀螺般不停快速旋轉，越轉越快、越轉越快，原本輕盈曼妙的身影，漸漸幻化成一道白光，旋舞到了極處，她身上衣衫一片片飛爆開來，成了萬蝶飛舞的景象，令朱全忠看得目瞪口呆，蝕骨銷魂，驚嘆連連，迫不及待地想看清隱身其中的赤裸美人是什麼模樣，偏偏被漫天白蝶遮蔽，看不甚清楚，惹得他心癢難耐，卻又不忍破壞這麼美的景致。

原來張曦藉著先前兩首舞曲，用絲弦在自己衣衫上割劃數百刀，才能在急速旋舞的過程中，激飛出無數衣片，化為漫天白蝶。

正當飄飛的衣片蕭蕭落下，朱全忠快能看清美人胴體時，那群妖嬈舞伎卻是簇擁到了圓臺四周，為張曦送來一壺壺美酒，這一簇擁，又遮蔽了帝王的目光，朱全忠只隱約看見她身子仍不停旋舞，殘留的衣片就像雪花飄灑在玉體上，那細軟窈窕的腰肢、修長白皙的雙腿，不停地曼妙旋折，如珠玉般的趾尖輕輕勾踢，讓臺下送來的酒壺飛到她的手心。

接著張曦又融入《貴妃醉酒》的醉媚姿態，她將酒壺高高舉起，仰起玉首，以長長的酒注射入口中，身子仍快速旋轉，那酒水潑灑在她飛揚髮絲、破碎而飛動的衣衫，使得她玉體濕漉，更加誘惑。

隨著曲音越來越高、越來越密，張曦也越轉越快，臺下不斷送來的酒水隨著她不停旋舞，如雨珠般漫天飄飛，她整個人變得晶瑩剔透，就像浸淫在春光雨露中的赤裸仙子，燈火映照下，更如一朵沾著雨露的夜曇，在深靜之中綻放著難以言喻的絕色風華。

朱全忠看著這一幕，當真是驚心動魄、神魂俱飛，一時忘了身在何處，只覺得眼前女子妖豔到令他胸口窒息，血脈賁張，全身熾烈難當，幾乎要了他的命！第一次他深刻體會到「牡丹花下死，做鬼也風流」是何等快活滋味！

張曦不停倒酒在身上，旋舞、酒露飄飛，整個內殿酒香越來越濃冽，那漫天雨露不斷飄灑到朱全忠的面前，彷彿在誘惑著他快快上前，與美人一起欲仙欲死。

朱全忠心神恍惚，幾乎要衝動地撲上高臺，下一剎那，他忽然打了一個激靈：「這酒露……是荷花香氣！」危機的本能令他感到一絲不對勁：「宮中早已禁了荷花酒，為什麼還有這玩意？」

越來越濃郁的香氣渲染著整個夜殿，激烈的曲音加快了伏兵逼近的殺氣，讓朱全忠又清醒了幾分：「如果說前兩首曲子意指我戎馬一生、卸甲為帝，那麼這一曲《十面埋伏》又是什麼意思？」

卻說那一日，阿金、阿銀依據小紅書的指示，一路跟隨粱軍回去，藏身洛陽宮殿中，褚寒依也尾隨在他們身後，三人有時去尚食局司膳房偷吃美食，有時去司醞房偷喝小酒，過了一小段逍遙日子，另一方面也留意大梁內部的動靜，但因宮內戒備森嚴，並未得到什麼有用的消息，直到聽說朱全忠要在戊寅日舉辦盛大夜宴，卻讓韓勍率龍虎軍守衛在迎仙宮外，不准任何人接近長生殿，褚寒依心中實在好奇，便設法混入龍虎軍裡，想一探究竟。而阿金、阿銀得到小紅書的指示，也喬裝改扮，混在龍虎軍裡。

此時長生殿內燈火熾烈，狂歌醉舞，殿外卻是劍戟森森，烏雲蔽天。

褚寒依假扮成龍虎軍，被分派守衛迎仙宮牆外的一個黑暗角落，忽聽見遠方傳來一陣腳步聲，心中生疑：「朱全忠不是下了死命令，除了守衛的龍虎軍兵，不准任何人接近，怎麼還有人膽敢過來？」便提功仔細聆聽。

那腳步走得極輕，卻挾著一股肅殺之氣，褚寒依根據響聲，聽出來人有數百之眾，心中直覺必有大事要發生，便功聚雙眼遙遙望去，在一片夜色昏暗、樹影模糊中，辨出領頭人的面目，不由得大吃一驚，幾乎低呼出聲，她用力咬緊牙關，將口裡的呼喊硬生生吞回肚裡，暗呼：「郢王不是接了敕旨，前幾日已經出城前往萊州嚒？怎會出現在這裡？還跟我們一樣穿了龍虎軍的衣服，他到底想做什麼？」

當日朱友珪接了敕旨後，並沒有真的前往萊州，而是在中途改換成庶民裝扮，又悄悄潛回洛陽，藏身於一座秘密別院裡，暗中聯絡舊部，計劃於戊寅日舉事。

朱友珪知道今夜乃是由韓勍率領龍虎軍守衛在迎仙宮外，便精心挑選八百名忠心耿耿、武藝高強的控鶴軍，讓他們事先換穿龍虎軍的衣飾，混入宮城裡，分散四處，悄悄控制住各個城門、要道，不過片刻，數道黑暗勢力已經悄無聲息地攫住整座洛陽宮，十面埋伏！

此刻朱友珪就像是最冷血、最殘酷的巨鱷，悄悄藏身在深水之中，緩緩接近目標，耐心等候，直到能夠一舉中的，他就會立刻張開血盆大口，以利牙狠狠咬住獵物！

控鶴都一直等到了夜深人靜，時機終於來臨，朱友珪命令心腹僕夫馮廷諤吹起如夜鴉般的低哨，重新召回潛伏在宮中的三百精兵，至九洲池畔的樹叢裡集合，準備行動；另外的五百精兵，仍繼續控制宮城要道。

朱友珪率三百精兵一路前行，來到萬春門前，見城門緊緊閉鎖，便命令馮廷諤拿出巨斧直接砍斷門閂，展現出直搗黃龍的決心與氣勢！由於朱全忠的禁令，宮中一片寧靜，朱友珪幾乎是毫無阻攔地闖至迎仙宮外，直到遇見韓勍率領龍虎軍嚴陣以待。

兩人四目相對，精光如刃，閃動著前所未有的凌厲與狠勁！

褚寒依心中一跳：「朱友珪帶兵回來，似乎想硬闖，難道他真想造反……」又想：「他們雙方若是大打出手，我要捲入嚒？」用眼角餘光瞄向遠方的阿金、阿銀，只見他二人昂首挺胸、站得筆直，很認真地當龍虎軍守衛，似乎沒有察覺今夜的情況實在不對勁。

褚寒依連忙功聚雙耳雙眼，仔細觀察朱友珪和韓勍的對話，指尖也悄悄捏著銀針，以防雙方決戰時，遭到池魚之殃。

韓勍沉聲道：「陛下有令，任何人不准進入，否則格殺毋論！」

「任何人都不准進入？這麼說……」朱友珪與韓勍交換一個詭異眼神，冷笑道：「就只有我們能進入了！」

「正是！」韓勍原本剛毅沉肅的臉也不禁流露一抹喜色。

那一日，朱友珪得知朱全忠將傳國玉璽交給博王妃後，便立刻改裝成普通老百姓，隱藏身分，潛入左龍虎軍營裡，會見統帥韓勍，告知情況。

韓勍原本是朱友珪的舊部，兩人時常暗中往來，近日他見朱全忠常因細故就處死功臣宿將，早已惴惴不安，尤其柏鄉之戰大敗，朱全忠顯然把罪責歸咎於李思安和他不聽王景仁的指揮，雖然一開始沒有嚴重的懲處，但李思安隨後就被流放賜死，這件事令他日夜擔心不知何時會輪到自己。

朱友珪帶來的消息，更讓他聯想到就算小心翼翼地苟活下來，等朱全忠百年之後，一旦朱友文上台，率領開封人馬進駐朝廷，他同樣難逃一劫！既然朱友珪打算放手一博，他當下便決意豁命追隨，主動參與了全盤計劃。

韓勍對宿衛軍低喝道：「眾軍聽令，你們全面戒備宮城！所有人不許進出，違者格殺毋論！」宿衛軍沒有出聲，只抱拳表示遵令。

為免打草驚蛇，動靜太大，朱友珪從龍虎軍中挑選了兩百名最頂級的精銳，與自己帶來的三百名控鶴軍混合成一隊，做為第一撥刺殺的人馬。

褚寒依雖然很希望被挑中，以進入內殿一睹大梁窩裡反的好戲，但朱友珪挑選的都是最信任、最勇猛的武士，因此褚寒依、阿金、阿銀並沒有入選，只能繼續守衛在迎仙宮外。

韓勍留在外邊坐鎮指揮龍虎軍，朱友珪親自率領五百精兵闖過「迎仙門」，直抵長生殿，他留下一百精兵守在殿門外，以防裡面的人逃脫出去，自己則率領馮廷諤和四百勇士緊握武器，悄悄潛入殿內，準備血洗深宮。

前方一片長長的錦繡布簾，將長生殿隔成了兩個天地，簾外殺氣騰騰，一觸即發；簾內活色生香，酒醉意迷。

此時曲調又變，成了一曲《廣陵散》，張曦手持玉簫和弦絲依韻而舞，迴旋的舞姿既婆娑又神祕，還夾帶一股凌厲逼人的殺氣，牢牢俘獲了朱全忠的心思和目光，令他不斷地猜想：「這《廣陵散》說的是刺客的故事，嚴仲子與韓國宰相俠累有仇，聶政為了報答嚴仲子的知遇之恩，便去刺殺俠累，成功之後，為了不連累親友，聶政毀容自殺，但……這與我有什麼關係？難道她想刺殺我？莫說她武功盡失，就算她內力還在，武藝也是低微至極……」一見張曦回眸對自己一笑，肅殺神祕的舞姿中夾著百媚風情，又令他心神蕩漾：「或許是我想太多了，這些舞曲與我並無關係……我身心緊繃已經很久了，今日原本就打算好好享受，我何不放下所有心思，只管沉醉其中？」

精彩的歌舞、混亂的心思、迷茫的酒醉、喧囂的樂曲，一切的一切，都混淆著朱全忠的耳目，令他失去平時的警戒，直到一隊隊衛軍像拘命小鬼般悄悄潛入長生殿外方，他仍未知覺。

「嗤——」臺上的張曦媚笑如春風，身輕如飛燕，隨著不停旋舞，手中的細弦絲也夾著酒水不斷甩揚出去，化成一片片清瑩水霧，宛如天女在花雨光霧中，普灑甘霖。

朱全忠眼看酒霧一片片灑來，倘若不閃避，他內心對荷花酒著實有些忌諱，若是閃避，就破壞了美人調情趣味，一時間，有些左右為難，但這點小事還難不倒這位縱橫沙場的君王，他立刻想出一個絕妙主意，便是在酒水近身之前，就以內力將其蒸散推化開去，這樣荷花酒既沾不上身，又不會對美人失禮。

「父皇，」張曦朱唇忽然停了吟唱，嬌媚一笑道：「我來了，你可要接住人家喲！」隨著她手中絲弦灑出一大片酒霧，她的身子也縱飛而起，像一團迷眩的光霧般，筆直地投向了朱全忠！

朱全忠期待許久，終於到了最高潮的時刻，頓時間，他只感到一陣熱血沖腦，全身都沸騰了起來，立刻展開雙臂，準備將赤裸美人抱個滿懷，口中更是忍不住哈哈大笑：「來吧！我的小美人！」

「嗤嗤嗤！」張曦投身的同時，三道箭光破簾而入！

朱全忠正滿懷淫心，哪裡想得到殺機忽至？

只見三道箭光之後，另有一道長弦急射而出，卻是下方樂伎之中，有人割斷琴弦甩了出來，纏捲住張曦的足踝，將她硬生生拖了回去，猝不及防下，張曦驚呼出聲，身子隨著弦絲的一扯之力，不由自主地一個急旋，墜跌地面，雖然跌得疼痛，卻恰好避過殺人的厲箭！

朱全忠百戰經驗豐富，眼看三道厲箭射至，原本要擁抱美人的雙臂立刻一個側擋，鼓動內力，便將三道利箭震了回去！

張曦原本的計劃是投入朱全忠懷裡，以雙臂纏抱住他，同時以絲弦縛住他的雙手，令他難以掙脫，爭取一瞬時間，讓利箭刺殺成功，當然她很可能被朱全忠的內力震亡，或被利箭射中，但她早已抱著誓死如歸的決心，並不在乎安危，豈料竟會被一位不知名的樂伎破壞了好事！

她以為那名神祕樂伎是為了救朱全忠，心中甚是驚駭：「他究竟是誰？竟藏身在樂伎之中，還及時出手，顯然他早就知道我們的計劃了……」

這一刺殺僅僅在一瞬之間，張曦重跌在地，還沒有力氣起身，甚至沒有多餘的時間思考，護持高臺的四名舞伎已經解下腰帶，成了軟劍，飛身刺向朱全忠，同時間，簾外的叛軍也殺氣騰騰地衝了進來！

彈琴的樂伎、服侍酒水的宮女都嚇得驚慌奔逃，嘶聲尖叫，盡往殿門湧去，偏偏殿門口已被叛軍堵死，朱友珪是絕不容許任何人把今夜之事洩露出去，瞬間這幫手無縛雞之力的弱女子成了刀下冤魂，屍橫一片，血流滾滾。

在一片混亂之中，那名甩出長絲弦的樂伎扯下附近的垂簾，以一種極巧妙的身法，搶在叛軍進來之前，著地滾近張曦身邊，以布簾將她整個人一裹，扛在肩上，再以奇妙的步伐奔竄出去，將她帶離危地，躲入靠近殿門邊的巨柱後方。

張曦此時已耗盡力氣，全身又摔得疼痛，原以為自己會被亂軍踩死，迷迷糊糊間，微微睜眼瞧去，見這樂伎竟是男扮女裝，不由得低呼出聲：「你是誰？」

那人雙手撥開額前長瀏海，咧嘴一笑：「是我！」

朱全忠見四名舞伎手持軟劍飛刺過來，立刻從椅榻上驚坐而起，雙臂幻化成無數拳影，「碰碰碰碰！」勁力連發，將四女轟得倒飛出去。

這四名舞伎乃是煙雨樓曦南堂的殺手，是過來相助張曦的，可憐她們身瘦骨弱、武功低微，連哀呼都來不及，就被朱全忠的重拳轟得飛撞到殿柱上，瞬間肢離破碎，像四團爛泥般掉落地上

「殺！」下一剎那，數十名悍勇叛軍手持長槍衝過來！

朱全忠已下了死令，不准任何人進來，此刻卻有大批士兵湧入，已知韓勍背叛了自己：「他們設下這一場豔舞計，引誘我下令不准任何人靠近長生殿，是想把我困死在裡面，不讓外邊的人知道內殿驚變……」他實在無法忍受身邊最信任的人居然背叛了自己，更不知這場叛變到底還有多少人參與？怒吼道：「韓勍！你在哪裡？給我滾出來！今日究竟是誰主事？」

韓勍人在殿外，自是不會回答，群兵後方卻是響起了朱友珪的聲音：「不是別人，就是我！」

兩人說話間，叛軍已衝湧上來，朱全忠大喝一聲：「逆子！」雙拳運勁連出，轟向湧上來的十多名叛軍。這些軍兵都是萬中選一的壯士，身上又穿著堅厚的護甲，就算挨了兩拳，也不至於死，只退到後方稍喘口氣，又換第二排軍兵上來挨拳。

原來朱友珪深知不老神功的厲害，叛變前已定下作戰計劃，教他們挨了一拳便即退下，由後方士兵輪番上陣，四百名士兵倘若每人能挨個三、四拳，朱全忠至少要打上一千六百拳，才可能衝出去，外邊卻還有一千名龍虎軍包圍住長生殿，等著招呼他！不老神功再強悍，朱友珪相信絕沒有人可連出兩千拳而不休息，更何況是年老體衰的父親？

朱全忠年輕力壯時，這數百士兵豈放在眼裡？但蓚縣之敗，他心情悲鬱，以至生了一場重病，後來又大肆放縱，再加上年事已高，舊傷偶發，心志、體力都已不如從前。方才張曦以媚舞相誘，令他渴望不得，堅持許久，甚至提功抵擋酒霧多時，又損耗一些精氣，待要進入夢寐已求的高潮之際，卻忽然見到親兒持刀欲弒殺自己，心情瞬間從歡快淫樂轉向驚駭慟恨，如此大起大落，變化過劇，更是心神大耗！

情況雖萬分險惡，但朱全忠畢竟是在風浪裡滾過的，很快籌思對策：「貪富怕死乃是人之常情，這幫逆賊如此奮勇，不就是貪圖獎賞？」他決定先以威勢鎮壓對方，雙拳一口氣轟退十數名士兵，最後大掌緊抓住兩名軍兵，不讓他們逃脫，這兩人被他龐大的掌勁壓得跪倒在地，終至爆裂！

後方士兵看到這血肉橫飛的場面，果然嚇得呆呆站住，猶豫著不敢再上前，朱全忠趁機提功大喝：「今日之事，朕只殺帶頭的郢王和韓勍，你們速速退下，每人賞銀兩百，否則抄家滅族，老少皆斬，無一寬貸！」

朱友珪眼看士兵們退縮，連忙大喝：「誰刺第一刀，賞黃金百兩、封澶州節度使！」果然重賞之下出勇夫，眾軍聽到號令，立刻高聲歡呼，鼓勇再上。

這些軍兵對朱全忠的獎賞不為所動，乃是因為他們出發前，朱友珪早已嚴肅告誡過今日朱全忠很可能以利相誘，但這段時日以來，大家都親眼目睹降將的下場，所以無論他怎麼許下承諾，日後也必狠狠清算。

馮廷諤一馬當先地衝在最前方，手中長劍疾使一招「飛燕啣影」，薄利的劍刃有如春燕迴旋般，「唰唰唰！」從各個角度刺向朱全忠，糾纏住他最厲害的雙拳，其他士兵見狀，槍尖齊湧而出，想爭刺第一槍。

「找死！」朱全忠眼看眾人不懼威勢，竟把自己當做刀俎上的魚肉，爭相搶食，當真是可忍、孰不可忍，決定大開殺戒，「碰碰碰！」雙拳一頓狂轟猛炸！

眾軍為減少拳力的撞擊，都身穿盔甲，手持長槍，使雙方距離盡量拉遠，卻仍抵不住他狂暴的拳勁，首當其衝的幾人盡被震得狂吐鮮血，拋飛出去，只有馮廷諤仗著絕妙輕功，身如輕燕，一個倒翻觔斗，往後疾飛，才全身而退。

朱全忠為免腹背受敵，一開始還背貼牆面，坐在龍椅上應敵，但敵兵如蟻，層層不絕，他便知道威逼利誘都行不通：「就算殺盡他們，外邊的龍虎軍加控鶴都，至少還有一千，韓勍仍可以源源不絕地調兵力進來……」如今只有殺出長生殿，才可能爭取一線生機。

他有意炫耀功夫，大喝一聲：「幾隻小螻蟻就妄想殺朕，簡直不知死活！」剎那間，雙臂揮如旋風，硬拳轟如雷火，震出一圈圈龐大氣勁，一口氣連退數十人，震得眾兵心膽俱寒，陣式全亂。他足下一蹬，從座椅上衝天而起，龐然的身影飛過，足尖連點底下的一片士兵，被點中頂心的士兵瞬間頭破腦裂，萎頓倒斃，不過片刻，便開出一條活路，直往殿門奔去！

忽然間，兩名高手從左右兩邊飛撲而出，一刀一劍擋住他的去路，卻是朱友珪與馮廷諤！

朱友珪原本不想親自出手，畢竟率人謀反是一回事，真刀真槍地刺入父親體內又是一回事，但若是讓父親衝出殿去，大夥兒都要死得淒慘無比，他再顧不得一切，與馮廷諤聯手出擊，欲將父親夾殺在殿裡。

朱全忠見到朱友珪親自出手，悲恨得破口大罵，雙拳狠厲連轟：「我早就疑心你要謀反，只恨我念著父子之情，沒早一步除掉你！你這狼崽子竟敢弒父篡位，當真是天地不容！」他氣恨之下，將攻擊力道全集中到朱友珪身上，一意要先斃了這忘恩負義的逆子。

朱友珪被逼得頻頻倒退，幾度命懸一線，就連馮廷諤拼命來救也抵擋不住，朱友珪索性豁了出去，也破口大罵：「你這老畜牲，欺我辱我，有半點為人父君的樣子麼？老天早想收拾你了！想殺你的人更不知凡幾，我只是搶先動手而已！」他喊完一串話，終於出了胸中惡氣，卻見到滿天都是拳影，實不知該如何應付，只能閉了眼，憑著本能亂揮亂舞，身影疾退，口中連聲大喊：「大家合力殺了他，通通有重賞！」

士兵們振起精神，再度持槍衝了過來，一頓暴刺朱全忠背心！

「逆子，當初我就不該生下你，在淮南軍船上，更不應該救你！」朱全忠口中連聲喝斥，雙手卻不得不放過朱友珪，只將他轟得倒飛出去，就反身去對付背後的一堆刺擊。

朱友珪滾倒在殿門邊，聽聞此言，氣憤得雙眼血紅，大喊道：「你胡說！當年在淮南軍船上，你明明拋下我走了！」心中卻忍不住生出一絲懷疑，覺得父親對自己仍有一絲疼愛：「難道他當時真想救我……他讓我去萊州，也並非想殺我……」但這一場父子相殘的悲劇一旦起了頭，便已不能停止。

士兵們很快將朱全忠團團包圍，卻在下一剎那，「碰碰碰！」一道道血柱接連噴出，一具具破碎的屍身彈飛出去，滿堂金華瞬間變成血肉橫溢的地獄。

朱全忠以蠻強武功一口氣連斃十多人，眾兵不由得駭然驚呼，連連後退，結成厚厚的人牆擋在殿門前，每個士兵接觸到他眼神的瞬間，都感到通體寒涼。

朱友珪跌坐在殿門前，抬眼見到這麼可怖的景象，不由得臉色劇變，渾身顫抖：「他不是病弱了嚒？怎麼還如此強悍？這麼多人也擋不住他……難道我們全算錯了？」他想去殿外召更多人進來，無奈全身疼痛，根本無法站起，只得大喊：「你們誰去打開殿門，教人進來……」

朱全忠見殿門前只剩不到百名軍兵，不足為懼，但就算衝出去，外邊還不知有多少軍兵等著自己，為今之計，只有殺了主事者才能鎮壓這幫叛軍，大喝一聲：「逆子，竟還不知悔悟！」暴拳再度對準朱友珪重重轟去，狂喝的聲音幽沉地迴蕩在殿中……

朱友珪眼見一股巨大拳影挾著排山倒海的罡勁衝撞過來，周遭一切已變得扭曲模糊，就像他們父子扭曲的關係般，下一剎那就要被轟得碎裂，再也無法修補，偏偏他無力閃躲，也無從抵抗，只能緊閉雙眼，悲從中來，恨悔莫及：「他既然恨我，為何又要生下我？」彷彿這一場逆倫弒殺就要定下死局……

下一剎那，劇變再生，「唰唰唰！」殿內那一群倒臥的士兵中，忽然飛縱起一名修長身影，雙掌連發，對準朱全忠的背心打去一連串陰狠掌力！

朱全忠正全力開衝前路，一心想殺了擋在殿門前的朱友珪和眾軍兵，不意後方竟有埋伏，他心中不禁竄起一陣寒意，因為此人先是收束自身功力，藏身在士兵之中，接著還收束氣息藏身屍堆中，他卻從未察覺，可見這人是絕頂高手，一直在等待自己耗盡體力，如今忽然出擊，必是認為刺殺的時機到了！這刺客實在比前方千百軍兵還可怕！

這一轉念只是電光間，朱全忠根本沒有多餘的時間去猜想，只能全力應對，他身子一個凌空回旋，將原本要轟向朱友珪的拳勁硬是轉向後方，與神祕高手十數道陰柔掌勁「碰碰碰！」地對上！

兩人正面相對，凌厲、陰狠的目光一瞬間交換，朱全忠還未認出眼前這個俊美男子是誰，對方的掌力就已經一連串攻殺而來！

朱友珪原以為自己必死無疑，忽有高手相助，驚喜之餘，趕緊掙扎著爬起身，拼盡力氣打開殿門，再放一些士兵進來。

這次朱友珪沒有特意挑選人，褚寒依便搶先一步，隨著這批士兵衝入殿中，眼前情景卻令所有人嚇得目瞪口呆，只能怔怔看著兩大高手對決，根本不敢靠近，免得一不小心就遭到波及。

一瞬之間，兩大高手掌力已交觸逾百擊，朱全忠仗著全身細孔能不斷回收真氣，快拳連擊，對方畢竟年輕，內力原不如朱全忠深厚，更遑論遇上不老神功這源源不絕的氣勁，他漸漸不支，只能身子向後一飄，拉開雙方距離，以減緩朱全忠拳勁的衝力。

朱全忠豈容對方喘息？一邊回補真氣，一邊緊追而上，對方招式卻忽然一變，雙臂連連揮舞，化出無數陰柔掌影。

朱全忠先是經歷一陣活色生香、酒醉痴迷的精氣消耗，接著一陣血戰狂鬥的劇力大損，如今再遇上一神祕高手挑戰，幾番對應之間，他本能地運起不老神功心訣，將散向四方的真氣不斷回收，聚入丹田，再輸至四肢百脈，好讓精、氣、神一直維持在飽滿的境界，以應付一場又一場的硬仗。

此刻他以快拳應付對方的快掌，自是一邊飛快出拳，一邊全力回補真氣，並未察覺有什麼異樣，待體內似被刺穿千百個小孔般劇痛起來，才驚覺情況不對！

他不由得呼吸頓止，一陣顫慄直竄心頭，原來對方的千百掌影只是虛招，真正目的是激射出上百道細小氣勁，那氣勁輕細到如煙如霧，令人無法察覺，難以防備！

朱全忠回想起多年前曾遇一人有類似神功，就是南方第一高手楊行密，但楊行密早已去世，這年輕高手又是誰？與楊行密有什麼關係？

轉念之間，對方已再度欺身而來，千百氣勁如漫天飛霧環繞在他身周，那氣霧比當年楊行密的「江南輕雨」更輕、更細、更難提防！

倘若只是如此，那也罷了，朱全忠忍著一番疼痛，總能運功將身周的氣霧震散開去，但下一刻，他就發現自己已落入進退兩難的境地，若是運功震開周遭殺招，就必須大力回補真氣，然而回補之時，對方必會趁機再度發出千百氣勁，讓他吸收入體。

如果說楊行密的「江南輕雨」氣勁輕細如雨，會將人表面肌肉刺得千瘡百孔，令對手不斷流失氣血，那麼這青年的神功就更加厲害，氣勁是輕如煙霧，能從人身上的細孔鑽入，造成體內千穿百孔地出血！

一招之失，朱全忠已陷入險境，四周千針萬刃、氣勁颯然，分不清何處還有生機！

為破解這個危局，他決定忍著氣針入體的穿刺疼痛，先大大吸足真氣，飽提內力，聚於拳間，轟開身周氣勁，全力衝出對方氣針運行的範圍，再返身回來擊殺這個詭異青年！

「啊！」忽然間他發出一聲驚天慘呼，體內不只有千刺百孔的疼痛，更有一股不知名的力量緊緊攫住他的五臟六腑，攫得他痛徹心肺！

他剛飽提功力的身子瞬間萎頓下來，摔跌在地上打滾，他不知發生何事，只驚恐地望著眼前人。

青年只是昂立前方，一派瀟灑地望著他，那一雙俊美的眼眸卻讓朱全忠感到從未有過的恐懼，顫抖著喝問：「你究竟是誰？」

褚寒依看見這一幕，心中震撼、恐懼也不下於朱全忠：「他一定是……中毒了！但那究竟是什麼功夫？什麼毒物？」

她雖然不知道發生什麼事，卻直覺朱全忠是中毒了！那神秘刺客的武功、朱全忠中毒痛苦的模樣，如此熟悉，彷彿埋藏內心深處的恐懼被硬生生揪了出來！可她卻弄不清那模糊的記憶究竟是什麼？在哪裡看過這樣可怕的場景？

這神祕刺客自然是徐知誥，他的「落霞飛鶩」神功已然大成，便迫不及待地趕來洛陽，打算一舉殺了朱全忠，但他並不想讓淮南捲入大梁弒君的漩渦裡，因此沒有自報姓名，只微笑道：「你一定很想知道是怎麼回事，對不對？」

朱全忠已然感受到毒素在體內漫開，卻不知道怎麼中的毒？只能趕緊盤膝坐下，以內力壓抑毒素蔓延，沉聲道：「朕不過是一時大意，才會中了你的毒計！」

「不錯！你是中了毒！」徐知誥傲然道：「但你不是一時大意，我也不是一時僥倖，事情重來一遍、兩遍，結果仍一樣，你永遠會敗在我手裡！」

朱全忠見他故意羞辱自己，心中有氣，但想此刻不宜發火，當務之急是設法脫身：「他若是再出手，我必死無疑！我須引開他殺我的心思，拖延時間，好運功逼出毒素！」便道：「閣下究竟是誰，為何要幫這孽子殺我？他給了你什麼好處？朕可以給十倍！」

徐知誥冷笑道：「什麼獎賞我都不要，你死，對我就是最大的好處！」

朱全忠冷聲道：「你憑什麼覺得朕一定會敗亡？你究竟用了什麼手段？」

徐知誥知道自己勝券在握，殿中這幫人都不是對手，也不著急，悠然說道：「你武功太高，又有御醫環護，若是下尋常毒物，很容易被你識破驅除，所以我刻意培養了一種極特別的毒絲，讓你狎玩美色時，不知不覺地吃入，此物無色無味也無毒，只會累積在你身子裡，所以你平日絲毫不覺。只有遇到了它最愛的千荷漿液，才會甦醒過來，吞吃荷液的同時，也吞噬了你的生機！」

朱全忠恨聲問道：「是郢王妃帶來的荷花露酒？我明明沒有沾到！」

徐知誥微笑道：「你的確沒有沾到，就算你真的沾到也無妨，因為郢王妃帶來的只是普通的荷花酒，是用來混淆你的嗅覺，待整個殿室都充滿了荷花香氣，你就不會注意到我身上散出的氣勁，才是真正的千荷酒所蒸散的氣勁！」

他微微一笑，又道：「你的不老神功最喜歡回收周遭真氣，而我來此之前，已將自己浸泡在千荷酒缸裡整整十天，並且喝了許多千荷酒，為的是讓我施展玄功時，散出的氣勁由裡到外都是千荷酒的氣霧！」

朱全忠聽到「千荷酒」、「氣霧」，證實了心中懷疑，驚問道：「你這是落霞飛鶩？」

徐知誥笑讚道：「梁皇果然有見識！」

朱全忠破口罵道：「你是徐溫派來的？這廝沒膽與朕光明正大對決一場，就躲在暗處使下流手段！」

徐知誥道：「多行不義必自斃！你記著，是我要替天行道，與徐溫沒有任何關係！將來，他也會是我的手下敗將！」

朱全忠怒喝：「你究竟是誰？」

兩人曾在淮南水戰中相遇，當時朱全忠對這個小將領完全不放在眼裡，也不知其姓名，經過多年，徐知誥的形貌、裝扮都改變不少，以至朱全忠雖覺得此人眼熟，仍不知是何方神聖。

徐知誥唇角揚起一抹得意的冷笑，沒留下任何姓名就飄然而退，離開時，一路隨手掃飛阻擋殿門的衛兵，毫無阻滯地退出修羅場，就連守在殿外的韓勍也來不及阻止，只留下滿殿疑惑的人：「他究竟是誰？」

這一瞬間，躲藏在巨柱後方的男樂伎見到殿門守衛被徐知誥掃倒一片，趁朱友珪還未反應過來，連忙裹抱著張曦衝出殿外！

褚寒依見那樂伎步伐奇幻難測，輕易穿過人群，身影似曾相識，心中再度受到震撼：「難道是……他！」再不管周遭之事，也施展輕功跟著飛奔出去！

這一場廝殺有如狂風暴雨，來得快、去得急，直到徐知誥消失，殿中眾人才醒覺過來，朱友珪趕緊呼喝：「把殿門關起來，大夥兒一起上！」

朱全忠好不容易將一團毒血聚到督脈的「命門穴」上，想要一股作氣逼出，馮廷諤連同剩下的軍兵已衝湧過來，朱全忠不得不放棄逼毒，改為抵抗前仆後繼的士兵，這一動武，血氣翻湧，更是陷入必死的惡性循環裡：不只逼毒的努力功虧一簣，那毒素更是凶猛地擴散開來，隨著他激動的真氣四處竄走，短短一刻間，那絲絲毒素就像吞沒巨樹的菟絲花般不斷蔓延，不停吞食他的生機！

「我難道真要冤死在這裡？」朱全忠睜大雙眼環目望去，眼前已是一片迷茫，但覺殿上鬼影幢幢，人人都想刺殺自己，卻無法聚精會神地去反擊，只能拼著最後力氣殺了剩餘的十幾名士兵，但體內的毒素卻已壓制不住。

眼看馮廷諤再度揮劍刺來，他已經虛弱得像個凡人，只能憑著本能奔逃，馮廷諤施展輕功疾追，「唰唰唰！」揮劍狠刺，朱全忠慌亂狼狽地繞著殿柱閃躲，一連三劍，馮廷諤都刺到了柱子上，朱全忠命在頃刻，卻不禁想起多年前，自己也曾經這樣迫害主上，如今的他就像當年的李曄一樣，手無縛雞之力，只能繞柱而逃，難道這真是報應？

稱霸數十年，令無數強敵魂飛天外的梟雄，這一刻卻無力抗拒一名小卒的追殺，死亡的迫近、天罰的降臨，他彷彿已看到大梁即將敗亡，宿敵河東的崛起，這一切的一切，又教他如何甘心？

「啊！」朱全忠驚怒攻心、劇毒攫命之下，終於支撐不住，摔倒在地，吐出一大口鮮血。

馮廷諤見機極快，搶上一步，一劍狠刺入他的肚腹！

朱全忠雙眼圓瞪，望著朱友珪，淒厲喊道：「逆子！你幹下這等惡行，難道老天會放過你嚒？你將來一定會有報應……」喉頭一哽，再說不出話來，只剩下呼呼吼聲，身子痛苦掙扎，扭曲了好一陣子，才終於結束這一世梟雄之路！

朱友珪眼看強人般的父親終於倒落在自己的叛亂中，內心激動、驚駭，全身都顫抖了起來：「他……他真的死了……」眼眶一紅，雙膝跪落，忍不住嚎啕大哭。

「郢王！撐住！」馮廷諤見朱友珪心情太過激動，連忙扶住了他，沉聲道：「咱們還有許多事要處理！」

朱友珪被這麼一說，微微驚醒，見馮廷諤伸手去抓朱全忠的屍體，急得衝口喝止：「別動！」

馮廷諤微微一愣，停了手，又勸道：「咱們得盡快處理……」一句話未說完，朱友珪伸袖拭了滿臉血淚，顫抖著聲音哽咽道：「我……我自己來……」看著肚破腸流、面容猙獰的父親，他心中驚顫，卻還是想親手處理父親的後事，或許那根深蒂固的孺慕之情，在這一刻仍未斷絕，他想真正地抱一抱父親，也或許他擔心旁人不尊重父親的遺體，這樣做，才能稍減一點內心的罪疚，他自己始終道不清、說不明，只用力扯下四周的布簾紗帳，小心翼翼地將朱全忠的屍體包裹起來，再抱起屍包緩緩走到龍床邊，藏入床底下。

待藏好屍身，朱友珪才體認到父親真的死了，事情已無可改變，必須振作起精神，便先回去殿中，叫人通知韓勍進來收拾善後。

韓勍得到通報，趕緊進入殿中，見到如此慘烈的情況，不禁倒抽一口涼氣，但他畢竟是真正帶過大軍，上過激烈戰場，一下子就鎮定下來，連忙召人進來，清理滿殿的士兵屍體。

阿金、阿銀一直留在長生殿外，此刻也趁機進入，原以為能一飽眼福，看見觥籌交錯、輕歌曼舞的華麗景象，豈料殿內一團混亂，數百具屍身七橫八豎，鮮血將地氈都浸濕了，獨獨不見朱全忠的身影。

兩人再單純，也知道自己看見一個大秘密，嚇得連忙低頭，隨龍虎軍處理屍體，不敢抬眼張望，待搬完屍體，退出宮殿後，便趕緊拿出小紅書查看，只見書中指示大梁將有一連串動亂，教他們務須保全自身，先退離險地，再根據小紅書上的名單尋找富貴之人，發送富貴帖，兩人於是聽從指示，先悄悄離開長生殿，以遠離這場弒君風暴。

待殿中都清理乾淨了，朱友珪便讓其餘人都先出去，只留下馮廷諤、韓勍和幾名心腹將領，道：「依據計劃，咱們得先封鎖消息，秘不發喪……」

韓勍見朱友珪似乎還有些心神不寧，忍不住道：「王爺，雖然此刻外邊都是我麾下的龍虎軍，但這事不可能隱瞞太久，再過幾日，就輪到均王的天興軍守衛宮殿，萬一他從東京回來時，察悉內情，與博王聯手對付咱們，就危險了！」他不敢直接教唆朱友珪殘殺兄弟，但話中之意已是在提醒朱友珪必須當機立斷，一不作二不休地除去朱友文、朱友貞二人。

誰都知道均王朱友貞與朱全忠感情最好，他是絕不可能忍受父親被朱友珪殺死。

韓勍見朱友珪沉吟未答，仍顧念兄弟情份，又勸道：「均王是賢妃的嫡子，身兼西京天興都與東京馬步軍都指揮使，手握兩京重兵，而博王經營開封十數年，勢力盤根錯節，得到許多文臣支持，一旦兩人聯手，文武百官都會臣服，咱們這麼少的人馬，實在無法與之抗衡，只能先下手為強！要如何處理兩人？還請王爺示下！」

馮廷諤心想朱友珪弒父之後，心情太過激動，因此不想再殺親弟朱友貞，便自告奮勇：「東京距離這裡快則兩日、慢則三日路程，咱們真沒有多少時間，不如卑職前往開封一趟，搶先暗殺博王，讓他們無法合作！」

「不行！」朱友珪斬釘截鐵地反對，韓勍與馮廷諤心中著急，互望一眼，正想再勸，卻聽朱友珪冷聲道：「均王是最受寵的皇子，博王則是最受矚目的太子人選，倘若父皇暴斃，他倆人緊接著被殺，朝中那幫老不死的，還不懷疑到本王身上？」

「原來如此！」韓勍、馮廷諤恍然明白朱友珪不是顧念親情，而是顧忌朝臣反應，心想：「郢王從前不得人心，朝中沒有多少人支持，萬一引起武將覬覦皇位，或是各人擁兵自重，麻煩就大了！」

「這事確實棘手，究竟該怎麼辦？」韓勍當時只是一時意氣，擔心朱全忠會殺了自己，才跟隨朱友珪起事，但怎麼收拾善後，他所能想到的，只有盡快剷除博王、均王等競爭對手，才能穩住局面，卻未想到雄強的朱全忠一倒，會引起群狼爭噬的情況。

正當眾人憂心忡忡，無計可施時，朱友珪從懷中拿出一封事先準備好的假詔書，對馮廷諤道：「你確實要去東都一趟，但不是去刺殺博王，而是護送供奉官丁昭溥前去，讓他將父皇的詔書傳到均王手中！」

只見詔書上寫著：「朕艱難創業，逾三十年。託於人上，忽焉六載，中外協力，期於小康。豈意友文陰畜異圖，將行大逆。昨二日夜，甲士突入大內，賴友珪忠孝，領兵剿戮，保全朕躬。然而疾恙震驚，彌所危殆。友珪克平凶逆，厥功靡倫，宜委權主軍國。」

這意思是朱友文陰謀叛變，命軍兵闖入內殿弒君，幸得朱友珪拼死救護，朱全忠才得以保住性命，但他原本羸弱的病體受到震動驚嚇，已無藥可救，因此寫下詔書讓朱友珪全權接掌軍國大事，也就是繼承帝位之意。

韓勍仍不放心，道：「均王與博王一向交好，他平時都待在開封，只有在天興都守衛宮城時，才會回到洛陽與先帝相敘，因此他絕對會知道博王一直都待在開封，並沒有返回洛陽起兵叛變，這詔書上的信息，恐怕他不會相信……」

「他會相信！」朱友珪沉聲道：「他不只會相信，還會帶兵殺向最親密的博王！」眾人不解，齊聲問道：「這是為何？」

朱友珪冷笑道：「因為他是自己人！」

「均王是自己人？」淮南江船一戰後，朱友貞就與朱友珪徹底翻臉了，後來朱友貞兼任東京馬步軍都指揮使，時常前往開封，朱友文便刻意拉攏他，漸漸地，朱友貞待在開封的時間比洛陽還長，兩人一武一文，合作無間，將東京治理得有聲有色，大梁朝廷上下都以為兩人感情深厚，比朱友珪這個親兄弟還要親近，沒想到朱友貞竟是朱友珪的人馬！眾人不由得目瞪口呆，一時會意不過來。

朱友珪冷哼道：「均王向來膽小，又箍著賢妃遺命，無法爭奪皇位，就只能在博王和我之間選一人，雖然我和他有些小過節，但再怎麼說，我倆也是親兄弟，總比那個假子來得強！均王去東都掌兵前，我早與他化解了恩怨，還教他刻意接近博王，為我留意那假子的動靜！」

這件事就連韓勍、馮廷諤都不知道，實在驚訝：「均王藏得好深啊！」

馮廷諤問道：「卑職護送丁供奉前去東都傳詔，是為了監視均王看了詔書後，如何反應？」

「不錯！」朱友珪沉聲道：「均王見了遺詔後，已然明白朱友文就是弒父凶手，倘若他肯殺了博王，我便留他性命，讓他幫我作證去面對那幫老臣；若是他有一點猶豫，你便立刻殺了他！至於那假子，卻是不用留了！」

馮廷諤道：「是！」

韓勍道：「借均王的刀去殺博王，以取信朝臣，確實是好法子！但倘若大臣們對詔書有疑慮，要如何對付？」

「如果詔書的份量不夠，那麼這東西總該是如假包換了！」朱友珪微微一笑，拿出傳國玉璽！

韓勍吃了一驚，道：「國璽不是落到博王妃手中，怎麼……」

朱友珪道：「傳國玉璽確實曾落到博王妃手中，但王妃機敏，她派人將博王妃攔截下來，奪回了玉璽。」這玉璽自然是徐知誥交給張曦，而張曦又交給了他。

韓勍笑道：「有了玉璽，再沒有人敢說王爺得位不正！」

朱友珪又道：「博王能在東都紮下深厚的勢力，乃是用錢財籠絡群臣，他會大撒銀兩，難道本王不會嚒？待此間事情一了，我便拿出府庫錢財大賞群臣和軍隊，堵住他們的嘴，看誰還敢說話？」

韓勍笑道：「王爺果然高明，這樣一來，東都、大臣的威脅都解除了！」眾將領見朱友珪把事情安排得如此妥當，都鬆了口氣。

朱友珪道：「這一切都是王妃籌謀的！她也是個女諸葛！她對於我，就像從前賢妃……」他原本想說「就像從前賢妃扶持父皇一樣」，話說到一半，忽想起張曦、父親與自己的種種糾葛，心中頓時一陣絞痛，又覺得臉面無光，便停了口。方才情況驚險萬狀，一團混亂，實在無暇顧及張曦的安危，此時朱友珪才發覺不見她的人影，連忙左右張望，問道：「王妃呢？」

眾人面面相覷，不知如何回答，朱友珪不由得著急起來，用力抓了馮廷諤喝問道：「你們難道沒人護著她？」

眾人臉色不禁一陣尷尬，心中都想：「王妃以豔舞色誘，才能將閒雜人等全排除在外，我們衝進來時，王妃必是衣不蔽體，又有誰敢去瞧她、扶她？」

卻說當時張曦經過一場激烈熱舞，又被人以長絲弦圈住足踝，重重摔跌在地，神智其實已有些昏茫，只能辨出抓她的樂伎是男扮女裝，匆促之間，卻認不出那張五彩大臉是誰？後來又被對方點了穴道，以布簾包裹住赤裸的身子，扛帶出去。她全身動彈不得，內心卻是七上八下：「他究竟是誰？要帶我去哪裡？」想到當時朱友珪帶人衝了進來，完全不顧她的死活，甚至沒有找尋過她，不禁又是心灰意冷：「這個陌生人，在亂軍之中護住我，竟比他還有情義！」又想：「看來，這人應沒什麼惡意才是……」

她感到那人步伐輕盈玄妙，一路左彎右拐，有時停頓好一會兒，似在躲避巡邏衛軍，有時又匆匆奔走，直到一段時間後，似乎已離開宮城，來到空曠之地，因為她已聽不到人聲，四周只有風吹林葉的沙沙聲，還有幾許蟲蛙夜啼。

那人將她輕輕放了下來，拱手說道：「張姑娘，得罪了！」說話間，伸指倏然點落，隔著布簾為她解開穴道，竟是半點無誤。

「這聲音……」張曦一驚，她感到手腳能動，立刻翻開頭臉的蓋布，睜大眼瞧去，不敢相信心中人影忽然出現在眼前，顫抖著聲音低呼道：「你是馮……」一句話未說完，淚水已在眼眶中打轉，忽想起自己在宮中大跳豔舞，而他卻偽裝成樂伎，一切不堪的情景盡落入他眼底，連忙將那翻開的白布又蓋住自己的頭臉，蜷縮在布卷之中，羞愧得不肯出來。

馮道不知她為何又縮回布卷之中，聽到她嚶嚶低泣的聲音，一邊摘下頭上女子髮飾、脫下樂伎衣服，一邊低聲勸慰：「張姑娘，我知道妳現在貴為王妃，我只是個草民身分，這麼做，實在是冒犯了妳，但當時情況危急，我是為救妳性命，不得已才行唐突事，望妳原宥！」

張曦卻哭得更加厲害，馮道實在不知如何是好，又道：「我身上這件樂伎衣衫已經脫下了，就放在一旁，妳可以穿上，這大半夜的，風冷露寒，妳這麼……這麼……」他想說「妳沒有衣服」，又覺得有些尷尬，便把那句話嚥下，繼續道：「只怕會著涼了，而且在這荒山野外，實在不能久待，妳先整理，我在一旁等著，妳心裡有什麼話，咱們慢慢再說。」說完便背過身去，走開了幾丈遠，好讓張曦可以安心穿衣。

張曦再怎麼不願意見到馮道，也不能一直賴在荒山野地裡，聽他走得稍遠，便從布卷裡鑽出來，以最快的速度穿上那套樂伎服飾，她感到十分疲累，甚至有些暈眩，便坐在一塊凸石上歇息，輕聲道：「好了！」

此時馮道也已換上一件龍虎軍裝，聽到張曦的呼喚，便轉過身來，見她玉首低得不能再低，長髮披散，遮住她那張紅霞般的小臉，雙手交叉地疊在膝上，身子微微顫抖，似乎十分侷促不安，便坐在靠近她的另一塊大石上，執起她冰冷的手，輕輕撫開她垂散的髮絲，讓她可以與自己相視，溫言道：「事情都過去了，妳別再多想，以後就好好過日子吧！」

張曦剛剛歷經了最污穢、最血腥的場面，心中又夾雜著無限羞慚，陡然見到一雙清澈真摯的眼瞳，那百般壓抑的情緒終於潰決，她忍不住伸手緊緊抓住馮道的指尖，就像溺死的人抓住稻草一般，顫聲道：「我冷……很冷……你……可以抱著我麼？」

馮道雖覺得有些難為情，也能體會她埋伏敵營十多年，付出這麼多代價，才終於報了血仇，此刻的她抽掉了一直支撐的復仇意志，幾乎是身心俱被掏空，只剩下一副寒冷似冰的軀殼。他不忍心拒絕一個瀕臨崩垮的弱女子呼救，只得靠了過去，將她擁在懷裡，問道：「這樣好些了麼？」

十四年前的溫暖善意再度湧現，包圍著張曦，她一時激動得無法回答，只埋首在馮道懷裡，淚水滾滾而落：「你……一直躲在樂伎裡，為什麼？」她其實想說的是：「為什麼你要瞧見我那麼難堪的模樣？我不想你看見！不想被你嫌棄……我已經放棄自己，只求一死了之，你為什麼還要對我這麼好？還要冒死來救我？」

馮道預測出今夜是朱全忠的死劫，想目睹一代強人的落幕，才混入長生殿，但他無法跟張曦解釋清楚，只好道：「蓨縣一戰，梁軍大敗，朱全忠就一病不起，我想瞭解是真是假，便一路跟隨梁軍回到洛陽宮中，後來得知朱全忠欲辦神祕夜宴，朱友珪卻想造反，我雖不知道你們真正的計劃，但我想瞧瞧雙方如何應付這一仗，才扮成樂伎混了進來……我並不知道是妳……」他意思是「我不知道是妳獻舞」，但想到方才情景，又是一陣尷尬，連忙道：「我從頭到尾都低著頭彈琴，完全不敢分心！真的！」他怕張曦不肯相信，賣力解釋道：「我彈琴也是臨時惡補，不認真彈，很容易露出馬腳！直到軍隊衝進來，我抬眼望去，見那名投向朱全忠的女子很危險，這才出手把人拉了回來，當時我……真不知道是妳！」

張曦見他解釋得滿頭大汗、滿臉通紅，心知他什麼都瞧見了，卻還這麼努力為自己保留顏面，原本難堪的心情登時轉成滿滿的溫馨暖意，低聲道：「馮哥哥，你真好！你永遠都這麼好，這麼為我著想……」

馮道見她終於止了哭泣，鬆了口氣，笑道：「妳不哭便好了。」

或許是相識於微時，兩人初時雖有些狼狽，卻一下子就拉近距離，回到親近真摯的感覺，張曦也不再逃避，反而恨不得這溫馨時刻能永遠停留，輕聲道：「馮哥哥，你總是在我最需要時，冒著生命危險出手援救……」

馮道微笑道：「我以前就說過，這點小事，妳不必放在心上，子曰……」

張曦不由得笑了：「這麼多年，滄海桑田、物換星移、朝代更迭，什麼都變了！只有你，還是一點都沒變！還是滿口『子曰、子曰』！」

馮道被這麼一說，倒是有些尷尬，摸了摸腦袋，道：「我就是個書呆子，只知固守先賢道理，不知變通！」

「不！」張曦道：「在這個虎狼橫行、行止不端的亂世裡，能一直保守赤子之心，固守聖賢道理者，才是真正的君子，是最了不起的！」

馮道想起她曾在徐溫面前批評書生軟弱無用，想不到今日竟誇讚自己，微微一愣，笑道：「我以為妳瞧不起書呆子呢！」

張曦微笑道：「我瞧不起的是不知變通的書呆子，還有以學問欺榨百姓，沽名釣譽的奸臣惡宦，你又不是真的書呆子！在我心裡，你永遠是那個飽讀詩書、行俠仗義，了不起的馮哥哥！」

馮道靦腆一笑，道：「平時總是我拍那些豪雄的馬屁，今天忽然換成別人誇我，還真有些不習慣，妳誇得我暈乎乎的！」

張曦柔聲道：「以後我多說給你聽，你便習慣了！」

馮道原本不以為意，但見她神色羞赧，忽聽出她話中另有含意，歡喜道：「從前我說要帶妳離開這是非之地，妳拒絕了，今日妳這仇也報了，我想問妳……還願不願意隨我離開？」

「我心裡……」當年褚寒依墜崖一事，張曦也有耳聞，心想這一次馮道身邊已經沒有任何伴侶，她鼓起勇氣想為自己爭取一次幸福。

「噓！」馮道聽見遠方傳來一陣輕盈急促的腳步聲，急得打斷她：「有人來了！」

張曦一愣，從他懷裡微微坐起身子，問道：「那該怎麼辦？」

馮道蹙眉道：「來人只有一個，腳步很輕，不像龍虎軍。」他心想張曦是王妃，無論來者是誰，被看到兩人如此親近，都不是好事，便道：「我們先離開，有什麼話以後再說。」

張曦原本想說：「我心裡早已喜歡你，只要你不嫌棄，我願隨你到天涯海角，我才不在乎這個王妃身分！只要能陪在你身邊，便是好的……」偏偏話還未出口就被打斷了，聽馮道這麼一說，好不容易鼓起的勇氣又吞了回去。

馮道扶起張曦正要往前走，那人卻已施展輕功追了過來，身影一閃，攔住去路，冷冷盯望著相扶持的兩人，目光銳利似冰，手中按著腰間刀柄，憤怒得幾乎拔出刀來。

雖然此人一身龍虎軍的裝扮，但馮道耳目極為靈敏，一見他身影閃動的方式，再聽他腳步的輕重，立刻就知道他不是別人，正是自己心心念念的褚寒依所假扮，可偏偏被她瞧見了自己與張曦衣衫不整，互相扶抱的模樣，他不由得暗暗叫苦：「我的老天爺！妹妹怎會追了過來？小馮子真是跳進黃河也洗不清，舊怨未解，新恨又生，可不是要折磨死我了？」隨即想起自己早已改了裝扮，忍不住打自己一個爆栗：「小馮子，你一見她就頭暈腦脹，你現在臉上五彩大花，身穿龍虎軍裝，她根本就不知道是你，你瞎緊張個什麼勁！」

褚寒依原本還有些懷疑，但見他緊張得敲自己腦袋的蠢樣，立刻確認了眼前人就是馮道！見他與郢王妃相依相偎，更是火冒三丈，心中亂罵一通：「這傢伙早就脫出地牢，卻不給半點消息，害得大夥兒擔心老半天，還冒著生命危險去搭救，若不是金匱盟主巧計施為，眾士子就要冤死在山林裡了！我們真是枉做好人！他倒好，在這裡抱著人家的王妃卿卿我我，風流快活！」

馮道見褚寒依眼神越來越怒，宛如熊熊烈火，心想：「妹妹究竟在氣什麼呢？她曾說只要我走近十步，就要殺了我，我還是不要跟她相認吧！我讓她砍個兩刀出出氣，原本無妨，但張姑娘一定會維護我，萬一兩人起了衝突，張姑娘從她的武功認出她就是失蹤的寒江堂主，回去通報煙雨樓，妹妹可就危險了。萬一妹妹要殺張姑娘滅口，張姑娘此刻身子虛弱，又沒武功，我須得保護她，這可又惹怒妹妹了！」

他不禁暗暗一嘆：「兩個女子只是碰頭，就已經如此麻煩，萬一將來我真娶了妻妾，豈不是身在老虎窩了？可見小馮子對妹妹一心一意，乃是高瞻遠矚、明見千里！」他卻沒想到自己心裡高瞻遠矚，身子卻與張曦相親相依，只看得褚寒依恨不能拿針刺他十七、八個窟窿。

馮道與褚寒依分別已久，此刻好不容易碰頭，恨不能與她多多相聚，便故意以龍虎軍的身分假裝巧遇另一位龍虎軍，藉口問道：「兄弟，你怎麼來到這裡？我剛才奉韓大統領之命前來巡邏山林，恰巧遇見這位姑娘迷了路，我正打算送她一程，你若無事，不如咱倆一起護送她回家吧？」

褚寒依心中更氣：「這傢伙鬼話連篇，信口就來，當真沒有一句真話！」想到他曾在風雪夜中以梅瓣訴情，自己竟然傻得相信他一片真心，為他的失蹤黯然神傷許久，不由得更加羞惱，氣得拔起長刀直接砍向兩人中間，呼喊道：「你當我瞎了眼麼？什麼迷路的姑娘，她明明就是郢王妃！你竟敢挾王妃私逃？」恨不能一刀將兩人劈開！

馮道想不到她說拔刀就拔刀，下手毫不留情，連忙抱了張曦的纖腰，施出「節義」步伐向左旁閃出。

褚寒依見他親膩地抱著張曦，面對生死關頭，還捨不得分開，當真是越看越惱火：「這登徒子死性不改，才逃出生天，就忙著勾搭郢王妃，我絕饒不了他！」忍不住高舉大刀追殺過來。

馮道嚇得連忙抱起張曦東奔西逃，急呼：「你明知是郢王妃，還敢殺人？」

褚寒依罵道：「你明知是郢王妃，還抱著不放？」她生出一股拗脾氣，舉著長刀拼命追砍，可揮來砍去，始終傷不到兩人，不由得更加生氣，又喊：「你還躲？」

馮道見她氣洶洶地，抱著張曦躲得更加厲害，驚呼：「妳要殺人，還不准躲？」他原本還心存僥倖，想和褚寒依好好相敘，一訴相思之情，眼看誤會越結越深，再這樣下去，萬一褚寒依氣得施出獨門絕招「寒江針」，被張曦識破，可就不妙了，說不得只好忍痛別離，抱著張曦一溜煙地逃了。

褚寒依在漫漫山林裡尋不見兩人蹤影，氣得丟掉手中長刀，坐在地上哭了起來：「貪圖郢王妃的美色，跟朱全忠那禽獸有什麼兩樣？沒良心的傢伙！我再也不相信你的鬼話！再也不理你了！」她哭了好一會兒，直到把這段時間的焦急傷心都傾洩盡了，才振作起精神，以袖子拭去淚水，罵自己道：「妳哭什麼？為這個登徒子，真是白浪費淚水！」又站起身，拿起長刀指著遠方大喊：「姓馮的臭小子！以後你再有什麼危難，我都不管你了！從今以後，天涯兩路，各不相干！以後再撞在本姑娘手裡，絕饒不了你！」

她胡亂罵了一通，忽然想起自己離開阿金、阿銀，恐怕也會失去金匱盟主的線索，連忙折回洛陽宮殿，卻見宮城已是一片安靜，彷彿方才那一場驚天巨變完全未發生過，很顯然朱友珪已經控制住局面，只不過阿金、阿銀已經趁亂離去。

經過一場紛亂，馮道和張曦併肩走在荒野山林裡，張曦還回味著方才在他懷裡的溫暖，馮道卻是滿腦子胡思亂想，越想越擔心：「妹妹不知如何了？我這樣拋下她，她一定很生氣……唉！我也是不得已……」兩人分別許久，好不容易重逢，他真想回去與褚寒依相敘，偏偏不能拋下張曦。

張曦看出他有些不對勁，說什麼話，他都心不在焉，忽然輕聲問道：「這麼多年了，你還等著她？」

馮道愣了一下，終於回過神來，聽懂她的意思，摸摸腦袋尷尬一笑：「女子就是心細，這也被妳瞧出來了！」

張曦又問：「倘若她一直不回來，如果……我是說如果……她真的死了，你也等著她嚒？」

馮道幾乎要衝口說出：「她不會死的，我們剛才不是見到她了？」他忽然意識到張曦其實沒有認出方才砍人的龍虎軍就是褚寒依，心想：「張姑娘與煙雨樓淵源極深，為了妹妹的安危，我絕不能說實話。」可他又不想欺騙張曦，只好含含糊糊地回答了：「我曾經答應她，這一生只有她一個妻子，不能再有別人，也不可三妻四妾。」

張曦苦澀道：「為什麼？你為什麼答應她，我一直想問你，為什麼是她？你真……這麼喜歡她嚒？」

馮道忽然被這麼一問，一時不知如何回答，傻傻一笑，支吾道：「她……她是我的娃娃親，一開始就訂好的，不能言而無信……」

張曦低聲問道：「只是這樣嚒？」

馮道心裡也想：「只是這樣嚒？」

他知道剛才褚寒依若真有心殺人，大可施出寒江針，但她始終只是拿著不稱手的大刀追來追去，想著想著，不由得憶起褚寒依拿長櫓轟打自己的情景，忍不住噗哧笑了出來，道：「那當然不是了！妳別瞧她凶巴巴的，其實她心地挺好的……」

兩人剛好走到了十字路口，馮道又道：「張姑娘，如果妳願意離開王府，倒是可以去大安山宮殿棲身，那裡原本是寒依妹妹救助幽燕難民的地方，她離開後，劇可久將那個地方打理得十分美善，也算是亂世中的一方桃源。」

張曦喃喃自語：「她竟然建立這樣一個地方？」

馮道笑道：「是啊！我說過了，她看似凶巴巴的，其實心地很善良！」

張曦恍然明白了什麼，心中更覺得淒涼：「原來如此！從前我以為你是迷戀她的美貌才華，又或者是情意初動，從此定下終身，此刻我才明白你心懷蒼生，所以你眼中美好的女子也跟世俗貪慕的並不一樣，你被她吸引，是因為她跟妳是同一類人！從前義父總是用解救蒼生來欺哄我們為他辦事，我心裡知道他是虛偽的，便不屑行他口中的道理，寒依卻傻傻地相信，從前我還覺得她很愚蠢，可今日我才明白，寒依因為單純地相信那些道理，就努力把它行了出來，不管義父虛不虛偽，她都真實地把那些道理行出來，而我卻只變成一個滿心仇恨之人！」

馮道見她怔怔出神，又問：「妳想去大安山麼？」

張曦沒有回答，反問：「你去麼？」

馮道搖搖頭道：「朱全忠雖死，大梁根基依然雄厚，要做的事太多了，我可不能閒著！」

張曦道：「既然你不去，那我也不去了。」

馮道見她又拒絕了自己，只好問道：「那妳有什麼打算？想去哪裡？我送妳一程。」

張曦看著他，淒然一笑：「我還能去哪裡？自然是回王府了。」

馮道心中一沉，問道：「妳真要回去？」

張曦強顏一笑道：「我熬了那麼多年，好不容易支撐到朱友珪當皇帝，我怎麼也得當個皇后過過癮吧！」

馮道苦心勸道：「我知道朱友珪會當上皇帝，妳也會成為皇后，可是楊師厚一定會帶兵回來，你們這個帝后之位坐不了多久的！你們這樣爭奪帝位，只會把命給送了！妳仇也報了，還是聽我一句勸，離開這個漩渦吧！」

張曦悵然道：「我知道這個帝后之位坐不了多久，但我寧可與朱友珪死在一起。」

馮道一愣，心中不忍，又道：「為什麼？妳何苦……唉！妳若這麼愛他，為何不勸他一起遠走天涯？這樣還可相伴一世。」

張曦深深地望著他，道：「馮哥哥，我從來沒有愛過他。」

馮道見她說這句話時，似乎在對自己宣告什麼重大的事情，一時楞住了，他想說什麼，但話到口邊，望著張曦深情迷濛的美眸，又說不出所以然，支吾道：「這……這……那妳又為什麼……為什麼要這樣做？要陪他死呢？」

張曦輕輕一嘆：「小時候我不明白，我以為你跟我一樣，只是在亂世中隨波逐流的小草，可這次碰面，我已經可以感受到你心中的宏願，你想輔佐一個明君，建立一個太平盛世，只要大梁一天不倒，就不可能實現這個理想，我回去後，還可以做一些事情來摧毀它。」

馮道連忙道：「要摧毀大粱有很多法子，不必妳去送死！」

張曦苦笑道：「雖然有很多法子，卻不如我的法子快。」

馮道急道：「妳的法子雖快，卻需要犧牲！妳已經犧牲太多了，我……」

張曦伸出指尖，輕輕放在馮道的唇尖，止了他的話語，柔聲道：「馮哥哥，我們不過一面之緣，卻蒙你數度捨命相救，曦兒已是萬分感激，我沒你讀那麼多書，不懂怎麼濟世治國，我日思夜想，只是殺了仇人而已！你捨不得我，要帶我走，可是救一個我，煙雨樓還有許多像我一樣的姑娘，在各個藩鎮裡冒險臥底，我的好姐妹王妹妹、羅妹妹，你也能帶上嚒？天下間還有千千萬萬像我們一樣苦命的女子，在亂世中遭受摧殘，你能把她們都帶在身邊嚒？只有放開我……放開我們，你的雙手才能空出來救天下人。你是個有抱負的人，摧毀大梁只是第一步，後續還有很多事情要努力，我的人生早已殘破無味，也已經在漩渦裡了，不如就讓我來完成第一步吧！」

馮道心情激動，幾乎要緊緊抱住她，好阻止她去送死，可又覺得男女有別，這實在不妥，平常口才辨給，滿腦子鬼主意的他，此刻竟擠不出一句話來勸阻張曦，只急得抓住她的手，哽咽道：「妳明明可以離開，又何苦回去送命？」

「朱家滅我滿門，我也想滅盡朱氏一族！」張曦深深望著他，淒然道：「但朱友珪……也算寵過我，為著這一點夫妻情份，是死是活，我都想陪著他。但願將來有一天，你建立了太平盛世，忙裡偷閒時，偶爾會想起我們年少相遇的情景，而不是那個為了報仇，不顧廉恥，以身伺敵的郢王妃，曦兒就已經心滿意足了。」說罷溫柔一笑，便轉身離去，笑意的背後隱藏著無限淒涼：「不只是褚寒依，我也可以成為和你一樣的人，可以為你豁盡一切……」但她不想讓馮道知道自己的心思，不想他在餘生裡有一絲負疚，只要他記得自己的美好。

馮道怔怔望著張曦落寞離去的背影，心裡充滿了懊惱傷感，但覺有些不對勁，卻又理不出頭緒：「她想摧毀大梁，又為了夫妻情份要與朱友珪同死？可她並不愛朱友珪啊……究竟是我想不明白，還是她想不明白？」

在很多年以後，馮道回憶起她離去時的眼神，才終於明白了那眼裡的深情，明白了張曦回去大梁繼續潛伏，不是為了私仇，也不是為了與朱友珪的夫妻情份，更不是為了煙雨樓的任務，而是緣起於年少時的悸動，只是單單地為了他……

烏雲蔽月，夜色深沉，黑暗已經吞噬了洛陽城，龍虎軍將整座城池控制得人馬俱靜，沒有一點異聲，唯獨城門悄悄開了一道縫隙，兩匹駿馬急馳而出，馬上騎士分別為馮廷諤與供奉官丁昭溥，兩人奉了朱友珪之命，合力護送一封密函至開封，務求在三天之內，交給均王朱友貞，並監督他完成信中任務。

開封均王府內，朱友貞正與最寵愛的張德妃纏綿，冷不防聽到洛陽急報，心中生出不祥之感，連忙披衣起身，在書房裡秘密接見兩位信使，一見到馮廷諤，頗是驚訝，暗想：「此人宛如二哥的影子，兩人寸步不離，今日怎會跑這麼遠，親自送信來給我？」心知必有大事發生，待聽得丁昭溥宣讀了朱全忠的遺詔，又看了朱友珪的親筆密函，不由得嚇得全身冷汗涔涔，心中震駭萬分。

他雖然與朱友珪勾結一起對付朱友文，以免這個義子登上皇位，可他萬萬想不到朱友珪會直接殺了父親，還把一切罪責推給人根本就待在開封，這幾日都與他形影不離，昨夜還共飲至半夜的朱友文！

殺父仇人自己高高興興坐上帝位，卻把他當傻子耍，逼迫他充當屠刀，拿著矯詔去屠殺朱友文滿門！他心如淌血、痛怒欲狂，恨不能立刻召集人手，返回洛陽殺了朱友珪！

可他知道自己不能這麼做，甚至不能流露一絲懷疑與不滿，朱友珪既然敢舉事，必已做了萬全準備，倘若他聯合朱友文打回洛陽，或許形勢會一夜翻盤，但他不是熱愛冒險的李存勖，他不敢賭，就算真的成功，他和朱友文又該如何分權？以朱友文的陰狠，是絕不能容忍他這個嫡長子存在，甚至所有朱氏子弟都會被一一除滅，更何況他自己也不允許朱氏江山落入外姓之手！

如今擺在眼前的只有兩條路，一是反抗到底，成為馮廷諤的劍下亡魂，死後還被誣陷與朱友文同謀弒父，另一是苦心隱忍，趁這機會殺了朱友文，回洛陽查清朱友珪到底聚集了多少勢力，待有朝一日，做好準備，再為父報仇，奪回屬於自己的王權！

朱友貞的側影微微顫抖，顯然激動難平，馮廷諤和丁昭溥互望一眼，心中暗自戒備。馮廷諤開門見山道：「郢王派我們前來相助剷除逆賊朱友文，均王有什麼需要，儘管吩咐。」一手掌卻已悄悄摸上劍柄，只要朱友貞有一絲異樣，飛燕劍就會在電光火石間割下他的腦袋。

所有悲恨痛苦、思索決定，只能在短短一瞬間消化，朱友貞緩緩抬起頭來，目光血紅，咬牙切齒道：「這幾日博王假意與我喝酒同歡，想不到暗中竟派人去洛陽造反，這廝罪大惡極，本王豈能容他活命？我現在就去整備兵馬！天一亮，你們便隨我去博王府宣布父皇遺旨，教逆賊當場伏誅！」見兩人神情十分嚴肅，又道：「放心吧！這幾年下來，博王已經非常信任我，東都的兵權全釋入我手裡，此事萬無一失！等二哥順利登上帝位，你我都是首功！」

馮延諤和丁昭溥見朱友貞成竹在胸，稍稍放下心來，但還不敢全然放鬆，一路跟隨左右，表面是聯合行動，其實更是監視。

這個風和日麗的早晨，朱友文渾然不知大禍臨頭，還在花團錦簇的庭院裡，與幾個親信商討要如何避開朱全忠的詔令，以籌謀自己的大業，因為王雲沒有傳回任何消息，他以為一切如故，萬萬想不到妻子已身亡，昨夜還把酒言歡的小弟，會帶著自己交給他的軍隊將王府圍得水洩不通，一聲令下，就把府中的家族親信屠殺殆盡，就連婦孺僕役都沒放過！

一朝風雲變色，朱友文還來不反應，就已經輸得徹底，卻怎麼也想不透自己究竟輸在哪裡？只獨坐在涼亭裡，怔怔望著滿地屍首。他心中悲恨到了極處，連哭喊也無聲，只蒼白了臉，舉起酒杯遙敬臉色同樣蒼白的朱友貞，慘笑道：「一場兄弟，來陪我喝最後一杯吧！」

朱友貞雙眼血紅，手中緊握著還流淌血水的長刀，獨自大步走進涼亭裡，恨聲喊道：「你千不該、萬不該殺了父皇，弒君逆反，你早已不是我兄弟！」他這麼大聲嚷嚷，自然是喊給站在附近的馮廷諤聽。

朱友文忍不住哈哈大笑：「誰殺了父皇，你最清楚！父皇最疼愛的孩兒，沒膽為他報仇，卻拿我當替罪羊……」

笑聲到一半，忽然看見朱友貞目光冷厲如寒雪，豈是從前那個無膽小兒？他恍然明白了，心中懊悔不已，恨聲道：「你一直都是郢王的細作，對吧？可笑我自負聰明，竟被你一個無膽小兒耍得團團轉！」一句話未說完，朱友貞的刀尖已刺入他腹心，冷聲道：「你敢說九曲池一事，你沒有弒君之心？枉費父皇待你如親兒，你不配！」他貼近朱友文的耳畔低聲道：「誰對父皇不利，我都不會放過！我從來不是誰的人，別忘了，我是賢妃的嫡子！」

看著朱友貞痛恨殺父仇人的表情，聽著他冷冽的聲音，朱友文忽然釋懷了，因為他知道朱友貞絕不會放過朱友珪，而朱友珪卻不懂得提防這隻貌似人畜無害的小狐狸：「朱友珪，你今日矯詔冤殺我，我便在天上看著你，看你怎麼慘死在這小賊頭手裡！」

朱友文的死訊傳回洛陽，朱友珪大大鬆了口氣，這才發布喪訊。當年朱全忠曾伏在李曄的棺木上惺惺作態地痛哭流涕，接著登基即位，如今朱友珪也在父親的靈柩前痛哭流涕，宣布假詔，並拿出傳國玉璽做為證明。

滿朝文武心中雖不相信，卻也是明白人，朱全忠、朱友文皆死，朱友珪登位已成定局，再追究下去，大概只會落個與逆臣同謀，斬首橫屍的下場，大梁王朝還要運轉，生活也得繼續，犯不著為死去的人賠上性命，便默認一切。

朱友珪心知自己承位不正，為了安定人心，先將朱全忠安葬於伊闕「宣陵」，上謚號「神武元聖孝皇帝」，廟號「太祖」，接著在洛陽南郊祭天，改元「鳳歷」，冊立張貞娘為皇后，宣布大赦天下，又從府庫取出大量金帛賞賜百官，凡襄助他取得帝位的功臣都得到了升遷，韓勍被升為忠武軍節度使，朱友貞更被提升為東京留守，代理開封府尹，檢校司徒，集軍事、經濟大權於一身！

即使得到恩賞厚賜，仍有人認為朱友珪虧損忠孝，不配得位，文臣之中，以敬翔最令朱友珪頭疼！敬翔對朱全忠向來是赤膽忠心、殫誠畢慮，以他的聰明，絕對猜得到真相，他雖一聲不吭，朱友珪仍擔心他會暗中召集群臣對付自己，想要下手除滅，偏偏敬翔聲望滿天下，許多朝政還需仰賴他，而且敬翔如果緊接著死了，必會讓世人更加懷疑。

朱友珪百般思量之下，決定讓敬翔擔任中書侍郎、同平章事，即宰相之位，盡力拉攏。但敬翔痛心之餘，常託病不理政事，朱友珪便順勢讓李振取代他擔任崇政院使。

李振一路積極為自己籌劃前程，在這一刻，總算有了回報，他終於替代了敬翔文臣之首的位置，掌握了朝政大權！

幾番風雨之中，朱友珪逐漸建立起自己的人馬，將朝堂暫時穩定下來，望著曾經瞧不起自己的朝臣，如今黑壓壓地跪伏於腳下，他人生第一次感到揚眉吐氣，說不出的暢快，從前所受的折磨都有了回報，所憋的窩囊氣在這一刻全然吐出，他覺得自己從此可以盡享帝王之樂，卻不知地方藩鎮聽到朱全忠去世的消息，已經開始蠢蠢欲動。

首先是朱全忠的另一個義子朱友謙，他身兼護國節度使、中書令、封冀王，手握河中重地。

朱友珪怕他不服自己，特意差人送詔書去河中，不只詳述事情始末，還以新帝身分召朱友謙入宮，準備為他加官晉爵，以示安撫嘉勉之意。

朱友謙非但不領情，還慟哭大罵：「先帝花費數十年，才開創出這一片大好基業，想不到掖廷生變，一個弒父逆賊居然順利登上帝位，簡直就是敗壞我大梁名聲！」又對使者氣憤道：「我無能為父皇昭雪沉冤，已是奇恥大辱，哪有臉面繼續擔任藩鎮，還升官晉爵？只有皇帝才有資格召我入宮，他算什麼東西？先帝去世不敢發喪，我正要到洛陽去興師問罪，他居然還敢徵召我？」

這話傳回了大梁朝廷，朱友珪怒不可遏，隨即命韓勍擔任西面行營招討使，督率五萬大軍去討伐朱友謙。朱友謙心知不敵，乾脆將河中奉送給李存勖，向河東求救。

河中乃是重中之重，轄管河中府及絳、晉、慈、隰四州，等於是梁境北方抵擋晉軍的一大片屏障，否則朱全忠也不會把它交予義子朱友謙。李存勖忽然得到這天上掉下來的寶地，簡直樂壞了，為表納降誠意，決定親自率軍營救。

戰神一出手，果然在「解縣」將梁軍殺得大敗而逃，朱友珪不得不降韓勍為副使，改命感化節度使康懷貞擔任河中招討使，再進行對抗。但河東軍仍勢如破竹，一路追殺梁軍直到「白徑嶺」，最後梁軍乾脆解除對河中的包圍，撤退至「陝州」。

朱友謙感激之餘，親率隨從數十人，撤去兵器，進入河東軍主帳，拜李存勖為舅舅。

李存勖也是豪爽之人，當即擺設歌舞酒宴，與朱友謙把酒言歡，兩人英雄相惜，相見恨晚，直喝到酩酊大醉，李存勖乾脆讓朱友謙留宿在自己的帳幕裏，朱友謙也絲毫不擔心，沒有半點防備地直接倒頭呼呼大睡，到第二天早晨，李存勖便封朱友謙為平西郡王，又擺酒設宴，雙方玩鬧到盡興才散去。

這一場戰役，大梁的將領都睜眼看著，他們想知道朱友珪到底有沒有能力安定局面，想不到竟然失去河中這塊重地，讓河東逼進一大步，一時間人心惶惶，原本已是暗潮洶湧的大梁朝廷更紛擾不安。

另一方面，「許州」馬步都指揮使張厚見大梁動亂，心中不安，又覺得有機可趁，便舉兵發難，殺死匡國節度使韓建，消息傳回京城，朱友珪有了河中敗戰的陰影，為免再引起動蕩，不敢深入追究罪責，反而任命張厚為陳州刺史。許多老將看在眼裡，都為韓建抱不平，更瞧不起朱友珪的怯懦，地方將領見中央管束不了他們，更恣意妄為，接連爆發一場場動亂。

（註❶：「天闕沉沉夜未央……月滿驪山宮漏長。」出自唐朝張祜《華清宮‧風樹離離月稍明》。）

（註❷：「昔有佳人公孫氏……罷如江海凝清光」出自杜甫《觀公孫大娘弟子舞劍器行》。）

《十朝‧奇道‧卷四，龍興雲屬　待續》

國家圖書館出版品預行編目(CIP)資料

十朝．二部曲：奇道．卷三，神龍擺尾 / 高容著．－
初版，－ 臺中市：白象文化事業有限公司, 2022.10
面 ；21 公分．-- (高容作品集 ；18)
ISBN 978-626-7189-36-8 (平裝)
857.9　　　　　　　　111015413

作　者：高容
作者 fb：www.facebook.com/kaojung.dass
策劃團隊：大斯文創
聯絡電子信箱：dassbook@hotmail.com
總 編 輯：奕峰
責任編輯：李秀琴
文字校對：李秀琴　鄭鉅翰　高容
封面設計：陳芳芳工作室

發 行 人：張輝潭
出版發行：白象文化事業有限公司
地　址：412 台中市大里區科技路 1 號 8 樓之 2（台中軟體園區）
出版專線：（04）2496-5995　傳真：（04）2496-9901
經銷地址：401 台中市東區和平街 228 巷 44 號（經銷部）
購書專線：（04）2220-8589　傳真：（04）2220-8505

印　刷：中茂分色製版印刷事業股份有限公司
地　址：新北市中和區立德街 26 巷 17 弄 5 號 3 樓
電　話：（02）2225-2627

ＩＳＢＮ：978-626-7189-36-8
訂　價：380 元
2022 年 10 月 15 日　初刷

DASS C&C.
www.facebook.com/kaojung.dass